Friesenrecht

Lieber tot als Sklave

AKT I – Der letzte König

Revisited v1.30

Eine Mittelalter-Fantasy Geschichte

Von Gerd B. Freimuth

Organisatorisches

Die präsentierte Geschichte ist rein fiktiv und Ähnlichkeiten mit lebenden oder verstorbenen, realen Personen sind nicht beabsichtigt / rein zufälliger Natur. Die handelnden Charaktere basieren in Teilen auf historischen Personen sind aber letztlich ebenso frei erfunden wie alles Andere und bedienen sich maximal der Namen und Bezeichnungen sind jedoch niemals Objekte ihrer realweltlichen Entsprechung. Was gesagt wird muss nicht mit der Meinung des Autors übereinstimmen, kann es aber.

© / Copyright: 2016 Gerd B. Freimuth
Erstauflage (Revisited) / 2. Auflage von Original
Umschlaggestaltung, Illustration: Gerd B. Freimuth
Herstellung und Verlag: BoD - Books on Demand, Norderstedt
ISBN: 978-3-7412-2590-1

Das Werk, einschließlich seiner Teile, ist urheberrechtlich geschützt. Jede Verwertung ist ohne Zustimmung des Verlages und des Autors unzulässig. Dies gilt insbesondere für die elektronische oder sonstige Vervielfältigung, Übersetzung, Verbreitung und öffentliche Zugänglichmachung.

Dank an alle, die mir geholfen haben dies Buch zu schreiben, zu korrigieren und zu verbessern. Es möge nützen!

Hinweis: Rechtschreibfehler günstig abzugeben!

Wer etwas mehr über Altera, mich oder Friesenrecht erfahren oder Details nachschlagen möchte kann dieses auf meiner Homepage tun erreichbar unter den Adressen:

www.friesenrecht.de / www.worldofgila.de

Ich wünsche euch auf jeden Fall viel Spaß bei Akt 1 Revisited.
Bis zum nächsten Akt verbleibe ich fürderhin mit unerschöpflich freundlichen Grüßen,

Ergebenst Euer,

Gerd B. Freimuth akaDerAltmeister am 11. Juni (Brachet) Anno Domini 2016

Die Welt von Altera:

Wir schreiben das Jahr des Herrn 1156 nach christlicher Zeitrechnung. Die Welt von Altera ist durchzogen von einer Vielzahl Königreichen, Imperien, Stämmen, Göttern, Götzen, alten Riten und neuen Ideen, die sich untereinander bekämpfen, vereinen oder weiterentwickeln.

Die Handlung von Friesenrecht spielt auf dem Kontinent Europa, im sogenannten Abendland, das sich in Konkurrenz mit dem Morgenland sieht. Das alte Rom ist gefallen und die Stadt am Bosporus, Konstantinopel hat das Erbe des einst mächtigen Imperiums angetreten, dass einst fast ganz Europa umspannte. Nach dem großen Sturm der Völker jedoch fiel das weströmische Reich in die Hände diverser Volksstämme und es formten sich mehrere kulturelle Machtblöcke heraus, darunter das Inselreich von Angelland, das westlich-gallische Königreich; der katalonische Bund, die vereinten burgundischen Häuser sowie das ostfränkische Kaiserreich, welches sich bis nach Rom erstreckt, zumindest in der Theorie. Faktisch bekämpfen sich der weltliche Kaiser und der geistliche Papst immer wieder im Kampf um Einfluss und die Einsetzungen der Bischöfe, die seit Otto dem Großen Teile des Reiches kirchlich verwalten. Das Reich ist zudem durchzogen von alten Stammeskulturen und teilunabhängigen Provinzen, die sich trotz der chaotischen Zeiten ihre Eigenständigkeit und kulturellen Besonderheiten bewahren konnten. Eine dieser Gruppen, die sich der feudalen Herrschaft entziehen konnte, ist der lose Stammesverbund der freien Friesen, welche ihre eigene Rechtsprechung behielten und ihren Küstenstrich an der Westsee verbissen verteidigen: gegen Reichsritter ebenso wie gegen Eschenmänner, Plünderer, Wind und Wellen. Ihr fruchtbares Marschland hinter den Deichen trotzten sie generationlang in mühsamer Schwerstarbeit dem Meer ab. Doch immer wieder brechen die Deiche unter den gewaltigen Sturmfluten. Jenen die dann nicht auf den Warften Zuflucht finden, droht ein kaltes Grab in den erbarmungslosen Fluten.

Jene Friesen, die nicht mit dem Meer ringen, versuchen im sumpfigen, inländigen Moorland und im armen Sandboden der Geest ihr kärgliches Auskommen zu finden; mit Buchweizen, Torfstecherei und Viehzucht. Seitens der Fürsten des Reiches gibt es also auch keinen besonderen Grund, dieses so unwirtliche, rohstoffarme feuchte Land zu erobern. Die Friesen sind bekannt für ihre im Moor gelegten Hinterhalte und haben die feuchtesten Gebiete mittels Kanälen, sogenannten Schloten, trockengelegt, um wenigstens ein bisschen Landwirtschaft betreiben zu können. Ihre bevorzugten Waffen sind der auch als Sprungstock verwendbare Speer und Lehmkugeln, die sie als Schleudergeschosse mit Stäben oder bloßen Händen weit und tödlich schleudern können. Selbst Kettenhemden und Gambesonstoffrüstungen bieten nur wenig Schutz gegen die Wucht eines solchen Geschosses.

Trotz aller internen Schwierigkeiten, die auch öfters in kleineren Fehden auf nebligen Feldern ausarten, vereint die Friesen die raue Umgebung ebenso wie ihr Stolz auf ihre eigene Rechtsprechung und Freiheit vor arroganten Herren, die ihnen den Zehnten abpressen wollen, ganz gleich ob weltlich oder geistiger Natur. Überhaupt hält sich die Kirche bewusst zurück, um diesen Starrsinn und Stolz der Friesen nicht unnötig zu provozieren. Die Friesen gelten weithin als stolz, dickköpfig und eifrige Trinker ihrer selbst gebrannten Schnäpse. Ihr Leben ist rau aber herzlich-direkt.

Die ihnen wichtige Freiheit ist es auch, die es einer Bruderschaft von Seeräubern, ehemaligen Söldnern in den Diensten von König Albrecht oder Margarethe, es erlaubte, in Ostfriesland Zuflucht zu finden. Sie werden Likedeeler oder Viktualienbrüder genannt.

Diese faktisch Vogelfreien plündern die Schiffe des einflussreichen Hanse-Bundes, einem Verbund von Kaufleuten aus Handelsstädten an West- und Ostsee, deren Macht sich von Nowgorod bis London erstreckt sowie darüber hinaus bis an die afrikanischen Küsten und bisweilen bis ins Heilige Land. Einige wagemutige Händler unterhalten Beziehungen über die Seidenstraße bis ins mystische Reich der Sonne, noch weiter entfernt als das Morgenland. Das abenteuerliche Seeräuber-Leben der verwegenen Likedeeler wirkt auf manch jungen Friesen sehr verheißungsvoll und insbesondere ein Junge aus der Nähe von Esens versucht seit vielen Jahren, in die Bruderschaft aufgenommen zu werden. Bis jetzt ohne Erfolg. Doch heute ist ein neuer Tag.

Prolog

Anno Domini 1156, das ostfränkische Reich, Nordwestküste, freie Seelande der Ostfriesen, Einflussbereich der tom Broks, die Kleinstadt Marienhafe:

Das geschäftige, laute Treiben in den gepflasterten Straßen war ein klares Zeichen für die Bedeutsamkeit dieses Tages. Hinzu kamen all jene Fahnen, mit Blumenketten geschmückten Häuser sowie dutzende Stände auf dem Marktplatz, welche gegen ein kleines Entgelt Getränke, Gebäck und Fleischspieße verkauften. Ein jeder Marienhafener Hausbesitzer war darauf bedacht sein Haus besonders schmuck aussehen zu lassen, um Ansehen zu erwerben und zu behalten. Die Menschen kamen dem Anlass gemessen nicht in ihrer sonstigen Arbeitskleidung, sondern zogen ihre besten, frisch gewaschenen Stoffe an, um über die sauber gefegten Pflasterstraßen zu flanieren, sich mit den Leuten zu unterhalten und es sich gut gehen zu lassen. Das Stimmengewirr von Marktschreiern, Gelächter und allgemeinem Gemurmel erzeugten eine lockere, ausgelassene Stimmung, die über dem ganzen Ort lag wie das Summen eines eifrigen Bienenstockes. Die Sonne schien durch die schmalen, weißen Wolken der Juli-Wärme und Kinder wirbelten in kleinen Gruppen zwischen den Erwachsenen umher, auf der Suche nach den Gauklern, Tricksern und Taschenspielern, die bei solchen Festivitäten ihr Auskommen suchten. Aber auch alte Männer, die sich einen Spaß daraus machten, ihnen Gruselgeschichten zu erzählen, kamen bei ihnen auf volle Kosten. Die Musikanten spielten ein einfaches, mit hohen Tönen durchzogenes Lied und unterstrichen so die Stimmung. Es war der feierliche Tag der friesischen Freiheit, welcher auch in Marienhafe, dem kleinen, ansonsten eher verschlafenen Ort mit einem winzigen Hafen, gefeiert wurde. Erreichte zu anderen Tagen nur alle paar Wochen ein Schiff die Kleinstadt, so lagerten heute immerhin vier Schiffe vor Anker: allesamt flusstüchtige, flachbordige Schiffe, denn keine von den spitzkieligen Hochsee-Koggen und erst recht kein schwerer Holk hätten je hier anlegen können, ohne sich die Schiffsbäuche aufzuschlitzen, womit sie dann zur Beute für friesische Krieger wurden, welche das ihnen verbriefte Recht nutzten, alle Güter die auf ihrem Grund gestrandet waren, zu beschlagnahmen. Die gefährliche Reise durch die moorigen Flüsse, ins verwinkelte, Beute-aufmerksame Friesland war auch genau der Grund, weshalb die Besatzungen hier ankerten: Sie waren Seeräuber; Vitalien- oder Viktualienbrüder, wie man sie in der Ostsee bisweilen nannte: Krieger und Söldner, Mietschwerter und Vogelfreie. In der friesischen Gegend waren sie eher bekannt unter dem Titel Likedeeler, was Gleichteiler bedeutet. Sie nutzten die geringe Tiefe der friesischen Flüsse gekonnt aus, um sich hier vor den dicken Vredeschiffen der Hanse zu verstecken und um ihre Wunden nach den Raubzügen zu lecken und zu feiern. Hier in Marienhafe und dem Umland mischten sich die Männer unter die Friesen, um einen Hauch von Normalität in ihren ansonsten gehetzten Leben zu erfahren. Darum lachten und tranken sie auch sehr ausgiebig und suchten immer wieder den Kontakt mit den bodenständigeren Menschen, verhielten sich bisweilen wie freche Jungen, neckten und lachten laut. Sie freuten sich über jeden Tag, den sie miteinander verbringen konnten, denn es konnte ebenso schnell wieder vorbei sein. Derweil sie feierten, luden schnaufende Hafenarbeiter die von den Likedeelern erbeuteten Waren aus und brachten sie teils zum großen Hafenlagerhaus oder auch gleich zum Markt, wo sie zu einem sehr günstigen Sonderpreis verkauft wurden. Die Friesen in Marienhafe und anderswo akzeptierten die günstigen Waren gern und nahmen es mit der Herkunft daher nicht allzu genau.

Mit festem Schritt näherte sich ein junger Mann von nunmehr sechzehn Jahren dem allgemeinen Trubel vor dem Kirchturm der Marienkirche. Er hatte kurzes, dunkelblondes Haar, war von durchtrainierter, hochgewachsen-schlanker Gestalt und hatte hellwache, blau-strahlende Augen mit grauem Versatz. Als Kleidung trug er eine dunkelgelbe Leinentunika, blaugefärbte Stoffhosen, einen dunklen Lederkragen auf den Schultern sowie ein Paar hochstehender Wattstiefel, welche man für die häufigen Überquerungen des Wattenmeeres bei Ebbe benötigte. Dies zeichnete ihn indirekt als einen Deichbauernabkömmling aus, die diese vorrangig trugen; auch als Erkennungszeichen. An seinem Gürtel schwang ein kleiner Geldlederbeutel sowie eine Scheide, in der ein Friesenmesser steckte, welches sowohl Werkzeug als auch Waffe in einem war und ursprünglich nur zum Torfstechen genutzt werden sollte. Die eigentliche Waffe des Jungen aber war ein längliches Saxschwert in einer ledernen

Scheide auf seiner Schulter, dessen Griff er fest mit seiner rechten Hand umschlossen hielt. Mit ernstem Gesichtsausdruck und ohne ein Wort zu sagen, näherte er sich dem Stammtisch der Likedeeler, die vor der Wirtschaft „Up Pott" mit reichlich Bier und Braten versorgt wurden. Ihr raues, mit Rülpsern durchsetztes Gelächter war sofort herauszuhören. Dies waren Männer, die ungezählte Schlachten geschlagen und alle bekannten und auch unbekannten Meere bereist hatten. Ein Hauch von Exotik und Verwegenheit umgab sie stets. Von Ost- über Westsee bis zur iberischen Küste und darüber hinaus befuhren sie die Weltmeere. Im Moment glichen sie aber eher einem fröhlich-derben Haufen, der sich lediglich amüsieren wollte und wenig legendär wirkte. Allen voran gluckste der 21-Sommer zählende Störtefad, welcher seinem Vater, dem legendären Likedeeler Schiffsführer Störtebekker, zum Verwechseln ähnlich sah: Minimal gepflegter Bart, ein grinsendes, offenes Gesicht und Krähenfüße rund um die Augen zeichneten ihn als einen Mann aus, welcher es verstand, die Männer zu begeistern und zum Lachen zu bringen. Er war gerade damit beschäftigt einen großen Doppelhumpen Bier auszutrinken, während ihn seine Männer mit erwartungsvollem Schweigen bewunderten wie in stiller Andacht. Nach dem Leeren des Krugs jubelten sie dafür umso lauter; ein Grölkonzert aus dutzenden Männerkehlen und fliegenden Tonhumpen, die am festgetretenen Boden zerschellten. Störtebekker war bekannt dafür gewesen, einen Riesenkrug Bier in einem Zug auszutrinken ohne ihn auch nur einmal abzusetzen. Störtefad folgte in seinen Fußstapfen.

Sein erster Maat, der schnauzbärtige Veteran Klaus Schelt, brauchte ihm schon den nächsten Doppelhumpen und war schon seit der Zeit in der Ostsee bei den Seeräubern. Er schwang eine schwere Stabkeule als Waffe, mit welcher er gegnerische Matrosen mit Leichtigkeit von Bord kegelte. Schelt gefiel sich in der Rolle des schlagkräftigen Kollegen und half dem jüngeren Störtefad mit seiner Erfahrung, das Kommando gut zu führen.

Rechts neben ihnen saßen zwei weitere bekannte Hauptleute der Likedeeler. Der erste welcher neben Störtefad saß und eben jener welcher dem ganzen Spektakel um sich herum am wenigsten abgewinnen konnte, wurde Magister Wigbold genannt. Der Mittvierziger galt überall als Denker, Lenker und Kopf der Bruderschaft. Er dachte in strategischen Bahnen und verstand es meisterlich, stets zu seinem Vorteil zu handeln, indem er das Handeln seiner Gegner oft, wie durch Hexenwerk, vorhersagen konnte. Als ehemaligem Mönch sagte man ihm zwar eine Scheu vor dem Nahkampf nach, aber es gab niemanden, der es mit seiner seelischen Kraft aufnehmen konnte. Seine Kraft und Wendigkeit waren allerdings nicht das Resultat starker Muskeln, sondern vielmehr Abbild seiner geistigen Beweglichkeit, die in die Realität überschlug. Die Männer in seinem Gefolge wussten alle, dass ihr Magister stets das Richtige tun würde, und trotz seiner ansonsten kühlen Art zeigte er immer mal wieder, wie sehr ihm ihr Wohlergehen am Herzen lag. Man sah ihn selten lachen, nur beizeiten schelmisch grinsen, wenn er wiedereine geniale Idee hatte. Magister Wigbold trug - mönchsuntypisch - schicke, kaufmännische Kleidung, dazu gehörten ein Barett mit dem Likedeeler-Emblem (einer Schwertwaage) eine schwarze Seidenweste mit verzierten Knöpfen, sowie ein an den Oberarmen geschlitztes Hemd, wie es auch die Landsknecht-Söldner trugen.

Rechts von ihm saß der berühmt-berüchtigte Gödeke Michels und stützte sich mit verschränkten, starken Armen auf seine große irische Galloglass-Axt, mit einem Bierkrug in der Hand. Michels strohblonde Haare hingen ihm wild ins wettergegerbte, breit-grobe Gesicht. Ringe zierten seine Ohren und ein Dreispitz mit Feder krönte sein Haupt. Michels galt als cholerisch-grimmiger Seebär, der ein instinktives Gespür für die Seefahrt hatte. Seine Männer folgten ihm aus eben diesem Grund. Gödeke Michels schien immer zu wissen, wo Nebel auftauchten, woher Winde wehten und wo ihre Beuteschiffe zu finden waren. Im Kampf war Michels aufgrund seiner wuchtigen, gezielten Schläge bei Freund und Feind ebenso gefürchtet wie geachtet.

Likedeeler: Goedeke Michels, Magister Wigbold, Störtefad, Klaus Schelt

Diese drei waren die faktischen Hauptleute der Likedeeler in der Region Westsee. Die anderen Anführer befanden sich entweder in den übrig gebliebenen Schlupflöchern der Ostsee wie dem finnischen Meerbusen, oder in den verschiedensten Winkeln der Westsee; in Splittergruppen und kleinen Mannschaften, die gerade so über die Runden kamen. Als vollständige Bruderschaft mit einiger militärischer Schlagkraft und mehreren Schiffen fungierten nur noch die Likedeeler, der Rest kämpfte um sein nacktes Überleben. Als Söldner die für den Kampf gegen die Jütenkönigin Margarethe angeheuert worden waren, waren die Viktualienbrüder inzwischen allesamt verraten und zu Vogelfreien erklärt worden, weil sich niemand mehr für ihre Versorgung verantwortlich fühlte. Es hieß allgemein in zynischem Unterton, sie wären für sich selbst verantwortlich und müssten sehen wo sie blieben. Da der Krieg beendet worden war, und nun keine Verwendung mehr für sie gegeben war, taten die Likedeeler also genau das: Sie blieben wo man sie sah, wo man sie noch wertschätzte.

Für ihre Gastfreundschaft bekamen die Friesen von den Likedeelern deren Beute zum Spottpreis dargeboten, manchmal aus einer Laune heraus sogar geschenkt. Da die friesischen Hauptlinger vom großen Hansebund ausgeschlossen worden waren, sahen sie kein Problem darin, sich auf ihre Weise ihren rechtmäßigen Anteil am Handelsgeschäft zu verschaffen, welcher ihnen (ihrer bescheidenen Ansicht nach) unrechtmäßig von den Pfeffersäcken vorenthalten wurde. Mitunter halfen die kampfstarken Seeräuber auch einem Hauptlinger gegen Bezahlung, um dessen Argumente in einer Fehde mit zusätzlicher Kampfesmacht zu verstärken, wobei die Likedeeler immer darauf achteten, das Land, welches ihn Zuflucht bot nicht ganz zu verheeren oder in Brand zu stecken. Tatsächlich sorgte ihr Einsatz für eine bislang kaum gekannte Friedfertigkeit unter den streitlustigen Friesen. Der Grund war simpel: Niemand wollte von ihnen verprügelt werden. Die Hauptlinger selbst unterhielten nur kleine Gefolgschaftsbanden von wirklich gut ausgerüsteten Leibgarden, deren Schlagkraft durch die Likedeeler signifikant aufgewertet wurde. Insbesondere die Familie der tom Broks aus Marienhafe konnte sich durch ihre Freundschaft als neue Macht gegen die anderen Friesenhauptlinger behaupten und inmitten des Dreiecks Norden, Auerk und Emden an eigenem Einfluss gewinnen.

Der junge Mann mit dem Schwert, der das Fest nun betrat, wusste all dies genau und hatte all die Geschichten über die Likedeeler begierig aufgesogen. Er blieb vor ihnen stehen und zunächst bemerkte ihn niemand wirklich. Er war nur ein weiterer Gast des Festes. Dann aber setzte Störtefad den Krug rülpsend ab. Seine Männer grölten wie gewohnt und hoben ihre tönernen Humpen in trunkener Zustimmung. Störtefad wischte sich grinsend den Mund ab und rülpste dann noch einmal lautstark. Sogar Wigbold klatschte zweimal in die Hände und sagte sarkastisch: „Gut gemacht: Das hat selbst Gott aufgeweckt. Wenn er denn schlafen würde." Offenbar hatte er seinen guten Tag. Es war Gödeke Michels, der schließlich seine buschige Augenbraue hob und den Jungen erspähte, welcher nur stumm dastand und sie intensiv anstarrte. „Sieh an, sieh an.", brummte er schließlich: „Wenn das nicht dieser Friesenbengel ist, der jedes Jahr hier bei uns aufkreuzt. Wie hieß er noch gleich? Horst? Hukki? Mimmi, Mimmel?"
„Pimmel?!", rief einer der Likedeeler, und alle prusteten darauf los, klopften auf die Tische, welche ob der Wucht der Schläge auf und ab hüpften. Ein Glatzkopf bekam gar

keine Luft mehr, lief rot an und johlte: „Wohouwohouwho!" Die rüstige Wirtin rollte mit den Augen: Die Likedeeler zertrümmerten immer wieder ihr Mobiliar aber immerhin bezahlten sie dafür, und den Tischler und den Töpfer im Ort freuten die zusätzlichen Aufträge. Dem jungen Mann schoss das Blut ins trotzig verzogene Gesicht: „Mein Name ist Hinni! Hinnerk um genau zu sein! Hinnerk Wiards, um noch genauer zu sein! Und ihr tätet gut daran, euch diesen Namen zu merken, Likedeeler! Denn ich werde noch heute eurer Mannschaft beitreten! Wenn ihr denn Manns genug für mich seit, heißt das!" Klaus Schelt erwiderte spöttisch: „Du willst uns beitreten? Pfff - Du kannst ja kaum den Zahnstocher halten, den du da auf deinen Schultern trägst, du Vogel! Los, lauf zurück zu deiner Mama, sie vermisst ihr Küchenmesser." Erneut ertönte Gelächter und der Glatzkopf rief Hinnerk zu: „Du bist der Wahnsinn! Wohouwohu!!" Hinnerk setzte nun ein eigenes, grimmiges Grinsen auf: „Also wenn ihr Angst habt, gegen mich anzutreten, dann sagt es ruhig und ich suche mir echte Kerle, die was vom Kämpfen verstehen!" Ein Hüne sprang nun auf und baute sich vor Hinnerk auf. Er war noch um einen Kopf größer als der hochgewachsene junge Mann: „Nimmst die Klappe ja ganz schön voll, Bubi. Kommst hier her, scheißt uns dumm von der Seite an und willst uns dann auch noch beleidigen, oder wat? Verbündete hin oder her, aber es gibt Grenzen! Ich sollte dir hier auf der Stelle den nackten Arsch versohlen, du friesischer Dieskopp du..." „Alrich! Genug!", kam es lautstark aus Richtung des Tisches. Es war Störtefad, der nun aufstand und grinste: „Er hat uns beleidigt, weil wir ihn beleidigt haben. Es is' sein gutes Recht, sich zu verteidigen. Is'n echter Friese. Lass gut sein. Wir sollten den Jungen ernst nehmen. Setz dich wieder hin, Alrich. Genieß dein Bier, penn dich aus. Ich guck mir das mal an." Alrich schnaufte: „Hmpf. na gut. Mach du das, Störte." Störtefad straffte sich, knackte mit den Halswirbeln und warf seinen Umhang zurück. Lässig und lächelnd schritt er zu Hinnerk herüber. Auf seiner rechten Schulter prangte ein lederner Schutzpanzer mit Nieten versetzt. Er starrte den Jungen an und dieser erwiderte den durchdringend-schwankenden Blick. Störtefad roch stark nach Schweiß und Alkohol: Er hatte seit gestern Abend durchgefeiert.

Es klatschte laut: Mit einer Bewegung, die keiner sehen konnte, schlug Störtefad Hinnerk in den Magen: Der Junge blockte den Hieb aber ebenso schnell mit seiner rechten Handfläche ab. Durch die pure Wucht rutschte er noch ein Stück zurück. Die Umstehenden wurden etwas aufmerksamer auf die Situation. Einige Likedeeler pfiffen anerkennend. „Ja, du hast ja was dazugelernt seit unserem letzten Aufeinandertreffen, Hinnerk Wiards.", meinte Störtefad und legte den Kopf schief, um den Jungen genauer zu begutachten. Dieser grinste zwar, blieb aber in einer angespannten Pose verharrend: „Zweimal darauf reinzufallen, wäre unentschuldbar gewesen." Nach einer kurzen Pause, in der er merkte, dass Störtefad nicht weiter angriff, fuhr er fort: „Ihr habt damals gesagt, dass ihr jeden aufnehmen würdet, wenn er einen von euch im Kampf besiegt! Die letzten drei Jahre habe ich es nicht geschafft, aber dieses Mal werde ich einen von euch in den Staub schicken. Dafür habe ich ein ganzes Jahr trainiert und ich verdiene eine weitere Chance! Ich will ein Likedeeler werden! Will hinaus und mir einen Namen machen!" Störtefad schmunzelte: „Na also, wenn das so ist, wollen wir freilich keine Zeit mit blödem Geplapper verschwenden, nicht wahr? Hast du vielleicht irgendeinen Wunsch, gegen wen du dich beweisen willst? Magister Wiards?" Hinnerk zuckte mit den Schultern: „Mir ist es gleich. Ich kämpfe auch gegen dich, wenn es sein muss." „Ist das nicht ein wenig zu hart? Wie wär's stattdessen mit... mit Magister Wigbold?! Kampf gegen den ollen Mönch? Ein bisserl Wettbeten!" Die Menge und die Likedeeler lachten verhalten wegen des Scherzes. Zu ihrer aller Verwunderung antwortete Wigbold: „Ich stelle mich dieser immensen Herausforderung. Wohl denn: Du bist eh zu betrunken, Junge." Er erhob sich und kam näher. Störtefad und den anderen Vitalienbrüder entfleuchte ein erstauntes „Ohhhh!" und „Ach!" Störtefad wedelte dann beschwichtigend mit den Händen: „Haha, Nein, nein, Wigbold! Das war nur ein Scherz! Setz dich wieder, alter Mann. Das kann ich genauso gut erledigen..." Wigbold rümpfte die Nase: „Ich weiß, ihr alle haltet mich nicht für einen echten Krieger, was auch immer das sein soll außer einem schwertschwingenden Irren! Aber ich bin immer noch Mitglied dieses Haufens und so wie wir die Beute teilen, so teilen wir auch die Aufgaben. Ich werde mich nicht davor drücken. Hab ich nie." „Aber-aber..." „Aber was? Sprich deutlich, Fasstrinker. Seit wann stotterst du? Tritt schon beiseite." Wigbold und Störtefad stierten sich eine Weile an, ehe Störtefad schnaubend nachgab: „Nagut, grooßer Magister! Ohj-ohjo-jho! Wenn du unbedingt willst, dann hau dich eben weg! Wir sind ja alle erwachsen und wissen, was wir tun oder lassen sollten, nich? Viel Spaß! Und Tschüss!" Störtefad stapfte zu seinem Tisch zurück, legte trotzig die Füße hoch und schmollte wie ein Kind. Michels schmunzelte. Nun wandte sich Wigbold erst Hinnerk zu. Aus der Nähe betrachtet hatte Wigbold einen durchdringenden überheblichen Blick in den Augen. Dieser Eindruck wurde durch die hinter seinem Rücken verschränkten Arme noch verstärkt: Er schien den jungen Mann nicht als Bedrohung wahrzunehmen. Er beugte sich leicht vor und zeigte elegant mit einem Arm auf den Marktplatz, wie bei einer höfischen Einladung zum Tanz: „Wollen wir zur Tat schreiten, junger Herr Wiards?" „Das wollen wir.", erwiderte Hinnerk trotzig.

„Es gibt einen Kampf!", rief ein Marienhafener laut, und die Aufmerksamkeit der Menge war ihnen nun sicher. Neugierig schoben sich Kinder und Halbstarke nach vorne und platzierten erste Wetten. „Schafft Platz Leute.", rief Wigbold und markierte mit dem Arm einen großen Kreis mitten auf dem Marktplatz. Die Leute machten keine

Anstalten, zu widersprechen, und traten drängelnd zurück. Wigbold schritt die Fläche ab und zog mit seinem Fuß einen Kreis in den Sandboden. Er ließ sich dabei genüsslich Zeit und Hinnerk wurde ungeduldig. Eine unheilschwangere Anspannung lag jetzt in der Luft. Die Ruhe des ehemaligen Mönches beunruhigte den jungen Mann mehr, als er sich eingestehen mochte. War Wigbold letztlich nicht so schwach wie vermutet? Immerhin hatte er bei Mönchen als Novize gelernt und soweit Hinnerk wusste, beherrschten einige der militärisch-orientierten Orden so manch effektive Kampftechniken. Einmal hatte er sogar mitangesehen, wie ein schmächtiger Wandermönch von Sankt Gallen drei kräftige, landbekannte Raubmänner quer durch ganz Ochtersum getreten hatte, sodass sie bis zum nächsten Tag nicht mehr aufstanden. Hinnerk und Wigbold stellten sich voreinander auf und der Mönch fragte unbefangen: „Möchtest du nicht das Schwert aus der Scheide ziehen, bevor wir anfangen?" Gelächter ertönte aus der Menge und dem jungen Mann lief eine erste Schweißperle vom Gesicht. Warum nur war der Mönch so gelassen? Er sah noch nicht einmal eine Waffe, also womit wollte Wigbold überhaupt kämpfen und seine Hiebe parieren? Hinnerk nahm das Schwert von der Schulter und zog es sirrend aus der Scheide. Ein Raunen ging durch die Menge, als es in der Mittagssonne aufblitzte; grüne Zacken leuchteten am flachen Rand der Klinge. Gemurmel erhob sich: „Das kenn ich doch?" „Wie kommt der Junge an das Ding?" „Gehört doch Abbo, dem Aufmüpfigen, offnäy?" „Dem aus dem garstigen Moor?" „Ja, dat ist doch sein Schwert!" „Dat Schwert aus dem Teufelsmoor, ja, dat musses sein!" Magister Wigbold hob eine Augenbraue, als er die gezackte, grünlich funkelnde Klinge erblickte. Hinnerk wirbelte das Schwert herum und machte ein paar Übungsschläge. Dabei surrte die Klinge und zog kurze, grünliche Schlieren hinter sich her, als leuchtete sie von innen. Hinnerk erklärte stolz: „Dies ist Abbos Schwert, Pakhaou. Damit habe ich das ganze letzte Jahr geübt und damit werde ich dich besiegen." „Interessant. Eine magische Klinge, wie?", bemerkte Wigbold mit dem Interesse eines Forschers und Fachkundigen. Hinnerk erwiderte lapidar: „Willst du nicht auch deine Waffe zücken?" Er sah ein leichtes Lächeln auf dem Gesicht des Likedeelers: „Meine Waffe ist immer gezückt, junger Freund. Das sind die Regeln dieses Kampfes: Landest du dreimal im Staub, ist der Kampf vorbei, ebenso wenn einer von uns den Kreis verlässt. Schaffst du es, mich auch nur einmal festzunageln, so kannst du in meine Mannschaft eintreten. Es wäre deine eigene, freie Entscheidung als neues Mitglied, bei welchem Houpen du dich wohler fühlst. Bei Michels zählt seefahrerisches Können, bei mir zählt Taktik und List. Bei Störtefad…" Er blickte zu dem Likedeeler, der zur Antwort laut rülpste: „Nun bei ihm kannst du dich austoben oder sowas." „Klingt gerecht.", stimmte Hinnerk den Bedingungen zu und ging in die Hocke: „Ich greife dann an!" „Nur zu."

Der junge Friese lief mit gezückter Klinge vor und der ehemalige Mönch rührte sich nicht, selbst als die Klinge auf ihn niedersauste. Dennoch traf sie ins Leere: Ein Aufschrei ging durch die Menge und Hinnerks Augen weiteten sich vor Schreck, als er Wigbold direkt hinter sich wusste. „Du bist kein Mörder, Junge. Du zögerst zu sehr." In einem Reflex hieb Hinnerk nach hinten, um Wigbold zu erwischen, aber der Hieb ging erneut ins Leere. Wigbold stand nun einige Meter entfernt, dort wo Hinnerk zuerst gestanden hatte. Nur der aufgewirbelte Staub zeugte von der aberwitzigen Geschwindigkeit des Magisters, mit der er sich bewegte. Konnte dies wirklich so sein oder war das nur eine optische Täuschung? Die letzten Jahre seiner Aufnahmeprüfung hatte Hinnerk gegen Maate, Unterleute oder einfache Kämpen der Likedeeler gekämpft, aber keiner von ihnen war je so schnell in seinen Bewegungen gewesen. „Bin ich jetzt am Zug?", fragte Wigbold, und der Junge machte sich auf den Gegenangriff gefasst. Der Likedeeler kam in einer Halbkreisbewegung angerast. Hinnerk hieb im rechten Moment auf ihn ein, aber nur um ihn erneut zu verfehlen. Dabei hätte er Stein und Bein geschworen, dass er ihn voll erwischt hätte.

„Eins.", hörte er Wigbolds Stimme wieder direkt neben sich und stolperte über dessen ausgestrecktes Bein. Hinnerk verlor das Gleichgewicht und konnte sich nicht mehr rechtzeitig abstützen. Einige der Zuschauer klatschten verhalten, als er im Sand landete. Zornig rappelte er sich mit einem Sprung wieder auf, Staub im Mund. Er spuckte aus und schüttelte seinen Kopf: „In Ordnung, du bist ziemlich flott zu Fuß für einen alten Mönch." Dieser zuckte nur mit den Schultern: „Für einen Mönch bin noch recht jung. Hast du jetzt genug, oder muss dieses peinliche Schauspiel weitergehen?" Hinnerk verzog gramerfüllt das Gesicht: „Ich fang grade erst an!" Wigbold nickte: „Dumm genug für unseren Haufen bist du allemal."

Der junge Mann bereitete sich nun innerlich auf einige Spezialangriffe vor, welchen er zuvor von seinem Onkel Abbo gelernt hatte. Er wusste nun, dass Wigbold jedem Angriff spielend auswich, sodass er sich gezwungen sah, eine eher zweifelhafte Technik hervorzukramen, welche Abbo 'Düvels Danz' getauft hatte. Hierbei hielt man seine Waffe hinter sich und lauerte wie eine Spinne im Netz, wartete darauf, dass irgendjemand in den Schlagradius seiner Waffe kommen würde und sozusagen seine geistigen Spinnfäden berührte. Höchste Konzentration war hierfür erforderlich, da Hinnerk sich auf jede Erschütterung im Boden, die Luftvibrationen und andere Wahrnehmungen konzentrieren musste. Magister Wigbold kniff nachdenklich die Augen zusammen und schien zu ahnen, dass ihrer beider Kampf mit nun eine neue Qualität erreicht hatte: „In Ordnung. Du hast wirklich Fortschritte gemacht. Respekt für deine Hartnäckigkeit. Aber es wird dir nicht helfen." Diesmal stürmte Wigbold direkt auf Hinnerk ein. Dieser aber rührte sich nicht; hielt die Augen geschlossen.

Dann wirbelte er um die eigene Achse und stach direkt hinter sich, genau dort tauchte Wigbold auch auf. Der Hieb ging diesmal nicht ins Leere, traf auf die Brust des Magisters. Mit einer Bewegung, die Hinnerk nie für möglich gehalten hätte, weil sie allen Gesetzen der Logik widersprach, wirbelte dieser nun doch noch herum, dergestalt, dass der schwere Stich nur noch seinen Arm streifte. Wigbold rollte sich ab, sprang auf und brachte wieder Distanz zwischen sich und seinen Gegner. Blut tropfte von seinem Arm, aber der Mönch betrachtete es ungerührt: „Soso. Das war es also? Keine schlechte Idee. Wie nennst du diese Technik?" „Düvels Danz!" Der Magister nickte: „Eine defensive Technik. Darauf warten, bis der Feind nah genug ist, um im geeigneten Moment zuschlagen." Wigbold durchschaute Hinnerks Absichten viel zu schnell, sehr zu dessen misfallen. Nun sah sich der Junge offen mit dem Intellekt eines weit erfahreneren Mannes konfrontiert, und Wissen und Intelligenz waren keine Dinge, die er sich auf seine persönliche Tugendfahne schreiben konnte. Er war zwar auch kein Trottel, aber er bevorzugte seit jeher Taten über dem dumpfen Brüten. „Erlaube mir etwas auszuprobieren.", meinte Wigbold viel zu höflich. Hinnerk begab sich wieder in die Lauerstellung und Wigbold lief auf ihn zu, wie zuvor, aber anstelle dass er angriff, lief er nur im Kreis um Hinnerk herum, gerade gerade außerhalb der Hiebreichweite seines Schwertes. Er umkreiste ihn ohne Unterlass und indem er sich so nah am Rand bewegte, fiel es Hinnerk mit jeder Sekunde schwerer, sich zu konzentrieren. Faktisch täuschte Wigbold nun permanent potentielle Angriffe vor und reizte die Sinne damit aufs Äußerste. Es war ein Fintengewitter.

Hinnerk wusste, dass ein Fehltritt sein Ende bedeuten konnte. Seine Konzentration ließ nun spürbar nach und Geräusche und Eindrücke, die nichts mit dem Kampf zu tun hatten, mischten sich in seine Wahrnehmung und lenkten ihn ab. Schließlich wurde er ungeduldig und musste einen präventiven Ausfallschritt machen. Er versuchte ein letztes Mal, Wigbold zu lokalisieren und als dieser besonders laut und deutlich an seinem Netz vorbeilief, stieß er kraftvoll zu. Wigbold war nicht dort. Ruhig sprach der Mönch: „Zwei!" Hinnerk verspürte einen kräftigen Schlag in den Nacken, der ihn zu Fall brachte. Er konnte nicht verhindern, dass seine Beine wie weiches Wachs nachgaben und er zuerst auf die Knie und danach der Länge nach hinfiel wie ein nasser Roggensack. Erneut hatte er Staub im Gesicht und sein Nacken brannte vor Schmerz.

Wigbold trat vor ihn und wirkte aus dieser Lage wie ein schwarzer Riese vor der grellen Sonnenscheibe. Er besah sich den Dreck unter seinen Fingernägeln: „Wie hab ich dich besiegt?" „K-Keine Ahnung..." „Dann will ich es dir erklären, Junge. Vielleicht lernst du was fürs Leben: Ich dachte mir gleich, dass deine Technik auf Konzentration beruht. Ich kannte eine ähnliche Technik namens Spinnenbiss. Wie eine Spinne im Netz bewegungslos verharren, um dann im richtigen Moment zuzuschlagen. Recht effektiv gegen einen schnelleren Gegner, wie eine Fliege. Aber Menschen sind keine Spinnen und müssen viel mehr Informationen mit ihren Sinnen verarbeiten. Kannst du mir folgen? Die Spinne reagiert instinktiv; der Mensch muss dafür aber bewusst Konzentrationsenergie aufbringen. Denn ihm ist von Gott der Verstand gegeben - aber dieser Verstand hat auch seine Schwächen. Ich musste letztlich nur noch einmal mit dem Fuß aufstampfen und du bist in deiner Verwirrung auf den Köder reingefallen. So wird die Spinne zur Beute ihres eigenen Netzes, wenn die Fliege um die Falle weiß.„" Einige Leute applaudierten beeindruckt und fühlten sich nun gut informiert.

Hinnerk rappelte sich auf: „Verdammt. Ich denke, ein zweites Mal wird es nicht klappen, was?" „Nein. Der Trick ist verraten. Falls es dich tröstet, mir hat auch das erste Mal gereicht. Es ist eine Weile her, dass ich mein eigenes Blut sah. He - Immer noch rot. Gut zu wissen." Er packte den Friesenjungen und stellte ihn wieder auf, klopfte ihm sogar den Staub ab: „Im Prinzip eine gute Technik, aber ein bisschen zu komplex für deine Fähigkeiten. Unpassend für deine - bäuerliche Natur…" Hinnerk nickte verlegen - und stach schnell und hart mit Pakhaou zu. Der Überraschungsangriff ging aber wieder ins Leere und er fluchte lautstark: „Scheisse!" Wigbold hatte mit einem Sprung sofort einige Meter Abstand zwischen sich und den Gegner gebracht. Er lächelte erstaunt: „Oho! Welch hinterhältiges Manöver." „Noch ist der Kampf nicht vorbei, Magister! Einen Versuch habe ich noch." Wigbold nickte: „Da war ich wohl ein wenig naiv." Hinnerk grinste, aber es wirkte gequält: Dieser Kampf war eine einzige Blamage. Ihm fielen zwar eine Reihe von Schwerthieben ein, aber alle waren zu langsam, um den übermenschlich dünkenden Reflexen des Magisters Paroli bieten zu können oder ihn auf kaltem Fuß zu erwischen. Plötzlich hatte er eine Eingebung. Vielleicht musste er den Magister garnicht treffen. Er musste nur – alles - treffen, was sich in dem Kreis befand.

Dies war eine verzweifelte Situation, und ihm kam eine Idee, wie er einen solchen Radius erreichen konnte, welcher den Kampfring völlig abdecken würde. Er musste die besondere Spezialfähigkeit von Pakhaou nutzen, auch auf die Gefahr hin, dass diese Zuschaustellung von Magie einigen gläubigeren Zuschauern übel aufstoßen würde. Zum Glück hielt sich die Inquisition aus Gründen des offiziellen Friedens meist aus Friesland fern. Neben der magisch verstärkten Durchschlagskraft der Klinge konnte sie sich auch in andere Waffenformen verwandeln. Einziger Nachteil dabei waren die enormen Schmerzen, die der Träger dabei erdulden musste. Es konnte einen gestandenen Mann in die Bewusstlosigkeit treiben. Einzig Onkel Abbo hatte es so sehr gemeistert, dass es ihm nur noch ein grimmiges Keuchen entlockte.

Hinnerk aber sah keine andere Wahlmöglichkeit, den Kampf sonst noch zu gewinnen. Somit drückte er das Emblem am Schwertknauf und hielt den Schwertgriff mit beiden Händen fest. Er konzentrierte sich und bat Pakhaou leise, sich zu einem überlangen Breitschwert zu formen, mit dem Radius des Kreises als Basis. Magister Wigbold sah dem Ganzen mit dem Interesse eines wissbegierigen Gelehrten zu: Er ahnte nicht, was gleich geschehen würde, ebenso keiner der Zuschauer. Zunächst durchfuhr ihn nur ein leichtes Kribbeln, steigerte sich, bis ein brennender Schmerz von seinen Armen ausgehend durch den ganzen Körper zuckte. Sein Herz pochte, seine Nackenhaare richteten sich auf und er wand sich von Krämpfen geschüttelt mit zusammengebissenen Zähnen. Eine grünliche, nebulöse Aura hüllte ihn ein.

Die Menschen wichen zurück. „D-Das ist Hexerei!", rief eine alte Frau und bekreuzigte sich mehrfach. „Ach was, dass is' nur Abbo-hos verrücktes' Schwärt!", rülpste ein angetrunkener Mann lautstark. Ein weiterer rief: „Woouwowou!" Das grün leuchtende Schwert verformte sich, wurde immer länger. Als es seine endgültige Form erreicht hatte, gab es einen lauten Knall und Hinnerk fiel auf die Knie. Ein Mann, der das Ganze vom Marienhafener Kirchturm aus beobachtete, atmete nun tief durch. Hinnerks Knie waren wachsweich und Schweiß tropfte ihm dick von der Nase. Wigbold hob eine Augenbraue: „Du überrascht mich erneut, aber Magie ist ein flüchtiger Begleiter, ein Werkzeug vorgetäuschter Macht. Darauf kannst du nicht bauen." Hinnerk grinste unter Schmerzen und Schweiß: „Es war ein guter Kampf, Magister. Nun aber endet er." Der Likedeeler nickte grimmig: „So sieht es aus. Dann los." Hinnerk stapfte zur Mitte und legte Pakhaous überlange Klinge bis zum Rand des eingezeichneten Kreises: „Geht besser aus dem Weg!" Das musste er den Menschen kein zweites Mal sagen; sie rückten eilig vom Kampfplatz fort. Er begann sich wie ein Kreisel zu drehen, mit sich selbst als Schwungzentrum und Pakhaou als Sense. Wigbold lief los und war anfangs so schnell wie die Klinge geschwungen wurde, lief immer im Kreis. „Eine nette Übung.", kommentierte Wigbold die Situation und schien nicht im Ansatz gefordert oder beunruhigt zu sein. Einigen Zuschauern wurde beim immer schnelleren Wirbeln schwindelig, als sie weder Klinge noch Wigbold klar erkennen konnten. Das Surren des vorbeischwingenden Schwertes wurde immer schneller und schriller und ein betrunkener Mann übergab sich provisorisch. Niemand wollte in die Nähe dieses wirbelnden Todes kommen. Hinnerk legte einen Zahn zu und begann Pakhaou nicht nur auf einer durchgehenden Ebene zu schwingen, sondern die Klinge auf und ab trudeln zu lassen. Er knurrte: „Tiletop!" Ein bedrohliches Sirren pfiff hoch, als die Geschwindigkeit zunahm. Gödeke Michels bemekrte ganz gelassen: „Wenn der Bengel die Waffe loslässt, könnte er mit der Wucht den Kirchturm zweimal durchlöchern. Das kann hässlich werden…" Störtefad stimmte ihm zu: „Entweder das, oder es könnte ihn bis nach Emden schleudern, ha!"

Wigbolds Schemen wurde in der Tat eingeholt, aber Hinnerk verließen nun schnell die

Kräfte. Der ganze Kampf und die Verwandlung des Schwertes hatten ihn mehr Kraft gekostet, als er einkalkuliert hatte. Dies war seine allerletzte Trumpfkarte, danach war nichts mehr. „Es muss klappen, es muss klappen! Ich will nicht noch länger warten! Ich will endlich raus hier!", knurrte er in Gedanken. Ein Rucken ging durch die Klinge, als sie endlich Wigbolds waberndes Abbild erwischte. Erleichtert verlangsamte Hinnerk die heulende Geschwindigkeit der Wirbelklinge und brachte sie mit letzer Kraft zum Stillstand. Sie schrumpfte wieder zur Normalgröße zurück. Ihm war schwindelig wie nie zuvor. Fast bekam er es nicht mehr mit, dass Jubel aufbrandete. Wie durch einen Schleier hindurch sah er das Barret von Magister Wigbold im Staub liegen. Hinnerk lächelte mit zerschundenem Gesichtsausdruck: Offenbar hatte er Wigbold aus dem Kreis vertrieben und den Kampf somit gewonnen. Er drehte sich ein paar Mal um sich selbst und torkelte so bedenklich, dass es selbst dem betrunkenen Mann auffiel: „Was ist den looos?" Hinnerks Schmerzen waren durch das Glücksgefühl des Sieges wie weggeblasen und ein breites Grinsen trat auf sein Gesicht, wollte nicht mehr weichen.

Endlich! Endlich war er ein Mitglied der Likedeeler! Endlich konnte er die See befahren, weg vom drögen Bauernleben und hin zu wirklich großen Abenteuern, Schätzen, Liebeleien und allerlei Erlebnissen, von welchen er noch seinen Enkeln mit leuchtenden Augen am Kaminfeuer erzählen würde: In Zufriedenheit und Erfüllung. Er war überglücklich. So glücklich dass er nur am Rande seines Bewusstseins das Wort: „Drei.", vernahm. Es klatschte und dann wurde alles dunkel. Das Lächeln blieb aber, als gäbe es kein Unglück mehr auf Altera. Gewonnen.

Kapitel 1
Strandgut

Hinnerk war enttäuscht und wütend. Wütend auf sich selber, wütend auf die Likedeeler, wütend auf Abbo, das Schwert Pakhaou, den Deich, den er gerade hinaufstapfte, und generell wütend auf die ganze Welt, ohne Ausnahme. Er hatte seinem Onkel Abbo das Schwert direkt nach dem peinlichen Kampf zurückgegeben. Dieser hatte das Debakel vom Dach der Marienhafener Kirche aus begutachtet. Abbo hatte ihm seinen brummenden Schädel mit kaltem Tuch behandelt und seine Fortschritte in höchsten Tönen gelobt, aber Hinnerk wollte davon nichts hören. Es klang in seinen Ohren wie Spott. Sogar als die Likedeeler ihm aufrichtig anboten, mit ihnen einen zu trinken, hob dies seine Stimmung in keinster Weise. Es machte ihn nur zorniger über sein Versagen. Wigbold hatte ihm auf Drängen erklärt, wie er dem Tiletop-Wirbler entkommen war, ohne den Kreis zu verlassen: Hinnerk gingen dabei die Augen über: Der ehemalige Mönch war einfach hoch gesprungen und hatte seinen Dolch gleichzeitig in Pakhaous Klinge geworfen, sodass Hinnerk dachte, es hätte ihn erwischt. Er hatte den Kreis nie verlassen. Wigbold sprang dabei so hoch, dass er erst wieder landete, als Hinnerk seinen Wirbler schon abgebrochen hatte. Es schien völlig unglaublich, aber der Magister wirkte danach auch sehr blass und sogar Schweiß lief ihm von der Stirn. Michels und Störtefad bestätigten das Geschehene, auch Abbo hatte es so gesehen. Wigbold erklärte, dass er wohl eine Woche brauchen würde, um seine seelischen Reserven zu erholen, die er durch diese übermenschliche Kraftdemonstration aufgebraucht hatte. Es hatte laut Abbo wohl etwas mit den Mönchen, ihren Gebeten und dem von ihnen praktizierten Verschmelzen von Arbeit und Seele zu tun. Ora et labora.

Imgrunde war es eine eigene Form der Magie, auch wenn der Magister dies nicht gern hörte. Es gab Fragen über Fragen im Hinblick auf seine Sprungfertigkeit, doch Hinnerk raufte sich nur zornig den Kopf und hatte kein Interesse mehr am Fest oder anderen Freuden. Es spielte keine Rolle mehr, was nun passierte. Dieses Mal hätte es klappen müssen - Er wollte unbedingt aus Ostfriesland raus und Abenteuer erleben, mit den

Likedeelern zusammen. Nicht als Seemann oder Seeräuber, sondern als freier Mann auf der Suche nach fernen Ländern, großen Schlachten und von alltäglich-langweiligen Sorgen und Verpflichtungen befreit! In tiefer Kameradschaft mit anderen freien Männern lachend die See bereisen und große Taten vollbringen! Vielleicht... sogar mit einer kessen, rothaarigen Irländerin an seiner Seite - Hinnerk schmunzelte, als er sich auf den Deichrand setzte und auf die kommende Flut hinaussah, die das Wattenmeer überspülte. Salzige Seeluft blies ihm kraftvoll ins Gesicht. Sein Küstenhund Klütje schnüffelte um ihn herum und entdeckte kläffend das Lager einiger Deichwühlmäuse, die er vertrieb.

Das Leben an Land war vielleicht ausreichend für all die anderen, aber so schrecklich langweilig, dumpf und von trüben Alltagspflichten durchseucht, die selbst einen satten Magen missmutig und unerfüllt zurückließen. Das Leben war so flach und unaufgeregt wie das Land selbst, sah man einmal vom Moor ab, welches große Teile der Landschaft bedeckte wie ein fauliger Schimmel. Die kleinlichen Nachbarschaftsfehden der Friesen hatten nichts Episches, sondern wirkten kindisch und dumm. Die See hingegen lockte Hinnerk mit ihren fernen, wunderlichen Reizen und er wollte bei dem großen Abenteuer ganz vorne mit dabei sein, solange er noch jung war. Er wollte kämpfen mit den Rittern der See und sich mit Hanseleuten duellieren, reiche Handelsschiffe kapern, neue Küsten entdecken, Schätze heben und Ungeheuer erschlagen, sowie vieles mehr.

Nun aber würde es wieder Monate dauern, bis er eine Chance bekommen würde. mit den Likedeelern auf Fahrt zu gehen. Er verstand dabei gut, warum die Likedeeler so genau bei ihrer Auswahl waren: Laut ihrer eigenen Aussage durften nur die besten und härtesten Männer ihrem Haufen beitreten. Störtefad hatte es ihm letztes Jahr so erklärt: „Hier bei uns muss sich jeder auf den anderen verlassen können, Plinni. Jeder muss ein gewisses Mindestmaß an Kampfkraft vorweisen. Niemand will eine Lusche dabei haben, die einem den Rücken decken soll." Hinnerk verstand diese Argumentation und genau darum ärgerte es ihn umso mehr: Er hätte sich freilich irgendwelchen anderen Seeräubern anschließen können; sogar den friesischen sowie Friedhelm Nordendi oder Behrend Attena, welche beizeiten gen Jütland oder Angelland fuhren, um dort ein bisschen zu „schnüüstern", wie sie es nannten. Auch Hanseschiffe überfielen sie immer mal wieder, wenn sich die Gelegenheit ergab. Jedoch nur bei den Likedeelern wollte

Hinnerk anheuern. Diese hatten einen brüderlichen Ehrencodex, untereinander und sogar gegenüber den gekaperten Schiffen und deren Händlern. Sie waren keine dummen Räuber, sie waren mehr als das. Nordendi und Attena waren zudem zu friesisch und fuhren immer seltener hinaus, je älter sie wurden. Die Zeiten der friesischen Seeräuber würden mit ihnen enden. Kein Vergleich zu alten Tagen. Außerdem waren sie keine Abenteurer wie die Likedeeler, hatten keine Vision, kein Motto. Diese waren nämlich nicht nur einfache Plünderer, sondern auch Freigeister, Überlebenskünstler, Abenteurer, Reisende und das Leben-Feiernde.

Reichlich gefrustet trat Hinnerk daher seinen Dienst als Deichwächter an. Hierzu saß er oben auf dem Deich und hielt nach Plünderern und Nordmännern Ausschau, denn schon öfters waren Letztere in Friesland eingefallen und hatten den Menschen Terror und Tod gebracht. Diese Überfälle waren zwar seit der Schlacht von Norden zurückgegangen, aber die Friesen wollten nicht noch einmal einen solchen Wahnsinn in ihrem Heimatland entfesselt sehen. Daher hatten sie unter anderem auch die bescheidene friesische Wachflotte gegründet und neben der Deichbaupflicht auch die Deichwachtpflicht eingeführt, welche von den jüngeren Mitgliedern der ansässigen Familien erfüllt wurde. Sobald sie ein feindliches Schiff entdeckten, rannten sie zur nächstbesten Burg, Stadt oder auch Dorf, um diese in Alarmbereitschaft zu versetzen. Hinnerk selbst hatte noch nie Alarm geben müssen, wusste aber um die prinzipielle Wichtigkeit seiner Aufgabe. Nur heute passte es ihm so gar nicht. Er war einfach zu enttäuscht und auch die Anwesenheit seines getreuen, hechelnden Küstenhundes Klütje konnte ihn nicht aufmuntern.

Der Küstenhund war ein wadenhohes, vierbeiniges Raubtier, welches sowohl zu Land als auch im Wasser beheimatet war. Der Küstenhund hatte vier muskulöse, schmale Beine, die er eng an den Körper legen konnte, um sich mit seinem breiten Paddelschwanz im Wasser vorwärtszubewegen. Der Kopf ähnelte dem eines Otters, das kurze Fell war fettig und die spitzen Zähne scharf genug, um Muscheln und andere Schalentiere zu knacken oder auch Fleisch zu reißen. Hinnerk warf einen zerkauten Holzball den Deich hinab und Klütje hechtete sofort hinterher und brachte ihn zurück. Sein Kläffen ähnelte dem eines kleinen Seehundes. Klütje war ein intelligenter und sehr aktiver Hund, und das Spielen mit ihm beruhigte Hinnerks Gemüt ein wenig. Er seufzte schließlich und nahm Klütjes Gesicht zwischen die Hände, rubbelte es bis es ganz zerknautscht aussah: „Du bist immer für mich da, nicht wahr? Ja das bist du. Ich werde auch immer für dich da sein, hm? Jaaa, das ist mein kleiner Hundi, ne? Joaaah."

Klütje kläffte und hechtete aufgeregt einigen Pickermöwen hinterher, die am Deich nach Würmern suchten. Hinnerk grinste: „Mach sie fertig."

Er blickte wieder hinaus auf die graue See mit ihrer weißen Gischt, wie sie sich am muschelbestückten Strand brach. Es war kein Schiff in Sicht und nur in der Ferne sah er die Umrisse der Inseln Langeoog, Baltrum und Spiekeroog. Nebel würde bald aufkommen, dies spürte der junge Mann in seinen friesischen Knochen. Tatsächlich wurde der dünne Nebelschleier sehr bald zu einer dicken Brühe, die sich vom Meer aus dem Strand und dem Deich näherte und sie nach und nach verschluckte. Selbst die Sonne war nur noch schemenhaft hinter einem dunstigen Grauschleier zu erahnen. Hinnerk verzog die Mundwinkel; dies waren keine guten Voraussetzungen für einen Ausguck. Er kratzte sich nervös am Arm und stellte fest, dass er die Verletzungen und die Erschöpfung vom Kampf mit Wigbold garnicht mehr spürte. Es mochte die frische Seeluft ihr Anteiliges tun, aber hauptsächlich lag es an dem geweihten Wasser, welches ihm Pater Meenhard von der Marienhafener Marienkirche eingeflößt hatte und welches nun seine heilenden Kräfte entfaltete. Dieses geweihte Wasser hatte Meenhard ihnen für einen günstigeren Preis als sonst verkauft, da er Mitleid mit dem geschundenen Jungen hatte. Das geweihte Wasser war durch nächtelange Gebete und Gesänge gereinigt und mit der Essenz Gottes durchsetzt worden, wie er sagte.

Hinnerk war nicht gerade sehr stolz auf sich, als er nun daran dachte, dass er sich nicht einmal bei dem Priester oder auch nur bei Abbo dafür bedankt hatte. Er zupfte am Gras und kaute darauf herum. Er stand auf und mit Klütje an seiner Seite ging er hinunter zum Strand, um eine bessere Sicht zu haben und auch ein paar Muscheln einzusammeln. Diese ließen sich immer gut auf dem Esener Markt an Reisende verkaufen, und aus bestimmten Muscheln ließ sich ein guter Mörtelersatz und sogar so manche Heilpaste herstellen, wie nach einem Rezept der Mönche von Marienkamp. Es war ein kleiner Nebenverdienst für alle Deichpflichtleister, die Muscheln zu verwerten, und da Strandgut ohnehin Allgemeingut war, erhob auch sonst keiner gesonderten Anspruch auf die angespülten Tierchen. Es gab ein paar wenige, die damit ihren Lebensunterhalt verdienen konnten, aber diese wohnten meist auf den Inseln, wo man alles mitnahm, was das Meer anspülte. Nirgendwo wurde das Sprichwort: „Das Meer gibt, das Meer nimmt." so ernst genommen wie auf den der Küste vorgelagerten ostfriesischen Inseln. Ackerbau und Viehzucht war auf den Inseln nur wenigen reichen Insulanern vorbehalten. Die meisten verdingten sich seit altersher als Fischer und Sammler von Strand- und Wattgut. Hinnerk beugte sich nach einer besonders hübschen, schwarzen Klappmuschel hinunter. Er schreckte zurück, als er fühlte, wie weich die Erde war, auf der sie lag. Es war nachgiebig und warm, fühlte sich so an wie Haut.

Dann sah er es und sprang zurück, während Klütje in knurrende Abwehrhaltung ging. Halb vergraben unter dem Sand lag dort vor ihnen ein Mensch zusammengekauert, mit Beinen und Armen an den Körper gezogen. Hinnerk schluckte. Noch nie hatte er einen Gestrandeten gefunden und nun lag direkt einer vor ihm. Zaghaft machte er sich daran, den vom Sand halb verschütteten Menschen freizulegen. Nun sah er, dass es sich um ein junges Mädchen handelte und sie mochte sehr wohl in seinem Alter sein. Sie trug nur ein kurzes, ärmelloses Leinenhemd und hüftlange, dunkle Kurzhosen. Ihr hübsches, ebenmäßiges Gesicht wurde von purpurnen Haaren, die mit kleinen, beigen Klammern gehalten wurden, eingerahmt. Die Augen waren geschlossen. Ihr Atem ging langsam im Takt der angespülten Wellen. Hinnerk fand sie auf Anhieb hübsch, was zu einem spontanen Blutanstieg in seinem Kopf führte.

Mit hochrotem Kopf und zitternden Fingern drehte er ihren Kopf zu sich: „Gott sei's gedankt, sie lebt." Er blickte sich Hilfe suchend am Strand um, aber da war niemand, der ihm hätte helfen können. Niemand außer den drei Männern, die gerade ihre Schnigge festmachten und die er völlig übersehen hatte!

Dem Jungen fuhr ein so heftiger Schreck in die Glieder, dass er beinahe auf das Mädchen draufgefallen wäre. Zum Glück konnte er sich dank seiner Übungen sofort wieder aufrichten: Mithilfe ihrer offenliegenden, nackten Hüfte. Hinnerk sah angestrengt zu den Neuankömmlingen hinüber. Schniggen waren schnelle, niederbordige und wendige Schiffe die von vornehmlich kleineren Händlern genutzt wurden, weil sie recht günstig waren, im Kauf wie in der Wartung. Dieses Schiff jedoch hatte ein ungewöhnliches, schwarzes Segel, auf der eine stilisierte, kreischende weiße Möwe prangte. Es bestand kein Zweifel, Hinnerk hatte von diesem Zeichen gehört: Es war ein Strandräuber aus der Region. Die anderen Deichwächter hatten ihm im Gasthof von Esens davon berichtet. „Das hat mir gerade noch gefehlt.", stöhnte er, schnappte sich kurzerhand Klütje und steckte ihn in seinen Umhängebeutel mit Salzwasser. Dies half dabei, Klütje auch ins trockene Inland mitzunehmen, ohne dass das Tier zu sehr austrocknete und sein Fell spröde wurde. Wie in einem Alptraum sah er die drei Männer aus dem Nebel näher kommen. Sie hielten direkt auf ihn zu und ihr Anführer trug eine Schiffsaxt auf den Schultern. Sein narbengeprägtes Gesicht verhieß nichts Gutes, genauso wie das schmierige Grinsen in seinem Gesicht. Die beiden anderen Kerle wirkten ebenso verschlagen: Der eine war ein breiter Hüne mit Glatzkopf der andere schmal und schlaksig mit gekämmten, blonden Haaren.

Hinnerk verfluchte alle Nebelgeister: „Gerade jetzt muss es nebelig sein. Scheisse." Ohne Nebel hätte ein friesisches Wachschiff unter Admiral Hark die Plünderer schon entdeckt und vertrieben. Das Mädchen erwachte nun und klammerte sich mit eisernem Griff an seinem Arm fest, zog ihn mit unerwartet großer Kraft zu sich herab. Aus salzverkrusteten, halboffenen Augen bat sie mit schwacher Stimme: „Bring mich weg. Die wollen mich mitnehmen. Ich will aber nicht. Bitte!" Hinnerk fasste einen folgenschweren Entschluss und zückte seinen Friesendolch. Schon seit Jahren machte der Seeräuber die friesische Küste unsicher und sein Name war Treibholz-Theo. Mehr Aasgeier als Krieger und bekannt dafür, angeschlagene Händler und Konvois anzufallen. Seine Spezialität aber war es, Strandgut aufzusammeln, ehe es jemand anders tat und mit der Schiffsaxt, konnte er ganze Masten zu Fall bringen, zumindest wenn man den Gerüchten Glauben schenkte. Theo trug einen Lederhelm mit genopptem Stirnkranz, einen dicken Schal um seinen Hals sowie einen dreifach gestaffelten, dunklen Lederkragen. Die linke Schulter wurde zusätzlich von einem mit drei Zacken versehenen Schulterpanzer geschützt. Theos Gesicht war geprägt von einem ungepflegten Bart, einer breiten, vernarbten Knollnase, kleinen blutunterlaufenen Augen sowie hoch stehenden, beinahe senkrechten Augenbrauen und zwei hässlichen, breiten Narben in der rechten Gesichtshälfte.

Hinnerk rief ihnen zu: „Keinen Schritt weiter, Treibholz-Theo! Hier spricht die Deichwacht!" Ehe er wusste wie ihm geschah, hatte Theo schwungvoll mit der Axt ausgeholt und einen Hieb auf den Boden getan. „Strandschneise." Der Sand vor Hinnerks Augen explodierte und flog in Augen, Nase und Mund. Wie eine Mauer spritzte der Sand vor ihm hoch und drängte ihn ab. Er sprang gerade noch beiseite und schüttelte sich mehrmals, ehe er aus zusammengekniffenen Augen sah, wie sich ein dreckiges Grinsen auf Theos Gesicht zeigte: „Sieh an, sieh an, wen haben wir denn da? Wenn das nicht ein kleiner Friesenjunge ist, der Deichwacht spielt und versucht, uns unsere Beute zu vorzuenthalten?" Theo beugte sich vor und in seinen kleinen Augen funkelte es bedrohlich: „Dies können wir leider nicht zulassen." Er richtete sich auf und gestikulierte mit seiner linken Hand in kreisenden Bewegungen, während seine rechte immer noch die Schiffsaxt umfasste, welche auf seiner Schulter ruhte.

Theatralisch sagte er: „Aber da ich heute schon genug Blut und Tod gesehen habe, wie gruselig das ist, will ich wohl vergessen, was ich soeben hören musste, sodenn du mir nun das Mädchen aushändigst. Ich würde nur ungern einen so jungen, hübschen Buben zerhacken müssen." Hinnerk blinzelte, sprang auf und ging auf Distanz: „Warst du das mit dem Sand?! Was für eine Technik ist das?" Theo grinste amüsiert: „Ach das? Das

ist Strandschneise. Wirbelt Sand auf wie eine Mauer. Und das war nur eine kleine Demonstration meiner Fähigkeiten, als bekannter Strandräuber und Mastenzerhacker."
„Es ist heimtückischer Dreck!", bellte Hinnerk zurück. Mit einem Schlag wurde Theo ernst: „Nun hör mal zu Junge. Und hör gut zu. Ich habe gestern Nacht zwölf meiner Männer in den Fluten ersaufen sehen, klar? Ich habe mich durch die Gischt und das Watt geplagt, nur um dieses Mädchen zu bekommen, und ich werde – hörst du?", hierbei nickte Theo heftig, ohne Hinnerk aus den Augen zulassen, "Ich werde mich nicht von einem Bengel mit dem dringenden Wunsch sterben zu wollen aufhalten lassen. Oder ist es das? Willst du unbedingt sterben, Junge? Bist du so maal?"
Im Nachhinein betrachtet war es reiner Selbstmord. Hinnerk rang sich schluckend zu einer Antwort durch: „Wenn du sie willst, musst du sie dir schon hohlen. Bastard!" Klütje wimmerte leise in seiner Tragetasche und er gab ihr einen leichten Klaps. Es war ein Zeichen für den Küstenhund, ruhig zu bleiben, egal was passierte. Nervös fingerte er auch an seinem Friesendolch, eine Mischung aus Messer und Spaten. Theo nahm die Schiffsaxt und wirbelte sie herum: „In Ordnung, Junge. Ganz wie du willst." Hinnerk konterte: „Ich bin Friese! Und wie der Deich werde ich nicht vor Wellen oder ehrlosen Gesocks wie dir zurückweichen!" Theo lachte: „Pah! Verträumtes Geschwätz. Sprich lieber dein letztes Gebet. Das ist passender." Die Axt sauste heran und es klirrte, als die Klingen aufeinander prallten. Sofort brannte es lichterloh in Hinnerks Arm, als Theo auch schon zum nächsten Hieb ansetzte. Dieser machte keine Scherze mehr aber ohne Schild oder Speer war Hinnerk gegen den Axtkämpfer massiv im Nachteil. Er musste sich voll und ganz auf das Abwehren der Schläge konzentrieren, an Angriff war nicht zu denken: Mühelos wirbelte Theo die Axt mit nur einem Arm umher, während er den linken Arm hinter dem Rücken behielt. Einzig und allein seine Reflexe bewahrten Hinnerk davor, die tödlichen Schläge einzustecken. Zweimal streifte die Axt ihn aber und schlitzte ihm die Haut und Hemd auf. „Wacker, wacker.", meinte Theo anerkennend: „Aber sieh dich an, Junge. Du wirst diesen Kampf nicht überleben. Lauf nach Hause. Trink ein bisschen Milch." Hinnerk rang sich ein Galgengrinsen ab: „Soll das jetzt ein Waffenstillstand werden?" Theo schien überrascht: „Nein, garnicht. Es ist nur für mein Gewissen." „Als ob du eines hättest!" Theo griff mit neuer Wucht an und Hinnerk versuchte sich daran zu erinnern, was Abbo ihm über den Kampf gegen

Axtkrieger beigebracht hatte: Ihre Schläge waren sehr wuchtig aber auch langsam. Axtkämpfer waren offensive Kämpfer, die nur wenige Möglichkeiten zum Blockieren hatten, wofür sie in der Regel Schilde mit sich führten. Theo hatte allerdings keines, vermutlich weil dies bei einem Kampf auf Deck eher hinderlich war, wo eher die Beweglichkeit zählte. Dies musste seine Schwachstelle sein. Während Theos Schläge also weiterhin auf ihn einprasselten und den halben Strand aufwirbelten, bemerkte er beiläufig dass die zwei Begleiter Theos das Mädchen gepackt hatten und sie zur Schnigge schleppten.

Hinnerk musste nun handeln, oder er würde versagen wie zuvor im Kampf gegen Magister Wigbold. Er knurrte: „Ich hab genug vom Verlieren. Es reicht." Er umschloss seinen Dolch so fest, dass seine Knöchel weiß hervortraten. Er stieß in dem Moment zu, als auch Theo seinen Hieb ausführte. Er zielte direkt auf den Schaft und sein Arm schoss hervor wie eine Schlange. Er traf den Schaft der Axt mit der breiten Seite des Dolches, sodass diese zurückschmetterte, direkt und mit voller Kanülle in Theos Gesicht. Der Mann jaulte auf und hielt sich sofort die blutende Nase, schlug wild instinktiv um sich, sodass Hinnerk ihm nicht den Todesstoß versetzen konnte. Er rannte daher den beiden anderen Männern nach, welche das Mädchen gerade auf das Schiff hieven wollten. Sie sahen ihn zu spät und Hinnerk schleuderte zielgenau die Holzkugel, die Klütje zum Spielen benutzte. Sie knallte an die Schläfe des schmalen Räubers, und wie ein nasser Sack fiel er um.

Hinnerk bedrohte sogleich auch den glatzköpfigen Hünen mit seinem Dolch, nahe an dessen breitem Stiernacken. Mit Nachdruck brüllte er: „Gib sie frei! Sofort!" Der glatzköpfige Hüne grinste über beide Ohren: „Steck das Messerchen wech, ehe Theo dich an den Mast kettet und dich dort verhungern lässt und dir nur Salzwasser zu trinken gibt! Glaub' mir, dass willst du nicht im Ansatz erleben. Das wirste irre bei. Da schluckste alles…" Hinnerk zielte mit der Spitze seiner Waffe nun auf das Auge des Mannes: „Was ich mit Theo gemacht habe, kann ich jederzeit wiederholen! Auch jetzt! Also!?" Der Hüne seufzte und setzte das Mädchen ab. Sie war bis jetzt passiv gewesen und hatte nichts gesagt, aber nun schlug sie die Augen auf und blinzelte mehrmals, verkrustetes Salz purzelte von ihren Wimpern: „W-Wo bin ich? Was ist los?" Hinnerk zog sie zu sich heran: „Ich bring dich hier weg. Steig aus dem Schiff. Komm." Das

Mädchen nickte langsam, als wäre sie schlaftrunken und sie beide sprangen vom Schiff, liefen los zum Deich. Theos Ruf hallte weit: „Strandschneise Lang!!" Eine Sandwand schoss vor ihnen aus dem Boden und schnitt ihnen den Weg ab. Hinnerk rief: „Renn einfach durch!" Doch die Wucht des gewirbelten Sandes war stärker als zuvor, und sie knallten dagegen wie gegen eine Wand. Das Mädchen kam schneller wieder hoch und half Hinnerk aufzustehen. Es war, als wäre sie nun gänzlich aufgewacht: „Steh auf! Bitte! Wir müssen weg von hier!" Sie schrie, als der Hüne und Theo heran stapften. Theo wischte sich das Blut aus dem Gesicht. Das Mädchen konnte Hinnerk aber nicht allein lassen und der Hüne hob sie mühelos hoch, so dass sie zappelnd in der Luft hing und wild um sich schlug: „Lass mich los! Du - du Klotzmann, du!" „Ohlalala! Die hat Feuer im Arsch, Theo! Hehe. Das ist was." Theo schnaufte: „Beschädige sie nicht. Wehe, das alles ist es nicht wert..." Er packte den jungen Friesen am Kragen und riss ihn hoch: „Das war ein interessanter Schlag, Junge. Meine eigene Waffe gegen mich zu richten? Darauf muss man erstmal kommen. Angriff ist die beste Verteidigung. Ist auch mein Motto. Schade nur, dass meine Verärgerung in Wut umgeschlagen ist und ich dich jetzt töten muss." Hinnerk versuchte, sich aus dem Griff zu befreien, doch Theos Griff war wie eiserne Fesseln. Theo schleuderte ihn in hohem Bogen gen Strand, wo er hart aufprallte. Er schrie auf, als sich sein rechtes Knie beim Aufprall verdrehte. Es knackte. Wie einen Henker sah er den Seeräuber auf sich zukommen, die Axt wieder auf den Schultern, wie um ihm die Sinnlosigkeit weiteren Widerstandes vor Augen zu führen. Ein Wimmern aus seiner Seitentasche erinnerte Hinnerk an den Küstenhund und er holte das Tier heraus: „Ab ins Meer mit dir! Ksch! Ksch! Sag Abbo Bescheid!" Das Tier aber machte keine Anstalten, ins nahe Meer zu fliehen; stattdessen wedelte er nur mit seiner Schwanzflosse und bellte aufmunternd, als ob es irgendwie helfen könnte. „Ah!", tönte es da von Theo, „Was haben wir denn da?! Mir war doch so, als hätte ich vorhin was gehört? Das ist also dein Haustier?! Ein niedlicher, kleiner Bastard." „Wenn du ihm auch nur ein Haar krümmst, dann schwöre ich..." „Schwören? Mein Junge, schwör' lieber nicht zuviel in deinen letzten Momenten. Unerfüllte Versprechen lasten schwer auf der Seele. Und dann kommst du nicht mehr in den Himmel." Theo war jetzt ganz nah, doch hinter ihm sah Hinnerk das zappelnde Mädchen und den Hünen der sie fortschleppte. Als Theo nun die Axt zum tödlichen Streich hob, schrie Hinnerk auf und riss den Küstenhund schützend an sich. Das Mädchen blickte daraufhin ruckartig auf, sah die Situation und verlor das Bewusstsein, fiel in sich zusammen. Der Hüne rief: „Heda, Theo! Irgendwas stimmt mit der Göre nicht! Guck mal!" Er wedelte mit ihrer schlaffen Hand. Theo hielt in seinem Hieb inne: „Was hast du gemacht du Idiot?!" „Garnichts, ich..." Die Augen des Hünen weiteten sich vor Schreck, als das Mädchen sich mit Kraft von ihm losriss: „Ach du Scheisse?" Sie stand aufrecht vor dem Hünen und gab ihm mit der rechten Hand einen Schubs auf die Brust. Es knackte und der muskulöse Mann wurde weggeschleudert wie eine Puppe, quer durch die Luft. Mit einem entfernten Platsch landete er im Meer und die Strömung riss ihn so rasch fort, als hätte sie ein eigenes Interesse daran, ihn zu ertränken. Das Mädchen wirkte nun entrückt und schwankte mit geschlossenen Augen am Strand. Ihre nackten Zehen krallten sich in den Sand. Sie wandte sich nun an Theo und Hinnerk. Diese beiden waren so erschreckt von dem Schauspiel, dass sie den eigenen Zwist vergaßen. Theo bellte: „Heda, Miststück! Was hast du mit ihm gemacht? Hol ihn zurück!" Das Mädchen reagierte nicht. Ihre Augen öffneten sich und sie waren gänzlich weiß. Die Luft um sie herum waberte. Theo murmelte zornig: „Was bei allen Seeteufeln ist hier los?" Er wirbelte herum und bemerkte Hinnerks ausgestreckten Arm, welcher auf das Meer zeigte. Theo drehte sich um und sah gerade noch die turmhohe, aber sehr schmale Welle, die auf ihn zuhielt.

„Ach du Scheisse...", brachte Theo noch hervor, ehe die Wassermassen ihn übermannten und ins Meer hinausrissen. Die Welle war gerade breit genug nur ihn zu erfassen: Hinnerk und Klütje ließ sie auf wundersame Weise in Ruhe. Theo wurde die Luft aus den Lungen gepresst und er verlor in den wirbelnden Wassermassen die Orientierung. Die Welle zog sich wie eine Hand zurück ins Meer und Theo war danach fort. Eine weitere Welle kam bei der Schnigge an Land und griff auch den bewusstlosen, dürren Strandräuber, zog ihn still und heimlich ins Meer. Dann wurde es schlagartig ruhig. Nur Hinnerk und das Mädchen mit ihren weißen Augen standen sich gegenüber. Erst als Klütje ihn kläffend anstupste, löste er sich aus seiner Verwunderung und knuddelte den Küstenhund: „Hey na? Alles heil geblieben?" Der Küstenhund schüttelte sich zur Bestätigung, wodurch Wassertropfen in alle Richtungen flogen. Der Junge fragte das Mädchen: „Was ist mit dir? Was ist mit deinen Augen? Warst du das?" Ihre Augen flackerten und dann fiel sie vornüber und blieb liegen wie tot. Hinnerk humpelte zu ihr, und zu seinem Glück schnarchte sie so laut, dass er ihr Ableben nicht befürchten musste. „Was für ein Tag...", stöhnte er, stand auf und trug das Mädchen humpelnd den Deich hinauf. Dort musste er vorerst bleiben, konnte nicht weitergehen. Von den Seeräubern blieb nur das Schiff, dass führerlos am Strand lag. Die Flut war gekommen.

Das Mädchen schlug zaghaft die goldenen Augen auf und wachte auf. Sie saßen gemeinsam auf dem Deich und Hinnerk hatte sie in seinen wetterfesten Wollumhang gehüllt. Sein Bein war schwerer verletzt als angenommen. Damit konnte er nicht weiter gehen. Der Schmerz stand ihm ins Gesicht geschrieben, obwohl er es zu vertuschen suchte. Klütje hielt dafür umso wachsamer Ausschau nach neuen Gefahren. Aber außer ein paar spinnenäugigen Pickermöwen war da nichts.

Das Mädchen richtete sich auf: „Sind sie fort? Die Seeräuber meine ich?" Hinnerk blinzelte verwirrt: „Hast du es schon vergessen?" „Was meinst du?" Hinnerk gestikulierte wild: „Na, du! Die Wellen! Treibholz-Theo und seine Schergen? D-Das Meer hat sie fortgespült! Und du hast es gemacht! Du hattest weiße Augen und hast den Hünen weggehauen." Hinnerk kratzte sich am Kopf und das Mädchen sah ihn aus völlig ratlosen Augen an, sodass er selbst an seinen Worten zu zweifeln begann. „Ich habe was gemacht?" „Na so... Die Wellen herbeigerufen und den Kerl weggeschleudert. Die Welle hat Theo und seine Dödel ins Meer gezogen. Schwapp! So." Er klatschte in die Hände um es zu verdeutlichen.

„Ehrlich? Donnerwetter! Dat ja wat!" Sie lächelte süß: „Bin ich über Nacht eine Hexe geworden? Ohne es zu wissen? Lustig." Hinnerk lief rot an: „K-Keine Ahnung. Ich kann dir nur sagen, was ich gesehen habe..." Sie schwieg daraufhin und zog die Stirn in leichte Falten. Der Junge räusperte sich und verschluckte sich sofort, hustete. Das Mädchen klopfte ihm energisch auf den Rücken, was nicht wirklich half, weil sie so heftig klopfte. Mit Tränen in den Augen sagte Hinnerk heiser: „Übrigens - ich bin Hinnerk Wiards. Aber alle nennen mich nur Hinni." Das Mädchen zeigte auf Klütje, der sie beschnüffelte: „Moin, Hinni. Und wer ist der da?" Sie nahm ihn sofort auf den Arm und streichelte ihn auf ihre ruppige Art: „Knuffig." „Das ist mein treuer Küstenhund, Klütje." „Klüddie?" „Klütje... Manch einer behauptet, er wäre nur ein verunstalteter Otter, he." Das Mädchen hob Klütje hoch und beäugte ihn von allen Seiten: „Verunstaltet ist er nicht. Eher niedlich. Sag, ist es ein Junge oder ein Mädchen?" Hinnerk antwortete: „E-Ein Junge? Das sieht man doch am..." „Pillermann?" „Nun... Ja. Eigentlich..." „Alles klar! Huiii. Fliegender Klütje! Die Abenteuer vom fliegenden Hund! Wird er heut sein Fresschen finden oder nur faul in der Sonne liegen?" Sie spielte mit dem Küstenhund und vergass alles um sich herum. Hinnerk hakte irgendwann nach: „Entschuldigung, aber du bist?" Das Mädchen blinzelte: „Hmmm? Oh! Wer, ich? Ich bin Leevke - Leevke Pultjen. Von Kleene Wacht. Kennst du die Insel?" Hinnerk nickte: „Ja, die liegt noch vor den anderen Inseln nicht wahr? Die felsige Leuchtturminsel." „Jepp! Ich bin nur selten auf dem Festland gewesen. Das ist doch das Festland, oder?" Hinnerk nickte: „Durchaus, s-soweit ich weiß? Wobei so fest ist das hier garnicht. Hm. Es war sicher nicht der Empfang, den du erwartet hattest, oder?" Leevke gab zu: „Es war ja auch nicht die Ankunft, die man erwarten konnte. Von daher..."

Nun erst fielen Hinnerk jene Details an Leevke auf, die er vorher nicht realisieren konnte, da er zu sehr mit Theo beschäftigt gewesen war. Leevkes nackenlanges, purpurnes Haar war mit gemaserten, beschen Sprangen in kleinen Zöpfen festgehalten. Auch im Nacken hatte sie eine solche Spange, die ihr kurzes Haar hielt. Ihre Augen waren ungewöhnlich, da sie dunkelgolden leuchteten und ihre Iris wie ein zwölfspeichiges Wagenrad gefächert war. An ihrem Hals erkannte Hinnerk drei Schlitze auf beiden Seiten: „Das hat sicher weg getan. Diese Wunden, da. Sind noch ganz frisch, wie?" Er erntete einen verdutzten Blick und dann ein Lachen: „Wunden? Ach die! Hehehe: Nein die hatte ich schon immer. Weiß doch jeder, Dummi. Keine Ahnung was sie da machen. Willst du mal fühlen? Macht mir nichts. Geht nicht sehr tief rein..." Hinnerk hob abwehrend die Hände und wedelte wild mit ihnen: „Nein, nein! Um Gottes Willen. Schon gut!" Leevke lachte: „Du bist komisch Hchinnerk." „Hinnerk." „Mein ich ja." Sie zuckte mit den Achseln und spielte weiter mit Klütje, welcher auf dem Rücken lag und nach ihren Fingern schnappte, die sie rechtzeitig wegzog. Hinnerks Blick fiel - so unbeabsichtigt, wie das bei einem jungen Mann sein konnte - auf Leevkes jungen, festen Busen: Sie trug nur ein einfaches, leinenfarbenes Hemd und so wie es aussah, auch nichts darunter. Hinnerk Starren wurde instinktiv bemerkt. Mit einem Missmut ausdrückenden Laut knuffte sie ihn hart an sein verletztes Bein und Hinnerk heulte auf: „Arhh! Wofür war das denn?! Auauau... kzzzz...ahh." Leevke blickte erstaunt: „Weiß ich garnicht wirklich. Es war ein Reflex." Als sie merkte, dass Hinnerk immer noch Schmerzen hatte, wurde sie sanfter: „Tut mir leid! Ist was mit dir?" Hinnerk zischte: „Mein verdammtes Bein ist verdreht, ah. Ich wette, der Muskel ist gerissen: Oder das Kniegelenk rausgerutscht. Darum sitzen wir ja noch hier und befinden uns nicht auf dem Weg nach Meppen oder sonst wo hin!" Leevke straffte sich: „Also gut: Lass mich mal sehen." Hinnerk zuckte zurück, als sie näher rutschte: „Woho! Was wird das denn?" „Ich will mir dein Bein mal angucken." „Bist du denn Heilerin oder sowas? Ein Deel-Deern?" Das Mädchen druckste herum: „Weiß nicht. Aber ich hab mal meine Hand auf eine Schnittwunde von meinem Opa gelegt, als er auf den Felsen ausgerutscht ist, und danach war es wieder besser." Hinnerk war durchaus geneigt, ihr zu glauben, nachdem was er gesehen hatte. Er zog sein Hosenbein hoch und ihn durchlief ein warmer Schauer, als Leevke ihre warmen Hände auf sein mit blauen Flecken übersätes Bein legte. Sein Knie pochte. Sie nahm die Hände danach wieder weg. „Und?", wollte Hinnerk erwartungsvoll wissen. „Nichts. Es war nicht so wie damals..." „Na, du hast es versucht. Danke." Allein, dass sie ihn berührt hatte, war schon sehr hilfreich und belebend für ihn gewesen. Leevke rieb sich mit nachdenklichem Blick das Kinn: „Warte mal. Da war noch was anderes. Ahh! Hast du Wasser hier?" „Abgesehen vom Meer da drüben hab ich noch was aus Klütjes Tragetasche." „Gib, gib! Los." Hinnerk reichte ihr den Beutel: „Trinken würde ich das aber nicht. Klütje haart derzeit wieder." Leevke tauchte unbeeindruckt ihre Hände in die Tasche und legte diese dann feucht auf Hinnerks Bein. „Ihhh! Das prickelt." Leevke konzentrierte sich intensiv, und unter ihren Händen glomm es leicht golden auf, ein schwacher Schimmer. „Fühlst du was?" „Nein." „Schade." Hinnerk lachte frei heraus: „Nein! Ich meine, nein, ich spüre nichts mehr! Kein Pein! Es ist wie weggeblasen! Wie fortgespült!" Leevke strahlte vor Erleichterung: „Na endlich!" Hinnerk konnte nicht anders, als bei ihrem lächelnden Anblick zu erröten. Die Sonne am Horizont neigte sich und das Meer rauschte: Die Welt war voller Glanz und garnicht mehr so trüb und deprimierend wie zuvor.

Hinnerk fragte dann: „Was ist überhaupt passiert? Wie bist du hierher gekommen? Ganz von Kleene Wacht?" Leevke krempelte sein Hosenbein wieder herunter. Er liebte ihre kräftigen, energischen Finger. Sie erklärte traurig: „Es war nicht schön. Eher schrecklich." Sie zog die Beine an und schlang ihre Arme um diese, ehe sie mit Blick gen Meer fortfuhr: „Ich wohne zusammen mit meinem Opa und meiner Oma auf Kleene Wacht. Wir leben dort recht abgeschieden und kommen nur selten mal nach Norderney oder Norddeich. Dort verkaufen wir ein paar Hochseefische, die man nur draußen in der offenen See fangen kann. Ich war nur einmal in der großen Stadt Emden, im Hafen. Das war ziemlich beeindruckend. Besonders die Kirche mit ihren hohen Säulen und der mächtigen Orgel, hehe. Aber es war mir zu laut. Und zu trocken." Hinnerk lauschte ihr gebannt. „Gestern kam dann dieser Theo auf unsere Insel mit seinen Männern... Ich habe nicht viel verstanden, denn ich habe mich draußen rumgetrieben und sah alles nur durch das Fenster hindurch. Da wurde es plötzlich lauter und Theo lief drinnen nervös auf und ab, fuchtelte mit der Axt. Er trat vor... und schlug Oma." Hier schluckte Leevke und hielt sich die Hand vor den Mund, während Tränen ihr in die Augen schossen. „Sie fiel hin und bewegte sich nicht mehr. Opa packte Theo dann am Kragen und schlug ihm mitten ins Gesicht. Aber es machte nichts: Theo war zu stark. Stattdessen hob er ihn mit nur einem Arm hoch und schüttelte ihn heftig und schlug ihn auch noch. Ich glaub er hat geblutet." Leevke wischte sich mit dem Ärmel über das Gesicht und schniefte: „Dann sah Opa mich am Fenster und schrie, ich solle weglaufen und mich verstecken wie sonst. Theos Männer stürmten aus dem Haus und ich rannte, bis mir die Puste ausging und sprang ins Wasser. Für unser eigenes Boot war keine Zeit mehr." Hinnerk nickte: „Kannst du gut schwimmen?" Leevke lächelte: „Das denk ich wohl. Und Tauchen kann ich auch sehr lange. Ich wollte mich in den Felsspalten von Kleene Wacht verstecken, aber die Strömung war sehr stark und ein Sturm kam ganz rasch auf. Sowas hab ich noch nicht gesehen. Die Welt war verrückt geworden. Der Himmel wurde ganz dunkel, und die Wellen schwappten haushoch wie Monster. Ich schwamm, und Theo und seine Männer verfolgten mich mit den zwei Schiffen. Aber unser Boot ist dabei untergegangen mitsamt den Leuten. Auch sein Hauptschiff wurde von einer großen Welle erwischt, die viele Männer mit sich von Deck spülte. Danach heulte es und alles wurde schwarz. Aufgewacht bin ich hier am Strand." Sie schniefte: „Wo sind wir eigentlich?" „Bei Dornumersiel. Gehört zu meiner Strecke." Leevke tat so, als wüsste sie, wo das wäre. Hinnerk lächelte aufmunternd: „Es ist nicht soweit von Norderney entfernt. Da kommt man schnell hin." Das Mädchen nickte dankbar, beugte sich vor, bis ihr Gesicht direkt vor seinem hing: „Kannst du mir helfen - dahin zu kommen?" „Waah! Komm mir nicht zu nahe!", rief Hinnerk panisch aus. Er wäre beinahe nach hinten gekippt - und das im Sitzen. Er fing sich jedoch wieder, sprang elegant auf und reichte Leevke die Hand: „Ha! Klar helfe ich dir. Das ist ja halb so wild, woah? Außerdem ist es meine Pflicht als Deichwächter. Ich bin hier sozusagenen Voll-Berechtiger. Voll-Befugter! Auf jeden Fall bin ich voll! Voll mit Wissen! Haha." Sie lächelte dankbar und er zog sie zu sich hoch: „Du bist echt nett. Der netteste Festländer, den ich kenne." Klütje kläffte zustimmend und lief schon einmal vor den Deich hinunter ins Hinterland. Leevke blinzelte: „Schwimmen wir denn nicht zurück?" Hinnerk sah sie entgeistert an, merkte dann aber, dass sie es wirklich für eine sinnvolle Alternative hielt, einfach in die Fluten zu springen und bis nach Kleene Wacht zu schwimmen: „Ehm... bei dir mag das ja möglich sein, aber ich habe keine Kiemen. Außerdem kommt bald die Ebbe und es wird dunkel. Sicher hast du auch einen Mordsdurst bei all dem Salzwasser, dass du geschluckt haben musst, oder?" Leevke legte ihren Zeigefinger an die Unterlippe: „Eigentlich hab ich eher etwas Hunger..." Hinnerk nickte und nahm sie bei der Hand: „Bei uns gibt es sicher was zu Essen! Mama macht immer was Gutes!" Sie schritten den Deich hinunter und Leevke warf einen letzten Blick über das Meer: „Was ist mit der Lisbeth? Können wir sie so zurücklassen?" „Wer ist Lisbeth?" „Das ist Theos Schiff. So haben sie sie jedenfalls genannt." Hinnerk sagte: „Hmmm, darum kümmern sich die Deichbauern. Ich werde es aber melden. Mehr können wir jetzt nicht machen. Na komm. Ich bring dich weg. Es wird dunkel" Nebelschwaden schwebten hier und da über die fruchtbaren Marschfelder, welche im Gegensatz zum sandigen und kargen Sandboden der Geest der See abgetrotzt worden waren. Hier hatten die Bauern Weizen, Roggen und andere Getreide angebaut, die auch guten Ertrag abwarfen. Auf der Geest und im Moor begnügte man sich mit Buchweizen, Pferdebohnen und Hafer. Auch

Hinnerks Familie gehörten einige Hektar gutes Marschland, von dem sie gut leben konnten, wie er Leevke stolz erklärte. Sie hing an seinen Lippen und Hinnerks schlechte Laune wich mit jedem Schritt. Sie wanderten einen Trampelpfad in Richtung Hof Wiards. Im Osten davon lag die Stadt Esens von Behrend Attena, dem Räuberhauptlinger. Man nannte ihn auch den Bären und er war ein rauer, hünenhafter Geselle, dem man nordmannisches Blut nachsagte, als die Eschenmänner unter Klak hier kurzfristig geherrscht hatten. Esens selbst war nicht weit davon entfernt, als Räubernest zu gelten. Im Westen von ihnen lag die „Feste Dornum"; eine Burganlage der gleichnamigen Siedlung die ganz neumodisch aus Ziegeln erbaut war, als Antwort auf die Überfälle der Eschenmänner in der Region.

Hinnerk und Leevke kamen an einer Herde von gepanzerten, friesischen Deichschafen vorbei, welche vom hiesigen Hirten Habbo bewacht wurden. Hinnerk grüßte den Hirten und sie kamen kurz ins Gespräch. Habbo kannte ihn wohl und war ein guter, alter Freund seines Vaters Okko. Habbo war allerdings nicht nur Hirte, sondern auch Rüstungsmacher. Die Schafe, die er hütete, waren anders als normale Wollschafe, denn anstelle von weicher Wolle hatten sie mehrere, fingernagelgroße, überlappende Panzerplättchen. Die so gescherte Panzerwolle wurde zu besonders flexiblen und leichten Gambeson-Rüstungen verarbeitet, welche ein begehrtes Gut waren und für welches die Friesen über die Landesgrenze hinaus bekannt waren. Allerdings waren die Panzerschafe um einiges aggressiver als ihre Artgenossen und man musste sich durchsetzen können, um die Herde zu kontrollieren. Zudem benötigten sie ständig Gräser aus Mooren, damit ihre Wolle die nötige Festigkeit erhielt. Habbo war ein harter Kerl und im Kampf mit der Lanze geübt. Er hatte bei den legendären Stedinger Spatzen mitgekämpft, einer Truppe von Rebellen, die sich in Stedingen gegen die Ritter gewehrt hatten, ehe sie unterlagen. Man sagte allgemein, Habbo hätte dem Oberwidder der Herde ein paar Kopfnüsse verpasst, um sich so den Respekt der Herde zu verdienen. Man nannte ihn den „harten Habbo". Hinnerk war schon öfter vor den Panzerschafen geflohen, denn sie konnten mit ihren dicken Schädelknochen sogar Felsen ein paar Risse beibringen. Umso erschreckender war nun der Anblick der beiden, als sie sahen, wie Leevke den Kopf eines grimmig-knurrenden Schafes nahm und kräftig rubbelte: „Och nö! Was bist du denn für ein niedliches, kleines Schaf? Möhöhök, Mö-hö-ök! Verstehst du das? Mö-mö-mööhk?!" Sie schüttelte den Kopf des Tieres energisch hin und her, so als würde dieses verneinen: „Nein? Verstehst du das nicht? Schade." Habbo konnte seinen Mund nicht mehr zumachen, und auch Hinnerk stand die Furcht ins Gesicht geschrieben.

Habbo sagte angespannt: „Bist du verrückt, Mädchen? Weg da. Aber langsam, sonst..." „Hö?", machte Leevke, sprang rasch auf und lief zu ihnen herüber. Das Deichschaf und seine Artgenossen scharrten mit den Hufen und blökten empört und kollektiv zum Großangriff. Hinnerk sprang mit großen Sätzen zu Leevke, packte ihren Arm und sagte eindringlich: „Lauf! So schnell du kannst, lauf!" Leevke warf einen Blick zurück, als sie losliefen, und sah, wie sie von einer großen, einheitlichen Masse aus blökenden, schlecht gelaunten Panzerschafen verfolgt wurden. Die Erde bebte unter den schweren

Hufschlägen. Habbo fluchte seinerseits und packte einen der Leitwidder mit seinem Hirtenstab: „Ich kann sie nicht alle aufhalten! Lauft!" „Ich dachte, man soll nicht wegrennen, sondern sich langsam zurückziehen?!", rief Leevke und Hinnerk verzog das Gesicht, als er merkte, dass er seinen eigenen Ratschlag ignoriert hatte: „Dammich! Nu ist eh zu spät." Leevke und Hinnerk hüpften und rannten querfeldein über die Wiesen und Felder, mit Klütje vorneweg, der ihnen den Weg zeigte.

Vor ihnen tauchte eine Herde Rinder auf und kaute friedlich Gras. Die Kühe beobachteten ihre Ankunft unbeeindruckt und bewegten sich auch dann nicht zur Seite, als die beiden durch sie hindurch hechteten. Erst als die Schafsherde angetrampelt kam, setzten sie sich muhend in Bewegung und flüchteten ebenfalls vor dem blökenden Schafsmob. Nun flohen Hinnerk und Leevke vor den Rindern, welche vor den Schafen flüchteten, die von Habbo verfolgt wurden. Hinnerk war sich der Absurdität durchaus bewusst: „Wenn das so weitergeht, haben wir bald das ganze Harlingerland an der Backe." Leevke keuchte indessen: „Ich kann gleich nicht mehr, Hinni." Sie kamen an einen breiten und tiefen Schlot. Hinnerk rief: „Spring!" Er nahm sie am Arm und gemeinsam hüpften sie in vollem Lauf: Sie landeten im Brackwasser und kraxelten eilig hoch, durch Brennnesseln auf die andere Seite. Durchnässt torkelten sie weiter und sahen, wie die Kühe hinter ihnen allesamt ins Wasser polterten. Fassungslos betrachteten Hinnerk und Leevke das Schauspiel, als auch noch die Schafe hinterher sprangen und ein heilloses Durcheinander aus schnaubenden Kühen und blökenden Schafen entstand, die wild herumplanschten. Habbo war außer Atem, als er endlich eintraf. Die Schafe und Kühe quälten sich einzeln aus dem Wasser, was Habbo mit einem trockenen Kommentar abtat: „Naja! Wenigstens muss ich ihnen nichts mehr zu trinken geben..." Leevke schluckte und senkte ihr Haupt: „Tut mir leid, Herr Habbo. Das war allein meine Schuld." Der Hirte winkte schnaufend ab: „Schon gut, Kind. Solange es nicht zur Gewohnheit wird. Ein bisschen Bewegung tut auch mal ganz gut, aber vielleicht solltest du nicht gleich alles in die Hand nehmen." „Danke." „Bei euch sonst alles klar, Hinni?" Der junge Mann klopfte sich ab: „Wir haben ein paar Kratzer, Brennnesseln an den Händen und sind pitschnass. Also alles bestens." Habbo nickte ernsthaft: „Das hätte auch ganz anders ausgehen können. Dieses Land ist vielleicht flach und ruhig, aber man will wieder Gobolde im garstigen Moor gesehen haben. Die legen auch gerne mal hässliche Fallen aus." „Ich pass besser auf. Wir gehen jetzt aber nach Haus." Sie halfen Habbo noch, die Kühe und Schafe aus dem Wasser zu scheuchen, und zogen dann weiter.

Erschöpft und verdreckt kamen Leevke und H am frühen Abend am Hof der Wiards an. Hinnerks jüngere Geschwister wuselten ihnen bald eilig entgegen und konnten sich nicht an dem Mädchen mit den dunkelblauen Haaren, den Schlitzen am Hals und den lustigen, goldenen Augen sattsehen. „Ist das deine Freundin Hinni??", wollte die siebenjährige Namke wissen und befühlte Leevkes Haar. „Nein! Haut ab hier!", bellte Hinnerk und scheuchte seine Geschwister fort, während sie Leevke begeistert umschwirrten wie Motten das Licht. Sie betraten den Hof und das große, zentral gelegene Gulfhaus; gingen vorbei an Kühen, Schweinen und Hühnern in den offenen Wohnbereich hinein mit der steinernen Feuerstelle in der Mitte. Hinnerks Mutter Hilde knetete gerade einen Brotteig am großen Esstisch und hieß die beiden willkommen. Sie schien glücklich darüber, dass Leevke da war: „Nein, was bist du für ein hübschen Mädchen! Sind deine Haare gefärbt?" „Nein, die sind so.", gab Leevke unumwunden zu. Hinnerk räusperte sich: „Verzeih Mutter, aber kann sie heute hier bleiben? Wir müssen morgen ein Schiff besorgen und sie nach Kleene Wacht zurückbringen." „Verzeih Mutter? Was ist aus Moin Mama geworden?" Hinnerk zuckte mit den Schultern und Hilde lächelte: „Also von mir aus kann sie hier solange bleiben, wie sie möchte."

So kam es, dass bald die gesamte Familie Wiards und Leevke zu Tisch saßen, um Abendbrot zu essen. Hinnerks Vater Okko kam gerade vom Holzhacken: Er war ein breitschultriger, dunkelblonder Mann mit Schnauzbart und kurzem Haupthaar. Man sah ihm sofort an, dass er Bauer mit Herzblut war. Nachdem Okko das christliche Dankgebet gesprochen hatte, begann das Essen, welches primär aus Brot, Dünnbier sowie einem großen Eintopf als Hauptspeise bestand, in welchem grüne Bohnen, Wurzeln, Kräuter und einige Stücke Hühnerfleisch eingekocht waren. Hinnerk erzählte allen, was an diesem Tag alles passiert war, und kam dabei kaum zum Essen.

Als er geendigt hatte, ergriff Okko das Wort: „Du hast Glück, dass du noch lebst, Hinni." „Ja.", meinte dieser kleinlaut und Okko nickte wissentlich: „Nunja. Ich kann nur hoffen, dass dir damit diese abenteuerlichen Flausen aus dem Kopf geklopft wurden: Diese Bande von Räubern und Halsabschneidern, denen du dich anschließen willst, sind eine Gefahr, auch für uns. Allen Vorteilen zum Trotz: Irgendwann werden sie für ihre Taten büßen müssen. Harte, ehrliche Arbeit hingegen hat Bestand." Hilde ergriff die Hand ihres Mannes: „Nicht beim Essen. Wir haben einen Gast." Hinnerk aber wollte die Sache nicht auf sich beruhen lassen: „Die Likedeeler sind keine einfachen Räuber, wann begreift ihr das endlich? Sie sind tapfere, freie Männer, die uns Wohlstand und Geld bringen, welches die Pfeffersäcke der Hanse im Überfluss haben. Das sind die wahren Räuber! Wenn die in Marienhafe Hunger leiden würden, würden uns die Hanseaten doch bis auf den letzten Gulden ausplündern und uns schimmeliges Brot zum Höchstpreis verkaufen. Das sind die Diebe und nicht die Likedeeler!" Leevke verfolgte dieses Gespräch mit einiger Verwirrung, während sie an ihrem Brot mümmelte. Sie verspürte zudem einen Anflug von Furcht, denn sowohl Hinnerk als auch Okko schienen sehr unterschiedliche Auffassungen zu haben und reagierten sehr gereizt. Sie selbst kannte solche Streitgespräche von Zuhause nicht.

Okko schlug auf den Tisch, dass die Teller hüpften: „Nicht in diesem Ton, Freundchen! Du wirst dich von diesem Gesindel fernhalten und ein friedliches, vernünftiges Leben führen! Du weißt ja gar nicht ‚wie es da draußen zugeht! Mord und Totschlag allerorten, keiner der dir hilft, sondern noch nachtritt, wenn du am Boden liegst. Es mag nicht sonderlich aufregend sein, aber wenigstens lebst du länger. Hier ist dein Platz. Hast du verstanden? Wie kann man nur so begriffsstutzig sein?" Hinnerk verschränkte die Arme vor der Brust: „Ich will hinaus in die Welt und was erleben. Hier werd ich nur bekloppt, wie ein Wolf in einem Käfig. Ich muss auf die Jagd!" Okko nickte: „Auch einen Wolf kann man zähmen. Guck dir Klütje an. Und nun ist Schluss! Ich will nichts mehr davon hören." Hinnerk setzte zu einer patzigen Antwort an, verkniff es sich aber. Nach einer Pause seufzte Hilde: „Tut uns leid, dass du das mit ansehen musstest, Leevke. Die beiden streiten sich immer wieder. Und es ist immer wieder dasselbe Thema." Okko sagte: „Mir tut es nicht leid." Er biss grimmig ein Stück Brot von seinem Laib ab und Hinnerk tat es ihm gleich: „Mir auch nicht." Leevke winkte ab: „Ist schon in Ordnung. Ich glaube, dass sie sich in Wirklichkeit sehr lieb haben." Hilde lachte: „Damit könntest du sogar Recht haben. Zugeben würden sie es aber nie. Männer halt." Der gesetzte, besonne Lebenswandel von Okko kollidierte naturgemäß mit Hinnerks jugendlichem Tatendrang und rebellenhaften Ausbruchsverhalten. Zudem sorgte Leevkes Anwesenheit zumindest bei Hinnerk dafür noch, weiter zu gehen.

Verkniffen fragte er in die Stille: „Können wir Leevke morgen nach Norddeich bringen? Sie muss nach Kleene Wacht." Sein Vater erwiderte: „Wir müssen morgen Heuballen von Nessens Hof holen, den Karren könnt ihr nicht kriegen. Die Pferde auch nicht." „Sollen wir etwa den ganzen Weg zu Fuß gehen?" Leevke meinte: „Also mir würde das nichts ausmachen. Wirklich! Ein bisschen wandern…" Okko warf auch ihr einen Blick zu, überlegte kurz und seufzte dann: „Also gut. Ich muss in Norddeich ohnehin noch ein paar andere Dinge erledigen. Nessens Heu wird ja nicht weglaufen. Morgen früh fahren wir dann los." Leevke strahlte: „Vielen Dank, Papa Wiards! Das ist sooo lieb." Okko räusperte sich verlegen und sagte Hinnerk: „Du passt auf sie auf, hörst du?" „Ja, mach ich. Gut." Die Lage entspannte sich wieder. Zwar stritten sie oft, aber es gab hin und wieder Lichtblicke, in denen Hinnerk tatsächlich froh war, einen Vater wie Okko zu haben. Auf ihn war immerhin Verlass, egal ob er nun für oder gegen seine Meinung war.

In dieser Nacht lagen Hinnerk und Leevke in seinem Zimmer im ersten Stock. Im Regal entdeckte Leevke Holzfiguren von Kriegern, Wagen und diversen Ungeheuern. „Hast du die selbst gemacht?" Hinnerk lächelte: „Sind nicht besonders hübsch." „Ich find sie niedlich. Hier diese Kuh zum Beispiel." „Das soll ein Wurm sein…" „Sind die nicht lang und schleimig?" Hinnerk blinzelte irritiert und lachte dann auf: „Nein, nein. Kein Regenwurm. Ein Lindwurm. Eine große, giftige Echse ist das." Leevke gähnte und sie begaben sich ins Bett. Hinnerk fielen gleich die Augen zu. Okko schnarchte so lautstark durchs ganze Haus, dass Leevke wach lag. Sie zog an Hinnerks Nachthemd: „Du Hinni?" „Wie…was, wo?", meinte dieser verschlafen. „Ich kann nicht einschlafen." Okkos Schnarchen ließ die Wand erbeben. Hinnerk gähnte: „Oh? Dann lass uns doch in die Scheune gehen. Da übernachte ich manchmal, wenn mich hier alle nerven…" Sie zogen sich kurz an und gingen in die kühle Sommerluft hinaus über den Hof. Der Mond schien hell und klar und nur vereinzelt zogen Wolken am Firmament vorbei. Die Sterne funkelten zu Abertausenden. „Es ist wunderschön.", flüsterte Leevke

lächelnd und tänzelte im fahlen Mondschein kicherte, als das nasse Gras ihre Füße kitzelte. Hinnerk nickte, aber fand sie viel schöner als alle Sterne oder den Mond zusammengenommen. Sie gingen herdann in die Scheune, in welcher sie ihre Decken ins Heu warfen und dort ihr Lager aufschlugen. Sie starrten die Scheunendecke an, zwischen deren Balken einige Getreideähren hervorlugten.
Leevke fragte: „Denkst du, Oma und Opa geht es gut?" Hinnerk wollte ihre Sorgen zerstreuen: „Houh, das wird schon klappen. Wirst schon sehen." Leevke drehte sich zu ihm und ihre goldenen Augen blickten liebevoll: „Danke, Hinni. Ohne dich... Wer weiß, was dann jetzt gewesen wäre..." Ach das..." "Gute Nacht." Hinnerk schluckte, sein Hals war trocken: „Gute Nacht..." Sie kuschelten sich ins Heu, Rücken an Rücken: Der Junge spürte ihre körperliche Wärme und lauschte ihrem gleichmäßigen Atem. Hinnerk konnte sich vorstellen, so die Ewigkeit zu verbringen. Er konnte sich ein Lächeln nicht verkneifen, als sie zu schnarchen anfing. Aber er war das gewöhnt.

Theo ballte die Faust und grub sie tief in den bleichen, feuchten Sand vor sich. Er hustete und spuckte Sand. Seine Kehle brannte vor Durst. Er hatte seine letzte Kraft benötigt, um die kleine Insel zu erreichen. Sie glich einem Hügel und war nicht sehr groß. Als er seine salzverkrusteten Augen hob, erblickte er die große Burgruine, die wohl einst eine prächtige Seefestung gewesen sein musste. Das Meer war vom Nebel verhüllt und auch die Ruine wurde von Nebelschlieren durchzogen. Es war keine Menschenseele zu sehen. Auch Möwen hörte er keine. Nur das Rauschen des Meeres und Heulen des Windes durch das verlassene Gemäuer. Die Luft war kalt und feucht. Theo war zum Glück ein zäher Hund und niemand, der sich leicht einschüchtern ließ. Sein Körper war mit Narben übersät, hatte ihn sein Vater doch nur zu gerne mit dem Lederriemen bearbeitet, wenn er wieder mal nicht hören wollte oder rumgeheult hatte wie ein Mädchen. Theo hatte die Lektionen schnell begriffen: Nur Härte und Gewalt konnten einen beschützen, alles andere war weltfremdes Gesülze. Er hatte nur noch Verachtung für sein schwächeres Ebenbild der Vergangenheit und hasste Jammerlappen und Heulsusen wie die Pest. Neben der Härte seines Leibes hatte auch eine Gerissenheit des Geistes dafür gesorgt, dass er noch nicht in den Fluten ersoffen war wie seine unglücklichen Kameraden.

Er kannte die Strömungen zwischen Langeoog und Wangerooge und dass es keinen Sinn hatte, seine Kräfte darauf zu verschwenden, gegen den Strom zu schwimmen. Er hatte überlebt, weil er nicht wie ein Wahnsinniger auf die Inseln zuhielt, sondern auf eine günstige Gelegenheit gewartet hatte. Dennoch war es knapp geworden und Theo fühlte sich die ganze Zeit über unwohl. Es gab beunruhigende Gerüchte von der Seeburg Mudington über einen gewissen grauen Jäger; einer riesigen Bestie, die ganze Schiffe verschlingen konnte und sich in diesen Breiten herumtrieb. Theo gab sich keinen Illusionen hin, was seine beiden letzten Begleiter betraf: Wenn sie Pech hatten, wurden sie sogar Draugr, ertrunkene, verfluchte Seeleute, die mit Moos und Muscheln behangen ihr untotes Dasein am Meeresgrund fristen mussten.

Theo erhob sich, klopfte sich ab und sah sich um: Ranken und Moos hatten sich an den Mauern der Festung festgesetzt, das Tor war längst eingefallen und die Eisengitter waren durch das Salzwasser längst verrostet. Die Steine des Gemäuers waren schwarz und glänzten feucht. In den Ritzen krochen tentakelbewehrte Kreaturen mit dürren Beinchen umher. Hinter der eingefallenen Mauer erhob sich der größte Bau von allen: Ein breiter Bergfried, der sich von unten nach oben verjüngte und ganz oben in einer flachen, überdachten Plattform endete, gänzlich ohne Zinnen, was untypisch war. Aufgrund seiner (eher misslichen) Lage hielt Theo für sinnvoll sich die verfallene Anlage etwas genauer anzusehen. Vielleicht fand er ja in den Trümmern genügend Material, um ein kleines Floss zu bauen und damit wieder an Land zu kommen. Weit konnte er ja nicht von der Küste entfernt sein. Er würde schon einen Weg von dieser Insel finden, eine neue Mannschaft finden, Plünderer und Diebe gab es ja allerorten zuhauf. Viele geplagte Knechte warteten nur auf so eine Gelegenheit, ihrem hoffnungslosen Dasein zu entfliehen. Vielleicht bekam er sogar sein Schiff, die Schnigge Lisbeth, wieder, obwohl er es bezweifelte. Die Friesen gaben ihr Strandgut nie mehr her, außer man bezahlte königlich dafür. Von dem Mädchen, für das es eine Belohnung geben sollte, hatte Theo vorerst die Schnauze voll. Doch sollte er ihr oder diesem Bengel von Deichfriesen über den Weg laufen, würde er sich die Zeit nehmen und beide genüsslich über den Jordan befördern. Niemand legte sich ungestraft mit Treibholz-Theo an, und Theo wiederum legte sich klugerweise mit niemandem an, den er nicht auch bestrafen konnte. Ein weiteres Mal würde er das Gör nicht unterschätzen. Seine Schiffsaxt hatte er verloren und er begann, den Strand abzusuchen, aber außer einigen aufgebrochenen Muscheln konnte er nichts Nützliches finden, nicht einmal einen schweren Ast. Dafür konnte er seinen Durst an einer kleinen Felsenkuhle stillen. Theo schritt durch die Trümmer und vielerlei Getier kroch vor ihm davon. Nichts davon war warmblütig und alles wirkte trostlos, grau und verlassen. Das musste jedoch nichts heißen: Es konnte ein okkulter Meereskult sein, welcher die Meeresgötter aus einer Zeit anbetete, als die Friesen noch Heiden gewesen waren. Er durchschritt das halb zerfallene Torhaus und sah sich im Innenhof um: An den Mauern des Innenhofes entlang entdeckte er die verfallenen Häuser, darunter Ställe, Schmieden, ehemalige Unterkünfte, Scheunen und viele Lagerräume. Auch einen total verwilderten Kräutergarten entdeckte er: Bitteres Unkraut hatte alles andere vertrieben. Zu Lebzeiten war diese Insel sicher ein beliebter Warenumschlagsplatz gewesen, doch nun tummelten sich hier höchstens ein paar Knochenasseln. Er durchsuchte jedes Haus, fand aber nichts Brauchbares außer rostigen Nägeln, zerschlagenen Krügen und morschen Brettern. Dafür entdeckte er eine Falltür in der Schmiede und er fand sie auch nur, weil die morschen Bretter unter seinem Gewicht nachgaben und ihn einbrechen ließen. Ein paar laute Flüche später, die weithin halten, öffnete er die Falltür und entdeckte dort eine Truhe.

Mit einem Stein brach er das rostige Schloss auf und stieß einen erfreuten Laut aus, als er den enthaltenen Gegenstand aus dem eingewickelten Lappen genommen hatte. Es war eine fein gearbeitete Schiffsaxt, wie die, die er verloren hatte. „Scheiss die Wand an. Geht doch!", lachte er und machte ein paar Übungsschnitte. Sie lag sehr gut in der Hand und Theo fühlte sich gleich viel wohler. Nach dem Verlust von Schiff und Mannschaft war er ziemlich geknickt gewesen, aber dies war ein Zeichen, dass es bergauf ging. Er zerschlug einige alte Möbel mit Leichtigkeit und zufrieden verließ er die alte Scheune wieder. Vielleicht gab es noch mehr Schätze im dicken Turm zu finden. Frohen Mutes ging er auf das große, zweiteilige Tor zu.

Seine Stimmung trübte sich schlagartig, als er das charakteristische Zischen von Seeskorpionen vernahm. Drei der hüftgroßen, gepanzerten Wesen brachen zischend aus dem Boden vor ihm. Ihre Scheren klappten und ihr Stachelschwanz war zum blitzschnellen Stich erhoben. Die beste Möglichkeit, Seeskorpione zu töten, war, sie zu provozieren, damit diese zustachen, um ihnen dann den Stachel abzuschlagen. Ohne diesen waren sie immer noch gefährlich, aber wenigstens konnten sie einen nicht mehr mit ihrem Nervengift betäuben, um dann lebendig gefressen zu werden. Theo beschloss einen taktischen Rückzug angesichts der schnappenden Übermacht und lief zu einer Treppe nahe der Festungsmauer. Die Seeskorpione zischten und knackten, als sie ihm folgten. Theo fackelte nicht lange, schnappte sich einen der liegenden Felsbrocken und warf sie auf die Skorpione. Der Panzer desjenigen, welcher schon die Treppe heraufkrabbelte, blockte den Brocken ab, nur damit dieser dann in hohem Bogen auf dem hintersten Skorpion niederkrachte. Er schrie schrill auf, als der wuchtige Felsen den Panzer durchbrach: Gelbes Blut spritze aus dem Leib und seine Bewegungen erstarben. Die anderen beiden Skorpione krabbelten die Treppe hoch und der erste schnappte mit seinen Scheren nach Theos Beinen. Theo schlug ihm die Axt direkt zwischen die Augen und sprang sofort zurück, denn im Todeskampf stach der Skorpion noch einmal zu. So verging auch diese Kreatur schrill kreischend und wild um sich schlagend. Die Axt blieb jedoch im Panzer stecken und der letzte Skorpion war schon heran. Theo knurrte: „Ich werde doch nicht gegen ein paar stinkende Araknoide verlieren!" Er stampfte mit aller Macht auf die bröcklige Mauer: Die Steine lösten sich aus dem Gemäuer. Der dritte Skorpion wurde ebenfalls von dem kleinen Beben erfasst und über die Treppe gedrängt: Zappelnd landete er mit dem Rücken im Hof. Theo schnappte sich seine Axt aus dem Panzer des zweiten Skorpions, sprang hinunter, und tötete auch den letzten der Skorpione. „Verdammte Mistkackviecher.", sagte er, spuckte aus und ging auf das große, zweigeteilte Tor mit den schweren Eisenringen zu.

Aus einem ihm unerklärlichen Grund war das Holz hier nicht so vermodert wie anderswo und wirkte immer noch robust. In dem Holz waren Abbilder von friesischen Kriegern sowie eines einäugigen, vierarmigen Kraken abgebildet. Theo warf sich mit aller Kraft gegen das Tor. Knarrend öffnete es sich. Das fahle, durch den Nebel verhüllte Sonnenlicht, offenbarte ihm eine staubige Eingangshalle, in der vergilbte Banner an den Wänden hingen. Die knöchernen Überreste von Menschen lagen und saßen überall herum. Er nahm sich eine der alten Fackeln und fand nach kurzer Suche sogar etwas Zunder sowie ein Feuereisen, um sie zu entzünden. Viel sehen konnte er dennoch nicht: Es war, als sei ein schwarzer Nebel präsent, den auch die Fackel nicht vertreiben konnte. Theo durchsuchte die Räume, fand aber nur weitere Skelette, rostige Waffen, Geschirr und vermoderte Möbel. Die Menschen saßen teils zusammengesunken auf Stühlen und Bänken, lagen in Betten oder auf dem Boden, als wären sie auf der Stelle gestorben. Theo fragte sich, wie die Menschen wohl umgekommen waren und warum niemand ihre Leichen begraben oder zumindest verbrannt hatte. Er entdeckte einen Tunnelgang, der tiefer in den Kerker der Festung führte, aber Theo hörte dort vor allem das Zischeln von giftigen Hundertfüßlern und beschloss, vorerst nicht hinabzusteigen.

Stattdessen beschloss er, sich einen Überblick zu verschaffen und ganz nach oben zu gehen. Er passierte insgesamt vier Ebenen auf der steinernen Wendeltreppe. Die erste Ebene war für die Bediensteten gedacht und hatte Lagerräume für Fässer und Säcke: Alles verfault und ausgelaufen. Die zweite Ebene besaß Unterkünfte für Krieger, mit Rüstungs- und Waffenständern. Auch hier lagen viele Skelette herum wie in einem grotesken Abbild einer letzten Schlacht. Die dritte Ebene hatte eine Küche, einen Kaminsaal und war wohl einst der Speisesaal. In der Küche fand Theo nur zerbröseltes Brot und staubiges Fleisch. Auf der vierten Ebene gab es neben einigen Verwaltungsräumen mit Regalen eine schwere Eisentür, die er nicht aufbekam, und von der eine ihm unangenehme Kälte ausging. Die heidnischen Runenzeichen taten ihr Übriges, um ihn davon abzuhalten, sie einfach aufzubrechen. Dafür fand er in den anderen Räumen der Ebene ein paar alte Münzen mit dem Abbild des einäugigen Kraken, sowie brauchbares Werkzeug und noch gutes Holz für sein Floss. Er nahm sich ein Leinentuch und steckte alle Fundtümer in den improvisierten Beutel hinein.

Schließlich bestieg er die schmale, offene Treppe, die auf die Beobachtungsplattform des Bergfriedes führte. Hier oben pfiff ihm gleich ein scharfer Wind um die Ohren. Es gab außer zerfledderten Bannern, die hier wehten, einen Thron in der Mitte, auf dem ein eingefallener, mumifizierter Mann mit Krone und windgebleichter Kleidung saß. Überall verstreut lagen Skelette in rostigen Rüstungen mit ebenso alten Speeren, Schwertern und Schilden. Der Wind heulte lauter auf und Theo glaubte, darin eine menschliche Stimme zu hören. Theo beschloss, sich den gut erhaltenen Königsleichnam etwas näher anzusehen.

Die Augen der Mumie waren zwar geschlossen, aber Theo wurde irgendwie das dumpfe Gefühl nicht los, dass etwas nicht stimmte. Der Leichnam war männlich und hatte wallendes, grau-weißes Haar. Die Haut war verschrumpelt und eingefallen. Was Theo jedoch am meisten interessierte, war die kunstvolle und reichlich verzierte Silberkrone mit Rubineinsätzen, die der Mann trug. Zudem trug er mehrere schöne Ringe und ein gut erhaltenes Gewand. Links neben dem Thron hing ein makeloses Saxschwert in seiner Gurtscheide.

Theo hatte kein Problem damit, die Toten zu bestehlen, denn wenn er es nicht nahm, würde es irgendein anderer tun. Er griff alsdann nach der Krone, doch kaum dass seine Finger sie berührten, packten zwei kräftige, verknöcherte Hände nach seinen Armen und hielten sie so fest wie eiserne Ketten. Eine klare, donnernde Stimme brach aus der Mumie: „Wer wagt es, den König aller Friesen zu bestehlen?!" Theos Augen weiteten sich vor Schreck, als die Leiche aufstand und ihn ruckartig am Hals packte, die Augen immer noch geschlossen. Mühelos hob sie ihn hoch. Theos Versuche, sich zu befreien, waren wirkungslos. Erst jetzt öffneten sich die Augen der Mumie und Theo blickte in milchig-weiße Augen, deren Iris silbern strahlte. Der untote König zischte: „Wer bist du? Sollst du mich töten? Haben die Franken dich geschickt? Der Popst?! Sprich!" Theo hustete: „Wer?! Ich weiß nicht, wovon ihr redet! Wer seid ihr?!" Der untote König machte große Augen: „Ich! Ich bin Radbod, König der Friesen! Niemand wird mich töten, solange es Friesen gibt! Solange ihr Wille nach Unabhängigkeit in ihrem Blut kocht, werde ich hier sein!" Mit diesen Worten schleuderte Radbod Theo quer über die Plattform. Dabei verlor Theo sein Gepäck, und all die erbeuteten Waren verteilten sich scheppernd über die Plattform. Der Strandräuber schlitterte bis zum Rand der Plattform und konnte sich gerade noch so an der Kante festkrallen.

Der Sturz hätte ihn umgebracht. Radbod trat mit wuchtigen Schritten näher an den Rand: „Ein Plünderer! Ein elender Dieb!" Theo war in Panik: Damit hatte er nicht gerechnet: „H-Herr! Bitte vergebt mir! Ich wusste nicht, dass ihr es seid! Lasst mich am Leben! Ich will euch von Nutzen sein!" Radbod war an den Rand getreten und blickte auf Theo hinab, überlegte. Der Wind heulte und Theo hatte Mühe sich festzuhalten. „Scheisse! Bitte, mein König Radbod, Herr der Friesen! Helft mir und ich werde euch helfen!" „Tze. Wie wollt ihr mir helfen? Was könntet ihr mir schon bieten?" Theo sah, wie sich die gepanzerten Skelette erhoben und nach ihren Waffen griffen. Kleine, rote Lichter brannten in ihren leeren Augenhöhlen und sie klapperten, als sie sich dem Rand näherten, um ihrem untoten König beizustehen. Es war vom Regen in die Traufe geraten: „Ich... ich, weiß von einer Kraft, die euch helfen könnte! Ja! Helfen kann wieder König zu werden!" „Ich bin der König aller Friesen, Wurm!" Theo lächelte gequält: „Hier ja, aber nicht an Land! Ihr mögt dieses Eiland besitzen, doch Friesland wird von den Hauptlingern und der Kirche regiert, oder? Ich kenne niemanden ,der euch die Folgschaft geschworen hat!" Radbod knurrte und sah in den Nebel hinaus: „Das kommt daher, weil diese Narren vergessen haben. Vergessen, dass ich immer noch ihr wahrer, rechtschaffener König bin. Man hat es aus ihnen ausgeprügelt."

„Natürlich, Herr! Ich weiß, wie ihr den Friesen zeigen könnt, dass es euch noch gibt!

Ihr werdet ihnen ins Gedächtnis rufen, dass Radbod immer noch ihr König ist und niemand sonst!" Mit diesen Worten verlor Theo den Halt. Seine Finger rutschten ab und er stürzte in die Tiefe. Radbods Arm schnellte vor und zog ihn mühelos hoch: Die Kraft des Friesenkönigs war übermenschlich. „Was für eine Art Zauber soll das sein, Plünderer?" „Theo mein Name, Herr. Es gibt da ein Mädchen, mein König. Sie beherrscht Magie!" „Welche Art von Magie?" „Irgendwas mit dem Wasser: Mit dem Meer!" Theo stöhnte erleichtert, als die knöchernen Hände ihn zurück auf die Plattform warfen. Diese Erleichterung wurde jäh durch die Stimme des untoten Königs zerstört, der ihn mit stechendem Blick aufforderte: „Erzähl mir alles." Theo sah sich von Untoten umringt und fügte sich seinem Schicksal: Vorerst jedenfalls.

Kapitel 2
Modder & Schlick

In gemütlichem Schritttempo rollte der zweiachsige Karren der Wiards den Trampelpfad hinunter. Links von ihnen lag ein junger Wald, hinter dem das große garstige Moor lag und rechts von ihnen lag der Deich. Möwen kreisten Futter suchend in der Luft und kreischten. Okko hatte die Zügel in der Hand und trieb damit den betagten Ackergaul an, der ihren Wagen zog, während Hinnerk und Leevke hinten im Karren mit den Fässern, Säcken und Kisten saßen und vor sich hin dösten. Hinnerk verschränkte die Arme hinter dem Kopf und kaute auf einem alten Hühnerknochen. Klütje hatte es sich auf Leevkes Schoß bequem gemacht, wo er ebenso herzhaft schnarchte, wie sie am Abend zuvor. „Du warst noch nicht an Land, oder?", wollte Hinnerk schließlich wissen und beförderte den Knochen in seinen linken Mundwinkel. „Merkt man das so deutlich, ja?" „Naja, sagen wir mal so: Wer in dem

Alter noch nicht gelernt hat, dass man gepanzerten Deichschafen nicht an den Kopf packt..." „Ich dachte, es wären friedliche Tiere! Allein wegen der Wolle..." Hinnerk meinte übertrieben vornehm: „Der Schein kann gar trüglich sein, Verehrteste." Leevke lächelte: „Echt?" „Echt. Glaub mir das. Denk doch nur an die Fennen. Die sehen auch aus wie nette, alte Omas, reißen dich aber in Stücke, wenn du nicht auf Zack bist." „Fennen? Was oder wer soll das denn sein?" Hinnerk seufzte und setzte zu einer langen Erklärung an. Okko nahm ihm dies ab: „Fennen, Leevke, sind Wesen, die sich Nachts, wenn es nebelig ist, auf Feldern und den Mooren umhertreiben. Sie sind dürr wie Äste, klapprig wie Skelette. Sie staken mit ihren schmalen Klauenfüßen durch die Äcker und rufen ganz leise Moin. Wer nicht mit fester Stimme antwortet, wird ihr nächstes Opfer. Sie wittern Schwäche und Angst genau heraus. Sie rasen an dich heran, und wenn dich ihr grässlicher Anblick nicht zu Tode erschreckt, so stirbst du durch ihre Klauenhände, die dich aufschlitzen. Gibt nur wenige, die das überlebt haben. Fennen stellen sich selten zum offenen Kampf. Sie sind Jägerinnen." Hinnerk und Leevke tauchten nun links und rechts hinter Okkos Kopf auf. Leevke war beeindruckt: „Das ist ja unheimlich hier an Land." Hinnerks Vater räusperte sich: „Man muss sich nur zu helfen wissen. Haltet euch in der Nacht vom Moor und weiten Feldern fern, und wenn, dann geht nicht alleine und auch nicht ohne Fackel. Es gibt noch mehr Kreaturen, die hier ihr Unwesen treiben. Feuer hält aber die meisten fern." Hinnerk klopfte sich auf die Brust: „Keine Angst, ich beschütze dich Leevke. Wenn es sein muss, nehme ich es mit einem Drachen auf." Leevkes Augen glänzten: „Ohhhhh! Das machst du?" Der junge Mann nahm nun eine heroische Pose ein und zückte sein Friesenmesser, fuchtelte damit wild in der Gegend herum. „Ich bin ein von kreuzritterlicher, von Meisterhand trainierter, Kämpe und habe den einen oder anderen Trick auf Lager!" Okko verdrehte die Augen: „Tricks, wegen denen du dann übermütig wirst und dich unnötig in Gefahr begibst, wie gegen Theo." „Hätte ich Leevke etwa allein lassen sollen?" „Nein, aber Hilfe holen. Das ist deine Pflicht als Deichwächter." Hinnerk knurrte beleidigt und verschränkte die Arme vor der Brust, starrte demonstrativ nach hinten. Leevke stupste ihn mit ihrem nackten Fuß an: „Heh." Daraufhin entspannte er sich etwas. Sie näherten sich am Mittag dem Ort Norddeich, welcher im Einflussbereich des Hauptlings Friedhelm Nordendi lag. Es war ein beliebter Warenumschlagplatz der hiesigen

Bauern, und auch wagemutige Hansehändler wollten hier mit den „verpönten Friesen" ihr Geschäft machen.

Dies lag unter anderem daran, dass die Preise in Friesland garnicht so schlecht für ihre eigenen Weiterverkäufe waren: Eben wegen der Likedeeler, die hier günstige Hehlerware unters Volk brachten. Hier befand sich auch ein kleiner Außenposten der Deichwacht in Form eines hölzernen Turmes. Diese gemeinschaftlich organsierte Institution glich dem Upstaalsboum-Treffen der Friesen, und seine Helfer wurden von den anliegenden Menschen versorgt und bewaffnet. Hinnerks Deichpflicht gehörte mit zu dem Abwehrsystem der friesischen Küste. Im dazugehörigen Ort war einiges los und zwei ältere, flachbauchige Handelskoggen aus Westfriesland löschten gerade hier ihre Waren, beluden sich mit Schafsfellen, Tuchen, Torf und sogar Pferden. Sie ankerten in einer eigens dafür gegrabenen Kuhle vor dem Deich, in der auch bei Ebbe noch genug Wasser vorhanden war, damit die Schiffe nicht unnötig ausliefen. Dennoch mussten sie die nächste Flut abwarten, ehe sie weiterfahren konnten. Just aus diesem Grund hatten die Friesen sehr oft flach bauchige Schiffe im Einsatz. Es hieß, dass die Kogge an sich eine friesische Konstruktion war, aber dem gingen die Schiffe der Eschenmänner voraus, wie zum Beispiel durch den breiten, offenen Knarr. Der Ort selbst lag auf einer Wurft und bestand aus mehreren Hütten, welche mehr oder weniger halbmondförmig mit Öffnung Richtung Hafen angeordnet waren. Dort standen die gestelzten Lagerhäuser, in denen die Händler ihre Waren lagerten, um sie mittels Lastkränen schnell verkaufen zu können, sobald sich eine günstige Gelegenheit ergab. Einige mit Speeren bewaffnete Wachposten gingen auf und ab, um Plünderer davon abzuhalten, sich an dem Gelagerten zu vergreifen. Auf einer weiteren Warft, unweit von den Hütten Norddeichs entfernt, befand sich der hölzerne, befestigte Stützpunkt der hiesigen Deichwacht. Okko brachte den Karren direkt vor dessen Eingangstoren zum Stehen. Zwei mit Speeren bewaffnete Männer flankierten das Eingangstor und grüßten sie. „So, meine Herrschaften.", sprach Okko und half ihnen vom Karren: „Da wären wir. Ich werde dem Deekmeester Bescheid geben, dass sie Theos Schiff abschleppen können. Wenn es nicht schon weg ist. Attena lässt selten etwas anbrennen. Außerdem werde ich einige Besorgungen im Ort machen und dann hier übernachten. Ihr könnt in der Zwischenzeit nach Kleene Wacht gehen." „Gehen?", echote Leevke, und Hinnerks Augen weiteten sich: „Ochne!" „Oh doch.", erwiderte Okko mit einem schelmischen Grinsen „Es ist gleich Ebbe." Leevke klatsche in die Hände und hüpfte aufgeregt hin und her: „Oho! Heißt das etwa, wir gehen im Watt wandern? Huhu!" „Ich wüsste nicht, was daran so toll ist", meinte Hinnerk mürrisch. „Wieso? Ich fühle gern den weichen Boden unter meinen Füßen, und überall wimmelt es von Tierchen! Ich find sie niedlich!" „Niedlich? Da wimmelt es von gefährlichen Krebsen und wenn du nicht aufpasst, ertrinkst du in einem der Priele." Leevke lächelte verschmitzt: „Gefährlicher als ein Drache kann so ein Prrrriel ja nicht sein, oder?" Hinnerk dachte darüber nach und räusperte sich: „Gehen wir." „Oi Hinni!", rief Okko, und warf ihm einen Beutel zu: „Hier ist etwas Geld für den Wattführer. Geht nicht auf eigene Faust." „Aber wir können auch selbst..." „Nein! Ihr nehmt einen Führer und damit hat's sich! Kapiert?" „Jaja." „Wie war das?" Okko hielt sich eine Hand an das Ohr und tat so, als würde er lauschen. „Ja, Papa." „Schon besser. Und nun ab mit euch. Viel Glück, Leevke. Grüß deine Großeltern von uns." „Werde ich machen, Herr Wiards. Nochmals vielen Dank für eure Hilfe! Ich pass auch auf Hinni auf!" Sie griff dessen Hand und zog ihn mit sich: „Na dann los." Hinnerk seufzte und gemeinsam gingen sie in den Ort. Sie deckten sich am Wochenmarkt mit etwas Proviant ein. Nach kurzer Frage verwies man sie an einen noch jungen Wattführer namens „Modder-Joost". Sie fanden ihn draußen vor einer Hütte, wie er sich gerade eine Fischsuppe kochte. Seine wetterfesten Klamotten waren vom Watt verdreckt, sein gepflegt bärtiges Gesicht war offen, seine Augen strahlten in einem hellen Blau. Auf dem Kopf mit schulterlangem Haar trug er eine Wollmütze mit rotem Pudel, und er stützte sich auf einen breiten, eisernen Speer, der mehr Ähnlichkeit mit einer Schaufel hatte. Von der Konzeption her war es ähnlich wie Hinnerks Friesenmesser, eine Kombination von Waffe und Werkzeug.

Er sah sie kommen und begrüßte sie freundlich: „Moin, die Damen und Herren. Lust auf einen romantischen Spaziergang im Watt, nehme ich an?" Hinnerk lief rot an und murrte: „Was soll daran romantisch sein?" Modder-Joost lächelte, während er sich die Suppe in eine Holzschüssel umfüllte: „Och, so ein Erlebnis kann zwei Menschen schon enger zusammenbringen." „Auch wenn du dabei bist?" Modder-Joost lachte auf: „Das stimmt auch wieder." „Wir wollen nach Kleene Wacht." Der Wattführer zupfte seinen Schnurrbart: „Ihr seht fit genug aus, ja. Ich kann euch nach Norderney bringen. Von da müsst ihr euch ein Boot mieten, dass euch nach Kleene Wacht bringt. Ich kann das auch für euch regeln. Einverstanden?" Hinnerk schlug ein. Leevke stellte indes einem seitlich laufenden Taschenkrebs nach, der sich in den Ort verlaufen hatte und ahmte seinen Gang nach. „Sie ist nicht von hier, oder?" Hinnerk seufzte: „Sie ist Insulanerin." Modder-Joost erwiderte ernst: „Das bin ich auch." Hinnerk schluckte schon aber Modder-Joost lachte: „Ein Scherz! Bin auch von hier. Aber als ob das eine Rolle spielen würde. Weder Meer noch Watt kümmert es, woher man kommt. Also seid ihr zwei bereit?" „Du denn?" „Ich muss nur noch meine Suppe aufessen, dann komm ich. Ihr könnt mir ja dabei helfen." Gemeinsam leerten sie die kräftige Suppe und Hinnerk verteilte einen Leib Brot. Joost stand auf und zog seine Stiefel an. Zu Leevke gewandt sagte er: „Mädchen, zieh du auch deine Stiefel an: Wegen der Zehenbeißer. Sind bissfeste Muscheln." Leevke blickte ihn verdutzt an: „Ich mag keine Schuhe. Es fühlt sich immer so an, als ob meine Füße ersticken würden. Und schwitzen tun sie dann auch. Ekelig." Hinnerk fragte: „Was ist mit Sandalen?" „Geht gerade so." Der Friesenjunge pfiff den streunenden Klütje zurück, welcher einem staksenden Wattvogel nachgejagt hatte, und gemeinsam machten sie sich auf den Weg ins Wattenmeer. Klütje hatte keine Probleme mit dem rutschigen Boden, anders als normale Hunde. Im Watt lebten vor allem kleinere Tiere, darunter vielerlei Arten von Würmern, Krebsen und Muscheln.

Der fruchtbare Kleiboden der Deichbauern war einst selbst Watt gewesen, bevor er eingedeicht und mittels Schloten trockengelegt worden war. Allerdings gab es auch für Menschen gefährliche Tiere wie die Riesenschlickkrebse, Schwärme von spinnenäugigen Picker-Möwen, Zehenbeißer-Muscheln sowie die gigantischen, aber zum Glück seltenen Dünenwürmer. Hinnerk hatte kein Interesse an einer solchen Begegnung, aber er stellte sich sehr gerne vor, wie er heldenhaft episch eine dieser Kreaturen abwehren würde, um Leevke zu beschützen. Dankbar würde sie ihn küssen, umarmen und sich gemeinsam in eine stille Ecke verziehen um... „Hast du was?", wollte Leevke wissen, als Hinnerk Speichel aus dem Mund troff. Er wischte sich über den Mund: „Ich? Nein. Nichts weiter." „Hast wohl Hunger, was? Die Suppe war gut, aber Zuhause gibt es was richtig Leckeres. Ist alles sehr salzig aber so ist das nun mal, wenn man außer Meer nichts um sich hat." Sie hüpfte frohen Mutes und nackten Fußes durch das matschige Watt und stellte Modder-Joost immer wieder Fragen über die klickernden Geräusche der Schlickkrebse, die Sandhügelchen der Wattwürmer und über alles, was in dem Biotop so kreuchte und fleuchte. Joost beantwortete alle Fragen ausgiebig und mit einer spürbaren Liebe und Respekt zum Watt. Hinnerk selbst kannte das meiste, denn schon so manches Mal war er zu Baltrum oder Langeoog gewandert, um dort Besorgungen für den Hof Wiards zu machen oder einfach als Ausflug mit seiner Familie, um Bekannte zu besuchen. Langsam, aber sicher, näherten sie sich der Insel Norderney, welche für ihre großen Muschelbänke bekannt war. Die Insel wirkte zwar recht nah, war aber in der Tat noch einige Stunden Fußmarsch entfernt. Diese optische Täuschung hatte schon so manchem unachtsamen Wanderer das Leben gekostet. Wer sich zulange Zeit ließ, lief Gefahr, von der Flut überrascht und ins offene Meer hinausgespült zu werden. Hinnerk hatte auch eine Geschichte zu erzählen: „Onkel Abbo hat mir mal erklärt, dass jene Römer, die hier früher mal herkamen und mit den Chauken verbündet waren, von der Flut überrascht und darum ihre halbe Legion weggespült worden war! Weil sie sich nicht mit den Gezeiten auskannten und in ihrer Arroganz auf einen Führer verzichtet hatten." Leevke staunte nicht schlecht: „Woah! Was du alles weißt. Ich weiß sowas nicht." „Jetzt schon." Leevke grinste verlegen und wollte sich schon bei Hinnerk einhaken, als Modder-Joost abrupt stehen blieb. Seine Stimme signalisierte Gefahr in jeder Silbe: „Stehen bleiben, sofort!" Leevke nahm es wörtlich, stand mit einem Bein da und versuchte ihr Gleichgewicht zu halten. Sogar Klütje blieb im Watt stehen, hob eine Pfote an und hatte den Schwanz steif erhoben. „Was ist?", flüsterte Hinnerk, und Joost verwies mit seinem Wattspeer auf zwei, drei Schritt große Hügel, die sich mit hoher Geschwindigkeit auf sie zu bewegten. Niemand hatte sie kommen sehen: Sie wühlten das Watt auf und schoben es wie kleine Hügel vor sich her. Gleichzeitig verdichtete sich das omnipräsente Klickern und Klackern in der Luft zu einem ohrenbetäubenden Lärm. Die wandernden Hügel kamen sehr dicht an sie heran und Hinnerk griff vorsorglich nach seinem Friesenmesser. Modder-Joost bestätigte seinen Verdacht: „Es sind Riesenschhlickkrebse." Normale Schlickkrebse waren keine Gefahr für einen Menschen oder überhaupt für irgendetwas anderes als Plankton. Sie passten auf einen Daumennagel. Diese Exemplare jedoch waren größer als ausgewachsene Ochsen und griffen mit ihren Klauenzangen bisweilen sogar Menschen und Fischerboote an, wenn diese auf dem Watt aufgelaufen waren. Ihre zwei Klauenarme nutzten sie, um ihre Beute in ihr mit scharfen Zähnen gesäumtes Maul zu ziehen und sie aufzufressen. Sie reagierten bei Ebbe auf Erschütterungen im Watt und konnten so sehr genau die Position der Geräusche bestimmen. Nur wenn man sich sehr behutsam durchs Watt bewegte, konnte man die Entdeckung durch die Kreaturen vermeiden. Hinnerk spannte seine Muskeln an, als die zwei wandernden Hügel kurz vor ihnen aufeinander prallten. Modder und Matsch explodierten vor ihnen, als die beiden Krebse aus dem Watt sprangen. Leevke schrie und Hinnerk sprang schützend vor sie. Klütje bellte, aber der Küstenhund sah schnell ein dass er gegen die Krebse und ihren Chitinpanzer nichts ausrichten konnte. Sie wurden mit Modderbrocken nur so bombardiert. „Wir müssen angreifen!", brüllte Hinnerk Joost zu, doch der blickte erstaunlich ruhig und rief zurück: „Bloß nicht! Bleibt ganz ruhig!" Nun sah auch Hinnerk, dass die Schlickkrebse gegeneinander kämpften. Der etwas größere, linke von beiden hatte seine Klaue im Panzer des jüngeren Rechten versenkt und dunkelgelbes Blut quoll daraus hervor wie Hafergrütze. Die beiden Krebse wühlten das Watt um sich herum auf und es dauerte nicht lange bis Hinnerk, Leevke, Joost und Klütje vollkommen mit Modder bedeckt waren. Sie wirkten wie Schneemänner aus Schlamm, als der jüngere Schlickkrebs den Rückzug antrat und sich ins wieder Watt eingrub. Der größere Krebs stieß als Zeichen seines Triumphes einen klackernden, rasselnden Laut aus. Klütje winselte. Danach hob der Krebs seine Klauenarme in die Luft und schlug sie aneinander, vielleicht um seinen Sieg im Watt kundzutun. Zufrieden tauchte auch dieser Schlickkrebs ins Watt ab und entfernte sich wieder von der verdutzten Menschengruppe.

Modder-Joost schüttelte sich als erster den Dreck ab: „Tjah, sowas erlebe selbst ich nicht alle Tage: Und ich bin ganz froh darüber. Hehe." „Ich finde das nicht halb so lustig.", brummte Hinnerk und wischte sich den Modder vom Leib: „Auch bei dir alles in Ordnung, Leevke?" Er bekam nur unverständliches Murmeln zu hören und sie sahen,l dass Leevke vollkommen mit Modder bedeckt war. „Ach du meine Güte! Joost hilf mir mal!" Gemeinsam befreiten sie Leevke vom Morast. Sie schnappte nach Luft und Hinnerk fragte besorgt: „A-Alles in Ordnung?" Leevkes Antwort kam stoßweise: „Das. war. Unglaublich!" „Ja nicht?", bestätigte Joost begeistert; „Ein Kampf zwischen zwei so großen Schlickkrebsen, dass sieht man nicht alle Tage. Das waren echte Prachtexemplare. Donnerwetter. Da hab ich was zu erzählen beim Wattführertreff nächsten Mittwoch." Leevke nickte: „Ich fand es aber traurig, dass der andere geblutet hat. Das tat sicher weh." Joost zuckte mit den Schultern: „So ist das nun mal in der Natur, Kleine. Der Stärkere gewinnt. Aber er müsste es überleben: Es geht aber wieder mal um Revieransprüche. Das kennt man ja." Hinnerk sah die beiden entgeistert an:

„Ich fass es nicht. Ihr tut ja so, als wenn das ein Spaß gewesen wäre!" Leevke und Joost blinzelten ihn an, als ob sie gar nicht verstanden hätten, was er gesagt hatte. „Ach vergesst es!", winkte dieser ab, hob den dreckstarrenden Klütje hoch und wusch ihn mit etwas Prielwasser ab. Der Küstenhund wedelte so freudig mit dem Schwanz, dass Bröckchen durch die Luft flogen. „Klütje und ich fanden dass auf jeden Fall gefährlich. Nicht wahr Klütje?" Dieser kläffte zur Bestätigung. Leevke fragte: „Mit dir alles in Ordnung, Hinni?" „Mir geht es bestens. Unser weiser, und offensichtlich verrückter Wattführer geht wieder voran." „Hattest du keine Angst?" „Nein." Leevke nickte verständig: „Ich wusste, dass die beiden uns nichts tun würden. Ich hab's gehört." „Kannst du etwa mit Tieren reden?" Leevke lächelte: „Ich bin mir nicht sicher." Hinnerk hob Klütje vor sie in die Luft: „Machen wir den Test. Klütje, sag was! Wie sprichst du?" Klütje kläffte. „Und was sagt er?" Leevke runzelte die junge Stirn: „Ich denke Hallo?" „Sonst nichts?" Hinnerk setzte Klütje wieder ab. Leevke lachte auf: „Haha! Was soll er auch schon großartig sagen, Hinni? Du bist komisch." Modder-Joost rief einige Meter weiter: „Los ihr beiden Wattschnecken! Oder wollt ihr warten, bis die Flut kommt? Lasst uns weitergehen."

Ohne weitere Zwischenfälle erreichten sie das rettende, gelbe Sandufer der Insel Norderney. In dem kleinen Fischerdorf, welches ebenfalls auf einer Wurft lag, besuchten sie das einzige Gasthaus der Insel und Hinnerk spendete allen ein paar Teller Fischsuppe und etwas Brot, nachdem sie sich ordentlich gewaschen hatten. Joost bedankte sich dafür und ging voraus, um mit einem der Fischer zu reden, welcher sie weiter nach Kleene Wacht bringen sollte. Hinnerk, Leevke und Klütje streckten in der Zwischenzeit ihre Glieder und lümmelten vor dem Kamin der Gaststube herum, in der ein kleines Feuer glomm und dringend benötigte Wärme spendete. Es war noch früh am Mittag und außer ihnen war niemand sonst in der Gaststube außer dem Wirt und seiner Frau. Hinnerk fragte Leevke: „Warum lebst du eigentlich mit deinen Großeltern alleine zusammen?" Leevke wirkte daraufhin deprimiert und mit leiser Stimme erklärte sie: „Meine Eltern sind nicht mehr da..." Hinnerk realisierte, dass er ein offenbar heikles Thema angesprochen hatte, und bereute seine Neugier umgehend. Er schwieg, aber Leevke erzählte trotzdem weiter: „Ich kann mich nicht mal mehr wirklich an meine Eltern erinnern... Ich weiß nur, dass wir umgeben von Meer waren und immer, wenn ich am Meer bin, erinnert es mich an damals. Es ist wie Heimweh. Ich muss glücklich dort gewesen sein. Das ist mein Gefühl..." Hinnerk räusperte sich verhalten: „Was ist passiert?" Leevke schüttelte den Kopf: „Ich weiß es nicht. Oma und Opa erzählten mir, dass meine Eltern bei einem Unwetter auf See ertranken und nur ich in einem Holzkorb überlebt habe. Ich hatte großes Glück." Hinnerk nickte: „Ist ja wie bei Moses. Der ist auch im Korb angespült worden." „Mosi? Kenn ich nicht. Jedenfalls brachte man mich nach Kleene Wacht zu meinen Großeltern. Seitdem... bin ich dort, solange ich denken kann." Leevke hielt kurz inne und fragte dann verängstigt: „Meinst du Oma und Opa geht es gut? Hoffentlich hat Theo ihnen nichts getan, nachdem ich weg war." Hinnerk wedelte mit seiner Hand: „Deinen Großeltern geht es gut." „Aber wenn nicht?" Mit tief besorgter Miene blickte sie in die kleinen Flammen des knisternden Kamins. Ihr wollte trotz der Flammen nicht so recht warm werden. Hinnerk wollte ihr anbieten, dass sie im Notfall auf Hof Wiards leben könne, aber er ließ es dann doch lieber. Nichts sollte die Hoffnung des Mädchens zunichtemachen. Sicher war er sich allerdings auch nicht, woher auch? Leevkes Großeltern mochten vielleicht schon tot sein. Die Vorstellung machte auch ihm zu schaffen. Wie sollte er sie dann trösten? Klütje spürte ihre Traurigkeit ebenfalls und sprang auf ihren Schoß, ließ sich von ihr streicheln und schaukeln. Leevke lachte wieder, wischte sich eine Träne aus den Augen, und Hinnerk musste unweigerlich an eine Mutter denken, die ihr Kind hielt. Es lag ihm auf der Zunge, dies zu bemerken als Modder-Joost in diesem Moment zurückkehrte: „Alles klar, Kinder. Grummel-Gerd bringt euch rüber." Sie packten ihre Sachen und gingen zur Nordseite der Insel, wo das Boot ankerte...

Radbod hatte sich auf seinen Thron gesetzt und Theo kniete vor ihm, umringt von den gepanzerten Untoten und ihren Rostspeeren. Der Friesenkönig wiederholte seine Frage: „Ihr sagt also, dass dieses Mädchen die Kraft hat, das Wasser zu kontrollieren? Das Meer und die Gezeiten?" Der Wind pfiff so kalt und unbarmherzig, dass Theo nicht aufhören konnte, zu zittern. Er kniete mit dem Kopf auf kalten Steinen vor einem untoten Friesenkönig. Manch einer hätte dies als schwere Scham und Erniedrigung empfunden, aber so wie Theo es sah, war es ein notwendiger Schritt, um seine

Gesundheit nicht leichtfertig zu verspielen: „Ja mein König, so ist es. Sie kann all das bewirken, darum war ich auch hinter ihr her…"

Die Knochen der untoten Krieger des Königs knackten und wurden nur von unheiligem Zauber zusammengehalten. Kein Muskeln oder Fleisch hielt sie aufrecht, nur unheiliger Wille. Von hier oben im Turm konnte Radbod alles überblicken, was sich seiner Insel näherte. Einst herrschten die Friesenkönige über die friesischen Seelande, doch sie wurden entweder in Schlachten gegen fränkische Eindringlinge getötet, gewaltsam missioniert oder ins Exil vertrieben. Radbod war der letzte freie Friesenkönig und seinerzeit sehr beliebt gewesen. Er war ein fanatischer Bekämpfer alles Christlichen und ließ Kirchen und Kapellen niederbrennen sowie die Mönche und Priester erschlagen. In der Kirche selbst sah er nur ein Kontrollinstrument der Franken, deren Eroberungen er Einhalt gebieten wollte. Mittels eines friesischen Bündnisses, so wie die Cherusker einst unter Arminius den Vormarsch der Römer ein jähes Ende gesetzt hatten. Radbod blieb dieser große Erfolg allerdings verwehrt. Er war den alten Göttern verbunden, und auch dies beschleunigte letztlich seinen Niedergang. Es kam es zu einer innerfriesischen Schlacht, bei der die Gefolgsleute des Heiden Radbod gegen die christlichen Friesen unter den peitschenden Reden des heiligen Missionaren Liudger kämpften und bei Utrecht in Westfriesland knapp unterlagen. Mit Müh und Not gelang Radbod und einer treuen Schar die Flucht und er konnte sich noch einige Zeit im Raum Esens und der umliegenden Inseln als Stützpunkt halten. Doch auch hier holten ihn die Christen letztlich ein, und nach harten Kämpfen in den Mooren und Wäldern Ostfrieslands musste Radbod schwer verwundet den Rückzug nach Bant antreten. Hier verblieb er mit seiner letzten Schar von Gefolgsleuten auf der Felseninsel und rief dort die Geister des längst vergangenen Doggerlandes sowie die Götter der Meere an, ihm die Kraft zu geben, sein Reich zurückzuerobern. Für den Preis ihrer aller Seelen sollten sie diese Macht bekommen, doch mit einem mächtigen Gebet bewirkte der Missionar Liudger der es rechtzeitig erkannte, dass Radbod seine Insel nicht mehr verlassen sollte. All seine heidnischen Mächte nutzten Radbod dann nichts mehr und er war auf ewig auf Bant mit dieser Macht festgesetzt. Liudger opferte für dieses Gebet sein Leben. Bant war seitdem eine verfluchte Insel, von unnatürlichem Nebel verborgen und niemand klaren Verstandes wagte sich auch nur in seine Nähe.

Erst jetzt dämmerte Theo, dass er diese Geschichte als Kind gehört hatte. Sie war in der ganzen Westsee bekannt.

Leider hatte er sich von seiner Gier blenden lassen und keine Sekunde darüber nachgedacht, dass er sich in die Höhle eines Löwen gewagt hatte. Und dass dieser noch lebte. Zum ersten Mal verfluchte Theo seine Rücksichtslosigkeit, die ihm bislang so treue Dienste geleistet hatte. Der Friesenkönig sagte nun: „Du wirst uns dieses Mädchen bringen, Räuber." Theo sah auf: „Ihr wollt mich gehen lassen?" In Theo keimte die Hoffnung auf, dass er einfach abhauen konnte, sobald er an Land war. Radbod nickte: „Ja. Du wirst für uns an Land gehen, Theo. Bist du bereit, meine Liebe?" Hinter Theo ertönte eine Frauenstimme: „Aber immer doch, mein geliebter König." Es war eine hochgewachsene, gut gebaute, hübsche Frau, auf deren Armen und Haut Saugnäpfe wie bei einem Tintenfisch saßen. Ihre Pupillen waren in die Breite gezogen und auf dem Kopf hockte ein lebendiges Krakenwesen, dessen Tentakeln ihr wie eine Frisur vom Kopf herunterfielen. Sie stützte sich auf einen Stab, der wie eine Sense geformt war und an dem mannigfaltige Runen eingeritzt waren. Radbod stand auf und drehte sich mit dem Rücken zu ihnen: „Wir werden eine Versicherung brauchen, dass du uns nicht verrätst, Räuber." Theo schwitzte: „Was meint ihr, König? Was habt ihr vor?" Die Krakenfrau umtänzelte ihn und kicherte: „Gut gebaut ist er ja. Er wird es überleben, hehehe." „Was überleben? Was wird das?" Theo sprang auf und wollte fliehen, aber die Skelette schubsten ihn ruckartig zurück. Da blitzte schon die scharfe Sensenscheide neben ihm auf. Die Frau schmunzelte: „Nicht so hastig mein Freund. Wir haben noch nicht einmal angefangen, hehehe." Radbod knurrte: „Ursula. Tu es." „Schon gut! Da hat man mal jemand anderen zum Reden." Ehe Theo reagieren konnte schwang Ursula ihre Sense herum und sprach heidnische, verschwurbelte Worte. Arkane Magie wurde beschworen: Theo spürte sein Herz nicht mehr schlagen. Es war ein merkwürdiges Gefühl, als hätte alle Zeit und Welt aufgehört, zu existieren. Die Welt schwieg, war dumpf und matt. Er hatte immer mehr Probleme, zu denken, und ein dunkler Schleier legte sich um seinen Geist wie ein Leichentuch. Wie aus einem Tunnel heraus hörte er die Stimme Radbods. Sie übertönte alles: „Willkommen in meinem Heer, Theo." Ein Blitz durchzuckte ihn und er wurde ins Leben zurückkatapultiert. Er schnappte nach Luft wie ein Fisch auf dem Trockenen und stieß einen Schrei aus, der sogar durch den Wind hindurch bis zu den nächsten Inseln schallte. Ursula kicherte: „Hiheheh. So schreien sonst nur Neugeborene. Was ja passend würde." Theo spürte, wie es unter seinem Hemd zuckte, und er riss es hoch: „Was?! Was ist das für ein Ding?!" Dort über seinem Herzen klebte eine dunkelrote, pochende Kreatur mit einem menschlichen Auge in der Mitte. Seine acht Tentakeln waren rund um die Brust ins Fleisch eingehakt und sie gingen direkt durch die Rippen. Er spürte wie der Kraken an seinem Herzen saugte und an seiner statt schlug, das Blut durch die Venen pumpte.

Er wollte es rausreißen und den Parasiten entfernen. Ursula legte ihren Kopf auf seine Schulter: „Das würde ich an deiner Stelle lassen, Theolein. Du würdest elendig verbluten. Dieser kleine Geselle ist nun dein Herz, hehe." Theo sah zu Radbod: „Was habt ihr mit mir gemacht, Radbod?! Was ist das für ein Scheiss?" Der Friesenkönig drehte sich wieder um und zeigte mit dem Finger auf ihn. Schmerzverzerrt ging Theo in die Knie. „Ihr tragt nun einen Seelenkraken in eurer Brust. Er ist durch die Gnade

Njörds mit mir verbunden und schlägt und lebt allein durch meinen Willen, so wie du. Wenn ich euer Leben beenden will so reicht ein Gedanke von mir. Dies ist die Versicherung." Theo brauchte einige Sekunden um die Situation zu erfassen. Er kombinierte schnell trotz der Lage: „Wenn ich euch das Mädchen bringe, welches das Meer beherrschen kann, nehmt ihr es wieder weg." Radbod nickte gönnerhaft: „Dann ist eure Schuld gegenüber mir gegenüber getilgt. Vielleicht kann ich euch sogar in meine Reihen aufnehmen, wenn ihr es wollt. Ich belohne Treue stets großzügig. Schaut meine Männer. Noch über ihren Tod hinaus dienen sie mir in voller Überzeugung. Das war keine Gottheit, sondern einzig die Treue über den Tod hinaus!" Theo schien zu verstehen und Ursula zog ihm das Hemd wieder herunter: „Keine Sorge wegen dem kleinen Gesellen. Er ist ziemlich robust und kann nicht ohne weiteres zerstört werden." „Wunderbar." „Halte dich nur von christlichen Symbolen und geweihtem Boden fern. Es könnte dein Herz zum Stillstand oder Platzen bringen. Nur so als Hinweis."

Theo räusperte sich: „Ich werde sicher ein Boot brauchen um an Land zu gelangen." Er fühlte sich auf einmal um einiges stärker und furchtloser. War dies der Einfluss des Seelenkraken? Waren das überhaupt noch seine Gedanken und Worte oder die von Radbod? Radbod erklärte: „Ein Boot würde euch nichts nützen und es würde nach kurzer Fahrt untergehen. Denn kein Holz von dieser Insel wird schwimmen. Nichts von hier kann das Meer überqueren. Ihr müsst wohl oder übel gehen." „Gehen? Über Wasser? Ich bin kaum Christus." Ursula zeigte mit dem Finger nach unten: „Nicht über: Unter Wasser." Zu seiner eigenen Verwirrung verstand Theo dies auf Anhieb: „Ich kann unter Wasser atmen?" Die Krakenhexe streckte sich: „Jaja, so ist es. Blitzmerker. Du bist jetzt so eine Art Halbtoter. Atmen musst du nicht mehr. Kannst du aber. Auch sonst hast du jetzt mehr Kraft und Widerstandfähigkeit. Lauf nur nicht direkt in der Sonne herum. Das schwächt die arkanen Kräfte." Theo spürte, dass sie Recht hatte. In seinen Augen funkelte es kurz rot auf. Radbod sagte nun: „Nehmt das Gold für etwaige Ausgaben." Ein Skelett in zerfetzten Kleidern überreichte Theo einen entsprechenden Beutel. Der Friesenkönig sagte weiter: „Bringt mir das Mädchen." „Ja, mein König. Wie du befiehlst." Theo überlegte nicht mehr groß, sondern sprang direkt vom Turm herunter. Der Wind pfiff ihm um die Ohren und der Boden des Burghofes schoss ihm entgegen. Sand und Steine wirbelten auf, als er mit beiden Beinen auf den

Boden krachte. Er stand mühelos auf und ging aus dem Torhaus, Richtung Meer. Er füllte sich unbesiegbar. Vor ihm peitschten die Wellen die schäumende Gischt ans Bants Küste. Er stieg hinein ins Wasser und hielt auf die nächste Insel zu. Seine Lungen brannten nicht, der Kraken übernahm die Atmung für ihn. Mit ein bisschen Glück fand er auf der Insel ein Schiff, um weiter aufs Festland zu segeln. Trotz seiner neuen Fähigkeiten sah er keinen Grund, sich nicht ein bequemeres Transportmittel zu besorgen.

Der breit gebaute Grummel-Gerd spuckte ins Wasser und murmelte etwas in seinen nicht vorhandenen Bart. Hinnerk ahnte, welchem Umstand der Mittvierziger seinen Spitznamen verdankte. Modder-Joost schüttelte ihm dennoch die Hand als wäre er ein toller Freund. Er wandte sich dann an Hinnerk und Leevke: „Alles klar meine Turteltauben-Freunde. Kommt gut hin, ja? Nun kann ich euch nicht mehr führen." Leevke lächelte: „Schade eigentlich. Hat Spaß gemacht!" Joost verabschiedete sich: „Ihr seid in guten Händen. Macht's gut." Der Grummler maulte: „Dann steigt mal ein." Sie stiegen in das Fischerboot: Es war voller Anglerzeug und roch entsprechend. Es schien allerdings nicht so, als würde der Norderneyer Fischersmann von sich aus über etwas reden. Schnaufend und im Alleingang schob er das Boot vom Norderneyer Stranduufer ins Meer; setzte das einmastige Segel und hockte sich an das Seitenruder. Leevke kannte ihn wohl und befragte ihn munter und ungeniert über seinen letzten Fang, die Ereignisse der letzten Tage und über das Wetter. Der Grummler gab bereitwillig Auskunft, ohne den miesen Gesichtsausdruck je abzulegen. „Ihr kennt euch schon länger?", wollte Hinnerk leicht eifersüchtig wissen: Dabei hätte der Grummler Leevkes Vater sein können. Leevke lächelte breit: „Grummel-Gerd kommt oft zu uns und verkauft dann Sachen, die wir vom Meer nicht so einfach bekommen können. Brot, Äpfel, Birnen, Brombeerenpaste, Holz, Steine, Pech, Leinen, Wolle, Karotten, Nägel, Wurst…" Hier stockte das Mädchen und wandte sich an Gerd: „Weißt du, ob es Oma und Opa gut geht?" Grummel-Gerd legte den Kopf schief, als er nachdachte: „Gestern war doch dieser merkwürdige Sturm… Kam aus dem Nichts. Sehr ungewöhnlich. Ich weiß es nicht, Kleine." Er stockte: „Was machst du überhaupt auf

Norderney, Leevke?!" Leevke erzählte dem Fischer die Erlebnisse und Hinnerk ergänzte, wo er konnte. Der Grummler knurrte und mit einem zu allem entschlossenen Gesichtsausdruck bat er Hinnerk, das Segel in die Hand zu nehmen, während er zwei lange Ruder herausholte. Er setzte sich rücklings zur Fahrtrichtung und rief: „Also gut: Haltet euch fest. Wird jetzt holprig!" Sie griffen nach Bordwand und Seilen. Mit Schlägen, die die Ruder an die Grenzen der Belastbarkeit brachten, beförderte Grummel-Gerd sein Boot mit Urgewalt durch das Meer und durchbrach die Wellen, sodass das Wasser nur so spritzte und sie allesamt einsaute. Hinnerk krallte sich nun panisch an der Reling und Seilen fest, da er sonst befürchten musste, hochkant von Bord zu fliegen. Leevke hingegen genoss die spritzende Wasserdusche und lachte laut auf, wann immer sie durch eine Welle fetzten. Klütje hatte sich unten im Boot verkrochen und kauerte im Heck des Schiffes, biss sich in Hinnerks Hose fest. Kleene Wacht kam so sehr bald in Sichtweite und es war in der Tat eine kleine, zerklüftete Felseninsel mit einer abflachenden Südseite. Dort befand sich ein kleiner, aufsteigender hölzerner Steg, welcher in den Fels gehauen war. Oben auf der mit Gräsern und einigen Bäumen bewachsenen Insel ragte der Leuchtturm empor, dem die Insel ihren Namen verdankte. Dieser Turm erleichterte den Schiffen die Orientierung bei schlecht Wetter und Nebel und diente als Landschaftsmarkierung. Neben dem steinernen Leuchtturm befanden sich noch eine kleine Hütte und ein Lagerschuppen.

Einige Ziegen und Hühner liefen frei herum: Sie konnten ja nicht weg. Als sie sich der Insel näherten, rief Leevke plötzlich: „Da ist Opa! Er lebt! Oma auch!" Tränen der Erleichterung kullerten ihr über die Wangen und sie umarmte Hinnerk, der sie schon nicht mehr gehen lassen wollte.

Ihre Großeltern hatten Gerds Boot schon von Weitem kommen gesehen. Leevkes Großvater trug einen Schild und Speer in den Händen. Nach den gestrigen Ereignissen war dies eine notwendige Vorsichtsmaßnahme, wie Hinnerk fand. Grummel-Gerd schnaufte heftig, als sie anlegten: „Wir sind da." Er dockte am Steg an, machte fest und Leevke kletterte in Windeseile den felsigen Weg schnell hoch, sodass selbst Hinnerk Probleme hatte, ihr zu folgen: „Für jemanden, der Zeit seines Lebens am Meer verbracht hat, kann sie verdammt gut klettern…" Leevke fiel ihren Großeltern in die Arme, welche ebenso erleichtert waren, ihre Enkelin wieder in die Arme zu schließen.

Ihre Großmutter drückte sie fest an sich: „Wir haben uns solche Sorgen um dich gemacht, Seesternchen." Hinnerk trat mit Klütje hinzu und Leevke lachte: „Du erdrückst mich, Oma! Hehe – sie ist sehr stark und heißt Hampke. Das ist mein Opa Enno." Hampke streichelte ihr über den Kopf: „Haben sie dir auch nichts getan? Treibholz-Theo und seine Kerle?" „Nein. Dank Hinni Wiards hier. Und euch? Wie geht es euch?!" Enno schüttelte den Kopf: „Sobald sie gemerkt hatten, dass du im Meer verschwunden warst, sind sie direkt zu ihrem Schiff geeilt. Dann kam dieser Sturm, und wir hatten schon das Schlimmste befürchtet. Ich versuche schon seit Stunden, jemanden auf Norderney zu erreichen, aber mein Signalhorn reicht nicht so weit." Tränen standen ihm in den Augen, und Leevke umarmte auch ihn: „Nicht traurig sein, Opa!" Enno lachte: „Traurig? Ich bin heilfroh! So: Und wenn haben wir denn hier? Den Grummler kenn ich ja, aber wer ist dieser fesche, junge Mann?" Klütje hüpfte als erstes um Oma Hampke herum: „Nanu? Wer bist du denn?" Leevke erklärte: „Das ist Klütje, und er gehört meinem Retter, Hinnerk Wiards. Aber alle nennen ihn Hinni." Verlegen kratzte sich Hinnerk am Kopf: „Stimmt. Das ist aber kaum nicht der Rede wert, ich meine: Ich hatte grad eh meine Deichpflicht und... naja... sie kam halt so angespült und dann..." Enno war an ihn getreten: „Du hast unser Kind gerettet, mein Junge. Dafür werden wir dir ewig dankbar sein." Mit diesen Worten umarmte er Hinnerk und klopfte ihm herzhaft auf die Schulter: „Es macht mein altes Herz froh, zu sehen, dass man sich auch an Land noch zu helfen weiß. Das verlangt nach einem kleinen Fest, denke ich. Ihr seid sicher müde von eurer Reise hierher. Ich bin es jedenfalls immer. Aber ich bin ja auch schon alt."

„Ach Opa!", warf Leevke ein, „Hinni kann nicht solange bleiben. Er muss sicher wieder zurück nach Hause. Oder Hinni? W-Was sagt dein Papa?" Der Angesprochene überlegte, und während dieser Zeit entschied sich sein Magen, ein Knurren von sich zu geben, dass seinesgleichen suchte. Alle waren mit einem mal still, um diesem glucksenden Geräusch zu lauschen. Enno lachte: „Wie soll er denn in diesem geschwächten Zustand nach Hause kommen? Na kommt schon: Hampke macht uns was Leckeres zu essen! Oder musst du wirklich schon nachhause, junger Wiards?" „Nein. Ich kann hier durchaus übernachten. Wenn das kein Problem ist?" Hampke lächelte: „Natürlich nicht." Enno lud auch Gerd ein, der jedoch ablehnte: „Geht nicht: Ich muss rechtzeitig zuhause sein, oder die Oltschke rennt wieder im Kreis rum, bis sie ein Loch in die Insel gebohrt hat. Du kennst sie ja, Enno…" „Ja, das tue ich.", sagte dieser ohne hörbare Wertung in der Stimme. Grummel-Gerd sagte zu Hinnerk: „Also gut, Junge. Ich komm dann irgendwann morgen Vormittag und hol dich ab, ja? Bin auch froh, dass hier alles in Ordnung ist." Hinnerk nickte, und sie verabschiedeten sich vom Fischer, der das Segel hisste. Sie gingen zu dem kleinen Häuschen, aus dem Qualm aus dem Schornstein stieg. Leevke winkte sie freudig aus dem Türrahmen zu sich herein: „Komm Hinni! Klütje du auch. Es gibt Labskaus mit Algensalat!" Sie sagte es so, als wäre es eine Delikatesse ersten Ranges, aber Hinnerk war nicht wählerisch. Sein Herz klopfte aus unerfindlichem Grund sehr stark. Stärker noch als bei der rasanten Überfahrt oder den Schlickkrebsen. Die einfache Holz- und Lehmhütte bestand nur aus einem Flur, der in den größeren Hauptraum führte, wo sich Kamin, Kochstelle, Tisch, Regale und Stühle befanden. An den Wänden hingen allerlei Netze, Harpunen, skelettierte Haifischmäuler und ein Wandteppich mit der Abbildung der Schlacht von Norden. Links und rechts vom Flur befanden sich zwei weitere Räumlichkeiten: Das eine war ein Schlafzimmer mit einem Doppelbett, Schrank und Truhe. Im anderen befanden sich ein Waschzuber, Regale, Seifen sowie eine Tonne mit Regenwasser und ein weiteres Bett mit diversen Holz- und Steinspielzeugen, die alle schon etwas vom Salzwasser angegriffen waren. Auf der Fensterbank lagen Muscheln und ein Seesternmobile baumelte an einem Faden vor dem Fenster: Dies musste Leevkes Zimmer sein. Es war alles in allem eine arg bescheidene Hütte, die aber genug Wärme und Behaglichkeit ausstrahlte, und zudem besonders windstabil gebaut war. Dagegen kam Hinnerk das große, hochgeschossene Gulfhaus der Wiards wie eine mächtige Halle vor.

Alsbald brutzelte am Kamin eine Mahlzeit, während Leevke hin und her flitzte, Gemüse schnibbelte und ziemlich aufgeregt war. Hinnerk saß am Tisch und sah ihr fasziniert zu und Enno stopfte sich seine Pfeife mit Quarzkraut und paffte gemächlich. Leevke war beim Schneiden der Möhren so eifrig, dass Teile davon nur so durch die Luft flogen: Klütje war schnell daran, sie sich einzuverleiben, was Hinnerk gewaltsam unterbinden musste. Enno lachte lauthals: „Was für ein lebendiger Kerl. Ein Küstenhund, wie?" Hinnerk lächelte verlegen: „Ja, Herr Pultjen." „Nenn mich Opa. Oder Enno. Hm, ich wusste garnicht, dass man sich einen Küstenhund halten kann?" Hinnerk hob Klütje hoch und sah ihm intensiv in die Augen. Das Tier wurde ruhiger und verhielt sich danach ganz zahm. Er erklärte: „Es war auch nicht einfach. Küstenhunde sind ja eigentlich schon Wildtiere. Man braucht viel Geduld, um sie zu erziehen. Danach sind sie aber sehr treue Tiere; bisweilen sogar richtig schlau."

Hampke lächelte vom Herd her: „Man braucht vor allem Dingen viel Liebe, um sie zu erziehen oder?" Hinnerk nickte: „Sicher. Das hilft..." Er fühlte sich leicht unbehaglich und wusste nicht so recht, was man von ihm erwartete. Seine Gedanken verfinsterten sich. Sobald er wieder zuhause war, würde er Leevke wohl nie mehr sehen. Hin und wieder konnte er sie vielleicht treffen wenn er auf Norderney gewesen wäre, aber wann war das schon der Fall? Er fühlte sich für sie verantwortlich und wollte für sie aufpassen. Sollte dies nun schon enden, ehe es begonnen hatte? Er würde doch ein Bauer werden wie sein Vater; der abenteuerliche Ausflug war viel zu schnell vorüber gegangen. Er hasste diesen Ausblick wie die Pest.

Das Essen konnte schließlich beginnen und Enno holte sogar eine Flasche roten Burgunderwein hervor, welchen Hinnerk nicht ablehnte. „Die hat mir ein flämischer Seemann geschenkt, als ich ihn aus dem Wasser fischte. Sein Schiff war von einem Untier mit zig Fangarmen angegriffen worden, welches sein Unwesen vor unserer Küste treibt. Man sagt, es gehorche gar dem König Radbod, dem Unbeugsamen: Dem letzten, freien König der Friesen." Oma Hampke bedachte ihn mit vorwurfsvollem Blick, „Du musst nicht ständig diese ollen Geschichten erzählen. Lenke nicht den Zorn der See auf uns. Wir hatten erst ein Unglück. Das reicht mir." „Schon gut. Lasst uns essen.", winkte Enno ab und wandte sich dem Essen zu. Hinnerk probierte auch den von Leevke zusammengewürfelten Algensalat nebst Zusätzen, konnte sich aber nicht dafür erwärmen. Leevke hingegen schaufelte den Salat in sich hinein wie ein wildgewordener Torfstecher kurz vorm Verhungern. Mit vollem Mund mampfte sie, bis die Backen voll waren. Hampke sagte: „Langsamer essen, Leevke! Sie liebt Meeresfrüchte." Leevke schlürfte auch das letzte Algenblatt aus dem hölzernen Teller. Sie seufzte zufrieden und entließ einen gewaltigen Rülpser in die Runde: „Ahhhhh!" Hampke lief rot an: „Deine Tischmanieren waren auch schon mal besser." Enno lachte auf: „Seit wann das? Soll sie halt rülpsen. Heute ist mir das sowas von egal, Hampke." Die Frau atmete tief durch und lächelte: „Da hast du recht. Ausnahmsweise." Sie beendeten schließlich ihr Mal und Hinnerk bedankte sich artig für das Essen. Es dämmerte und Enno machte den Vorschlag, dass Hinnerk bei ihnen im Leuchtturm übernachten konnte. Es gab ein Zimmer dort, welches er nutzen konnte.

Er steckte sich erneut die Pfeife an und sagte dann ungewohnt ernst: „Allerdings gibt es da noch eine Sache, die wir besprechen müssten. Es geht um den gestrigen Überfall. Und um Leevke…" Diese hob neugierig den Kopf: „Um mich?" Enno nickte langsam, und Hampke nahm Leevkes linke Hand. Die beiden Großeltern sahen sich betrübt an, dann kamen sie zu einer stillen Übereinkunft. Enno erklärte: „Es gibt da etwas, dass wir dir bisher nicht sagen konnten, aber nun bleibt uns wohl keine Wahl. Es wäre auch ungerecht von uns, es dir länger zu verheimlichen." „Wir wollten dich immer nur beschützen, Seestern.", meinte Hampke ergänzend. „Ähhmmm…", machte Hinnerk, „Sollte ich dabei sein? Wenn es was Privates ist, dann…" In Wahrheit war Hinnerk genauso interessiert an Leevkes Schicksal wie jeder andere im Raum, ausgenommen Klütje, der sich vor dem Kamin eingeigelt hatte und vor sich hin schnarchte. Leevke schob trotzig das Kinn vor: „Nein, Hinni darf es auch wissen. Er ist mein Freund!" Sie nickte ihm ernst zu, und er erwiderte es mit hochrotem Kopf. Er war ihr Freund.

So erzählten Leevkes Großeltern Enno und Hampke von jenem schicksalshaften Tag, als nur sie gemeinsam auf Kleene Wacht einem gewaltigen Sturm trotzten, der die Insel zu verschlingen drohte. Es war ein Unwetter wie aus alten Sagen, mit Blitzen, Donnern und gigantischen Wellen, die turmhoch peitschten und nach dem Land griffen, wie um die Welt unter ihren Fluten zu begraben. Es war ein Weltuntergang und der Leuchtturm selbst schwankte, als die Wellen bis hoch an das Mauerwerk drangen. Hampke und Enno zogen sich in seine Spitze zurück und befürchteten das Allerschlimmste. Gegen Mitternacht ebbte der Sturm dann endlich weit genug ab, dass man rausgehen konnte. Die Sterne und der Mond schienen klar auf das schäumende Meer und schenkten gute Sicht. Der Wind war eiskalt. Während Enno die Schäden an Haus und Schuppen betrachtete, suchte Hampke an den Klippen nach weggespülten Gegenständen und Lebensmitteln ihrer zerstörten Hütte. Im Schein des Mondes sah sie einen weiß schimmernden Eisblock, der sich in den Klippen verkeilt hatte. Sie rief Enno zur Hilfe, und dieser griff sich eine der trockenen Pechfackeln und begab sich in die Klippen hinunter und beäugte jenen Eisblock genauer. Darin entdeckte er zu seiner Verwunderung ein nacktes Mädchen von vielleicht vierzehn Jahren zusammengekauert mit angezogenen Beinen und Armen, die Augen geschlossen. Haare hatte sie keine und sie wirkte wie ein neugeborenes Kind, obwohl sie schon so alt war wie eine junge Frau.

Gemeinsam schleppten sie den Eisblock zu sich in den Leuchtturm und trugen das Eis langsam aber stetig ab, erwärmten es mit dem Kaminfeuer. Als es das Mädchen freigab, war sie kaum am Leben. Sie wärmten sie, so gut sie es vermochten, aber das fremde Kind war mehr tot als lebendig und bekam die Augen nicht auf. Hampke flößte ihr Nahrung ein, welche sie aber kaum bei sich behalten konnte und immer wieder auswürgte. Enno betete mit großer Inbrunst und bat Grummel-Gerd am nächsten Tag, ihnen doch Kräuter zukommen zu lassen, um den Genesungsprozess zu unterstützen. Als sie Leevke dann einen Monat später an einem sonnigen Juli-Tag ins warme Wasser legten, um sie ausgiebig zu waschen, öffnete sie erstmalig vollständig die goldenen Augen und lachte Hampke nach kurzer Inspektion prompt an. Diese brach erleichtert in Tränen aus, und auch Enno tat es ihr kurz daraufhin gleich. Das Mädchen verhielt sich fortan, als hätte sie einen vollständigen Gedächtnisverlust erlitten. Sie sprach nicht einmal eine Sprache und wusste weder ihren Namen, noch konnte sie anfangs richtig laufen, ohne ein paar Mal hinzufliegen und sich die Arme aufzuschürfen. Einzig das Schwimmen war ihr nicht fremd und sie beherrschte dies vom Stehgreif besser als jeder andere selbst nach Jahren. Es war ihr Element wie bald klar war.

Die Befürchtung, sie hätte durch das Eis zu großen, geistigen Schaden genommen, zerstreute sich schon bald, als klar wurde, wie schnell Leevke; so nannten sie das Mädchen, aufgrund ihrer liebenswürdig-tapsigen Art; sehr flott das friesische Tedeschi lernte und auch alles andere, was im Alltag wichtig war. Es dauerte nur zwei Jahre, bis Leevkes geistige Reife ihrer körperlichen gleichkam, und nur ihre Unerfahrenheit in weltlichen Belangen sie noch von einem normalen Mädchen unterschied. Dies kompensierte sie mit ihrer direkten, wissbergieren Art, die in keinem Lebewesen etwas Schlechtes sehen konnte. Alle waren erstaunt, als der als völlig unausstehliche Grummel Gerd just mit diesem Mädchen erstmalig seit Jahren wieder etwas aus sich herauskam und sogar wieder lachen konnte. Dies einfach nur, weil Leevke ihn offen angesprochen und sensibel auf ihn eingegangen war: Berührungsängste hatte sie keine und dies half ihr auch, auf Norderney schnell Freunde zu finden. Wobei meist bei den jüngeren Kindern. Die jugendlichen Insulaner ihres Alters fanden sie zu kindisch und kurzweg trottelig. Auf ihrem Kopf hatten sich mit der Zeit purpurblaue Haare gebildet, die sie mittels selbstgebastelten Muschelspangen in Streifen festhielt. Sie wuchsen ihr bis zum Hals, gingen aber nie darüber hinaus, was besonders Hampke sehr betrübte. Ihrer Ansicht nach sollte ein Mädchen traditionell lange Haare tragen. Auf Leevkes Einwurf, warum sie dann ihre langen, blonden Haare in einem Zopf auf dem Kopf vergrub, hatte Hampke allerdings keine Antwort. Es war diese Art der unschuldigen Nachfragen, die es den beiden Großeltern keine Probleme bereitete, das Mädchen als das Ihrige aufzunehmen. Ihr erstgeborener Sohn war bei einer Handelsreise nach Westfrankenreich umgekommen, und ihre Tochter danach hatte kein Jahr überlebt. Danach waren Enno und Hampke zu betrübt gewesen, um es noch einmal zu versuchen, und zogen sich in gegenseitigem Einverständnis auf Kleene Wacht zurück. Sie hatten schon mit allem abgeschlossen, als Leevke an ihre Klippen gespült worden war wie ein Wunder. Nie stellten sie ihre Kiemen am Hals, Haar und Augenfarben in Frage. Sie gaben Leevke das Gefühl völlig normal zu sein.

Leevkes Liebe zum Meer trat mit jedem Tag deutlicher in den Vordergrund und öfters schwamm sie auf eigene Faust um die Insel herum, um ihre Unterwasserwelt zu erkunden, wo sie manchmal stundenlang bleiben konnte: Weder musste sie Luft holen noch durchweichte ihre Haut. Das Tauchen lag ihr sehr und oft konnte sie Dinge vom Meeresgrund retten, die Enno und Hampke schon als verloren abgestempelt hatten. Auch die eine oder andere Kostbarkeit in Form von Goldmünzen war dabei und besserte den Haushalt ein wenig auf. Leevke schien sich an nichts zu erinnern, was eigentlich passiert war und wieso sie in einem Eisblock in der Westsee umhertrieb. Als sie selbst irgendwann nach ihrer Vergangenheit fragte, fiel den beiden die Geschichte von ihren angeblich verunglückten Eltern ein. Sie dachten, es wäre eine traurige, aber nicht so seltene Geschichte, die zumindest vorerst den Schein einer normalen Identität aufrechterhalten konnte. Immer mal wieder zeigte sich jedoch, dass das Mädchen etwas Besonderes sein musste über ihre Meeresbegabungen hinaus. So konnte sie allein durch ihre Berührung und etwas Konzentration dem Wasser einen goldenen, honiggleichen Schimmer verleihen, wodurch es eine heilende Wirkung entfaltete. Auch Meerestiere, mit denen sie im Spiel sprach, schienen ihr wie aufs Wort zu gehorchen. Große Freude hatte sie stets an Taschenkrebsen, die sie wie an einer Schnur hinter sich aufmarschieren ließ. Manchmal saß sie auch nur stundenlang am Strand in einer Klippenspalte und spielte plätschernd mit dem Wasser, welches sie zu Kugeln formen konnte, die wie Seifenblasen schwebten und dann zerplatzten. Enno und Hampke sahen schnell ein, dass dies zu einigen Problemen führen würde, wenn jemand von der Kirche davon erfuhr. Selbst die Norderneyer würden solche Kräfte nicht uneingeschränkt gutheißen oder lange unkommentiert lassen. Irgendwer würde sich schon verplappern. Die Kirche duldete keine göttlichen Kräfte neben sich.

Leevke selbst war sich dieser Vorgänge nicht bewusst und sah es als gegeben an, dass sie sich so gut mit dem Meer verstand. Ihre Großeltern versuchten, ihre Fähigkeiten vor der Welt zu verbergen, doch schließlich gelangte ein Hinweis eines angesäuselten Norderneyers in der Taverne hinaus auf die offene See. Treibholz-Theo fragte ja explizit nach der „Meereshexe von Norderney". Er sagte nicht, warum und wieso, aber es war nicht schwer, seine Motivation zu erraten. Theo war keiner, der mit Magie etwas am Hut haben wollte, er suchte Leevke allein wegen des Geldes, dass irgendwer auf sie ausgesetzt hatte. Wo auch immer Leevke herkam und was ihr Ursprung war: Ihre Vergangenheit holte sie nun ein. Trotz der Abwehr von Theo konnte man davon ausgehen, dass er nicht der letzte in der Reihe von Kopfgeldjägern gewesen war, der sich Leevkes bemächtigen wollte. Bald schon würden andere kommen, darunter auch jene, die nicht so leicht abzuwimmeln waren, wie der lokale Strandräuber.

Enno beschloss die Erzählung: „Natürlich werden wir dich beschützen. Aber ich befürchte, es ist hier nicht mehr sicher für dich, Seestern." Leevke sagte eine Weile lang gar nichts, als sie die Informationen nach und nach zusammensetzte. Hinnerk schluckte mit trockener Kehle: Selbst für ihn war das eine ganze Menge an hartem Tobak. Schließlich hob Leevke hilfesuchend den Blick: „Also seit ihr gar nicht meine Großeltern?" Tränen sammelten sich in ihren Augen und sofort eilte ihr Hampke zu Hilfe: „Doch natürlich sind wir das. Werden wir immer sein!" Enno und Hinnerk waren beide sprachlos und suchten in Gedanken nach Lösungen für die Situation. Schließlich meinte Leevke entschlossen: „Ich will diese Kräfte nicht. Wo kann ich sie abgeben?" Hampke lächelte: „Ich glaube, das geht nicht so einfach…" „Wieso nicht? Ihr habt das auch nicht! Vielleicht hätte ich besser mit Theo mitgehen sollen." „Einen Seeteufel musst du!", meinte Enno empört, „Mein Kind wird sich nicht irgendwelchen Halunken unterwerfen, die uns mit Gewalt drohen! Wer etwas will, kann mit uns reden aber solche Methoden werden hier nicht toleriert! Angstmacherei ist sowas! Oder Hinni?" Dieser nickte: „Ohne Zweifel. Die führen nur Mist im Schilde." Enno sprach weiter: „Du bist Friesin Leevke, ganz egal, wo du ursprünglich wegkommst, du gehörst jetzt zu uns. Ein Friese beugt sich niemandem, nur Kaiser oder Gott. Und selbst das nur, weil's nötig und gerecht ist." Hinnerk fügte hinzu: „Ich möchte außerdem nicht wissen, was solche Verbrecher mit deinen Kräften wollten, Leevke. Ich habe die Flutwelle gesehen, die Blåho und seine Männer fortgespült hat. Das in den falschen Händen könnte viel Schaden anrichten." „Hört, hört!", stimmte Enno zu.

Leevke seufzte und wischte sich die Tränen aus den Augen: „Aber was soll ich dann tun? Wo kann ich hin?" Sie hatte damit die wichtigste Frage des Abends gestellt. „Wenn du es wirklich willst, dann müssen wir deine Kräfte loswerden.", meinte Hinnerk, „Ich weiß zwar noch nicht wie, aber es muss ja irgendwie möglich sein! Am besten wir fragen jemanden, der sich mit sowas auskennt." Hampke schaukelte Leevke hin und her: „Denkst du an jemanden bestimmtes, Junge?" Hinnerk verschränkte die Arme vor der Brust und schloss die Augen: „Ein Priester? Ein Zauberer? Eine echte Hexe? Nicht so ein Abklatsch wie die Harugari. Deel-Deerns? Nein, die wissen noch weniger… Hm. Oh!" Er öffnete die Augen: „Wir könnten meinen Meister fragen, Onkel Abbo!" Enno runzelte die Stirn: „Den Abbo, den sie den Aufmüpfigen nennen?" Hinnerk nickte begeistert: „Er ist ein guter Mann, der schon in Stedingen für die Freiheit und in Iberien gegen die Sarazenen gekämpft hat! Ein Kreuzritter und Held von hier! Er weiß sicher Rat. Hat schon viel gesehen und gehört." Leevke wirkte unentschlossen: „Ich weiß nicht recht… Dann muss ich ja hier weg, oder?" Enno und Hampke redeten ihr gut zu, dass sie es wenigstens versuchen sollte. Sie könne natürlich auch bei ihnen bleiben, aber das wollte wiederum Leevke nicht, weil ihre Anwesenheit sie in Gefahr brachte. Die Großeltern boten an, mit ihr zu kommen, aber auch das lehnte Leevke entschieden ab: „Nein, ihr müsst den Leuchtturm in Gang halten. Außerdem seit ihr fürs Reisen doch schon zu alt…" Alle lächelten, weil Leevke wieder das offensichtlichste benannt hatte, was sich keiner sonst getraute, auszusprechen. Nun wandten sich die Pultjens Hinnerk zu. Enno fragte: „Ich weiß, es ist viel verlangt und du hast deine Verpflichtungen: Aber würdest du unser Kind mit nach Norddeich nehmen?" Hinnerk schlug sich auf die Brust: „Ich werde sie nicht nur nach Norddeich bringen, sondern ihr auch helfen, ihre Probleme zu lösen! Außerdem weiß ohnehin nur ich, wo man Meister Abbo finden kann. Ihr wärt also früher oder später eh auf mich zurückgekommen." Hampke nahm seine Hand: „Dass es solche tapferen Jungen noch gibt. Fast wie du damals Enno." „Ja. Fast." Er sagte es so trocken, dass sie alle in lautes, befreiendes Gelächter ausbrachen. Leevke war wie ausgewechselt und vergessen war ihr Problem: „Kann ich heute Abend mit Hinnerk im Leuchtturm übernachten? Ja?" Hampke lächelte hintergründig: „Natürlich: Nehmt euch alle Zeit der Welt für die Vorbereitungen. Wir halten schon Wacht." Opa Enno führte sie zum Leuchtturm und dort eine Wendeltreppe hinauf. Im ersten Stock befanden sich dann zwei einfache Betten, ein Tisch mit Hocker und Schreibzeug sowie ein einziges, hohes Fenster mit schweren Holzläden. Der hölzerne Boden knirschte unter ihren Füßen. „Macht es euch bequem, ich muss oben noch das Licht erneuern.", meinte Enno und stapfte die Treppe nach oben. Klütje tapste schnüffelnd umher, als Leevke Hinnerk nun in die Arme nahm: „Danke dass du mir hilfst. Ich wüsste nicht was ich sonst tun sollte. Das geht alles so schnell." Hinnerk lachte debil: „Ach, hehe, das ist doch kein Problem, du. Hehe." Er war sich nicht bewusst, dass er sich so deppert anstellen konnte. Sie sah zu ihm auf und war eine Handbreit kleiner als er, was für ein Mädchen schon recht groß war: „Was willst du dafür haben?" Ein spontaner, massiver Klos im Hals erschwerte Hinnerk die Formulierung seiner Antwort: „K-K-um." „Kum? Ach, kaum?" „Also ich meine, nichts. Eigentlich nichts will ich, hehe." Leevke sah ihn misstrauisch an und er wirbelte hinüber zum Fenster: „Ich mache dies für das Abenteuer! Genau! Endlich ein Grund die Welt zu erkunden, ferne Orte zu sehen und wundersame Dinge zu erblicken. Mal rrrraus zu kommen! Geil was?" „Ich hoffe nicht, dass es uns allzu weit von zuhause wegbringt. Ich für meinen Teil bin gerne zu Hause am Meer. Ich will nicht weg." Hinnerk bemerkte, dass er sich anhörte, als wolle er Leevke und ihre Not nur für seine persönlichen Abenteuergelüste missbrauchen: „So mein ich das auch nicht. Jedenfalls nicht – ach! Ich will nur endlich weg von hier! Kannst du das ein bisschen verstehen?" Leevke ließ sich neben ihm auf ein Bett plumpsen: „Nö. Aber vielleicht wird es ja irgendwie lustig. Thehe…" Hinnerk holte sein Friesenmesser hervor und ließ es in der Handfläche wirbeln: „Natürlich werde ich dich vor allen Gefahren beschützen. Hu-Ha!" „Du klingst fast wie ein Ritter." Hinnerk setzte sich ihr gegenüber und grinste: „Schon mal einen gesehen? Einen echten, meine ich, nicht so einen Schulzen in Kettenhemd oder einen dieser läppischen Unterritter. Einen mit Plattenrüstung und Breitschwert!?" Leevke zuckte mit den Schultern: „Einmal war wohl einer im Gasthaus auf Norderney und erzählte dort in komischem Tedeschi von seinem Leben in Burgund... Dann verlor er irgendwie alles, und was ihm blieb war seine Plattenrüstung." Hinnerk nickte: „So eine Rüstung ist so viel wert wie fünfzig Gehöfte! Da geht nichts durch." Er lächelte: „Morgen werden wir nach Norddeich gehen und dann nach Hof Wiards zurückkehren, um meinen Leuten davon zu berichten und um uns mit Abbo zu treffen." „Ist gut.", stimmte Leevke ohne Weiteres dem Plan zu. Hinnerk zweifelte daran, ob sie ihn wirklich verstanden hatte: Sie zog ihre Beine an und rollte eingekugelt auf dem Bett hin und her. „W-Was machst du da?", murmelte Hinnerk und Leevke erwiderte lapidar: „Rumkullern. Musst du auch mal machen. Hilft beim Einschlafen." Hinnerk zog sich die Stiefel aus und tat es ihr gleich.

Als Enno die Treppe hinunterkam sah er zwei junge Menschen, die in ihren Betten herumrollten und lachten. Als sie ihn sahen, sprang Hinnerk kerzengerade auf und stotterte. Enno winkte ab: „Ich habe das Feuer erneuert und werde jetzt zurück in die Hütte gehen. Solltet ihr noch irgendwas brauchen, scheut euch nicht anzuklopfen oder uns aufzuwecken, ja?" Leevke nickte: „In Ordnung, Opa. Krieg ich einen Gutenacht-Kuss?" „Gute Nacht, Seestern. Gute Nacht, Hinnerk. Du bist jetzt der Mann im Turm." Hinnerk salutierte unnötigerweise und übertrieben: „Sehr wohl!" Als er gegangen war, kullerte Leevke wieder hin und her: „Ich glaub er mag dich." Der Junge lachte auf. Als sie endlich lagen, blickten sie sich aus ihren Decken heraus an. Leevkes linkes Bein lugte unter der Bettdecke hervor und zuckte auf und ab. Sie lächelte ihn breit an und ihre halboffenen, goldfarbenen Augen schienen mit einer Intensität die Hinnerk schlucken ließ. „Gute Nacht, Hinni. Schlaf gut." „Gute...Na-Nakt...Nacht", stotterte Hinnerk und drehte sich dann zur Seite weg. Kurz darauf hörte man Leevkes gleichmäßiges, lautes Schnarchen. Hinnerk liebte und genoss es, wie er nie zuvor ein Schnarchen genossen hatte. Er wusste garnicht, dass man das überhaupt konnte. Er besah sich die hölzerne Decke und lauschte dem Schnarchen sowie dem Rauschen des

Meeres, welches unten an die Klippen von Kleene Wacht schwappte. Klütje lag bei seinen Beinen und schlief ebenfalls fest. Es war hypnotisch in seiner Wirkung, und ehe er es sich versah, war er auch schon eingeschlafen, obwohl er noch wach bleiben wollte um Leevke zuzugucken. Die Ereignisse der letzten Tage forderten nun ihren Tribut. Er brauchte etwas Ruhe.

Kapitel 3
Moordiebe

Am nächsten Tag weckte sie Hampke mit einem deftigen Frühstück aus Brot, Wurst und Käse. Danach zeigte Enno ihnen noch die klare Aussicht von der Spitze des Leuchtturms. Der Wind pfiff dort stark um ihre Ohren, aber sie konnten über Norderney, Langeoog und Baltrum hinweg auf das Festland sehen. Grummel-Gerd kam dann gegen Mittag mit seinem Boot in Sicht, um sie bei Flut bis nach Norddeich zurückzubringen. Der Wind stand günstig dafür und wehte aus Nordost. Leevkes Großeltern wünschten ihrer Enkelin alles Gute, und alle umarmten sich innig zum Abschied. Enno zog Hinnerk noch beiseite: „Oh, beinahe hätte ich es vergessen. Ich habe etwas für dich! Warte hier." Er lief in den Schuppen und kam mit einem runden, eingewickelten Schild wieder, den er Hinnerk überreichte: „Dies ist ein altes Familienerbstück der Pultjens. Ich selber habe meinen eigenen Schild und habe diesen hier nur selten gebraucht, aber mein Vater hat ihn zu Lebzeiten genutzt, um Nebelgeister zu vertreiben und um die Schiffe zu lotsen, als der Turm noch nicht fertig war." Auf dem Schild befand sich das Motiv eines Leuchtturms, der Lichtstrahlen aussendete. Enno erklärte: „Das ist Lux Maris; Das Licht des Meeres. Es ist der Eigenname dieses Schildes, so, wie Schwerter auch ihren eigenen Namen haben." Enno beugte sich verschwörerisch vor: „Es ist angeblich mit alter Zauberei durchwirkt." „Wirklich? Heidnische Magie?" „Ich denke ja. Lass es aber bloß keinem Priester in die Hände fallen: Die wollen solche Artefakte immer gleich beschlagnahmen. Er soll die Dunkelheit vertreiben sowie den dichtesten Nebel. Aber ich habe den Zauberspruch vergessen, mit dem es gehen soll. Zulange her. Aber ein Schild ist ein Schild, und dieser ist aus gutem Eisen und mit Stahlnieten verstärkt; da an der Innenseite. Da prallen auch Armbrustbolzen ab. Ich wollte ihn gemäß der Familientradition an meinen Sohn weitergeben, aber er starb, bevor ich ihn ihm geben konnte. Er war ohnehin nicht sehr erpicht auf den Kampf... Nimm ihn, Hinni: Beschütze dich und Leevke damit." Hinnerk schluckte: „Aber es ist doch Familienerbstück, wenn es nun kaputt geht?" Enno winkte ab: „Es ist nur Metall,

Junge. Wenn es kaputt geht, ist mir das allemal lieber als umgekehrt. Letztlich ist es nur ein lebloses Ding. Nütze seine Macht, wenn du kannst. Mehr kann ich leider nicht für euch tun." Hinnerk nahm den Schild und hob ihn am inneren Buckelgriff hoch. Trotz seiner schweren Konstruktion war er bemerkenswert leicht zu führen. Er hatte schon so manches Mal mit einem Schild trainiert, und die Holzschilde von Meister Abbo waren ihm immer noch schwerer als Lux Maris. Offenbar war er von einem sehr guten Schmied gefertigt worden, der sein Handwerk verstand. Hinnerk nickte dankbar: „Es ist mir eine Ehre." Enno lächelte: „Vielleicht habe ich Abbo den Aufmüpfigen falsch eingeschätzt. Ich dachte immer, er wäre ein Kriegstreiber gewesen, man hört ja viele dumme Sachen. Aber wenn du sein Freund bist, dann denke ich, die Gerüchte seien wohl alle Quatsch gewesen." „Sind sie." Enno drückte ihn an sich: „Lass dich nie unterkriegen. Wir warten auf euer beider Rückkehr." Hinnerk war leicht beschämt: „Ich... werde es versuchen. Bei meinem Leben." Hampke und Leevke hatten ihre Sachen gepackt: ein einfacher Beutel den Leevke sich an die Hüfte geschnallt hatte. Hinnerk trat zu ihr: „Na, alles in Ordnung?" „Ja. Ich hoffe, wir finden einen Weg mich normal zu machen." „Du - Du bist normal." Leevke senkte den Blick: „Findest du mich denn ganz normal?", fragte sie. Hinnerk zögerte, was ihr als Antwort reichte: „Du hältst mich auch für unnormal." Er aber sammelte sich, denn die Frage hatte ihn überrumpelt: „Was heißt schon normal? Normal ist langweilig. Wer will schon normal sein? Ich nicht! Gemessen an dem, was da draußen sonst noch so kreucht und fleucht, sind wir sogar viel zu normal. Wird Zeit, dass wir verrückter werden." Leevke schmunzelte, als Hinnerk sich mehr und mehr verhaspelte: „D-Du bist normaler als dieser Modder-Joost! Auf jeden Fall. Der mit seinen Riesenkrebsen, ha! Normaler als meine Familie bist du auch! Mein Bruder Willi zum Beispiel, ist einmal von unserm Dach gefallen, weil er Wolken fangen wollte! Das sind wirkliche Spinner. Du dagegen bist regelrecht langweilig...ich meine...nicht im negativen Sinne so normal halt... ähm... Mist." Leevke lachte hell auf: „Hahaha! Ist schon gut, ich weiß, was du meinst. Hehe - Ohne dich: Wer weiß, wo ich jetzt wäre! Danke." „Bedank dich nicht dauernd, ich hab doch noch gar nichts gemacht! Wenn ich einen Drachen verprügle oder einem Troll den Hintern versohle, dann, ja dann, kannst du mir danken..." Der Grummler rief: „Was is jetzt? Wir müssen los, wenn wir nicht auf Grund laufen wollen." Sie stiegen ins Boot und winkten Enno und Hampke lange nach. Kleene Wacht wurde immer kleiner, bis es zur Gänze verschwunden war.

Die Rückreise gestaltete sich ohne Probleme. Gerd brachte sie dank der Flut gleich bis nach Norddeich zurück. Hier angekommen, fragten sie wo Okko verblieben wäre, und man gab Auskunft, dass er im Gasthaus „Dat trekkt" abgestiegen wäre. Okkos Karren parkte mit dem Gaul im angebauten Schuppen. Ihn selbst fanden sie mit ein paar Männern am Tische sitzend, mit Krügen von Hamburger Bier vor sich und einigen Würfeln. „Na, da bist du ja.", Okko verzog verwundert das Gesicht. „Wieso ist Leevke noch hier? Habt ihr keine Überfahrt bekommen? Gab es einen Sturm? Was ist passiert?" Hinnerk sagte: „Ich weiß nicht, ob ich es dir sagen kann, denn es ist etwas... komplizierter. Verstehst du? Aber grundsätzlich ist alles in Ordnung. Wir waren bei Leevkes Großeltern: Ihnen geht es gut, und Leevke auch. Sie bleibt vorerst bei mir." Normalerweise ließ Okko sich nicht so leichtfertig abspeisen, aber er wollte vor den anderen wohl keine Szene machen und meinte nur: „Darin sehe ich kein Problem. Ist das auch wirklich so, Leevke?" Diese nickte und lächelte: „Ja. Genau so." Sodenn verließen sie kurz darauf die Gaststätte, bespannten den Wagen mit dem Pferd und polterten wieder zurück zum Hof der Wiards, den Deich zu ihrer Linken entlang. Es hatte in der Zwischenzeit leichten Nieselregen gegeben, sodass der Boden aufgeweicht und die Luft feucht war. Kaum dass sie Norddeich verlassen hatten, hielten sie es nicht mehr aus und erzählten Okko die Geschichte. Er lauschte geduldig und meinte zum Abschluss: „Keine Sorge, ich werde es niemandem verraten. Höchstens deiner Mutter, Hinni. Die will immer alles wissen und merkt sofort, wenn ich ihr was verheimliche..." Leevke lächelte: „Geht schon Ordnung. Ich vertraue euch, so wie ich Hinnerk vertraue." Okko grübelte: „Also zu Abbo wollt ihr gehen? Er könnte wirklich mehr wissen. Ich hingegen würde die Kirche fragen. Dass sie dich für eine Hexe halten würde, glaube ich nicht. Selbst wenn; hier in Friesland bist du weitestgehend vor ihnen sicher. Sie haben hier nicht die Macht wie in anderen Teilen des Reiches. Ein Wort von mir und alle Dieker stehen bereit, um sie aus unserem Land zu vertreiben. Das ist unser Land. Wir haben hart für unsere Freiheiten gearbeitet." Sie kamen an eine unübersichtliche Straßenbiegung. Südlich von ihnen erstreckte sich seit einiger Zeit ein Waldstück, hinter welchem das garstige Moor begann, in dem schon manch unvorsichtiger Abenteurer sein Leben verloren hatte. Dort wagten sich nur wackere Torfstecher oder die „Waldläufer der Sümpfe", die „Brüder vom Luch" oder auch nur Moorhantjes genannt, hinein. Abbo lebte ebenfalls in der Abgeschiedenheit des Moores, nicht ganz weit von Hof Wiards entfernt. Immer, wenn Hinnerk bei ihm Kampftechniken lernen wollte, musste er eine bestimmte Melodie pfeifen und Abbo kam kurze Zeit später aus dem Moor und verbrachte ihn zu sich in seine bescheidene, abgelegene Hütte.

Hinnerk konnte nur vermuten, wieso Abbo so abseits von allen anderen lebte: Er war halt immer ein Einzelgänger gewesen und jagte oft mit Pfeil und Bogen pelzige Urmoortiere, deren Felle er an Okko verkaufte. Nur selten wagte er sich mal hinaus nach Esens oder Dornum, um Lebensmittel und andere Dinge zu besorgen, die er im Moor selbst nicht finden konnte. Außerdem hielt er die räuberischen Gobolde fern, die immer wieder umliegende Höfe plünderten. Der Wagen blieb abrupt stecken. Der Gaul zog kraftvoll, aber konnte ihn nicht hinausziehen. Okko fluchte: „Mist: Eine Kuhle. Wir müssen wohl anschieben." Eine missgestaltete Tröte ertönte, und Leevke rief: „Vielleicht helfen die uns ja?" Sie sahen zu, wie sich aus dem Untergrund des Waldes eine zehnköpfige Gruppe von Gobolden aus dem Gebüsch erhob und mit gezückten Waffen anstürmte. „Das ist eine Falle!", knurrte Okko. Gobolde waren kleine, dürre Gestalten mit winzigen, stechend-gelben Augen, schiefen Spitzzähnen, überlangen Armen und kurzen Beinen, die stets gebückt gingen. Sie trugen rostige Waffen, grobe Knüppel und Fetzenkleidung aus löchrigem Hasen- und Wolfsfellen oder grob gewebten Stoffen. Diejenigen, welche die Sprache der Menschen erlernt hatten, nutzten sie um ihre Geschäfte als Schmuggler und Schwarzhändler abzuwickeln. Sie waren in der Regel keine Gefahr für einen ausgewachsenen Menschen und setzten auf zahlenmäßige Überlegenheit und Hinterhalte wie diesen hier: Die Kuhle hatten sie gegraben. Okko brüllte: „Wir müssen kämpfen! Hinni!" Er holte sein Schwert vor, dass er unter dem Sitz gelegt hatte. Schon waren die Gobolde heran und Hinnerk sprang mit Schild und Messer vom Wagen. Klütje fletschte die Zähne und fiel einen der Gobolde an. Mit dem Schild konnte Hinnerk die angespitzten Stöcke der Gobolde gut abwehren, und mit dem Messer stach er dann zu. Mit hässlichen Quieken ging der erste Feind zu Boden. Leevke schluchzte und konnte nicht hinsehen. Auch Okko streckte schon seinen zweiten Gegner nieder. Von einem Moment auf den nächsten verwandelte sich die friedliche Straße und Überfahrt in ein blutiges Gemetzel auf Leben und Tod. Hinnerk jagte drei Gobolden hinterher, als er feststellen musste, dass auch Okko vom Wagen weggelockt worden war. Die Gobolde hatten es auf die Ware abgesehen!

Leevke selbst stand perplex im Wagen und beobachtete mit Schrecken, wie eine zweite Gruppe von fünf Gobolden den Wagen erklomm. Der erste Angriff war nur ein Ablenkungsmanöver. Leevke sprang zurück, als die kleinen Gobolde den Karren bestiegen und mit Kisten und Säcken nach Okko und Hinnerk warfen. Einer der Kreaturen hieb Leevke mit seinem dicken Stock auf den Kopf, und sie sank bewusstlos in sich zusammen. Flink packten sich zwei andere Gobolde das Mädchen und schleppten sie mit sich fort. Hinnerk und Okko eilten ihr zu Hilfe, aber die Gobolde stürmten von allen Seiten auf sie ein und bewarfen sie mit Steinen, während Leevke in den Wald entführt wurde. Danach ertönte wieder das schiefe Tröten und die Gobolde zogen sich zurück. Manche rafften eilig noch ein paar der Säcke an sich. Einen davon erwischte Hinnerk, weil er sich völlig mit einer Kiste überladen hatte und nicht loslassen wollte. Danach konnte er auch nichts mehr damit anfangen. Okko kommentierte dies mit der alten Weisheit: „Dem Gobold ist die Beute wichtiger als die eigene Haut." Klütje kläffte empört, aber abgesehen von einer blutigen Schnauze schien er wohlauf zu sein. Dennoch hatte ihn der Tritt eines Gobolds zum Humpeln gebracht. „Halt durch, Klütje.", flüsterte Hinnerk ihm zu, als er ihn behutsam aufhob und in seinen Beutel zurücktat. Das Wasser darin hatte seinen goldenen Schimmer wieder verloren, doch Klütje schien es beim Eintauchen sogleich besser zu gehen. Er wedelte sogar wieder mit dem Schwanz. Erleichtert wandte sich Hinnerk an seinen Vater: „Alles in Ordnung, Papa?" Dieser nickte: „Ja, und bei dir?" Hinnerk wischte sich über den Mund: „Ich muss hinterher! Ich kann sie noch erwischen!" „Mach keinen Unsinn. Dahinter liegt Moor und wer weiß, welche Fallen sie gestellt haben. Sie werden Leevke schon nicht töten. Wenn Gobolde Menschen entführen, dann nur wegen Lösegeld. Das haben sie schon häufiger gemacht..." Hinnerk keifte: „Aber wenn nicht? Kümmere du dich um Klütje! Ich muss hinterher!" Hinnerk setzte den Beutel mit Klütje ab und rannte los in den Wald. „Verdammt, Hinni! Komm zurück!", fluchte Okko, und fand sich in der prekären Lage, wieder Klütje und den Wagen mit Gaul ungeschützt zu lassen oder Hinnerk jetzt zu verfolgen. Es war wahrscheinlich, dass so mancher Gobold noch lauerte und auf eine zweite Chance hoffte, den Wagen doch noch zu plündern. „Verdammter Bengel! Denk doch vorher nach!" Er griff sich Klütjes Beutel und lief seinem Sohn nach.

Hinnerk hechtete durch den Wald, vorbei an stacheligen Brombeerbüschen und glaubte immer mal wieder die Gobolde vor sich zu sehen. Sein Atem ging stoßweise und er war froh, dass Abbo ihm beigebracht hatte, wie man schnell und effizienter rennen konnte, indem man die Atmung regulierte. Die Gobolde waren ebenfalls flinke Gesellen, besonders auf der Flucht. Hinnerk holte auf und sah sie durch die Bäume hindurch vor sich. Sie waren schon durch den kleinen Wald durch und kamen auf eine Wiese, hinter welcher dann das garstige Moor begann. Die Gobolde bemerkten ihren Verfolger und ein paar schrille Befehle später sah sich Hinnerk mit zweien von ihnen konfrontiert, die ihre Speere mit zwei Armen festhielten und den Weg versperrten. Hinnerk hielt den Schild vor sich und rammte einfach durch sie hindurch. Die Wucht schleuderte die Wesen beiseite. Nebel stieg vom Moor auf und als er ins Brackwasser trat, wurde sein flotter Schritt instinktiv langsamer. Der Boden war zwar nur leicht matschig aber schon bald wusste er nicht mehr, wo er gefahrlos hintreten konnte. Das hüfthohe Gras machte es schwer, einen sicheren Pfad zu erkennen. Er ging den umgeknickten Halmen hinterher, aber im aufsteigenden Nebel wurde auch das zunehmend schwieriger. Er sah die Gobolde mit Leevke durchs Schilf wandern und hielt auf sie zu. Einer von ihnen zog einen Kurzbogen und feuerte einen Pfeil nach hinten ab, den er mit Lux Maris blockte. Der Nebel nahm an Intensität zu und aus Angst, sie aus den Augen zu verlieren, erinnerte sich Hinnerk an die Zauberkraft, die dem Schild laut Enno innewohnen sollte. Er versuchte diverse Zaubersprüche, um diese zu aktivieren: „Vertreibilis Finsternis! Leucht im Nebel! Lux Nebulus! An! Aus! Angehen!" Hinnerk kannte das lateinische Wort für Nebel nicht und improvisierte. „Luxius Dunkulus wekkus! Scheine mir den Weg! Luxi Pfadus! Los! Geh an, du Mistding!" Schließlich gab er entnervt auf: „Ach, lücht doch mien Mors!" Keine

Sekunde darauf schoss ein Leuchtstrahl so breit und rund wie der Schild selber durch den Nebel und ermöglichte eine glasklare Sicht, wie durch einen Tunnel mit dem Durchmesser des Schildes. Nicht allzu weit entfernt sah Hinnerk die Gobolde und Leevke. Diese bemerkten das Licht wohl und schnatterten aufgeregt. Sie beschleunigten ihren Schritt. „Stehen bleiben!", rief er und setzte ihnen nach. Er matschte durch das Moor und hatte sie fast eingeholt, als er mit einem Fuß stecken blieb: Sein Stiefel wollte sich nicht vom Boden loslösen. Er versuchte ihn rauszuziehen, aber stattdessen wurde er nur tiefer in den Morast hineingezogen. Die Gobolde jubelten kurz und entfernten sich schnell weiter, verschwanden im Nebel.

Hinnerk war in eine Moorgrube geraten. Panischer Schweiß trat ihm auf die Stirn. Begleitet wurde dies von einem flauen Magengefühl sowie zitternden, kalten Beinen und einem plötzlichen Schwindelgefühl. Er zog an seinen Füßen, aber alles, was er erreichte, war, dass er beinahe in den Sumpf hineinkippte. Ein rettendes Ufer war nicht in Sicht, er war zu weit in das Loch getreten. Hinnerk wusste eigentlich genau über die Moorgruben Bescheid, aber nun war er in seiner Eile in diese Falle getappt wie eine dumme Kuh. Er wand sich langsam, der Morast saugte sich an ihm fest. Zu allem Überfluss sank er auch noch tiefer. Die Gobolde hörte er nicht mehr: Sie waren weg. Niemand war mehr da, um ihm zu helfen. Er würde allein im Moor versacken. Er schrie: „He! Heeeee! Hilfe! Ist da jemand?! Hilfeee!!" Er versuchte, sich mit dem Schild aus dem Modder heraus zu graben und sich am Schilf rauszuziehen, aber weder konnte er so schnell schaufeln wie der braune Modder alles wieder auffüllte, noch waren die umstehenden Halme im Ansatz fest genug, Hinnerks Gewicht zu tragen. Schon war er bis zu den Hüften versackt, als er es aufgeben musste. Die dumpfe Erkenntnis pochte in sein Gehirn: Er würde bald sterben. Nur noch das Quaken von Kröten und das biestige Surren von Stechmücken erfüllte die Luft. Er versuchte es zu bekämpfen, aber Tränen der Reue stiegen in ihm auf: Sein Leben hatte doch noch garnicht angefangen. Lauthals rief er nach seinem Vater, irgendeiner Menschenseele. Doch das Moor verschluckte jeden Hilferuf. Hier war kein Entkommen – nur die Unvermeidlichkeit des Todes.

Hinnerk würde zu einer Moorleiche werden: Diese entstanden immer dann, wenn die Verstorbenen im Diesseits noch etwas zu erledigen hatten. Er würde ein Wiedergänger werden, ein lebendiger Toter. „Ich will nicht sterben!", schluchzte er schließlich, und Leere machte sich in seinem Innersten breit, als sein Brustkorb auch noch versank. Er schluchzte, und sein Hals war trocken und heiser: Jeder Versuch sich freizustrampeln, machte alles nur noch schlimmer. Er fing an zu beten und flehte Gott an, ihm hinauszuhelfen. Doch auch dieser tat nichts, egal wie inbrünstig er auch die Hände ineinander keilte, wie oft er auch Amen rief: Gott erhörte sein Flehen nicht. Vielleicht drang er gar nicht erst durch den dicken Nebel hindurch und nicht einmal der Herr konnte ihn hier sehen und hören.

Hinnerk lachte verzerrt, als er sah, wie der Schild Ennos immer noch durch den Nebel leuchtete. Da fiel es ihm ein: Mit letzter Kraft schwenkte er den Schild herum. Eventuell sah jemand das Licht, ein Moorhantje vielleicht. Viel wahrscheinlicher war aber, dass man diesea Licht für ein Irrlicht halten und darum ignorieren würde. Dies war sogar sehr häufig der Fall, wie er wohl wusste. Hinnerk kam eine letzte, verzweifelte Idee: Irrlichter waren beständig leuchtend und verwirrten den Geist von Wanderern durch ihr stetiges, hypnotisierendes Leuchten, dass sie auf falsche Pfade führte. Sie blinkten jedoch nicht! „Lücht mien Mors!" sagte er, und der Schild ging wieder aus. „Lücht mien Mors!" Lux Maris ging wieder an. Er wiederholte die Worte immer wieder, sodass das Licht weithin blinkte. Der Modder kroch ihm schon die Schultern hoch. Als der Morast sein Kinn berührte, liefen ihm Tränen über die Augen und seine Stimme versagte ihm den Dienst. Eine männliche Stimme hörte er sagen, ehe der Dreck ihm ins Ohr lief: „Hallo? Ich habe doch etwas gehört? Hallo?!" Jemand schritt durch das nahe Gras. Hinnerk hörte es ganz nah bei sich. Tränen der Freude rannen über seine Wangen und er wollte „Ja!" rufen, aber seine Stimme versagte ihm gerade jetzt. Der Mann entfernte sich wieder und wurde leiser: „Hallo? Hab ich mich verhört?! Hier war doch so ein Licht?" Hinnerk fiel auf, dass er Lux Maris zuletzt ausgemacht hatte! Er sammelte alle Reserven, schluckte die hämmernde Furcht in seinen Schläfen hinunter und es platzte aus ihm heraus: „Hier! Hier! Hier! Bitte! Hier, hier, hier!" Weinend brach er zusammen und schluchzte, als der Matsch in seine Nasenlöcher quoll und er Schlamm schluckte. Es geriet in seine Luftröhre, aber er konnte nicht husten. Er verlor das Bewusstsein. Wieso hatte er nicht auf seinen Vater gehört?

Vor der kleinen Lehmhütte im Moor befand sich eine Feuerstelle, über dessen kleiner Flamme ein qualmender Topf hing. Abbo hatte sich gerade etwas zu Essen gemacht, als er das merkwürdige Licht in der Ferne sah, welches er zunächst für ein Irrlicht hielt, wie sie für das garstige Moor üblich waren. Aber nachdem es zu blinken anfing, ging er dem Phänomen nach. Schließlich hörte er auch eine Stimme, die aber sehr undeutlich und schwach war. Das Licht verschwand mit einem Mal, und Abbo war sich nicht mehr sicher wo sich das Licht nun genau befand, zumal er aufpassen musste, nicht zu versacken. Er rief ein paar Mal, um vielleicht eine Antwort zu erhalten und gerade wollte er wieder kehrtmachen, als er Hinnerks verzweifelte Rufe hörte. Er verwandelte Pakhaou in eine Lanze und hob den bewusstlosen Jungen mit aller Kraft und mit Pakhaous Hilfe aus der Grube, die ihn mit einem widerwilligen Schmatzen freigab. Abbos Arme brannten lichterloh, aber er ließ nicht locker, bis er Hinnerk gerettet hatte. Er reinigte seine Nase und den Mund vom Dreck und stellte sicher, dass er noch atmete. Dann trug er ihn zu seinem Haus und legte den immer noch ohnmächtigen Jungen in sein Bett, zog ihm seine vollgemodderten Klamotten aus. Er nahm einen Eimer Wasser und wusch ihn gründlich mit einem Schwamm und etwas Kernseife, deckte ihn behutsam zu. Danach machte er sich daran, Hinnerks Kleidung zu waschen und brachte sie nach draußen, um sie am Feuer zu trocknen. Außerdem legte er Feuerholz nach, um seinen Eintopf etwas länger brennen zu lassen, bis Hinnerk erwachte. Dieser öffnete zwei Stunden später langsam die Augen.

Ihm kam es surreal vor: Er lag warm und wohl behütet in einem Bett, war sauber und in einem heimeligem Einzimmerhaus. Er erkannte es anhand der umherliegenden Waffen als Abbos Hütte wieder. Er blickte zur Tür, als dieser auch schon eintrat: Hinnerk setzte sich auf und Abbo lachte: „Seht und staunet! Der junge Hinni ist von den Toten auferstanden!" Jener konnte sich ein erleichtertes Lächeln nicht verkneifen: „Ich bin also nicht tot?" Abbo ließ sich neben das Bett nieder und reichte ihm eine Schüssel mit dampfendem Brei und Morcheln: „Das war haarscharf. Du bist mir nichts schuldig, außer vielleicht einer Erklärung. Gesetz dem Fall, du fühlst dich dazu in der Lage? Ansonsten lass dir ruhig Zeit. Ein guter Krieger weiß, wann er seine Kräfte schonen muss…"

Hinnerk erinnerte sich abrupt wieder an die vergangenen Stunden und griff nach Abbos Arm: „Wir müssen die Gobolds verfolgen, Onkel Abbo! Sie haben Leevke! Wir müssen hinterher! Sofort! Ehe sie weg sind!" Abbo nahm seine Hand: „Ruhig, Junge. Du bist gerade dem sicheren Tod entkommen. Lass dir Zeit und iss erstmal was. Ich weiß, dass man danach das Leben in sich aufsaugen möchte. Nie hat mir das Essen besser geschmeckt als nach einem Kampf: Was traurig genug ist. Abgesehen davon werde ich dich nicht noch mal in das Moor stürmen lassen. Was wenn ich nun nicht zufällig dein Leuchtschild gesehen hätte? Dein Vater würde mir das nie verzeihen." Hinnerk schüttelte den Kopf: „Wir müssen ihr helfen! Ich habe es ihr versprochen!" Abbo dachte angestrengt nach und als er seinen entschlossenen Blick bemerkte sagte er: „In Ordnung, erzähle mir alles von Anfang an. Ich bin gespannt, was der Grund für all das hier ist. Und wer ist diese Leevke? Deine Freundin? Seit wann das?" Hinnerk lief rot an, aber erzählte ihm die Geschichte, so gut er konnte. Am Ende sagte Abbo: „Ich weiß, dass einige der Gobolde im Süden ihr Lager haben. Die werden auch immer frecher wenn sie sich schon soweit vorwagen..." „Wirst du mir denn helfen, Meister Abbo?" Hinnerk gab es nicht zu, aber er hatte wahnsinnige Angst noch einmal alleine ins Moor zu gehen: Er zitterte. Abbo stimmte zu und lächelte: „Das wird sicher heiter. Nun aber iss etwas."

Hinnerk probierte den Eintopf und verzog das Gesicht. Abbo bemerkte dies wohl: „Ich bin immer noch kein guter Koch, oder?" Der Junge schüttelte den Kopf, woraufhin Abbo ihm lachend den Kopf rubbelte: „Unglaublich der Bengel! Du machst Sachen!" „Nicht mit Absicht!" Die warme, krautige Mahlzeit beruhigte Hinnerks Nerven etwas, aber innerlich spürte er immer noch den kühlen Schreck vom Nahtod in den Knochen. Beinahe sah er sich versucht, nach Hause zurüvkzukehren und nie mehr ins Moor zu gehen. Aber als er Abbo sah, wusste er wieder, dass er darüber hinwegkommen würde und besser früher als später. Es würde dennoch eine Weile dauern, bis dieser Schock verarbeitet worden war, aber Hinnerk wollte sich keineswegs von diesem Erlebnis sein Leben versauen lassen.

Nachdem sie gegessen hatten zog Hinnerk sich sein knielanges Leinenhemd, dunkle Bundhose, die Stiefel sowie den Lederkragen über; er schulterte Lux Maris am Schultergurt, überprüfte sein Friesenmesser am Gürtel und nickte Abbo entschlossen zu. Dieser trug seinerseits Pakhaou, eine vernietete Leder-Eisenrüstung, eine Schleuder und ein mit Leder überzogenes Rundschild: „Gehen wir also und retten deine sexy Freundin." Hinnerk nickte mit rotem Kopf. Grinsend schritt Abbo voran in das garstige Moor gen Süden: Er kannte die Wege sehr viel genauer als irgendwer sonst, von den Luchbrüdern abgesehen. Der Nebel war immer noch allgegenwärtig und klebte nassfeucht auf der Haut. Sie verzichteten auf Lux Maris Leuchten, um die Gobolde nicht vorzuwarnen. Immer wieder hielt Abbo an und lauschte den Geräuschen des Moores, warnte Hinnerk vor schwierigen Passagen und rüttelte ihn wieder wach, wenn dieser drohte, einem Irrlicht zu verfallen. Es war eine beschwerliche, langwierige Reise durch den Morast. Ein schwerer Ritter oder Legionär wäre schon lange versackt. Abbo duckte sich urplötzlich und Hinnerk tat es ihm gleich. Abbo flüsterte und zeigte durch das Schilf hindurch, das sie als Deckung nutzten: „Ich denke, wir haben sie. Sieh näher hin." Vor ihnen lag die Bretterbudenansammlung der umzäunten Goboldsiedlung. Hinnerk war sich nicht sicher, ob es sich dabei um eine Ortschaft, eine Festung, einen Palisadenwall oder eine Mischung aus allem handelte. Tatsache war, dass zwei der diebischen Kreaturen vor einem nur halbherzig zusammengezimmerten Tor standen und nasepopelnd mit Bögen Wache hielten. „Erkennst du sie wieder?", fragte Abbo leise und Hinnerk murrte. „Die sehen alle gleich hässlich aus." In der Ortschaft wuselten Gobolde umher, und ihre schnatternden, schrillen Stimmen hörte man gut heraus. Offenbar stritten einige untereinander, was für niemanden überraschend kam: Loyalitäten oder Freundschaften waren keine Begriffe mit denen diese Spezies etwas anfangen konnten. „Ehrlos wie ein Gobold.", war darum eine weitere, gebräuchliche Beleidigung, wenn man jemanden zur Weißglut bringen wollte. Ihre Werte waren Kontrolle und das daraus resultierende Bedürfnis, immer mehr Besitz an sich raffen, ob es Sinn machte, war dabei egal. Gobolde vergruben ihre Schätze wie Hunde ihre Knochen und bezogen aus diesen ihre mystisch verklärte „Macht". Abbo zog sich wieder zurück, nachdem sie den Ort einige Zeit beobachtet hatten und sagte dann: „Wir können warten, bis es dunkel geworden ist oder bis die Gobolde auf einen Streifzug gehen, um sie zu überraschen." Hinnerk überlegte: „Vielleicht sollten wir erst mit ihnen reden? Wenn sie nun Leevke etwas antun?" „Wir müssten das Moment der Überraschung nutzen. Es sind zu viele." Als er die Skepsis des Jungen bemerkte, lenkte er ein: „Vielleicht war ich zu lange bei den Sarazenen... Also gut. Gobolde ziehen nur durch das Land auf der Suche nach Beute, vornehmlich Fleisch und Schätzen. Einen Kampf vermeiden sie, wenn sie ihn nicht sicher gewinnen können. Trete also entschlossen auf und lass dir keine Schwäche oder Unsicherheit anmerken. Gobolde sind gute Lügner und erkennen sie darum schneller." „Ich hab keine Angst vor Gobolden." „Dann ist ja gut. Übrigens: Ich würde den Schritt nicht beenden, den du angefangen hast." „Wieso?" Hinnerk sah nach unten und erschrak: Abbo zog ihn kraftvoll zu sich, ehe er den Fehltritt tun konnte. „Moormaul: Wärst du da reingetreten, hättest du dein Bein verloren..." Nur einen Fuß von Hinnerk entfernte klaffte ein Loch im Boden, an dessen Rändern im Kreis angeordnet dreieckige Zahnreihen lagen, die in einen tieferen, schwarzen Schlund führten. Es bewegte sich nicht, aber der Eindruck täuschte fatal. Moormäuler waren Wesen, die regungslos darauf warteten, dass jemand in sie hineintrat, und mit einer Kiefernkraft zubissen, die auch Knochen und sogar Stahl durchdringen konnte. Töten konnte man sie woh,l aber bei den vielen Versuchen sie auszugraben, mussten die Menschen aufgeben. Ab einer bestimmten Freilegungshöhe zogen sich die Moormäuler in unbekannte Tiefen des Moores zurück. Man warf dann Feuer hinab und grub die Löcher wieder zu. Manche der Moorhantjes glaubten an eine unterirdische Kolonie, andere hielten sie für die Arme einer heidnischen Moorgottheit, die in albischen Tiefen hauste, aus grauer Vorzeit. Hinnerk atmete tief durch.

Sie traten dann aus dem Schilf hervor, Abbo vorneweg. Die beiden Wachgobolde erschraken und prusteten hektisch in ihre Signalhörner. Abbo hob die Hände, als er die Gobolde auf der Palisade mit ihren Kurzbögen sah: „Wir wollen handeln!" „Seid ihr alleine?!", kreischte einer der Gobolde. „Ja sind wir. Seht euch um: Nur ich und mein Freund hier kommen." „Was habt ihr anzubieten?" „Ich trage es nicht bei mir. Solche Karren kann niemand durch das Moor schleppen, wenn ihr versteht?" Der Gobold wirkte widerwillig, als ein anderer hochtrabend schnatterte: „Ich lade euch ein, wenn ihr euer Geschäft mit mir tätigt! Exklusiv!" Der erste keifte: „Oh nein! Das Geschäft ist meines! Du Kroksel!" „Nimm das zurück, du Kifflig!" „Niemals! Kroksel mal drei!" Die beiden Gobolde beharkten sich nun mit ihren Krähenpfeilen, von Palisade zu Palisade. Abbo atmete tief durch: „Gobolde…" Ein tieferer Hornstoß erschallte und ein reichlich fremd-geschmückter Gobold mit einer Feder-verzierten Kappe, nebst seinem gut bewaffneten Gefolge sorgte mit seinem Kurzschwert schnell für Ordnung. Er schien der Anführer zu sein. denn die anderen duckten sich vor ihm und wieselten zurück. Der Gobold ließ die Tore weit öffnen und deutete Abbo hineinzukommen: „Kommt. Handeln." In der Siedlung wurden sie von allen Seiten beäugt. Hinnerk war sehr angespannt und als jemand hustete, zuckte er zusammen. „Die wolle uns betrügeeen!!", kreischte sofort ein Gobold und innerhalb von Sekunden sahen sich die beiden Menschen von bewaffneten Kreaturen umringt. Hinnerk und Abbo erwehrten sich ihrer Angriffe und verletzten manche Angreifer: Sie zogen sich schnell wieder zurück.

Der geschmückte Gobold mit der Feder trat zu ihnen und sprach, als wäre der Kampf nicht der Rede wert, sondern völlig normal: „Ich bin Tipnek. Größter hier. Was du wolle' Mensch? Du komm' mit Bengel in unsa Laga und sagen, du hast Waren? Geschäfte können wir machen. Geschäfte immer." Der Gobold baute sich etwas auf, um größer zu wirken. Abbo blieb unbeeindruckt: „Das klingt ja ganz gut, Tipnek. Mir scheint, ihr habt den Laden gut unter Kontrolle, oder?" Tipnek nickte: „War vorher schlimmer. Sehr ruhig jetzt. Was ist mit eurem Karren? Wo ist?" Abbo lächelte und trat einen Schritt vor: „Wisst ihr, das ist das witzige..." Schneller als jeder Gobold reagieren konnte, hatte Abbo Pakhaou gezückt und sie dem Gobold auf die Brust gesetzt: „Irgendwer hat mich beklaut." Die Gobolde heulten auf: „Kein Geschäft! Verrat! Ohhhh! Beim großen Wlops-Kops!" „Ruhe!! Eure Schuld, wenn ihr vor lauter Streit und Gier alle Vorsicht fallen lasst! Abgesehen davon ist es wahr: Ihr habt uns bestohlen. Den Karren nördlich vom Moor!? Der Junge hier war dabei!" Tipnek bleckte die krummen Zähne und rümpfte die Nase. Trocken und ruhig sagte er: „Davon weiß ich nichts." Abbo drückte mit dem Schwert nach: „Dann weiß ich auch nichts von einem Versprechen, Tipnek am Leben zu lassen."

Tipnek schwieg, doch Abbos Blick machte ihn nervös: „ARG! Schon gut! Elender, lauter Mannlinger! Heute niemandem mehr trauen kann!" Abbo nickte: „Vertrauen gibt es nie umsonst. Also sprich: Wo ist das, was ihr gestohlen habt?" Es platzte aus Hinnerk heraus: „Wo ist das Mädchen, ihr Schweine?" Tipnek grinste: „Oh! Darum geht es euch, wie? Davon weiß ich nichts…" Abbo knackte mit den Halswirbeln: „Spiel keine Spielchen mit mir, Tipnek: Ihr seid die einzige relevante Goboldsiedlung meilenweit." „Das noch kein Beweis! Schaut euch um, seht ihr Entführa hieri m Hort!? Na?!" Hinnerk sah sich in den blassgrünen Gesichtern um und erkannte keinen einzigen der Angreifer wieder. Wenn sie sich überhaupt zeigten. „Ich erkenne sie alle wieder!", antwortete er entschlossen, als die Gobolde kollektiv in heiteres Gelächter ausbrachen. Tipnek grinste breit: „Schlecht gelogen! Wir erkennen Lügner gleich. Du nichts wissen! Kein Beweis. Pah!" Abbo schaltete eine andere Gangart ein. Die Intensität seiner Worte erreichte das aufmerksame Ohr jeden Gobolds in Hörweite: „Wo ist sie? Ich frage kein zweites Mal." Tipnek merkte, dass der Spaß vorbei war. Abbo war bereit, ihre ganze Siedlung leerzuräumen. Selbst Hinnerk bekam es mit der Angst zu tun. Tipnek erklärte: „Sie ist fort." „Wohin?" „Wurde abgeholt. Wir hatten Mann hier - ein Mensch der sie unbedingt haben wollen. Er bot uns viel Gold und mehr, wenn wir ihm Mädchen brächten mit purpur Haaren und golden Augen. Wir haben darum überall Gucker auf den Wegen gehabt, ja! Und als dann euch gefunden, schnell Falle ausgetüftelt." „Wer gab euch diesen Auftrag?", fragte Abbo stirnrunzelnd. „Tipnek kennt keine Namen. Hat Mann auch nicht sagen wollen. Aber er roch nach Fisch! Ein Fischer, ja das war er. Er ging mit Mädchen in Richtung Esens, ging aus Moor raus. Mehr ich nicht wissen! Armer, armer Tipnek, ganz leer in Birne…" Abbo senkte die Klinge: „Esens wie? Das ist Attenas Stadt." Tipnek grinste breit: „Wie wäre es jetzt mit Bezahlung?!" „Deine Bezahlung ist, dass wir dich nicht töten." „Hm, ein bisschen wenig." „Findest du? Werd nicht gierig! Mein Freund hier würde euch mit Vorliebe alle umbringen oder, Hinni?" Dieser schlug mit dem Schwert so laut auf seinen Schild, dass es schepperte. Tipnek lächelte schief: „Verstehen Einwand. Gehen ihr nun, werte Gäste?" Abbo und Hinnerk zogen sich mit griffbereiten Schilden aus dem Tor zurück. Sie ließen die Goboldsiedlung aber auch nach hundert Metern nicht aus den Augen. Erst als sie im Nebel verschwunden war, schlug Abbo eine andere Richtung, nach Nordosten, ein: in Richtung Hof Wiards und Esens. Hinnerk schulterte Lux Maris und fragte: „Warum haben wir sie nicht getötet? Glaubst du ernsthaft, die sind jetzt eingeschüchtert? Da hilft nur totales Auslöschen." Abbo atmete tief durch: „Das hat so mancher edler Ritter in Iberien auch zu mir gesagt. Und dann stehst du vor einer zitternden Mutter mit ihren zwei Kindern. Weißt nicht, ob sie Christin, Sarazenin oder sonst was ist…" „Ja, aber das sind Gobolde, keine Menschen. Die vermisst keiner!" „Dann hast du nicht richtig hingeguckt. Ich habe sehr wohl Frauen und Kinder in den Hütten gesehen. Gobolde mögen zwar eine Plage sein, aber sie wollen auch nur leben. Ich will sie nicht vernichten. Davon hatte ich genug. Trauer und blinder Hass folgten uns damals wie unseren Gegnern. Unterschiede waren keine mehr zu erkennen. Ob Kreuz oder Halbmond: Alles Schein für ganz banale Grausamkeiten." Hinnerk ließ es dabei bewenden. Schon öfter hatte Abbo durchschimmern lassen, dass der Kreuzzug gegen die iberischen Berber nicht so glorreich und heldenhaft gewesen war, wie mancher Krüppel es in Tavernen verkündete. Abbo lachte dann aber wieder auf: „Wir haben den internen Streit gut genutzt: Tipnek wird jetzt einiges zu regeln haben, nun wo seine Fähigkeit, den Stamm zu führen, in Frage gestellt ist. Das wird die Gobolde eine Weile beschäftigen und uns mehr Ruhe verschaffen." „Hast du das auch im Kreuzzug gelernt, Onkel Abbo? Gegner gegeneinander ausspielen?" Dieser nickte: „Sowohl auf christlicher als auch muslimischer Seite gab es immer wieder interne Streitigkeiten, die sich die andere Seite zu Nutze machen konnte. Alte Reiterweisheit: Je härter man die Zügel zieht, desto eher will das Pferd ausbrechen." Abbo nickte grimmig: „So fern ab von uns sind die Gobolde also garnicht." Hinnerk zuckte mit den Schultern: „Also ich würde sie nicht vermissen." Abbo lächelte müde, während sie sich durch das garstige Moor bewegten und immer wieder Blicke über den Rücken warfen, während sie zeitgleich darauf achteten in kein Moormaul zu treten.

Zunächst gingen die beiden zurück zum Wald, wo Okko und Klütje auf sie warteten. Beide waren dreckverschmiert und sahen abgekämpft aus. Abbo und Hinnerk eilten zu ihnen und reichten ihnen den Wassersack. „Was ist passiert, Okko?" Dieser fluchte:

„Bin Hinni nachgerannt, habe seine Spur verloren. Dann: Moorleichen, vier Stück. Die Gobolde haben sie wohl aufgescheucht." Abbo nickte mitfühlend und reinigte die Wunden: „Scheisse das." „Das kannst du laut sagen. Ich konnte sie töten, aber ich konnte nicht mehr weiter. Ihre Aura hat mich geschwächt." Okko sah zu Hinnerk auf, der seinen Vater aus großen, besorgten Augen anstarrte. Dieser grinste: „Na, sieh an. Er ist ja doch noch da." „Papa ich wollte nicht…" „Ich weiß. Was will ich schon groß dagegen sagen, dass du einem Mädchen das Leben retten wolltest. Ist dumm gelaufen. Aber deine Mutter wird nen Anfall kriegen." Hinnerk umarmte ihn innig und Abbo lächelte: „Keine Sorge, Hinni. Dein alter Herr ist zäh. War er schon in Stedingen und die Jahre haben ihn nur noch zäher gemacht. Stimmt's nicht, Okko?" „Hör mir doch auf mit diesen ollen Kamellen, Abbo. Wir sind nicht mehr das junge Gemüse von damals. Da waren wir noch die Herren im Moor und nicht diese roten Bastarde. Aber was ist denn mit Leevke?" Hinnerk wischte sich die Tränen aus den Augen: „Sie war schon weg. Wir denken, ein Fischer aus Esens hat sie entführen lassen." Okko hob die Augenbrauen: „Entführen lassen? Das klingt doch sehr verquer. Wer hätte denn ein Interesse an ihr? Wer weiß von ihr?" Hinnerk überlegte: „Theo! Aber der ist ja tot." Okko sagte nachdenklich: „Theo ist hierzulande zudem bekannt wie ein bunter Hund. Sein Steckbrief hängt in einer jeden Stube. Gibt 210 Gulden für seine Ergreifung. Solche wie ihn binden sie bei Ebbe an einen Pfahl und warten dann auf die Flut. Selbst wenn er tatsächlich noch am Leben sein sollte, würde er das Risiko entdeckt zu werden nicht eingehen…"

Abbo und Hinnerk halfen ihm in den Wagen und setzten sich vorne mit ihm auf die Lenkerbank. Hinnerk streichelte Klütje und fluchte: „Verdammt! Es fängt schon an." „Was meinst du?", fragte Abbo." „Dass die Leute Jagd auf Leevke machen. Wegen ihren Kräften, wegen dem was sie kann!" Abbo nickte ernsthaft: „Viel Vorsprung kann unser Fischerfreund nicht haben. Wir bringen Okko nach Hof Wiards und sehen uns dann in Esens um. Es wird nur schon dunkel…" Okko sagte: „Ich weiß, was ihr sagen wollt: Aber Abbo: Ich verlass mich darauf, dass du den Jungen heil zurück bringst." Abbo lächelte und fuhr Hinnerks durchs Haar: „Den Racker hier habe ich ebenso aufwachsen sehen wie du, denk ja nicht ich würde ihn sterben lassen. Weder im Moor noch sonstwo, haha." Hinnerk seufzte und grinste dann breit. Fernab es zugeben zu wollen, war er dennoch heilfroh dass er nicht alleine war.

An der Kreuzung zum Wiards-Hof verabschiedeten sie sich von Okko: „Ihr habt es gut, ihr müsst nicht das Gezeter von Hilde ertragen und sie beruhigen." Abbo scherzte: „Manch einer wär froh darum. Viel Glück." „Euch auch. Mögt ihr Leevke finden. Gebt acht. Sind düstere Zeiten." Hinnerk, Klütje und Abbo fuhren gemeinsam im Karren weiter, bis sie gegen Abend Esens erreichten. Die Ortschaft im Harlingerland war bekannt für ihre uralten friesischen Traditionen und Nähe zu den Chauken im östlichen Wangerland, zu deren Einfluss die Inseln Wangeroog und Spiekeroog gehörten. Esens unterstand dem friesischen Räuber Behrend Attena, dessen brachiale Gestalt und beinahe selbstmörderischen Wutausbrüche und Attacken auf sein normannisches Blut zurückgeführt wurde. Die Stadt war ein Ort, wo man sich eher mal prügelte, als friedlich zu disputieren: Hier lebte ein rauer, herzlicher Menschenschlag. In Esens erkundigten sich Hinnerk und Abbo nach verdächtigen Personen, die in letzter Zeit in Esens aufgetaucht wären. Zu ihrer Verwunderung waren in letzter Zeit keine Fremden in den Ort gekommen, sodass sich ihre Hoffnung, den Schuldigen schnell zu finden und zu stellen ebenso schnell verflüchtigte. Abbo und Hinnerk kehrten in einer schummrigen Spelunke namens „Lott hum Göbeln" ein und bestellten sich ein volles Pils aus Jever, dem Sitz von Edo Wiemken, dem Hauptling des Ostringer Landes. Abbo sagte: „Heute Abend erfahren wir nichts mehr. Wir sollten uns ein Zimmer mieten und morgen weitersehen. Vielleicht bekommen wir ja vom Wirt oder den Gästen ein paar Hinweise?" Im Schankraum tummelten sich die umliegenden Bauern, Handwerker und andere Einheimische, die mit Würfeln oder Karten spielten. Man einer bedachte sie mit skeptischen Blicken. „Gute Idee von euch, im Ort zu übernachten.", begann der Wirt ein Gespräch, als er ihnen das Tagesgericht brachte. „Wieso?", hakte Abbo nach, „Stimmt etwas nicht?" Der Wirt seufzte und es klang, als hätte er in seinem Leben viel zu seufzen gehabt: „Die Fennen gehen wieder um." „Hier in Esens?", fragte Hinnerk, und der Wirt setzte sich zu ihnen: „Glaubt es wohl: Erst letzte Woche rissen sie den alten Wiedekamp. Hatte wohl die Zeit vergessen, als er Brombeeren sammelte, und dann krochen sie schon aus ihren Löchern und er ward nimmer gesehen." Abbo nickte: „Hatte selbst schon das zweifelhafte Vergnügen. Mein Moin war ihnen wohl nicht überzeugend genug gewesen..." Der Wirt staunte nicht schlecht: „Ihr habt die Fennen überlebt? Donnerwetter." „Es war ein knapper Kampf. Nichts, was ich wiederhohlen wollte." „Wollt ihr nicht versuchen, sie uns vom Hals zu schaffen? Gibt 200 Silberlinge für den, der die Angriffe beenden kann. Man müsste ihr Nest ausräuchern oder sowas." Abbo winkte ab: „Tut mir leid, aber ich habe andere Verpflichtungen und Sorgen. Warum stellt ihr nicht einen Trupp Kämpfer zusammen und steckt ihre Höhlen bei Tag in Brand? Gibt in Esens doch sicher genug Kerle, die das zuwege brächten?" Der Wirt lächelte verlegen: „Die lassen es sich wohl was kosten. Sind alles Attenas Männer..." Hinnerk fragte nun: „Vielleicht nehme ich mich der Bedrohung an, aber erst müssen wir unsere Freundin finden. Jemand hat sie entführt! Ein Fischer der nach Esens ging." Der Wirt überlegte: „Fischer gibt es wohl unten in Bensersiel." Der Junge fluchte: „Mist. Wenn er nun schon mit einem Schiff auf und davon ist?!" Abbo grübelte: „Unwahrscheinlich. Während der ganzen Zeit war Ebbe und in der Nacht fährt kein Schiff mehr hinaus. Er müsste es sich schon kapern und dass erregt Aufsehen..." Ein Fischer, der ihr Gespräch belauscht hatte, setzte sich dazu und erklärte: „Wir haben da nur Ruderboote und zwei kleine Schniggen. Damit kommt man nicht weit. Außerdem bläst der Wind stark von Nordwest. Nene: Euer Freund ist noch dort. Wenn Bensersiel sein Ziel war, heißt das." Abbo reichte ihm die Hand: „Danke. Ich bin übrigens Abbo, und das ist mein Freund Hinni Wiards." „Ah! Abbo der Aufmüpfige, wie? Mein Name ist Petzl. Ich bin eigentlich Fischer aus Greetsiel, aber komme oft nach Bensersiel, um Nachschub zu holen. Habt ihr Interesse an einem Faß Heringe? Topfrisch und sehr gesund!" Abbo lächelte: „Im Moment nicht..." „Verstehe. Ich bringe euch gerne nach Bensersiel, wenn ihr wollt. Ich kenne da so ziemlich jeden und vielleicht finden wir gemeinsam mehr heraus?" Hinnerk lachte: „Das wäre ja wunderbar! Moment... Ist das eine Falle?" Petzl lachte laut auf: „Ist ja auf Zack, der Junge, haha! In einer Stadt, in der der Bär das Sagen hat, ist das nicht unklug. Es ist nicht ganz uneigennützig. Ich hoffe mir, dass ihr von Petzl erzählt und seinen leckeren Fischen. Wenn ihr wollt, kann ich euch hier und jetzt einen Aal zubereiten, um keine Lügen erzählen zu müssen. Wie wär's?" Abbo und Hinnerk willigten ein, und der Wirt erlaubte dem Fischer, drei Aale zu braten, die Petzl auch an die restlichen Gäste verfütterte. Es war sehr köstlich und sorgte für eine sehr viel freundlichere Atmosphäre in der Stube. Schließlich willigten Hinnerk und Abbo bei Petzl ein und verbrachten die Nacht in strohgedeckten Betten und mit Wolldecken. Hinnerk konnte aber kein Auge zu tun. Er vermisste Leevkes Schnarchen und kein noch so leckerer Fisch konnte dies je ersetzen.

Frühauf am nächsten Morgen verließen sie mit Petzl die Stadt Richtung Nordwesten und erreichten nach einem kurzen Fußmarsch den besagten Fischerort Bensersiel. Ein dutzend Fischerhütten befanden sich auf einer Wurft. Angebunden an hölzernen Stegen dümpelten einige Boote am Holzsteg. Überall waren Netze aufgehangen, die von den Frauen der Fischer geflickt wurden. Der Geruch von Fisch war allgegenwärtig und penetrant.
Eine Gruppe Fischersleute saß um ein Feuer herum und machte sich gerade was zu Essen; Scholle mit Bärlauch und geschnittenen Rüben. „Moin, Mannen!", rief Petzl ihnen entgegen. Sie setzten sich zu den Männern und befragten sie nach einem verdächtigen Mann. „Das einzig Verdächtige hier ist Malle Stupsnös!", erklärte einer der älteren Fischer mürrisch, während er die brutzelnden Scheibchen in der Pfanne wendete: „Wollte das niemand in die Nähe seines Hauses kommt und lief dann mit Kapuze über'm Kopp nach Esens! Irgendwann gestern Nacht ist er dann wiedergekommen. Weder seine Kinder noch sein Weib lassen sich seitdem blicken. Reden will er auch nicht. Dey hät'n Splieen wenn ihr mich fragt." Petzl fragte weiter: „Wo finden wir Malle jetzt?" Der Mann wies mit dem Finger auf eine Hütte, die etwas ab vom Schuss nahe beim Deich stand. Etliche Schafe grasten friedlich am Hang. Gemeinsam machten sie sich auf den Weg und Petzl klopfte an die schwere Eichentür: „Moin! Malle Stupsnös? Ich bin es: Petzl. Ich wollte wohl mit dir snakken. Hast du einen Moment?" Eine bedrückende Stille antwortete ihnen, und Abbo zückte vorsorglich sein Schwert, war bereit die Tür einzutreten. Hinnerk stellte sich ihm gegenüber auf. Schließlich öffnete Malle Stupsnös zaghaft die Tür. Er war Mitte dreißig und hatte eine große, krumme Nase im bleichen, unrasierten Gesicht. „Was soll das? Petzl? He! Ich kenne die beiden da nicht! Haut ab!" Er zog die Tür wieder zu,

aber Abbo war schneller. Er schlug die Tür auf, dass der Fischer zurückflog und sein Sax zückte. Kinder schrien auf: Eine Frau kauerte mit drei Kindern in der Ecke. Malle griff an, aber Abbo konnte ihm das Schwert mit Leichtigkeit aus der Hand schlagen, den Angreifer aus der Hütte zerren und dort dann zu Boden schleudern. Petzl rief erschreckt: „Scheisse! Was wird das, Abbo?!" Er hatte sein Messer im Reflex gezogen und war bereit, Stupsnös zu verteidigen: Ihn kannte er länger als die beiden Fremden. Abbo steckte seine Klinge ein und deutete Hinnerk, es ebenfalls zu tun: „Hier stimmt etwas nicht." Petzl nickte: „Wohl meinen!" Hinnerk fuhr den Fischer an: „Wo ist Leevke?! Wo ist sie?!" Malle blinzelte und kroch vor ihm zurück: „I-Ich weiß nicht w-wovon ihr redet! Wer seid ihr?! Was wollt ihr überhaupt?" Abbo warf ihm das Sax wieder zu, sehr zu Hinnerks Missfallen: „Verzeiht, wenn wir euch überfallen haben, Herr Stupsnös. Das war nicht Rechtens." Hinnerk sah ihn wütend an: „Das war es wohl! Er hat Leevke entführt!" Die Frau trat aus der Tür, die Kinder am Rockzipfel: „Bitte! Tut ihm nichts. Wir tun auch alles, was ihr wollt." Abbo atmete tief durch: „Niemand wird hier irgendwem was tun. Mein Name ist Abbo und das ist Hinni Wiards. Petzl kennt ihr ja bereits." Er reichte Stupsnös die Hand und half ihm beim Aufstehen: „Wir sind auf der Suche nach einer Freundin von uns und wir dachten, ihr könntet uns weiterhelfen." Stupsnös ergriff die Hand. Seine Augen weiteten sich: „Ihr...seid also... Oh nein! I-ich hatte keine Wahl, er hat mich dazu gezwungen! Alles hat er uns genommen, all unser Erspartes musste ich aufwenden!" „Nun beruhigt euch bitte wieder." Malle zitterte wie Espenlaub. Der Mann war zutiefst verstört: Abbo kannte diesen Anblick nur zu gut. Es war der Schock eines Mannes, der bislang ein wohlbehütetes Leben geführt und plötzlich in eine gewalt- und stressvolle Situation geraten war, die ihn völlig überforderte.

Petzl sagte: „Schon gut, Malle. Keiner tut dir was." „Nichts ist gut. Ich bin ein Verbrecher. Ich weiß nicht, wie ich..." Abbo nickte: „Ihr wurdet gezwungen. Man hat eure Familie bedroht, richtig?" „J-Ja!" „Ihr solltet ein Mädchen mit purpurnem Haar und goldenen Augen finden und fangen." Der Fischer sah Abbo an wie einen Geist: „Woher wisst ihr das alles?" „Ist nicht das erste Mal Leute zu erpressen damit sie tun, was man selbst nicht tun kann oder will. Ist kein neues Konzept. Also: Wer war es?" Stupsnös verfiel in Schweigen, und Abbo beugte sich vor: „Hat er euch verboten, darüber zu sprechen, da er sonst wiederkommt und euch alle umbringt?" Malle nickte stumm und Hinnerk sagte: „Wer auch immer das war, er wird euch nichts mehr antun können. Das verspreche ich euch!" Abbo stimmte zu: „Ihr werdet nie Frieden finden, wenn ihr nicht darüber sprecht, Malle. Je früher, desto besser. Sonst wird alles darunter leiden, nicht nur eure Nerven." Abbo deutete der Familie, dass sie zu ihrem Vater zurückkehren konnten. Die Kinder krallten sich sofort an seine Hosen und schluchzten bitterlich. Petzl schüttelte fassungslos den Kopf: „Das ist doch alles völlig verrückt. Was hat das für einen Sinn, jemanden anzuheuern, der völlig ungeeignet für eine Entführung ist?!" Abbo nickte: „Andererseits: Wer würde Stupsnös schon verdächtigen, etwas Unrechtes zu tun? Ein liebender Vater, der mit allen gut befreundet ist? Er kann sich ungehindert bewegen und niemand würde etwas merken, bis es zu spät ist. Ihr seid direkt zu den Gobolden gegangen, oder, Malle?" Stupsnös nickte heftig: „Es waren die einzigen, zu denen ich gehen konnte ohne das ich Spuren hinterließ. Denn wer glaubt schon einem Gobold?" Abbo lächelte: „Jemand, der ein bisschen mitdenken kann. Was wisst ihr noch?" „Ja - Dem Mädchen durfte kein Leid geschehen, das war oberste Priorität. Dieser Mann wartete hier mit meiner Familie als Geisel: Bis ich mit ihr zurückkehrte. Das war gestern Abend. Danach ist er mit ihr fort. Wohin weiß ich nicht. Ich war vor Angst wie gelähmt. Ich bin hier geblieben, wollte mein Heim wieder für mich zurückgewinnen. Es fühlt sich fremd an, seitdem er da war. Etwas stimmte nicht mit ihm." Hinnerk fragte: „Wie sah er denn aus?" Malles Frau erklärte: „Er hatte zwei Narben im rechten Gesicht und trug drei Lederkragen, einen Schulterpanzer auf der rechten Seite – dazu einen ledernen Eisenhut. Er bedrohte uns mit einer Axt. Seine Kleidung war irgendwie nur halbtrocken. Als wäre er zuvor schwimmen gewesen. Gegessen hat er die ganze Zeit nichts. Nicht mal sein Magen hat geknurrt. Manchmal kam er mir vor... wie eine Leiche." Hinnerk knurrte: „Theo! Er hat also doch überlebt!" Abbo nickte düster: „Letzteres bleibt abzusehen. Vielleicht ein Draugr?" Petzl widersprach: „Draugr sprechen nicht und führen keine komplexen Pläne aus. Vielleicht hat er ja einfach nur überlebt?" „Nicht auszuschließen... Könnte er mit einem Schiff geflohen sein?" Petzl nickte: „Fragen wir die Fischer. Malle, du kommst mit. Vielleicht fehlt ja just dein Boot!" Der Fischer sammelte sich und zwang sich zur Ruhe: „In Ordnung. Ihr habt Recht. Ich muss es wieder gut machen." Abbo legte ihm die Hand auf die Schulter: „Ihr seid ein tapferer Mann." „Ach von wegen, Herr Abbo. Überhaupt nicht. Miemke: Lass die Kinder raus und spielen. Wir dürfen uns nicht der Angst ergeben. Wir können nicht ewig drinnen hocken bleiben." Die Frau lächelte tränenreich: „Ist gut. Machen wir. Herr Petzl?" „Keine Sorge, Miemke. Ich bringe ihn wohlbehalten zurück. Den ollen Schwerenöter, ne? Neee?" Malle lächelte sogar kurz, und gemeinsam gingen sie in den Ort zurück. Sie befragten die hiesigen Fischer, die inzwischen ihre Mahlzeit beendet hatten und ihre Boote zum Auslaufen bereit machten.

Nach der Begrüßung und Freude über Malles Rückkehr fragte Abbo die Männer, ob in letzter Zeit Boote oder gar Schiffe entwendet worden waren. Malle Stupnös fand sein Boot noch angekettet vor. Einer der Fischer meinte: „Dem Erwin ist letztens sein Boot weggetrieben, aber man hat es in einer Bucht nicht weit von hier wieder gefunden. Tjah - Ansonsten... Nichts in diesem Hafen, dass wüsste ich." „So ein Mist!" fluchte Hinnerk frustriert. Petzl meinte: „Vielleicht hat er sein Boot ja woanders geklaut? Muss ja nicht von hier sein." „Na toll. Dann können wir ja die ganze Küste abklappern, oder was! Bis dahin ist Theo über alle Meere." Stupsnös meldete sich zu Wort: „Die Inseln! Er könnte sich ein Boot von einer der Inseln geholt haben." Hinnerk überlegte: „Dann ist er vielleicht an eine Insel gespült worden? Möglich ist es. Aber welche? Er wurde nördlich von Dornums Küste weggerissen." Petzl erklärte: „Die Strömung müsste ihn dann eigentlich... nach Langeoog gespült haben!" Abbo rieb sich das Kinn: „Vielleicht auch darüber hinaus? Zwischen Langeoog und Spiekeroog hindurch?" „Auch möglich. Was meint ihr damit, Herr Abbo?" „Ach nichts. Nur so ein Gedankenspiel von mir..." Hinnerk straffte sich: „Gut! Wie kommen wir dahin?" Petzl verwies auf seine Schnigge: „Ist zwar voll mit Fisch, aber für zwei kann ich leicht Platz schaffen." „Soll ich denn nicht mit?", fragte Malle zaghaft und Hinnerk winkte ab: „Nein, bleibt bei eurer Familie und den Fischern, falls Theo doch zurückkommen sollte. In der Gruppe seid ihr stärker. Nutzt Netze und Haken." Der Fischer atmete sichtbar erleichtert durch: „Ich hoffe, ihr findet eure Freundin wieder. Es würde mich unendlich beruhigen." Sie verabschiedeten sich von Stupsnös, und Petzl brachte sie mit gehisstem Segel nach Langeoog. Abbo zeigte Hinnerk die gröbsten Handgriffe eines Segelschiffes und er fuhr das letzte Drittel schon ganz alleine. Der salzige Westseewind pfiff ihnen aus

Nordwesten in die Ohren und Nasenlöcher und vertrieb kurz den Geruch von Petzls Fischfässern, die der Schnigge tiefen Seegang verschafften.

Kapitel 4

Der gestrandete Kaufmann

So denn erreichten sie den Hafen von Langeoog und machten mit dem Tau fest. Petzl ließ sie von Bord und sagte dann: „Verzeiht, aber ich muss meine Termine einhalten. Nicht jeder Fisch an Bord ist gepökelt, wenn ihr versteht?" Abbo lächelte: „Wir verstehen das, keine Sorge. Wir kommen schon alleine klar. Habt dank für eure Hilfe. Die Leute werden nur Gutes von mir über euch hören." Hinnerk nickte: „Von mir auch!" Petzl lachte: „So ist allen gedient! Wunderbar! Viel Glück! Ich bin in Greetsiel, falls ihr mich sucht! Der beste Fisch in ganz Friesland, aus ganz Friesland!" Der Fischer legte wieder ab, und Hinnerk, Abbo und Klütje gingen den Strand entlang, bis ins grüne Innenland der Insel, wo sich die Siedlung der Insulaner befand. Im Ort befragten sie den Wirt des Gasthauses „Schnaapsbuhd" über ein eventuell verschwundenes Boot. „Also von uns Langeoogern vermisst keiner ein Boot, aber ihr könnt ja diesen Kerl da hinten fragen. Sitzt da seit zwei Tagen und bläst Trübsal." Sie erblickten den einzigen Gast, welcher an einem Tisch saß, seinen Kopf auf dem linken Arm abstützte und betrüblich nach draußen starrte.

Vor ihm lagen allerlei Schriften und Schreibzeug mit Listen und eilig gekritzelten und durchgestrichenen Zahlen. Er trug feine Kleidung, ähnlich der von Magister Wigbold. Auf dem Kopf hatte er ein schwarzes Barett, in welchem eine Münze eingestickt war, und dazu trug er ein dunkles Seidenjackett mit geschlitzten Oberarmen, darunter ein grau-weißes Hemd. Seine Beine steckten in einer weiten Bundhose mit vielen Taschen und seine Füße machten es sich in braunen Stulpenschuhen bequem. Sein Gesicht war schmal und wurde von einer langen, vorne gespaltenen, Nase dominiert. Die blaugrauen Augen blitzten unter hellblondem Haar, der Dreitagesbart wirkte gewollt. Er war ein großer Mann und sicher fast an die zwei Schritt groß. Sein dünner Körper verlieh ihm so ein schlaksiges Auftreten. Er wirkte in seiner gesamten Erscheinung wie ein typischer Kaufmann. „Moin mein Herr.", meinte Abbo zur Begrüßung, „Was dagegen, wenn zwei Reisende sich setzen?" Der Mann betrachtete sie kurz, rollte mit den Augen und deutete ihnen dann sich hinzusetzen. Als keiner etwas sagte, meinte der

Mann: „Und?"

Abbo räusperte sich verhalten: „Entschuldigt. Wie unhöflich: Mein Name ist Abbo, und das hier ist mein Freund Hinnerk Wiards. Wir hätten da einige Fragen." „Jens Janssen. Weithin bekannt, weithin geschätzt. Kaufmann aus Eilsum oder Greetsiel, sucht es euch aus." Es blitzte in seinen Augen: „H-Habt ihr vielleicht Interesse an 8 Last Bohnen?!" „Ähh... Bohnen?" „Ja, sicher!" Jens Janssen sprang auf und wedelte mit den Händen in der Luft: „Ist ein tolles Gemüse, schmeckt immer, besonders mit Speckstückchen! Hmmm! Eine Delikatesse, nur vom Feinsten. Hält jung, fidel und knackig. Da rennt der Opa nochmal ins Freudenhaus und lacht sich einen. Danach springt er noch Oma ins Bett! Kann man immer essen, lässt sich leicht lagern und die Ratten gehen nicht dran, weils ungekocht giftig ist! Und habt ihr schon mal kochende Ratten gesehen? Also ich nein! Haha! Es ist ein herrlich Kraut – herrlich sag ich, tausendfach! Na, was sagt ihr? Interesse an einer Last? Ich mache auch Proben!" „Öhh...", machte Abbo und der Mann wurde sichtlich skeptisch: „Moment mal... Was wollt ihr eigentlich von mir?! Ich.... Ich habe alles Steuern brav bezahlt. Denke ich..." Erst jetzt bemerkte er Hinnerks und Abbos Bewaffnung: „Scheisse! Ihr seid doch nicht aus Hamburg oder? Hab ich irgendwas vergessen?" Abbo hob abwehrend die Hände: „Nicht das ich wüsste. Beruhigt euch. Wir sind weder aus Hamburg noch wollen wir euch etwas Böses." Jens setzte sich widerwillig: „Aber auch nichts kaufen, wie?" Abbo lächelte: „Im Moment nicht. Wir sind auf der Suche nach einem Mädchen, welches entführt wurde." „Oha." „Ja, und wir haben Grund zu der Annahme, dass sie mit einem Boot entführt wurde, welches vorher von hier entwendet wurde." „Aha. Interessant.... Ich nehme an ihr zwei seid dann von der Deichwacht?" Abbo schüttelte abermals den Kopf: „Nein, wir sind nur zwei Freunde auf der Suche nach unserer Freundin." „Freunde auf der Suche nach einer Freundin... Aha. Soso. Aha.", meinte der Mann und das Misstrauen in seinem Blick wurde nur noch offensichtlicher, so, dass es auf Hinnerk beinahe komisch wirkte. Es fiel ihm irgendwie schwer, den Mann ernst zu nehmen. Jens rückte sich seine Kleidung zurecht, zupfte an seinen Ärmeln und räusperte sich: „Nun euer Mädchen habe ich nicht gesehen. Ich war zu sehr damit beschäftigt, mich hier volllaufen zu lassen und zu hoffen, dass die See mich wegspült, weil ich den erlittenen Verlust nicht mehr wettmachen kann." Hinnerk fragte: „Wieso denn das? Verkalkuliert?" Jens grinste grimmig: „Nein, mein junger, vorlauter Freund: Vor zwei illustren Tagen wurde mein Schiff entwendet. Geklaut. Eine stolze kleine Schnigge, namentlich Labskaus. Nur die Ladung von 8 Last Bohnen ist mir geblieben. Aber auf Langeoog will sie keiner haben..." Der Wirt rief dazwischen: „Ich hab dir schon ne halbe Last abgekauft, du Vogel!" „Bis auf das." Abbo lehnte sich vor und bestellte beim Wirt ein Bier für jeden von ihnen, das Janssen dankbar annahm. Jens erzählte weiter: „Ich war gerade dabei, das Schiff wegen Ebbe festzumachen, als dieser komische Kerl mitten aus dem Wasser gestiegen kam. Ich denk, ich werd' nicht mehr nüchtern! Er fuchtelt mit seiner Axt herum und sagt, er will mein Schiff haben, die Bohnen aber sollte ich behalten und warf sie von Bord! Die Dreistigkeit kennt wohl keine Grenzen mehr dieser Tage. Alle sind so gereizt. Das geht nicht lange gut... Naja, und nun sitze ich hier auf dieser Insel fest, mit einer Schiffsladung voll Bohnen, die keiner haben will, und ohne Schiff. Und das als Kaufmann. Ihr seid sicher, dass ihr keine wollt? Bohnen sind sehr nahrhaft und haltbar. Wenn man es richtig anstellt versteht sich, seht ihr; ich habe da so ein kleines Familienrezept, dass ich euch ab einer bestimmten Abnahmemenge kostenlos hinzugäbe!" Jens hielt ihnen nacheinander die Hand hin. Abbo musste energischer ablehnen: „Wir wollen aber keine Bohnen!" „Schon gut, schon gut! Man muss sich ja nicht gleich so aufregen. Wieder so ein Gereizter.", erwiderte Jens patzig.

Abbo schloss die Augen und rieb sich die Nasenwurzel: „Verzeihung, Herr Janssen. Ich habe nur ein Problem, wenn Leute mir was andrehen wollen. Ist eine lange Geschichte. Aber einmal nein sagen, sollte genügen, oder?" Jens ruderte zurück: „Natürlich. Da habt ihr – prinzipiell - absolut Recht. Tut mir leid." Abbo fragte: „Dieser Mann, der euch euer Schiff entwendet hat, hatte er zufällig zwei Narben auf der rechten Backe, die ihm bis zur Nase gingen, einen ungepflegten Bart und verhielt er sich sonst wie ein Strandräuber?" Jens verschränkte die Arme vor der Brust und überlegte angestrengt: „Nun, ich weiß nicht, ob er sich wie ein Strandräuber verhalten hat, denn normalerweise halte ich mich von solchem Gesindel fern, aber auf jeden Fall hat er sich wie ein Räuber verhalten, wenn euch das hilft. Ansonsten stimmt die Beschreibung. Ein Bekannter von euch?" „Flüchtig. Sagt euch Treibholz-Theo etwas?" Der Kaufmann stöhnte: „Ach, der war das? Jetzt wo ihr es sagt..." Hinnerk hakte nach: „Wisst ihr, woher er gekommen ist oder wohin er gegangen sein könnte?" „Nun, er kam aus dem Wasser gestiegen wie so ein Draugr, und meine Labskaus lenkte er in Richtung Festland." „Also ist er einfach aus dem Wasser gestiegen?" Es schien ihm, als wollte der Mann sie hinters Licht führen. Jens nickte heftig und genervt: „Ja, verdammt! Der Mann muss Stahlschuhe angehabt haben und irgendeinen Zauber, der ihn am Ersaufen hinderte. Wasweissich, ich verkaufe hier nur die BOU-NEN!" „Schon gut, schon gut.", meinte Abbo und hob beschwichtigend die Hände. Hinnerk machte dicke Backen: Die Betonung von Bohnen zu BOU-NEN war zuviel: Er prustete drauf los. Jens fuhr ungerührt geschäftsmännisch fort: „Also, ihr wollt eure Freundin zurück und ich will mein Schiff wieder haben. Vielleicht können wir ja eine Kooperation starten? Was haltet ihr davon? Ihr scheint mir zwei kräftige Burschen zu sein, und ich könnte euch mit meinen Fähigkeiten als weltgewandter, sprachbegabter Handelsmann dienlich sein. Das ganze Leben wird doch bestimmt durch Handeln und Verhandeln, ob es nun um Bohnen geht, Schiffe, Rüstzeug, Häuser, Ländereien oder auch um Gefühle wie die Liebe. Nicht wahr Junge?" Hinnerk rümpfte die Nase. Er hatte Tränen in den Augen: „Was? Sicher, hehe." „Na also, ist eben alles ein Geschäft!" Abbo meinte: „Es könnte gefährlich werden." Jens legte einen formschönen Kaufmannsdolch auf den Tisch: „Ich kann auf mich aufpassen." „Aber wie kann Theo so einfach unter Wasser laufen?", wollte Hinnerk nun wissen. Hier nun wurde Abbo wieder düster: „Leider Gottes verhärtet sich mein Verdacht immer mehr. Es gibt zwischen Langeoog und Spiekeroog noch eine vorgelagerte Insel. Eine Insel, von der niemand gerne spricht, und das aus gutem Grund."

Das erste, was Leevke bemerkte, waren die Wassertropfen, die ihr ins Gesicht klatschten. Sie zuckte genervt zusammen und schnellte hoch. Es war dunkel, feucht und es raschelte in den Ecken. Sie befand sich in einem Kerker, und nur durch die Türritzen drang ein schwaches, bläuliches Licht. Nur langsam gewöhnten sich ihre goldenen Augen an die Dunkelheit. Sie erkannte grob-wabernde Umrisse und zuckende Formen. Viel war jedoch nicht zu sehen: Sie saß auf einer morschen Pritsche, die mittels zwei Ketten an der steinernen Wand befestigt war. Auf dem Boden lag etwas Stroh, oder zumindest fühlte es sich so an. Als sie es mit ihrer Hand erfühlen wollte, krabbelte ihr etwas Vielbeiniges hektisch über die Hand. Sie schrie auf, zog die Beine an, und kauerte sich auf ihrer Pritsche zusammen. Leise fragte sie in den Raum: „H-Hallo? Ist da wer?" Niemand antwortete ihr, und sie war tatsächlich froh darüber. Sie atmete tief durch. Die Luft war modrig.
Sie erinnerte sich an den Überfall der Gobolde und wie sie überwältigt worden war. So wie es aussah, hatte man sie entführt: Ihr fehlte nichts weiter und sie hatte auch keine Schmerzen. Sie hoffte, dass auch Hinnerk, Okko, Klütje und dem Pferd nichts passiert war. Leevke fröstelte und Tränen stiegen ihr in die Augen, als sie sich die schrecklichen Möglichkeiten ausmalte, die ihre Phantasie ihr bereitwillig zur Verfügung stellte. Schließlich fasste sich Leevke ein Herz und wollte in Erfahrung bringen, was passiert

war. Mit großen Sätzen und nackten Füßen hüpfte sie zur Tür und schlug dagegen. Die Angeln der Tür quietschten jammervoll als Leevke rief. „He! Ist da jemand? Aufmachen bitte!" Immer noch antwortete ihr niemand: Die Tür hatte ein kleines Sichtfenster, welches aber nur von außen aufgemacht werden konnte. Leevke spürte die unmittelbare Nähe des Meeres. Hunderfüßler wuselten ihr über die Füße und etwas biss sie sogar in die Ferse. Sie schrie auf und warf sich mit wachsender Verzweiflung mehrmals gegen die Tür. Die rostigen Scharniere ächzten und es hallte fürchterlich in der Zelle wieder. Nach mehreren erfolglosen Versuchen gab sie mit klopfendem Herzen auf und lehnte sich schwer keuchend an die Tür. Diese gab dann prompt nach.

Mit großem Gepolter landete Leevke mitsamt der Tür in einem langen, blau erleuchteten Gang. Leevke richtete sich schnell auf. Über ihr hing eine blaue Fackel in einer Wandhalterung. Die steinernen Wände glitzerten vor Feuchtigkeit und kleinem Getier. Der Gang erstreckte sich zu beiden Seiten in unbekannte, dunkle Fernen. Wind heulte durch den Flur, als sie scharrende Geräusche von rechts vernahm die sich ihr näherten und die von den steinernen Wänden verstärkt und verfremdet wurden. Sie strengte ihre Augen an und erblickte in der Dunkelheit zwei rot-glühende Augen. Leevkes Augen weiteten sich vor Panik, als sie die Konturen eines weißen, sehr dürren Menschen erkannte: Nur noch Fetzen ehemaliger Kleidung und verfaultes, ledriges Fleisches hingen ihm vom skelettierten Körper. Nur wenige Schritte vor der schreckerstarrten Leevke hielt das Wesen an und starrte sie mit ihren roten Punktaugen aus dunklen Augenhöhlen an, als würde es sie erst jetzt wirklich wahrnehmen. Leevke wagte es nicht zu atmen. Das Skelett hob langsam seinen rechten Arm, zeigte mit den wackelnden Knochenfingern auf Leevke und stieß dann einen ansteigenden, markerschütternden Schrei aus wie eine Sirene. Der Schrei hallte hundertfach von den Wänden wieder und ließ Leevke zusammenzucken. Von Panik erfüllt stolperte sie davon, nur weg von dem kreischenden Untoten. Sie rutschte aus, sodass sie hinfiel. Nur kurz sah sie nach hinten und hätte es besser gelassen, denn das kreischende Skelett näherte sich in einer bizarren Gangart: eine groteske Mischung aus Humpeln und Schlurfen. Leevke sah nichts und stolperte gegen eine Wendeltreppe. Von oben drang schwaches Licht und erlaubte ihr wenigstens die Stufen zu erkennen, die nach oben führten. Sie hechtete die Stufen hinauf, bis sie an eine weitere morsche Tür kam. Das

Kreischen näherte sich immer noch. Sie warf sich gegen das Holz und ihr Herz machte einen Sprung, als diese ohne weiteren Widerstand aufsprang und sie sich in einer großen Eingangshalle wiederfand. Eilig zog sie die Tür zu und schob einen der Stühle davor. Das Kreischen erstarb umgehend und Leevke konnte erstmal durchatmen, ihr klopfendes Herz beruhigen. Zwei blaue Fackeln erhellten die zerfallene Ruinenhalle. Zu ihrem Schreck erhoben sich nun drei weitere Skelette mit zerfallenen Kettenhemden, hoben ebenfalls die Finger, zeigten auf sie. Leevke schlug die Hände über dem Kopf zusammen und wimmerte: „Nicht noch mehr Kreischen." Eine weibliche Stimme flüsterte: „Nervig oder? Dieses Geheule, hehe... Keine Angst, kleine Makrele: Ich stelle sie ab. Sie tun dir nichts mehr. Sie sind ruhig." Leevke öffnete zaghaft die Augen: „Ha-Hallo?" Die Frauenstimme sprach durch die drei Skelette hindurch, die ihre Arme nun senkten und auf die Knie gingen: „Verzeih, dass sie dich erschreckt haben. Diese Untoten sind unsere Diener und ewig Getreuen; sie tun dir nichts. Sie sind nur schon etwas älter, hehe." „Wo bist du?" „Ich bin oben." Eines der Skelette deutete an, ihr den Weg zeigen zu wollen. „... folge ihm. Er bringt dich zu mir." Leevke schürzte die Lippen. Sie traute dem Ganzen nicht: „Warum bin ich hier? Wo sind meine Freunde?" „Das können wir gemeinsam rausfinden. Ich kann dir aber nicht helfen, wenn du dir nicht helfen lässt." Leevke schielte zu den schweren Doppeltüren. Die Frauenstimme bemerkte es: „Ich mach dir nichts vor: Du bist vorerst unsere Gefangene. Aber ich bin nicht halb so schlimm, wie du vielleicht denkst." Das Skelett stemmte die Hände an die Hüften und tänzelte zu ihr herüber. Dies wirkte so lächerlich, dass Leevke lachen musste: „Wie heißt du?" „Nenn mich Ursula. Und du?" „Leevke... Pultjen." „Ah! Interessant. Na komm schon. Du wirst sehen, es ist alles halb so wild." Leevke atmete tief durch und nickte. Sie folgte dem Skelett die Treppen hinauf.

Sie fand sich oben auf der Spitze des Turmes wieder und erschrak sofort, als sie den eingefallenen Radbod sah, der sie auf dem Thron sitzend aus matten Augen heraus fixierte. Neben ihm kniete ein alter Bekannter und Leevke wimmerte: „Theo?!" Dieser grinste: „Na also! Sie ist aufgewacht! Keine Sorge, Kleines: Ich bin mit dir fertig.

Dafür möchte ich dir aber den König aller Friesen vorstellen: Radbod, den Unbeugsamen." Er beugte sich zu Radbod hinüber. „Was nun mein Herz angeht..." Der König winkte den Strandräuber barsch beiseite: „Ihr werdet freigesprochen, wenn ich das erhalten habe, was ihr mir so großmundig versprochen habt, und keine Sekunde früher!" Theo lächelte leicht geknickt: „Natürlich, Herr. Wie ihr wünscht und befehlt." Leevke schluckte: „W-Wo ist Ursula?" Das Skelett, das sie herbrachte, schwieg eisern. Radbod erklärte, während er aufstand und sich ihr näherte: „Du brauchst keine Angst zu haben, Deern. Ich bringe dich gleich zu ihr. Ich muss nur eines wissen, dann gehen wir. Fühlt du dich in der Lage, mir die Frage zu beantworten?" Leevke zuckte mit den Schultern: „Eine Wahl hab ich wohl nicht, oder?" Radbod lächelte: „Jeder hat die Wahl. Zu jeder Zeit." Radbod besah sie sich von oben bis unten. Leevke drehte beschämt und trotzig den Kopf beiseite. Radbod schmunzelte: „Ich begehre dich nicht, Mädchen. Es geht mir um deine Fähigkeiten. Sag, kannst du dem Meer gebieten, Ja oder nein?" Leevke sah zu Theo hinüber: „Hängt davon sein Leben ab?" Ehe Theo ihr Zeichen geben konnte, sagte Radbod knapp: „Ja. Das tut es." Leevke nickte und sagte dann ruhig: „Ich weiß es nicht. Es sind eigentlich nur Kleinigkeiten, die ich beeinflussen kann. Manchmal passiert auch etwas Größeres, aber das bricht unkontrolliert aus mir vor. Ich erinnere mich danach an nichts mehr." Radbod wirbelte zornig herum: „Was hat das zu bedeuten, Theo? Was soll dies Gerede? Sagtest du nicht, sie beherrscht das Meer?!" Der Friesenkönig zeigte mit dem Finger auf Theos Brust und der Seelenkrake dort verkrampfte sich, jagte Wellen von Schmerz durch des Seeräubers Brust. Er ging sofort in die Knie und keuchte: „Verdammt! Sie hat es getan und sie kann es! Ich lüge nicht, Herr! Wie sie es macht – dass weiß ich auch nicht... Bitte. Mein Herz. Ich verrecke." Leevke schluckte: Es war das eine, Theo eins auszuwischen, für das, was er ihr angetan hatte, aber etwas anderes, einen Menschen so leiden zu sehen, dass er rot anlief und sich elendig wand wie ein Fisch auf dem Trockenen. Radbod donnerte, seine Stimme war wie Wellenschläge: „Woher nimmst du dieses Wissen?! Wer hat dir das gesagt?" Theo keuchte: „Ich war in Bergen um Hehlerware loszuwerden... Dort überhörte ich ein Gespräch... von einem Kaufmann und einem Ding in Robe." „Was für ein Ding?" „Keine Ahnung! Ich konnte sein Gesicht nicht erkennen, aber es hatte.... Fäden als Finger und bot viel Gold und

Edelsteine für das Ergreifen dieses Mädchens mit den Kräften. Die Beschreibung passte genau. Zurück in Friesland hörte ich von dem Mädchen auf Mudington, der Seefestung von Mad Matjes. Da habe ich die Gelegenheit genutzt, ehe mir jemand zuvorkommt..." Radbod entließ Theo aus seinem Würgegriff und dieser hustete garstig. „Merkwürdig. Sagt dir das etwas, Mädchen?" Leevke schüttelte den Kopf: „W-Wo ist Bergen? In den Bergen?" Radbod bleckte die Zähne: „Es ist mir gleich, wer sie suchte. Wichtig ist nur, dass es jemand tat. Sie hat somit besonderen Wert." Theo räusperte sich: „Herr, vielleicht hat sie noch nicht wirkliche Erfahrung mit ihren Kräften und ist sich ihres wahren Potentials nicht vollständig bewusst?" „Willst du mir damit sagen, sie benötigt erst Unterricht im Umgang mit ihren Kräften?" Ungern gab Theo zu: „Sie ist ja noch fast ein Kind, mein König." Radbod fluchte in altfriesisch und sah am Turmrand in den Nebel hinaus, Richtung Süden. „In Ordnung. Folge mir, Mädchen!"

Leevke zitterte, und das nicht nur wegen des kalten Windes der im Thronsaal wehte: „Moment! Was ist mit Hinni und Okko geschehen?", fragte sie Theo. „Wer? Der kleine Scheisser vom Strand?" Leevke nickte, und Theo zuckte mit den Schultern: „Ich weiß nicht, was mit ihnen geschehen ist." Leevke schürzte betrübt die Lippen und folgte Radbod, der sie an jene schwere, steinerne Tür mit den okkult-heidnischen Insignien führte. Sie öffnete sich von selbst. Sie betraten einen großen, halbrunden Raum. In der Mitte stand ein steinerner Altar, auf dem regelmäßige heidnische Runen eingemeißelt worden waren. An den Wänden standen Regale mit Büchern, Reagenzien, Fläschchen und Instrumenten, die oft wie Folterwerkzeuge anmuteten. Es gab eine Kochstelle nebst Stühlen und Tisch, daneben ein weiches Doppelbett. Hier drin räkelte sich eine Frau die sich gähnend erhob: „Ahhh. Da seid ihr ja doch endlich. Hallo Kleine. Ich bin Ursula." Die hochgewachsene, athletische Frau mit dem üppigen Busen trug ein wallendes Kleid, welches ihre Rundungen gezielt betonte. An ihren Armen und Beinen befanden sich Saugnäpfe und unter dem Krakenwesen lag sehr dünnes, von Tran schimmerndes, hellbraunes Haar.

Anders als die Untoten um sie herum wirkte sie fast wie eine gewöhnliche Mitt-Dreißigern. Ihre Augenpupillen waren quer wie bei einem Tintenfisch. Sie erhob sich und schritt zu einem blubbernden Kasten, holte einen kleinen Kraken heraus, den sie sich auf den Kopf setzte. Seine Tentakeln hingen ihr wie Haare vom Kopf und sie lächelte Leevke zu: „Der neueste Schrei in Njörds Kollektion: Hilft mir den Kontakt zu meinen Tierchen aufrecht zu erhalten." schritt zum Altar, holte einen sensenartigen Stab hervor und gesellte sich mit tänzelndem Schritt ihrer nackten Füße neben Leevke: „Du bist aber ein niedliches kleines Ding. Na komm."

Radbod rümpfte die Nase: „Sie ist nicht zu deinem Vergnügen hier, Ursula." Diese stöhnte: „Natürlich nicht. Wann hatten wir das Letzte mal etwas Spaß? Tze! Alter Miesepeter. Doah hem wi moal Fehsit!" Der Friesenkönig knurrte: „Spar dir deine Bemerkungen, Krakenhexe. Wir haben schon genug Zeit verschwendet. Die Zeit zum Scherzen ist nun vorbei. Diese Deern besitzt Potenzial, das Meer zu kontrollieren. Ich muss dir ja wohl nicht erklären, was das für uns bedeuten könnte." Ursula rollte mit den Augen: „Jaja. Ich verstehe. Du redest ja von nichts anderem mehr." Radbod straffte sich: „Treib es nicht zu weit, Fräulein. Düll sagte mir schon, dass ich dir zu viele Freiheiten lasse." „Freiheiten?! Mit dir die Ewigkeit auf dieser Insel zu vermodern, nennst du Freiheit? Ach, ist ja interessant." „Es reicht mir, Weib! Wir hatten diese Diskussionen bis zum Erbrechen. Mach einfach deine Arbeit." Ursula schnaufte: „Ja, eure Hoheit. Ich werde dies Mädchen für euch nutzbar machen. Ein Traum wird wahr!" Der Friesenkönig stob energisch hinaus und Ursula ließ die Steintür mit einer einzigen Handbewegung hinter ihm zuknallen. Sie kochte innerlich und Leevke wagte nicht, sich zu rühren. Sie hielt sogar die Luft an, sodass ihre Halskiemen flatterten. Ursula bemerkte, wie sie blau anlief und winkte ab: „Ach, das ist bei uns inzwischen normal, Kleines. He!" Sie schnippte mit den langen Fingern: „Atmen nicht vergessen." Leevke schnappte nach Luft, mit Tränen in den Augen. Ursula ging lächelnd zu ihr hinüber, hob sie an den Hüften hoch und setzte sie auf den Altar. Für eine Frau war sie bemerkenswert kräftig; unter ihrer Haut spannten sich starke Muskeln. Sie strich Leevke die Strähnen aus dem Gesicht: „Nette Haarfarbe. Ungewöhnlich." „Dein Haar ist aber auch besonders." Ursula zeigte auf den Kraken: „Ach, dieser kleine Kerl hilft mir bei der Konzentration. Außerdem ist man hier für jede Gesellschaft dankbar." Sie wies auf die Tür: „Früher war er ganz anders. Aber er war schon immer ein Anführer und geborener König. Es liegt ihm halt im Blut. Er meint es nicht böse, aber er war früher netter und aufmerksamer. Nicht so grantig wie heute." Die Krakenhexe seufzte: „Wobei ich mir bei mir selbst auch nicht mehr so sicher bin.... Ich vermisse die alten Zeiten, weißt du? Es schmerzt, ihn so zu sehen: Verbissen und einsam. Dabei bin ich doch immer noch hier für ihn." Leevke lächelte: „Du l-liebst ihn, oder?" Ursula grinste breit: „Jede Frau liebt irgendwen. Du sicher auch, oder?" Leevke log schlecht: „N-Nö-Nö." „Auch nicht den Jungen, nach dem du gefragt hast? Hm? Ich hab alles gehört. Hier hör ich alles. Abgesehen davon, was der Tentakelmann da unten in seiner Höhle blubbert..." „Tentakelmann?" „Hauptmann Düll. Ein enger Freund vom König aus den alten Tagen. Anders als die Getreuen Skelette hier ist er auch noch nicht vermodert. Er wird durch heidnische Magie Njörds am Leben gehalten. Hier unter Bant befindet sich eine Höhle, eine Quelle seiner Macht. Ein Verbund mit der Anderswelt, dem Reich der Götter und Geister." Ursula lehnte sich zurück: „Aber das war es auch schon mit den großen Berühmtheiten hier. Meine Freunde sind meine Tintenfische: Die auf meinem Kopf, die auf Theos Brust und der Große, der unter Bant schwimmt und aufpasst." Leevke schluchzte plötzlich: „Ich will nach Hause." Ursula sprang auf, holte einen grünen Tee herbei, und sprach tröstend auf sie ein: „Ich auch, Kleines. Ich will auch nur noch nach Hause. Wir alle hier. Und je eher du mir hilfst, desto eher wird das auch passieren. Du musst nicht weinen, hier will dir keiner was Böses. Wir sind verzweifelt... Du bist was ganz Besonderes, hab ich gehört?" Leevke schob das Unterkinn vor: „Will ich aber nicht sein." Ursula stockte kurz, dann lächelte sie: „Achje. Wir haben viel mehr gemeinsam, als du denkst: Du hast Angst vor deinen Kräften und sie bringen dir Probleme nicht wahr?" Leevke nickte langsam. „Ich mach dir einen Vorschlag: Du hilfst mir von dieser Insel runterzukommen, und ich helfe dir nach Hause zukommen und mit deinen Kräften klarzukommen. Mal sehe,n was Ursel tun kann. Man nennt mich nicht umsonst eine Hexe." „Sind die nicht böse?" Ursula zuckte mit den Schultern: „Da haben wir sie wieder: Gute alte christliche Propaganda. Die hat sich in all der Zeit also auch nicht geändert." Ursula lief vor Leevke auf und ab: „Einst waren Hexen geachtet und respektiert, Leevke. Es waren die weisen Frauen der Friesen und auch anderer Stämme: Weise Frauen. Heute sind es nur noch die Harugari der Chauken: Oder die Deel-Deerns mit ihrem arg beschränkten Wissen über Kräuter. Aber damals, als man die alten Götter noch achtete, da besaßen sie richtige Macht! Von den Göttern verliehen und durch die eigene kanalisiert! Damit konnten sie ihre Lieben beschützen und ihnen helfen, mit den Problemen des Alltags fertig zu werden. Wenn das böse ist, dann bin ich es wohl." Leevke lächelte und schlürfte etwas von dem grünen Tee. Ihre goldenen Augen strahlten erfreut: „Ist das Seetang?!" „Viel mehr kriegt man hier nicht." „Das ist lecker!" „Haha! Da bist du die erste, die das hier auf Bant je gesagt hat! Ne, wat goldig." Leevke beruhigte sich. Ursulas Raum war geräumig, offen und die schmalen Fenster ließen mehr Licht rein, als anderswo in der Festung. Für den Moment war sie in Sicherheit und beschloss, Ursula eine Chance zu geben. Vielleicht war das ja wirklich alles nicht so schlimm, wie es auf den ersten Blick schien: „Also gut. Ich will es wagen." „Danke.", sagte Ursula und klatschte lachend in die Hände.

Blanker Unglaube stand in Jens Janssens Gesicht geschrieben, aber Abbo blieb hart: „Ja, ich denke wir sollten Bant einen Besuch abstatten, Herr Janssen." Jens nickte grimmig: „Und ich denke, wir sollten es lassen. Oi! Bant ist verflucht! Nur darüber zu reden, kann einen unglücklich stürzen lassen, und schon macht das Genick knack! Oder der Arsch!" Abbo und Hinnerk starrten ihn beide an: „Ihr wollt euer Schiff wiederhaben?" „So nötig auch wieder nicht." Der Kaufmann trommelte auf dem Tisch, stockte und seufzte: „Doch, will ich. An der Labskaus hängt mein ganzes Leben. Versteht ihr das?" Abbo nickte: „Ich denke schon. Wie der Handwerker an seinem Werkzeug. Keine Sorge: Ich kann mich nicht nur meiner, sondern auch eurer Haut erwehren, wenn es darauf ankommt. Ihr habt mein Wort." „Das hört man gerne. Ich bin nicht sonderlich – kampffest – wenn ihr versteht. Meine letzten Übungen mit meinem Kaufmannsdolch sind tatsächlich etwas her." Abbo lächelte: „Jeder Mensch hat seine Fähigkeiten. Ich bin zum Beispiel ein miserabler Verkäufer. Beim Gedanken an Lügen dreht sich mir schon der Magen um." Jens schmunzelte: „Lügen ist so ein hartes Wort. Ich nenne es lieber: Perspektivische Verschiebung." Abbo lachte auf: „Hahaha – seht ihr? Auf sowas wär ich nie gekommen. Perspek-was?" Jens winkte geschmeichelt ab: „Nun hört schon auf: Ist alles nur heiße Luft. Euer Anliegen ist weitaus ehrbarer." Hinnerk nickte: „Genau! Vergleicht nicht ein Schiff mit einem Mädchen!" Jens nickte ihm zu: „Niemals mein hitziger, junger Freund. Aber ich kann nicht nur dumm labern, sondern sogar ein bisschen organisieren: Wisst ihr Experten denn schon wie ihr nach Bant übersetzen wollt?" „Da wir nicht übers Wasser laufen können, bleibt uns nur ein Boot.", fasste Abbo ihre Möglichkeiten knapp zusammen. Hinnerk stimmte nickend zu, und Jens hob die Arme und ließ sie in einer hilflosen Geste wieder fallen: „Was für ein Himmelfahrtskommando. Denn man toh, wa?!"

Gemeinsam machten sie sich auf die Suche nach einem entsprechenden Fischer, der sie hinüberbringen könnte. Nördlich des Hauptortes von Langeoog fanden sie eine Gruppe von Fischern, von denen manche draußen im Meer in ihren Booten dümpelten und mit Harpunen, Angeln und Netzen die salzigen Hochseefische jagten, die Petzl verkaufte. Jens Janssen sprach sie offen und freundlich an, aber sobald er Bant erwähnte, hielt man sie für ausgemachte Spinner, die nur ihre Zeit verschwendeten. Ein Fischer war sogar der felsenfesten Überzeugung, dass Bant überhaupt nicht existiere und nur ein Hirngespinst besoffener Mönche war, „nedd so ahs Thul!". Ein jüngerer, aufgeschlossenerer Fischer verwies sie dann aber an einen altgedienten Fischer, der ihnen helfen könnte: „Tjah da habt ihr euch ja was vorgenommen. Von Bant will hier keiner was wissen. Aber der alte Melf Kapsoch könnt euch vielleicht helfen. Man sagt, er ist noch nicht mal getauft... Aber ganz in Ordnung, und hat mir einige Kniffe gezeigt. Versucht es bei ihm. Sagt ihm Lüdde Tiel schickt euch." Sie bedankten sich beim jungen Fischer und fanden Melf Kapsoch weiter östlich – isoliert von den anderen.

Der kleinwüchsige, bärtige Fischer stand im Wasser und hatte seine Angelrute ausgeworfen. Jens begrüßte ihn und sie erklärten ihm ihr Dilemma. Melf lachte wissend: „Nach Bant fährt niemand, denn niemand kommt mehr von dort weg..." Jens fragte: „W-Wegen der Strömung?" „Nein, sondern wegen dem Fluch! Ihr Kinder kennt auch nix mehr: Der heilige Liudger hat Bant damals verflucht. Die ganze Insel und alle, die dort mit Radbod waren. Alle Heiden mussten bleiben oder konvertieren. Und sie blieben. Immer noch." Jens lächelte: „Dann müssen wir uns als Christen ja keine Sorgen machen, dass wir dort festkleben, oder?" Kapsoch stieg aus dem Wasser und wickelte seine Angel auf. Er beäugte die Fremden eingängig und meinte dann: „Kommt mit." Der alte Fischer führte sie über die Dünen und den grasbewachsenen Deich. Dabei erzählte er: „Radbod hasste die Kirche mit Inbrunst. Für ihn war sie Symbol der Unterdrückung und es schmerzt ihn bis heute, dass seine Stammesbrüder- und Schwestern sich so haben einnehmen lassen." Abbo runzelte die Stirn: „Ihr klingt wie jemand, der mit ihm übereinstimmt?" Kapsoch führte sie zu einem kleinen Verhau, wo die Fischer ihre Ausrüstung bei Sturm lagern konnten. Netze hingen hier zur Trocknung aus. „Ich sehe, wie es ist, Jungchen. Ich leb schon lang genug, um die immer wiederkehrenden Muster von Weitem zu sehen. Die Kirche tut auch nichts anderes, als ihre Macht zu sichern. Sie besitzt Land, besitzt Leute, Gold und Einfluss: Es ist eine Unternehmung. Radbod hat das immer gewusst. Er hörte die Kirche von Liebe reden, aber hörte, was sie wirklich sagten: Unterwerft euch! Gebt uns euer Land und eure Söhne und Töchter zur freien Verwendung. Wir waschen ihnen den Kopf ,sodass sie sich gegen euch und eure Ahnen wenden. Das sagen alle, die Macht erlangen wollen. Mal mit Honig, mal mit Vernunft. Immer derselbe Kack, seit Generationen. So, genug vom alten Geschwätz: Da wären wir." Sie standen vor einem alten Boot. Kapsoch lächelte: „Klein, beschissen, aber fährt noch. Ist jetzt auch wieder ein halbes Jahr her." Klütje kläffte und sprang sofort ins Boot um es für sich zu beanspruchen. Hinnerk, Abbo und Jens Begeisterung hielt sich in Grenzen: Das Boot welches Kapsoch ihnen vorführte war wurmstichig und vermodert. Es war ein reines Ruderboot ohne Mast, und Muscheln hatten es sich an der Unterseite bequem gemacht. Melf sagte: „Ich schenke es euch sogar." Jens nickte dankbar: „S-Sehr großzügig." Hinnerk konnte es sich nicht verkneifen: „Eh, die Mühle ist ja nur Schrott!" Melf lachte lauthals los: „Ja, das ist aber wahr, hahaha! Dachte schon, ihr lasst euch wortlos verarschen! Aber bevor ich Brennholz daraus mache…" Abbo nickte: „Ich denke, wir nehmen es. Was wir nun brauchen, ist Pech, Nägel und ein paar Klinkerplanken. Herr Janssen, ich gebe euch Geld, um das benötigte einzukaufen. Wir fangen schon mal, an es genau zu inspizieren." Jens nahm Abbos Geldbeutel und machte sich auf den Weg in den Ort. Hinnerk fragte: „Hältst du das für eine gute Idee? Er könnte abhauen." Abbo erwiderte: „Nicht immer so skeptisch, Hinni. Vertrauen kommt nicht aus dem Nichts. Außerdem schien er eine ehrliche Haut zu sein. Aber vielleicht bist du mit deiner Vorsicht klüger als ich." Jens kehrte nur wenig später mit einem Schubkarren voller Materialien und auch etwas zu Essen zurück. Es dauerte den halben Tag, das Boot tauglich zu machen, und der Kaufmann aus Greetsiel brutzelte irgendwann seine Bohnen mitsamt dem Fisch von Kapsoch, was ihnen nach getaner Arbeit sehr mundete. Jens stieß laut auf: „RÜLPS! Ich kann immer noch nicht glauben, dass wir das wirklich machen. Können wir nicht jemanden anheuern, der für uns nach Bant fährt?" Hinnerk murrte: „Und, wie willst du bezahlen? Mit Bohnen?" „So ein lieber Junge.", meinte Jens sarkastisch. Sie ließen das Boot am späten Nachmittag zu Wasser und verabschiedeten sich von Kapsoch, der ihnen viel Glück wünschte sowie der ungefähren Richtung, in der Bant liegen sollte. „Zur Not folgt einfach immer dem dichtesten Nebel. Ist nie verkehrt." Sie wechselten sich beim Rudern ab und kamen schließlich in eine nebelige Region, die sie alsbald ganz verschluckte. Langeoog und die ostfriesische Küste verschwanden hinter einer weißen Wand. Der Seegang wurde ruhiger, beinahe flach. Abbo sagte in die Stille: „Bant muss hier irgendwo sein, wie

Kapsoch sagte. Es heißt, die Insel wäre von einem Nebelschild umgeben, um den dortigen Einwohnern Schutz vor der Sonne zu gewähren." Jens kommentierte nervös: „Also darum gibt es keine Untoten mit Sonnenbrand, hehheheh?" Hinnerk schrie laut: „Buh!" Jens Herz machte einen Sprung. Ihr gemeinsames Lachen entspannte auch Klütje, der mit steifem Schwanz vorne im Bug gestanden hatte und Ausschau hielt...

Ursula nahm Leevke mit hinaus aus der Burg. Sie gingen durch das zerfallene Torhaus und an den Strand, liefen barfuß durch den Sand. Ursula erklärte dem Mädchen: „Weißt du, als Anwenderin von Magie und Zauberei ist es immer wichtig, die Kontrolle zu behalten und sich mithilfe eines Objektes zu konzentrieren. Am besten etwas, das eine natürliche Bindung zur arkanen Sphäre hat: Wie mein Stab der von einem Baum aus Albheim geschnitzt wurde. Hast du nicht etwas Ähnliches?" Leevke schüttelte den Kopf denn sie machte sich nichts aus Besitz – außer ihren Muschelhaarspangen trug sie keinerlei Gegenstände bei sich. Ursula und sie gingen ein Stück weit ins Meer hinein und das kühle Nass umspülte sanft plätschernd ihre Waden. Die Krakenhexe lächelte: „Das ist auch kein Problem, vielleicht brauchst du so etwas ja auch gar nicht. Bist jetzt funktionierte es auch so, oder?" „Ja. Wenn auch ohne mein Wissen..." Ursula streckte sich: „Gut. Zunächst musst du dich aber von allen inneren Fragen abwenden und nur die äußeren Eindrücke dieser Welt in dich aufsaugen. Spüre die Atmung der allgegenwärtigen Kräfte. Besinne dich: Lausche dem Plätschern des Meeres, dem Rauschen der Wellen und versuche, dich und deine Seele mit ihnen in Einklang zu bringen. Versuche seine Bewegungen vorherzusagen, spüre die See als wäre sie ein Teil von dir..." Diesen Worten folgte Leevke gerne und sie schloss die Augen. Sie lauschte dem Meer mit all seinen Geräuschen der Tiefe und Oberfläche. Langsam passte sich ihr Atem dem Rhythmus an mit dem das Meer an ihre Beine schwappte. Dann sah sie etwas: Spürte wie etwas in ihr hinteres Bewusstsein kroch. Es war, als hätte jemand eine Schleuse geöffnet, als würde all das aufgestaute Wasser nun wild hervorbrechen. Es stürmte auf Leevke ein, umfasste sie wie eine hungrige, gigantische Bestie – und wollte sie ganz und gar verschlingen.

Als sie die Augen öffnete, war sie ganz woanders, mitten im Wasser. Sie warf einen Blick nach hinten und erblickte vor sich einen gewaltigen, schwarzen Abgrund: ein tiefes, gähnendes Loch in die Tiefe, in dem alles Wasser der Welt verschwand und nie wiederkehrte. Dieses riesige Loch war das Ende aus dem es kein Entkommen mehr gab, ein ewig fressendes, immer hungriges Ungetüm in Form eines titanisches Schlauches. Sie spürte, dass es nur darauf wartete, dass sie nachgab und hinabgezogen wurde. Es zerrte an ihr wie ein beißender Wind, aber Leevke wollte nicht hinunter; auf gar keinen Fall. Sie richtete ihren Blick wieder nach vorne und dort sah sie eine ebenso titanische Bogenschleuse, aus der die Wassermassen schossen wie ein ewigwährender Strahl. Das himmelhohe, kontinentgroße Tor war aus feinstem, weißem Marmor und voller Symbole, die Leevke nicht erfassen konnte. Es bedurfte ihrer ganzen Kraft, um auch nur ein wenig vorwärts zu schwimmen, aber sie kämpfte sich zappelnd durch das Tor, weg vom gähnenden Abgrund.

Kurz bevor sie das Tor durchschritt, wuchs der Widerstand noch einmal radikal an: Es war die Strömung. Mit einem Aufschrei und immenser Anstrengung zwang sie sich durch die unsichtbare Barrikade – und dann war plötzlich Stille. Das Getöse des donnernden Meeres war mit einem Mal verstummt. Sie blickte nach hinten und sah die Wassermassen immer noch in den schwarzen Abgrund rasen wie eine Herde Tiere, die von einer hohen Klippe fielen. Doch hier hinter dem Tor war es ruhig. Das weite, klare Meer umgab sie wie eine endlose Fläche und nur oben, weit oben, konnte sie die überhaupt eine glitzernde Oberfläche ausmachen. Ansonsten gab es nur die endlose Weite eines leblosen Meeres. Es gab keine Tiere, keine Pflanzen. Sie schwamm einige Meter und verließ den Wirkungsbereich es Schleusentores aber kaum hatte sie diesen verlassen, zog etwas an ihr und wollte sie in die Tiefe reißen. Sie sah erstmalig nach unten und erschrak. Es gab keinen Boden und kein Ende, nur absolute Dunkelheit und Kälte. Panik ergriff sie erneut und sie ruderte hektisch an die Oberfläche, bis ihre Muskeln brannten. Etwas aus der Tiefe griff nach ihr mit kalten Fingern, wollte sie hinabziehen. Es war ähnlich stark wie der Schlund, aber doch anders. Mit starken Schüben erreichte sie letztlich die Oberfläche und durchbrach sie, atmete frische, klare Luft. Der Sog von unten ließ sofort nach. Dann sah sie sich im endlosen Meer um: Hinter ihr toste das titanische Schleusentor mit dem Schlund dahinter aber in der Nähe erblickte sie eine kleine, gelbe Insel. Sie schwamm darauf zu. Auf der Insel befanden sich ein purpurner Kristall sowie eine einzelne Palme - es verhieß Rettung und dringend benötigte Ruhe. Sie schwamm um ihr Leben, wollte weder in den Schlund noch in die Tiefe zurück. Sie erreichte den Strand und zog sich mit letzter Kraft an Land, ehe die Kälte sie übermannte…

Schweißgebadet riss Leevke die Augen auf und fiel nach hinten auf ihre vier Buchstaben. Sie krabbelte erschreckt vom Meer weg als wäre es ein Monstrum. Ursula war sogleich zur Stelle und drückte sie an sich: „Was ist passiert? Du warst völlig weggetreten, für eine ganze Stunde! Ich konnte dich nicht mehr wecken - und das Meer… Das Meer zog sich zusammen, verschwamm und formte merkwürdige Bilder… So was habe ich noch nicht erlebt, und das will was heißen, tiehtiehtieh! Wahnsinn." Ursula lachte, und Leevke schüttelte die Benommenheit zitternd von sich: „Es war schrecklich. Ein Alptraum." Ursula nickte verständig: „Frag mich mal nach meinen ersten Erfahrungen mit Magie, Kleine. Das Geschrei hat selbst Holger Danske in seinem Kerker gehört. Du hast zum ersten Mal Kontakt mit der Macht gehabt, die bislang nur unkontrolliert in dir gewütet hat. Was du gesehen hast, war Abbild deiner Gedanken und deiner potenziellen Macht." „Es war unheimlich." „Ja, es ist immer erschreckend, zu erkennen, wozu man wirklich fähig ist." Leevke nickte langsam und versuchte immer noch, das Erlebte zu verarbeiten. Es hatte so real gewirkt, war aber doch nur ein Traum, eine Vision gewesen. Ursula forderte sie auf: „Versuch es noch einmal. Bewusst. Ich passe auch auf." Leevke streckte zögernd ihre Hand zum Wasser. Sie wollte, dass das Wasser sich erhob und eine einfache Säule formte. Wie zuvor konzentrierte sie sich darauf und kniff die Augen zusammen. „Es klappt!", rief Ursula aus, und klatschte in die Hände. Leevke öffnete ihre Augen und war erstaunt, als sie sah, dass sich wirklich eine Säule aus Wasser gebildet hatte, die hin und her schwankte wie ein überirdischer, instabiler Wasserwurm. In diesem Moment der Freude überkam Leevke zugleich eine bleierne Schwere, eine Art Müdigkeit, die es ihr schwer machte, die Säule aufrecht zu erhalten und die Furcht stieg wieder in ihr auf. Eine wütende, knurrende Bestie näherte sich ihr aus der Tiefe und wollte sie zerreißen, vernichten. Panisch ließ Leevke nun die Säule in sich zusammenfallen und die Bestie in ihren Gedanke zog sich im selben Moment keifend zurück. Leevke schluckte: „Da will etwas nicht, dass ich das tue..." Ursula seufzte und lächelte dann: „Du stehst noch am Anfang, aber dafür war das schon sehr beeindruckend. Mehr als ich hoffen konnte. Glückwunsch!" Leevke lächelte gequält und mit zitternden Gliedern richtete sie sich wieder auf. Ihr war nun schwindelig und schlecht. „Du siehst ziemlich blass aus, Kleines. Wie wäre es mit einem guten Teller voller Fischgedärm, Krabbenaugen und Aalköpfen? Hm?" Leevke übergab sich augenblicklich ins Meer. Ursula seufzte und klopfte ihr auf den Rücken: „Es ist nicht jedermanns Geschmack, wohl wahr. War lange nicht mehr unter Menschen. Das wird schon. Lass es raus, bevor es dich vergiften kann..." Ursula führte das Mädchen zu ihrem Raum im Turm zurück und setzte die geschwächte Leevke behutsam im Bett ab, deckte sie zu und säuselte: „Ich komme gleich wieder." Leevke starrte indes an die Decke und scheute es, an ihre interne Gedankenwelt zu denken, da sie ihr Angst machte. Was war das alles in ihrem Kopf und wieso traf es just sie? Es gab noch zuviele Fragen.

Ursula eilte hoch zu Radbod, der am Rande seiner Aussichtsplattform stand. Er blickte gen Süden Richtung Festland. „Radboddel!? Ich habe Neuigkeiten, mein geiler König." Radbod drehte sich nicht zu ihr um, war mit Gedanken ganz woanders: „Dort sitzen die Friesen und ahnen nicht, in welcher Gefahr sie sich befinden, Ursel..." Die Frau stoppte ihren Freudentanz und hörte zu. „All die so genannten freien Friesen können gar nicht erahnen, welchen immensen Lügen sie zum Opfer gefallen sind, welcher hinterhältigen Perversion des Geistes. Noch treffen sie sich regelmäßig beim Upstaalsboum und beratschlagen, um ihr Land zu beschützen, aber schon lange infiziert die Kirche ihre Gemeinschaft. Deren Gerede macht sie mit jeder Generation schwächer und einfältiger. Da ist bald kein Stolz mehr in ihren Herzen, nur noch die nackte Angst ums Überleben und Furcht vor Gott." Er schnaufte: „Ich muss sie wieder befreien vom Joch der Bischöfe und Pastoren. Ich will deren Kirchen mit Höllenfeuer niederbrennen und mein Volk zurück zu den alten Göttern führen – all jene Götter die uns schon so lange begleitet haben und die unsere Verbindung zu unseren Ahnen sind, unseren Vorfahren, deren verstoßene Seelen uns alle anklagen: Warum habt ihr uns verlassen? Warum huldigt ihr dem toten Kreuz mehr als uns, eurem Blut?! Warum verlassen die Kinder ihre Eltern auf so grausame Art? Für was? Verstehst du das, verstehst du, warum ich so bin, Ursel?" Ursula nickte ergeben: „Natürlich, mein König. Mehr als jede andere weiß ich das..." Sie schlang ihre Arme von hinten um ihn: „Ich wäre ja auch wohl kaum noch hier, wenn ich nicht dieselben Ziele hätte wie du: Großer Wellenbrecher von Martells Macht." „Das ist schon ewig her." „Und doch passiert. Mit Njörds Hilfe werden wir die Küsten zurückerobern und aus der Asche der verbrannten Kreuzstädte und mithilfe der fruchtbaren Fluten soll sich die Magna Frisia wieder erheben; zum Wohle aller freien Männer und Frauen der Länder von Flandern bis nach Jütland." Radbod lächelte zufrieden und küsste ihre Hand: „Ich weiß warum ich dich liebe. Also, du hast Neuigkeiten? Hat Theo mich wegen dem Mädchen belogen?" „Gar nicht. Sie ist so passend für unsere Ziele wie nichts anderes in den letzten Jahrhunderten: Kein Opfer, keine Beschwörung, ja nicht einmal Njörds persönlicher Beistand könnte uns so dienlich sein wie dieses kleine Zauberding. In ihr steckt enorme Kraft, urzeitlich und es ist nichts was ich fassen könnte. Das Potenzial ist endlos und das beste: Es ist völlig frei von Liudgers Fluch... Damit könnten wir selbst die Küsten

Grönlands, Asiens und Afrikas befreien wenn wir wollten! Wir würden von Sieg zu Sieg eilen. Unaufhaltsam, wie die Sturmflut! Du und ich!" Ursula tanzte um Radbod als sich in ihrem Geist die unzähligen Möglichkeiten offenbarten: „Wir beide werden als Mann und Weib über sie alle wachen, wie eine einzige, große Familie! Streng, liebevoll und gerecht!" Radbod nickte ihr zu: „Gerechtigkeit und Freiheit sollen unsere größten Verbündeten sein. Dann werden sich alle freien Völker dieser Welt uns anschließen. Die Erben Pippins werden nicht wissen, wie ihnen geschieht wenn ihnen all ihre Mannen weglaufen – genau das wird der Moment sein, indem ihre Peitschen und Knuten versagen. Die Schmach von Helgoland und Dornum soll dadurch getilgt werden. Wir werden wieder Eichen pflanzen, auf dass überall die Menschen zusammenkommen und offen entscheiden, wie sie leben wollen, im Schutz der Geister ihrer Ahnen, mit Respekt! Dies Ziel schwöre ich mir: Radbod, letzter König der Magna Frisia, Fluch der Kirche und Franken..." Ursula grinste über beide Ohren: „Ob die Kleine das auch so sieht, ist noch die Frage. Aber ich hab da schon eine Idee wie wir sie beteiligen können, tiehtieh..."

Jens machte keinen Hehl aus seiner Angst und versuchte, sich durch seine Plapperei selbst zu beruhigen: „Vielleicht sollten wir wieder umkehren, meine Freunde? Bei allem Verständnis für euren Rettungseinsatz sehe ich dennoch nicht ein, wieso wir uns dafür mit Wesen abgeben sollten, die nicht einmal Handelsgüter zum Eintauschen haben. Teh! Ich meine – pffff – was soll das, näy? Was will man solchen Figuren anfangen?!" Hinnerk grinste, während er das Ruder bediente: „Woher willst du wissen, dass die Untoten keine Güter haben? Immerhin war Radbod mal König, und Bant wird sicher noch einige Schätze beherbergen. So olle Münzen mit hohem Goldanteil zum Beispiel." Jens rieb sich das Kinn: „So hatte ich das noch garnicht betrachtet, ja... Meint ihr, Radbod interessiert sich auch für Bohnen?" Abbo zuckte mit den Schultern: „Es dürfte in jedem Fall eine Weile her sein, dass er welche hatte. 300 Jahre bestimmt..." Jens dachte kurz nach: „Naaaa - ich lass es lieber. Aber das mit dem ollen Gold klingt zumindest nicht ganz uninteressant. Will er vielleicht ein Fass Wein? Felle?" Klütje fing auf einmal an zu kläffen und stand mit aufgerichtetem Schwanz am

Bug. Hinnerk erklärte das Bellen: „Es ist Land in Sicht." Vor ihnen zogen die Nebelschwaden langsam vorbei und ebneten ihnen einen Blick auf die verfluchte Felseninsel Bant. Bedrohlich und trotzig erhob sich der dunkle Festungsturm mit seinen zerfallenen, nebelnassen Anlagen über der Insel. Sie ruderten bis zum Ufer und stiegen behutsam aus, bis auf Jens, der sich noch krampfhaft am Boot festhielt: „Wir sind hier falsch: Wo ist mein Schiff, die Labskaus? Ich seh sie nicht!" Abbo streckte seine Glieder, dass es knackte: „Sie könnte auf der anderen Seite der Insel liegen, oder aber sie befindet sich in einem inneren Hafen." „Innerer Hafen? Sowas habe ich ja noch nie gehört!" Abbo zuckte mit den Schultern: „Es handelt sich dabei um eine in die Festung eingelassene Unterstellmöglichkeit für Schiffe, im Falle einer Belagerung. Bei so einer Felseninsel bietet sich sowas schon an." Hinnerk nickte: „Hast du als Kreuzfahrer gelernt, Onkel Abbo?" „Ich habe es in dort in einer Küstenstadt gesehen, ja. Bei Gefahr werden die Schiffe mit in die Burg geholt, um sie für einen Ausfall zu nutzen - oder zur Flucht bei Nacht, je nachdem was sinnvoller erscheint..." Jens wimmerte: „Also befindet sich meine arme Labskaus in dieser finsteren Feste?" „Möglich. Ihr könnt hierbleiben aber es wäre töricht, Herr Janssen. Erstens seit ihr ungeschützt und zweitens kann ich nicht dafür garantieren, dass wir mit der Labskaus wiederkehren, wenn etwas schief läuft. Dann seid ihr hier allein." Jens stieg sofort aus dem Boot: „Stechende Argumente Herr Abbo! Habt ihr eigentlich keinen Nachnamen?" „Einfach Abbo reicht. Für meine Freunde Onkel." „Tjah, aber erwartet nur keine heroischen Wundertaten von meiner bewiesenen Wenigkeit. Bei Merkur, ich bin Krämer!" Hinnerk rollte mit den Augen: „Wir haben es begriffen. Ruhe jetzt!" Abbo deutete ihnen beiden ruhig zu werden. Niemand bewachte das Torhaus, alles wirkte verlassen. Hinnerk fühlte sich dennoch beobachtet, als sie sich in den Burghof schlichen und jede Deckung suchten, die sie finden konnten. Der dick gebaute Turm wirkte aus der Nähe noch massiver und es schien dem Jungen, als gäbe es zig Augen, die ihn unablässig aus den Schießscharten heraus beobachteten. Sie suchten sich einen eingestürzten Turm westlich des Hauptturms als Versteck aus und flüsterten dort leise, um keine Untoten aufzuwecken.

Jens Blick war unstet und die Atmung flach. Hinnerk erbarmte sich seiner und ergriff fest seinen Arm: „Ruhig Blut. Tief einatmen. Ein - so ist es richtig, und wieder ausatmen. Besser jetzt?" Jens lächelte: „Danke, Junge. Du bist tapferer als ich es bin. Das ist irgendwie peinlich." Hinnerk lächelte: „Mal sehen was noch passiert. Sicher bin ich mir auch nicht." „Es kann ruhig so ruhig bleiben." Hinnerk schmunzelte. Er mochte den Händler, denn er war nicht so steif wie die anderen Erwachsenen und wirkte mehr wie ein Altersgenosse, der ein bisschen mehr in der Birne, aber weniger in den Armen hatte. Obendrein erleichterte er es Hinnerk, selber tapfer zu sein, indem Jens jene Angst verkörperte, die er selbst verspürte, aber nicht bereit war, zuzugeben. Es war in der Tat hilfreich, dass jemand an seiner Stelle Angst hatte damit er nicht so angespannt war und Fehler beging. Hinnerk hatte zwar keine Furcht vor Gobolden oder Riesenschlickkrebsen, aber Untote waren von anderem Kaliber. Ihre bloße Existenz war grundfalsch und sie wirkten so irreal in ihren Bewegungen, als wären sie einem Fiebertraum entsprungen – und doch real. Hinnerk kannte die Geschichten von Moorleichen und Wiedergängern zur Genüge: Sie verschreckten jedes lebendige Herz durch ihre Unnatürlichkeit, ihre groteske Imitationen von echtem Leben.

Abbo verfiel inErnsthaftigkeit und sein Blick nahm an Härte zu. Er fühlte sich insgeheim an seine Zeit als Kreuzritter in feindlichem Land erinnert. Selbst Hinnerk kannte diese Seite von ihm nicht wirklich. Etwas stimmte nicht. Nachdem er sich genug umgesehen hatte, erklärte Abbo eindringlich: „Also gut, hört zu: Nach dem Bau dieser Burg zu urteilen, befinden sich alle wichtigen Unterkünfte im Inneren des Turms. Die Labskaus vermute ich hinter dem Turm in dem steinernen Gebäude dort, welches direkt an der Mauer liegt und ans Meer grenzt. Die anderen Gebäude im Innenhof sind verfallen, und wenn, dann leben da nur noch Seeskorpione." „Wunderbar.", kommentierte Jens sarkastisch, „Besser als schwert-schwingende Skelette sind übergroße, giftige, klauenbewehrte Panzerspinnen." Abbo ging nicht darauf ein: „Ich werde nun nachgucken, ob ich mit meiner Vermutung Recht habe und zum Hafen schwimmen. Ihr drei bleibt derweil hier und behaltet das Haupttor im Auge. Unternehmt auf keinen Fall irgendetwas ohne meine Zustimmung, das gilt insbesondere für dich Hinni. Verstanden?" „Aber was wenn sie Leevke rausbringen? Sollte ich dann nicht die Situation ausnutzen und...?" Abbo unterbrach ihn schroff: „Nein. Nein, wir werden sie gemeinsam retten. Keine Alleingänge! Am Ende müssen Jens und ich noch euch beide aus Radbods Kerker freikämpfen." Jens sagte: „Bitte nicht." Hinnerk akzeptierte Abbos Entscheidung und dieser nickte: „Also gut. Bis gleich." Er versicherte sich, dass Pakhaou an seiner Seite baumelte und schlich auf der zerfallenen Außenmauer entlang zum Rücken des Turmes am Nordwestturm vorbei, welcher ebenfalls halb eingestürzt war. Die innere Seite war völlig weggebrochen und der Wind heulte durch die offene Struktur. Hinnerk und Jens bezogen wieder Stellung in den Trümmern und spähten durch die Steine und Efeuranken hindurch gen Eingang. Jens flüsterte: „Der Mann versteht sein Handwerk." Hinnerk nickte stumm, während Jens weiter plapperte: „Wie geht es deinem Kläffer? Es wundert mich, dass er bislang ruhig geblieben ist. Und du sprichst seine Sprache? Hundisch?" Der junge Mann seufzte: „Wir haben Zeichen ausgemacht. Sein Name ist Klütje und er ist ein Küstenhund, kein Kläffer." „Verzeihung." „Hm. Wir kennen uns schon seit 7 Jahren und ein Handzeichen von mir genügt und er ist still, bis ich ihn wieder freigebe. Er hört sehr gut." „Faszinierend.", meinte Jens und war froh über etwas Belangloses reden zu können: „Dann wirkt es wie ein Zauberspruch?" „Nein. Wir haben nur sehr lange dafür trainiert." Hinnerk stockte und gab zu: „Auf dem Deich kann es manchmal ganz schön langweilig werden, weißt du?" Jens fröstelte und rieb sich die Arme warm: „Langeweile ist unterbewertet, wenn du mich fragst. Ich hätte jetzt gerne welche. Brrr. Kalt hier." Während sie warteten, erblickte Hinnerk merkwürdige Lichter in den oberen Stockwerken: Es blitzte aus den Fenstern blau und grün auf. Jens zog ihn ungewohnt energisch zurück: „Sieh da nicht hin! Das ist sicherlich schwarze Magie! Wer weiß, was die mit deinen Augen macht - oder schlimmer: Mit deinem Kopf!" „Ist doch nur Licht?", erwiderte Hinnerk, aber er merkte, wie das unwirkliche Licht ihn schon schwindelig gemacht hatte. „Hoffentlich geschieht Leevke nichts, denn sonst werde ich Bant persönlich versenken." Lange Zeit geschah nichts, und beide wurden wieder unruhig. „Wo bleibt er denn?", murrte Hinnerk und Jens meinte: „Ich will ja nicht den Teufel an die Wand malen..." „Dann lass es."

Kapitel 5

Küstenhund in geheimer Mission

Abbo stieg über die rutschigen Steine zum hinteren Tor- und Unterstellhaus Bants hinunter. Das Hafengebäude war direkt durch einen steinernen Tunnel mit dem Hauptturm verbunden, sodass man ungesehen zum Schiffshangar gelangen konnte. Er entdeckte an der Außenmauer eine schmale Steintreppe, welche von der Front kaum zu sehen war und bis unter das Wasser führte, hin zu den schweren, bronzenen Doppeltüren des Hangars. Dahinter befand sich aller Wahrscheinlichkeit nach der Unterstellplatz für das Schiff von Jens Janssen. Mit einem beherzten Sprung ins kalte Wasser suchte Abbo unter der Wasseroberfläche nach einem Spalt, durch den er in den inneren Hangar gelangen konnte aber er fand nur einige armdicke Löcher unterhalb der Wasseroberfläche, welche benötigt wurden, um den Hangar im Inneren mit Wasser zu versorgen. Ein Durchkommen war nicht ohne immensen Aufwand und Lärm möglich. Abbo kletterte nun die Treppe wieder rauf und kehrte zu seinen Freunden zurück. Diese waren ganz erleichtert ihn vollbehalten zu sehen.

Hinnerk hatte tatsächlich eine Idee, nachdem Abbo von der Beschaffenheit des Hangars erzählt hatte: „Wie dick sind die Auslassventile?" „Doppelt so dick wie mein Oberarm. Wieso?" „Klütje könnte leicht hindurchschlüpfen!" Abbo lachte auf: „Und was dann? Soll er das Tor von innen aufmachen, mit seiner Stupsnase?" Hinnerk sah ihn vorwurfsvoll an, während Jens aufmerksam lauschte: Er war nur froh, dass er nichts Gefährliches tun musste und wollte sein bisheriges Glück nicht durch dumme Kommentare strapazieren. Hinnerk erklärte weiter: „Es ist auf jeden Fall eine bessere Chance, als direkt durch das Haupttor dort drüben zu marschieren und uns durch Horden von Untoten plus Radbod zu schlagen, oder?" Jens nickte: „Das hat was für sich." „Abgesehen davon soll Klütje auch nur Leevke finden: Er hat eine Spürnase. Dann soll er sie zum Hangar bringen. Wir haben das oft geübt…" Abbo nickte: „Gut aber das geht nur, wenn er nicht auf geschlossene Türen trifft. Und was sollen die beiden dann im Hangar machen? Die Tore kriegen wir immer noch nicht auf?" „Leevke wird es schon aufkriegen. Mit dem Wasser im Becken kann sie die Tore sicher irgendwie aufsprengen. Sie hat ja ihre Kräfte." Jens meinte: „Zeitgleich könnten wir auch versuchen, die Tore mit irgendwas aufzustemmen, oder?" Abbo seufzte: „Hast du keine Angst um Klütje, Hinni?" „Nur wenn Untote Tiere angreifen." Abbo überlegte, während Jens ratlos dreinblickte: „Soweit ich weiß nicht… Ihr Hass galt immer nur den Menschen – aber sicher bin ich mir nicht." „Dann machen wir es! Klütje? Bist du bereit zu schnüffeln?" Der Küstenhund wedelte freudig mit dem Schwanz und gemeinsam begaben sie sich zum Hangar. Hinnerk stieg ins eiskalte Meerwasser hinab und ließ Klütje im Wasser planschen, was diesen sehr freute. Er schoss wie ein Pfeil durch das Wasser und planschte herum, um sein getrocknetes Fell neu zu durchfeuchten. Hinnerk nahm ihn an sich und redete auf ihn ein. Dabei holte er verstohlen von den anderen eine Socke unter seinem Lederkragen hervor und ließ das Tier daran schnüffeln. Er ließ Klütje los und dieser tauchte schnurstracks zu einem der Ventile und verschwand darin. Abbo fragte: „War das eine Socke von Leevke?" Der Junge lief rot an und Abbo grinste breit: „Hat sie dir ihre Socke geschenkt?" Hinnerk stieg weiter hoch und Jens zog ihn hoch. Abbo grinste nun: „Du hast ihr die Socke geklaut?!" „Nun hör aber mal auf! Es ist nur eine blöde Socke. Die hab ich bei ihr im Zimmer gefunden, auf Kleene Wacht! Ich wollte sie ihr zurückgeben! Ist doch gut, dass ich es vergessen habe, oder? Jetzt kann Klütje ihren Geruch verfolgen!" Abbo lächelte: „Hatte sie keine Abneigung gegen Fußbekleidung?" „Ich glaube, das galt nur für Schuhe, nicht für Socken…" Jens begriff nun auch, worum es eigentlich ging: „Aha! Soso! Keine Sorge, Junge. Wir alle haben mal diese Phase durchgemacht. Och joah: die Sockenphase, die Strumpfhosenphase, die verschwitzten Hemdenphase…" Hinnerk knurrte: „Ihr vielleicht, ich nicht. Wir sollten uns verstecken, bis er wiederkommt." Sie zogen sich nun in den zerfallenen Nordwestturm zurück und behielten im Wechsel den Ausgang im Auge. Jens vergaß für einen Moment tatsächlich den Nebel, das eiskalte Wasser und die Untoten vor seiner Nase, und dachte an seine eigene Freundin Taalke daheim. Der Gedanke an sie wärmte mehr als jede Decke.

Der interne Hangar war durch eine blaue Fackel schwach erhellt. Eine einzelne Schnigge mit Wohndach achtern dümpelte lautlos im Gewässer. Ohne ein Geräusch zu verursachen, glitt Klütje durch das Tor und der Aufstiegsrampe entgegen. Er tapste heraus und begann sofort, am Boden entlang zu schnüffeln, auf der Suche nach Leevkes Füßen. Dabei stieß er gegen ein Skelettbein und sprang erschreckt zurück ins Wasser. Das Skelett mit Speer und Schild bewegte sich nicht. Seine roten Augen glommen schwach-matt. Es blickte zwar direkt in seine Richtung, tat aber gar nichts weiter. Vorsichtig näherte Klütje sich dem Skelett und es erfolgte immer noch keine Reaktion dieses knöchernen Konstruktes. Klütje bellte sogar und sprang sofort wieder zurück ins Becken. In der Tat: Das Skelett rührte sich. Es ging allerdings nicht auf Klütje zu, sondern marschierte einmal rund um das Becken. Klütje nutzte die Chance und eilte durch den Hangar in einen weiteren Gang aber, eine verschlossene Tür versperrte ihm alsbald den Weg.

Geduldig setzte sich Klütje nieder und wartete, bis ein Skelett diese öffnete. Klütje schlüpfte eilig hindurch und kam so in die Eingangshalle. Er schnüffelte, bis er Leevkes Spur wiedergefunden hatte: Es ging die Treppenstufen hinauf und er kam so ungesehen in die vierte Ebene, wo er vor einer Tür stand, die stark nach Tintenfisch roch. Leevkes Geruch endete hier, und der Küstenhund fing an, mit seinen Pfoten die Tür zu bearbeiten. Er jaulte unter dem Türspalt hindurch. Jemand näherte sich der Tür von innen. „Wer ist da?", hörte man nun eine weibliche Stimme fragen. Die Tür öffnete sich knarrend...

Jens wurde ungeduldig, was auch mit der ansteigenden Flut und dem stärkeren Nebelaufkommen zu tun hatte: „Der Hund lässt sich Zeit..." Hinnerk meinte: „Er wird zurückkommen. Ich kenne ihn." „Du sprichst ja von ihm, als wäre er ein Mensch?" Der Junge war geknickt: „Er ist mehr Mensch als so mancher, der nur danach aussieht!" Jens entschuldigte sich: „Ja, tut mir leid, wenn ich etwas viel plappere, aber mir ist kalt, ich bin durchnässt, über uns hocken seelenlose untote Ungeheuer und unter uns wuseln die Ungetüme der Tiefsee und warten nur auf ihre Gelegenheit, uns zu fressen. Ich weiß es. Ist immer so. Außerdem wird es dunkel, und mit dem Nebel sieht man auch nicht gerade besser." „Schon gut, Jens.", meinte Abbo nachsichtig, „Aber wir müssen uns zusammenreißen, wenn wir hier lebend rauskommen wollen. Können wir auf dich zählen?" Diese Worte bewirkten eine leichte Veränderung im Kaufmann und sein Zittern hörte vorübergehend auf: „Wenn es darauf ankommt, werde ich da sein. Ob das hilft, sei mal dahingestellt, aber da sein werde ich in jedem Fall." „Mit oder ohne Bounen?", grinste Hinnerk. „Nur zu deiner Information, Herr von und zu Bauernlümmel: Diese Bohnen sind eine besonderliche Züchtung und ihnen wohnen magische Kräfte inne, welche dir so manches Gebrechen lindern können. Gut für die Männlichkeit sind sie auch." „Achso?" „Soso!" Hinnerk vermochte nicht zu sagen, ob Jens sarkastisch war oder ob er es ernst meinte „Tjah, und wieso konntest du sie dann nicht verkaufen...?" Abbo sprang ein: „Schluss jetzt, alle beide. Dies ist kein Spiel" Dies Argument zog, und sie wurden sich erneut der unmittelbaren Gefahr bewusst, in der sie schwebten. Sollte Radbod sie tatsächlich entdecken und sie bis dahin kein Schiff besassen, würde es bestenfalls eine sehr holprige Flucht werden, wenn überhaupt. Jens äußerte leise Bedenken: „Hätten wir unser Boot nicht verstecken sollen?" Abbo knurrte: „Dafür ist es nun zu spät." Hinnerk rieb sich die Finger wund: „Komm schon, Klütje. Mach hinne!"

Ursula hob Klütje auf: „Och, du bist aber ein niedlicher kleiner Seehund." Der Küstenhund spürte, dass irgendetwas mit dieser Frau nicht stimmen konnte. Sie trug einen Kraken auf dem Kopf, der ihn wiederum ängstlich anstarrte. Küstenhunde jagten im Wasser auch gerne mal kleine Tintenfische: Sie gehörten zum Speiseplan. „Wie bist du denn hier hereingekommen? Ich glaube, wir haben da ein paar Lücken in unserem großen Bergfried, die es zu stopfen gilt. Aber Skelette sind nun mal keine sonderlich guten Handwerker, und als Köche sind sie absolut grauenhaft, kein Geschmacksempfinden, die armen Kerle. Alle Zungen abgefault. So: Du kommst erstmal in diesen Käfig, wer weiß, wann ich mal wieder Seehundaugen brauche, hehe. Lang ist's her.", sagte Ursula in fröhlichem Ton. Klütje kläffte im Protest, aber Ursula hob den Zeigefinger: „Ich würde an deiner Stelle nicht nerven, mein Kleiner, denn ansonsten muss ich dir dein Maul mit Schneckenschleim zukleben." Klütje ließ sein Kläffen daraufhin bleiben. Ursula ging nun rüber zu Leevke, die am Tisch über einer dampfenden Suppenschüssel saß und das ganze mit großen Interesse verfolgt hatte.

„Wie geht es dir jetzt, Liebchen? Hast du dich erholt?" „Etwas, ja. Diese Muschelsuppe ist richtig gut." „Das hört man gern. Ich glaub, ich bin die einzige auf dieser Insel mit verbliebenen Geschmacksnerven. Radbod isst kaum noch, und Düll frisst auch nur noch Schleim." Sie setzte sich dazu, stützte ihren Kopf auf die Arme und lächelte Leevke breit an: „Bist ein hübsches Ding. Etwas plump und rustikal, aber ganz ansehnlich." „Ich bin nicht plump." „Nur im Vergleich mit den dürren Gerippen hier. Ich meine das durchaus als Kompliment." Leevke nickte nur, und Ursula lehnte sich zurück: „Wir könnten deine Hilfe gebrauchen, Kleine." „W-Wobei?" „Nichts Besonderes. Sagen wir, es gab ein paar Missverständnisse zwischen der Kirche und meinem König, und es endete damit, dass man uns ungerechterweise hier auf diesem Eiland festsetzte. Ein böser, alter Mann namens Liudger hat uns damals hier eingesperrt, und seitdem leiden wir hier. Jahr für Jahr. Wir können das Meer nicht mehr überqueren. Verstehst du? Wir brauchen jemanden, der uns den Weg zum Festland ebnet. Kein Schiff kann uns tragen." „Darum habt ihr mich entführt?" Ursula streckte sich auf dem Tisch: „Leider ja: Wir sind verzweifelt. Sieh es als Gelegenheit, endlich den Platz zu bekommen, der dir von Natur wegen auserkoren ist: Mit deinen Kräften wärst du schon bald die mächtigste Person hier und überall. Du könntest tun, was dir beliebt, und besitzen, was du willst. Es gibt gar keine Grenzen und dein Potenzial ist gewaltig. Radbod und ich werden dich beschützen und dir helfen, bei allem was kommt. Wir werden gemeinsam alle Gefahren abwehren, die Friesland bedrohen, und ein eigenes Reich gründen, in dem keiner leiden muss. Und du wieder frei bist." Leevke schürzte die Lippen: „Ich weiß nicht recht..." „Wenn sie deine und unsere Macht sehen, werden sie nicht viel Widerstand leisten. Es gäbe nur wenige Opfer. Aber es käme ihnen allen zugute. Im Moment ächzen die meisten Menschen in den Ländern unter den Zwangsabgaben und der Unterdrückung der selbsternannten Könige: Aber du und ich, wir alle, können dies beenden und wieder die gerechte Ordnung herstellen. Du wirst verehrt und geachtet werden. Geliebt. Alles, was du dafür tun musst, ist uns deine Kräfte zur Verfügung zu stellen, und wir erledigen den Rest." Ursula wedelte beschwichtigend mit den Händen: „Kein Problem, wenn du darüber nachdenken willst. Denk in Ruhe darüber nach. Ich werde ohnehin für einige Zeit verschwinden; es gibt da noch einige Vorkehrungen zu treffen... Aber bedenke: Du bist etwas Besonderes und es wäre eine Schande, ein Verbrechen gar, wenn du dies nicht zum Wohle der Menschen einsetzen würdest!" Mit diesen Worten verließ Ursula den Altarraum und ließ eine verdutzte und verwirrte Leevke zurück. „Die Suppe ist wirklich nicht schlecht..." Klütje winselte und erst dies riss sie aus ihren Gedanken. „Heda, Klütje! Hab dich glatt vergessen! Komm, ich helf dir da raus. Ich habe nichts gesagt, weil ich nicht wollte, dass sie weiß, dass wir uns kennen. Was machst du denn hier?" Klütje kläffte ein paar Mal. Leevke legte den Kopf schief: „Ich verstehe nicht ganz. Kannst du das wiederholen?" Nun konzentrierte sich das Mädchen nur auf das, was der Küstenhund sagen würde. Es war so, als könne sie fühlen, was der Hund meinte, nicht, was er tatsächlich sagte. Klütje wiederholte seine Aussage und Leevke grinste unwillkürlich, als sie den Sinn seines Kläffens schlagartig erkannte: „Herrchen ist hier? Ich soll folgen?" Klütje wedelte mit dem Schwanz. Leevke lachte vor Erleichterung und drückte das Tier fest an sich. Ursulas Worte hallten in Leevkes Kopf nach. Mochten ihre Absichten auch noch so nobel sein, Leevke wollte nicht zum Werkzeug eines Königs werden, der mit Sicherheit nicht ohne Grund auf diesem Eiland festsaß und sich mit Untoten und Verbrechern wie Theo umgab. Vielleicht würde sie es sich anders überlegen, aber wenn, dann aus freien Stücken und nicht weil man sie festhielt und sie keine andere Wahl hatte. Sie wollte erst zu Hinnerk zurück, ehe sie etwas anderes tat, und mit ihm reden. Reden und drücken...

Radbod stieg eine steile, von Schleim benetzte und abgenutzte Wendeltreppe aus grob gehauenem Stein hinab. Er war auf dem Weg zum tiefsten Punkt von Bant; einer kleinen submaritimen Höhle, die aus einer Zeit vor der Errichtung der Burg stammte, deren Grundmauern aus den Steinen einer alten heidnischen Kultstätte geschlagen worden waren. Es tropfte von den Wänden und in den dunklen Nischen lebten Asseln und knisternde Hundertfüßler. Er gelangte an einen Gang und in eine Höhle.
Hier befand sich das Heiligtum von Bant; ein viereckiger Raum, der dem nordischen Gott der Meere und der Stürme, Njörd, geweiht war. In der Nordwand war ein Brunnen eingelassen, mit Runen verziert. In ihm blubberte eine teerhaltige, schwarze Substanz. Von dieser Quelle bezogen sowohl Radbod als auch Ursula einen Teil ihrer Kräfte und sie hielt auch den Großteil seines Gefolge am Leben. Nur noch wenige originale

Gefolgsleute waren Radbod verblieben.

Manch törichte Helden, die Bant aufgrund eines im Suff geleisteten Schwures befreien wollten, unterschätzten die Knochenkrieger in Radbods Gefolge. Oberflächlich betrachtet waren sie zwar nur noch Überreste von Kämpfern, aber in ihren Knochen schlummerten immer noch die Erinnerungen an Kämpfe und Schlachten gegen Franken und Christen. Pfeile und Stiche machten ihnen so gut wie gar nichts aus. Einzig stumpfe Hiebwaffen wie Keulen machten ihnen zu schaffen und erschütterten das magische Netz, das sie erhielt. Der größte Vorteil jedoch war ihre Unermüdlichkeit und Furchtlosigkeit: Skelette brauchten keine Pause, keine Rast und keinen Schlaf. Sie konnten ewig kämpfen, ohne müde zu werden, und sofern sie nicht in geweihter Erde begraben waren, konnte ein geschickter Nekromant sie jederzeit erneut in die Schlacht schicken. Es war dieser Terror des Ewigen und Unbesiegbaren, den die Untoten nutzten, um die lebenden Gegner zu besiegen. Der Brunnen war schwarz, weil er ein Tor zur Finsternis von Njörds Tiefen beinhaltete. Jenseits der schwarzen Oberfläche herrschte ein Druck, der für jeden Menschen sofort tödlich war. Es war zudem ein Portal in die Anderswelt; dem Reich von Geistern und Göttern.

Radbod kniete vor dem Brunnen und tauchte dann seine rechte Hand ins schwarze Wasser. „Komm, alter Freund. Die Zeit ist reif. Ich brauche noch einmal deine Hilfe im Kampf gegen das verdammte Kreuz." Das Wasser bewegte sich zunächst nicht, und nur leichte, konzentrische Wellen gingen von seiner Mitte aus, dort, wo Radbod seine Hand eingetaucht hatte. Die Oberfläche warf immer heftigere Blasen, und grünes Licht erhellte die ganze Höhle. Radbod zog die Hand zurück und betrachtete es regungslos. Er selbst gehörte zu den Kreaturen des Gottes und hatte nichts zu befürchten, als die Lichter heftiger pulsierten und sich Druck auf seine Ohren legte. Zwei armdicke dunkelblaue Tentakeln schossen aus dem kochenden See und schlugen im Raum wild um sich, ehe sie sich am Rand festhielten und den Rest des massigen Körpers nachzogen: Die beiden Tentakeln bildeten den linken Arm der gepanzerten, menschenähnlichen Kreatur, die sich nun erhob. Die rechte Hand war in einen stählernen Panzerhandschuh gehüllt. Der Körper steckte in einer schleimig-tropfenden Plattenrüstung, und der Kopf war hinter einem dreifach-senkrecht geschlitzten Helm verborgen. Die Stimme des Wesens schlurfte: „Ahh, Radbod, mein Freund und König!

Lang ist's her..." Radbod nickte und breitete seinen Arm aus: „So ist es, Düll. Aber Ursula hat endlich einen Weg gefunden, uns von Bant zu schaffen! Sage Njörd Bescheid und rufe die Verfluchten der See an unsere Seite. Jene ertrunkenen Seelen, die er in seinem Bann hält..." Düll deutete eine Verbeugung an: „Ich werde dich nicht enttäuschen, Freund. Diesmal wird uns niemand aufhalten. Für die alten Götter." Radbod reichte ihm die Hand: „Für unser Volk und seine Freiheit. Heil den Ahnen! Heil den Jungen, die ihnen folgen!" Düll erwiderte seinen Händedruck mit den Tentakeln, ehe er wieder in die Schwärze des Brunnens hinab tauchte, in einen Bereich, der jenseits der Realität lag. Nie würde Radbod vergessen, wie nur er zu ihm gehalten hatte, als seine raffgierigen Verwandten vor Lügen triefend, heuchelnd, das Kreuz küssten und ihn auch hinterrücks niedermeucheln wollten, um den heidnischen Aufstand niederzuschlagen. Rücken an Rücken kämpften Radbod und Düll in Dokkum gegen die Meuchelmörder, deren oberster Gott Liebe predigte. Welch Hohn und Spott, welch bodenleckende Heuchelei. Die daraufhin ausbrechende Fehde, welche Radbod gegen seine eigene Familie führen musste, schwächte die Friesen nachhaltig und kostete ihnen die Freiheit. Was den Kriegern der Franken verwehrt war, erreichte das Gesabbel der Pfaffen und der Idioten, die ihnen Glauben schenkten; aus Naivität oder auch blinder Gier auf höhere Posten im neuen Machtapparat der Kirche.

Am Ende musste Radbod sich mit seinem verbliebenen Gefolge aus Westfriesland zurückziehen und es aufgeben. Düll aber hielt in all dem zu ihm, ob blutsverwandt oder nicht. Sie waren verwandt im Geiste, im Wunsch nach Vergeltung geeint. Ursula hatte den rauen Friesenkrieger nie leiden können, aber keiner stellte seine Loyalität je in Frage. Selbst jetzt, als Njörds Auserwählter, zweifelte Radbod keine Sekunde an dessen Treue und der Freundschaft Bande. Sie standen nun wieder Rücken an Rücken, doch diesmal waren sie es, die unerwartet angreifen würden. Radbod stieg empor.

Radbod und Düll – Rücken an Rücken

Leevke öffnete langsam die Tür, als Theo sie brutal aufriss und sie zurückschubste. Klütje knurrte, und der Strandräuber zischte: „He! Was machst du da? Willst du einen verdammten Rundgang machen, Gör?" Leevke kniff die Augen zusammen: „Geht dich garnichts an!" Theo grübelte und fing dann an zu grinsen: „He Moment mal! Den Köter kenn ich doch von irgendwoher. Sieht genauso aus wie der von dem Jungen." „Nein." „Doch, doch. Das ist er. Er ist also hier, wie? Um dich zu retten? Dann hat er sicher auch ein Schiff?!" Leevke schüttelte den Kopf, aber der Strandräuber hatte Lunte gerochen, und sie wich vor ihm zurück: „Ich könnte dir helfen… Lassen wir die Vergangenheit ruhen und bleiben wir realistisch, ja? Fakt ist: Ich will hier weg und du willst hier weg. Nur gemeinsam können wir es schaffen. Ansonsten wirst du hier nie mehr wegkommen und ich verrate Ursula von deinen kleinen Freunden." Leevke fiel aus allen Wolken: „Bitte nicht!" Theo lachte auf: „Also doch! Du hast es zugegeben! Du musst noch viel lernen, Liebchen, he." Das Mädchen blickte finster drein und Theo lachte: „Gefällt mir, wenn du wütend wirst, hast ja auch allen Grund dazu. Ich bin aber auch sauer. Man hat mir dieses Ding eingepflanzt: Siehst du?!" Er hob sein Hemd und Leevke erschrak, als sie das einäugige Krakenwesen sah, welches sich in Theos Brust gebohrt hatte und im Herztakt pumpte. „Das muss aus mir raus." „T-Tut es sehr weh?" Theo blinzelte erstaunt, als hätte er nicht mit dieser Frage gerechnet: „Hatte schon schlimmere Wunden. Die Untoten hier akzeptieren mich aber als einen der Ihren. Wie ist dein Plan?" „Klütje will mich wegbringen." „Der Köter?! Ich hab eine bessere Idee: Eine, die uns vor Radbods neugierigen Augen verbergen wird. Da ist ein Hangar im Norden der Burg, dort, wo ich das Schiff dieses Langeooger Deppen gelassen habe. Damit hauen wir ab." Leevke sah keine Möglichkeit, ihm zu widersprechen. „Du weißt, dass Hinni nicht sehr gut auf dich zu sprechen ist?" Theo zuckte mit den Achseln: „Wer ist das schon? Los jetzt. Bevor die Hexe zurückkehrt." Er griff ihre Hand und zog sie mit sich: „Lass uns abhauen." Mit diesen Worten eilten Theo, Leevke und Klütje vorweg durch den Bergfried. Schon sehr bald stellten sich ihnen Skelette in den Weg und kreuzten ihre rostigen Schwerter. Theo sagte: „Kein Problem, ich gehör zu euch." Die Untoten kreischten und zeigten auf Leevke: „Deiiijjjj Neiiiijjj!" Theo seufzte, zückte seine Axt und drosch sofort auf die Untoten ein. Scheppernd und laut kreischend brachen diese zusammen und hinterließen nur rauchende Haufen aus Knochen und rostigem Stahl. Dieses Schauspiel wiederholte sich während ihrer Flucht mehrmals, bis sie endlich im Erdgeschoss ankamen. Klütje führte sie zum Hangar, wo Theo auch den wachhabenden Untoten um einen Kopf kürzer machte: „Deren Aufmerksamkeit haben wir jetzt! Los! Ich öffne das Tor und du setzt die Segel!" Leevke lief los und er machte sich an der Seilwinde zu schaffen, die das zweitürige Eisentor langsam öffnete. Die uralten Scharniere und Ketten quietschten und jaulten ohrenbetäubend durch ganz Bant. Leevke hüpfte derweil über die Planke an Bord und flüsterte Klütje zu: „Los! Hohl Hinnerk!" Der Küstenhund sprang vom Boot und tauchte wieder durch das Tor nach draußen. Theo musste sich ordentlich ins Zeug legen, denn normalerweise waren mindestens zwei gestandene Männer nötig, um die Türen aufzuschwingen. Er nutzte den Schaft seiner Axt, um eine Hebelwirkung zu erzielen. Leevke löste inzwischen die Segelseile, die heruntersausten...

In diesem Moment sah Leevke Hinnerk, der sich an das aufschwingende Tor gehängt hatte und ihr zuwinkte, ehe er ins Wasser plumpste: „Nichts passiert!" Leevke lachte auf und war froh ihn zu sehen: „Hier bin ich!" Das Tor war schließlich weit genug offen, um das Schiff hindurchlotsen. „Wir können!", rief Leevke Theo zu, und dieser steckte schnell einen Keil in die Seilwinde, damit die Tore nicht wieder zuschwangen. Mit einem großen Satz hüpfte auch er an Bord der Labskaus, konnte sich aber nur mit den Händen an der Reling festhalten, drohte abzurutschen: „Scheisse. Hilf mir mal!" Leevke hielt allerdings inne. Theo war ein Räuber, Erpresser, Entführer, der nur auf seinen eigenen Vorteil bedacht war. Andererseits war Leevke nicht so herzlos, als dass sie ihn hier auf der Insel zurücklassen konnte, zumal der Seelenkraken in seiner Brust wirklich schmerzhaft aussah. Sie zog ihn schließlich an Bord. „Für einen Moment dachte ich, du wolltest mich hier lassen, heh." Leevke nickte: „Dacht ich auch." Theo lachte, als hätte sie einen Witz gerissen: „Du machst mir Spaß! Was auch immer, los, weg hier." Er erhob sich und stieß die Labskaus mit kräftigem Tritt vom Kai fort. Kurze Zeit später dümpelte die Labskaus schon vor dem Hangar. Hinnerk, Jens und Abbo sprangen ohne zu zögern von der seitlichen Treppe herunter aufs Deck, und Jens küsste zuerst einmal den Mast: „Oh, da bist du ja wieder, meine arme kleine Labsikausi! Haben sie dir wehgetan, ja? Du bist ein treues Schiff, kampferprobt..." Leevke fiel Hinnerk um den Hals und drückte ihn an sich. Abbo runzelte die Stirn, als er Theo erblickte, der abseits blieb: „Wenn das nicht der berühmte Treibholz-Theo ist?" Hinnerk sagte: „Wir sollten ihn hier zurücklassen, zusammen mit dem anderem Pack." Leevke schüttelte den Kopf: „Aber er hat mir geholfen, ohne ihn hätte ich das nicht geschafft. Tut mir leid..." Theo wirbelte die Axt provokativ herum: „Natürlich bin ich mir meiner heiklen Lage bewusst, aber wieso reden wir nicht in aller Ruhe darüber, sobald wir von diesem Eiland verschwunden sind, ja?" Radbods Stimme unterbrach sie brüsk von oben. Er stand mit wehendem Umhang auf dem Hangardach und sah auf sie herab. Hinter ihm standen zwanzig, in Kettenhemden gehüllte Skelette mit roststichigen Nasalhelmen. „Niemand wird verschwinden. Ich erlaube es nicht." Jens krallte sich an den Mast: „M-Muss das jetzt sein?" Radbod reagierte nicht darauf. Stattdessen wand er sich an Theo: „Offenbar war ich zu gutgläubig, als ich glaubte, ihr hättet eure Spuren gut genug vertuscht, Strandräuber? Außerdem wolltet ihr ohne meine Erlaubnis fliehen? Ihr enttäuscht mich. Ihr habt eure Gnade verwirkt." „Aber so war das nicht! Ich habe sie euch ausgeliefert, großer König, die Eindringlinge! Seht..." Radbod streckte seine Hand und griff nach Theos Brust. Dieser öffnete den Mund zum stillen Schrei, die Augen schmerzgeweitet. Der Seelenkraken verstärkte seinen Griff um sein Herz und brachte es mit starkem Griff seiner Tentakeln zum Stehen, pumpte Gift in seine Adern. Theo brach auf dem Deck zusammen und blieb tot liegen.

Radbod streckte sich: „Nun zu euch, Eindringlinge. Dieses Mädchen ist für meine Pläne zur Befreiung Frieslands von essentieller Bedeutung. Ich werde zurückkehren als König, zum Ruhme und Wohle aller freien Menschen. Ihr tätet gut daran, euch mit mir gut zu stellen, indem ihr mir das Mädchen ohne viel Federlesens zurückgebt." Abbo trat entschlossen vor: „Eure Zeit ist abgelaufen, Radbod, das weiß jeder. Die Welt hat sich gewandelt." Radbod blickte ihn an und kniff die Augen zusammen. „Wer bist du, Kerl? Ich erkenne die Klinge an deiner Seite! Das ist Pakhaou, nicht wahr? Einst gehörte sie den Friesen im Osten. Doch sie ward verloren im Teufelsmoor, wie mir zugetragen wurde." „Ich habe sie dort gefunden, und nun dient sie mir. Ihr werdet uns gehen lassen, Radbod." „Ich bin euer rechtmäßiger König! Der König der letzten, freien Friesen! Ihr alle habt es nur vergessen! Man hat es euch vergessen lassen!" „Ihr seid nicht mein König. Keiner von uns hier hat euch je Treue geschworen." Jens wand leise ein: „Was nicht heißt, dass wir es nicht könnten, oder?" Abbo fuhr fort: „Wir leben in einem hart erkämpften Frieden und haben kein Interesse daran, die alten Fehden neu zu entfachen." Radbod sprudelte vor Wut: „Frieden!? Ein Leben als Schafe dieser sabbernden Hirten nennt ihr Frieden?! Ich finde keine Ruhe, weil ihr euch damit abfindet; eure Väter und Mütter vergesst und auf eure Denkmäler pisst, die ihnen zu Ehren aufgestellt wurden!" Jens wandte sich sarkastisch an Abbo: „Das war ja eine tolle Idee, Fürst des geschmeichelten Wortes. Ich hätte vielleicht noch einen Handel herausschlagen können, aber wegen eurem Sprachungeschick werden wir nun alle ein verfrühtes Ende auf Bant finden! Bravissimo! Ich weiß nicht, was ich sagen soll." Abbo fuhr grimmig grinsend fort: „Ihr wollt also dieses Schwert, Radbod? Und das Mädchen? Dann fordere ich dich zum Kampf! Wenn ich siege, können wir die Insel unbehelligt verlassen, wir alle. Falls nicht, bekommt ihr all dies!" Radbod nickte grimmig: „Also gut. Ich akzeptiere deine Bedingungen, Friesenkrieger Abbo. Lassen wir das Schicksal entscheiden durch den Kampf." Hinnerk zischte Abbo an: „Bist du verrückt, Onkel Abbo? Wenn überhaupt, dann kämpfen wir gemeinsam gegen ihn! Er hat Skelette!" Abbo zog ihn zu sich und flüsterte: „Hör gut zu: Ich werde ihn aufhalten: Flieht ihr derweil mit dem Schiff. Leevke kann dabei helfen. Nachdem ihr außer Reichweite seid, verschwinde ich ebenfalls. Radbod kann nicht übers Meer, aber ich bin ein guter Schwimmer! Sein Stolz ist seine Schwachstelle, er wird nur allein gegen mich kämpfen. Ich kenn mich da aus..." Hinnerk nickte langsam, aber selbst er hatte Angst um Abbo, obwohl er der beste Krieger war, den er kannte. Abbo sprang die Treppe hinauf und stellte sich Radbod gegenüber: Dieser hob die rechte Hand und seine Skelette formten einen Kreis, um Platz zu schaffen. Beide zückten sie ihre Klingen: Abbo nahm Pakhaou und Radbod ein makelloses Friesensax namens Durjawer. Sie umkreisten einander wie Wölfe, während Hinnerk auf Leevke einredete: „Kannst du das Schiff mit Wasser wegschubsen? Nur weg von feindlichen Bögen!" Leevke nickte entschlossen, aber etwas unschlüssig: Sie hatte nicht vergessen, was beim letzten Mal mit ihr passiert war: „Ich kann es versuchen. Ich garantiere für nichts." Klütje schlug die Pfoten über dem Kopf zusammen und kauerte sich wimmernd in eine Ecke des Schiffes. Jens klammerte sich so fest an den Mast, als gäbe nur dieser ihm noch seelischen Halt. Leevke schloss die Augen und konzentrierte sich. Das Wasser um die Labskaus waberte, schaukelte sie durch. Jens rief: „Ein Seebeben?! Oder was ist das?" Hinnerk hielt sich an der Reling fest: „Nein! Das ist Leevke! Sie bringt uns weg." „Sehr gut." Leevke drehte sich gen Bant hin, bog beide Arme nach hinten und ließ sie heftig nach vorne schnellen. Die Wassermasse am Heck des Schiffes blähte sich ruckartig auf wie ein Wassersack.

In diesem Moment schoss ein schwarzer Krakententakel aus dem Meer und packte Leevke, riss sie mit sich fort: die Blase fiel in sich zusammen. Das Mädchen schrie, als sie durch die Luft gezogen wurde. Jens rief: „Ist das so gewollt?! Oder nicht?" Sie eilten zur Reling und Jens bekreuzigte sich, als er das Ungetüm sah, dass sich neben ihnen aus dem Meer erhoben hatte: „Heiler Strohsack!" Ein riesiger Hochseeekraken mit peitschenden Armen war emporgestiegen und schwenkte Leevke durch die Luft: „Wuaaaaaah!" Jens riss den Arm hoch zum nordwestlichen Turm, als er dort etwas aus den Augenwinkeln erblickte. Ursula stand dort, vom Wind umspielt, mit ihrem

Sensenstab und zeigte auf das Schiff herab: „Ihr wollt schon gehen?! Ohne meinen Freunden Hallo zu sagen?"

Indes griff Abbo Radbod frontal an und sie kreuzten ihre Klingen so heftig, dass Funken sprühten. Der König grinste: „Ihr spielt nicht mit gerechten Mitteln, Friese!" „Sagt der Richtige!" Radbod lachte zufrieden auf: „Ehrliche Worte! Da lacht mein altes Friesenherz! Schluss mit dem verkorksten Geplärre! Klare Aussagen! So lieb ich es!" Mit diesen Worten warf Radbod Abbo heftig zurück. Der folgende Kampf war sehr ausgeglichen, wobei Abbo den Friesenkönig sogar einige Male streifen konnte. Normalerweise würden diese Wunden dem Untoten nicht viel ausmachen, aber da Pakhaou eine magische Waffe war, verzog dieser schmerzerfüllt das Gesicht. Blanker Hass stierte nun aus seinen leblosen Augen, und Abbo goss zusätzlich Öl ins Feuer: „Sieht so aus, als hätte ich die Oberhand. Wenn das das Beste ist, was ihr zu bieten, alter König, dann werden euch die freien Männer vom Festland und den Inseln schneller zurückwerfen als ihr landen könnt!" Bei diesen Worten stutzte Radbod und steigerte sich in ein irres Gelächter: „Bwahahahaha! Denkt ihr wirklich, ich wäre schon am Ende? Es wird Zeit, euch meine wahre Macht zu zeigen: Die Macht des Gottes der Stürme und Wellen, dem ewigen Wanen Njörd! Ursula! Nebelgeist!" Nun sah Abbo ebenfalls die Krakenhexe auf dem zerfallenen Nordwestturm: „Kommt, sofort!" Der Wind zerrte an ihrer Kleidung und ließ sie wie eine Schreckgestalt aus alten, wilderen Tagen erscheinen; mehr ätherisch als reell. Sie hob ihren Stab und schrie ihre Beschwörungsformeln in vergessenen Sprachen. Der Himmel war vorher schon bewölkt gewesen, aber nun zuckten Blitze vom Himmel und verfehlten die Hexe nur knapp: Sie kümmerte dies nicht, schien die elektrisierende Gefahr sogar zu genießen. Dann wirbelte sie die Sense herum und lenkte einen Blitz, der sie treffen sollte, ab - sodass er Radbod traf. Dieser blitzte mehrmals auf, elektrische Schlangen krochen an ihm hoch. Abbo sah, wie sich seine Gestalt veränderte: Er löste sich förmlich auf und dicker Nebel nahm seinen Platz ein, bis nur noch Krone, Augen sowie Durjawer zu sehen waren. Abbo fluchte: „Welch Hexerei ist das nun wieder?" Radbods Schwert bewegte sich wie von Geisterhand und griff überraschend an. Es war unglaublich schnell, und Abbo hatte Mühe, seine Bewegungen vorauszusehen: Es gab ja keine Arme, die es hielten, sodass Angriffe und Paraden nicht so gut vorauszusehen waren. Durjawer konnte blitzschnell seine Stellung ändern. Gespenstisch standen die Skelettkrieger regungslos im Kreis.

Ursula kicherte und befahl dem Kraken: „Und nun zu dir, mein alter Freund: Greif dir die anderen vom Schiff. Heute machen wir richtig fette Beute, hehe!" Der Kraken griff nun mit seinen anderen Armen nach Hinnerk, Jens und Klütje auf der Labskaus. Jens schnappte sich ein Paddel und schlug auf die schleimigen Greifarme ein, wich ihnen sehr behände aus. Klütje verbiss sich heldenhaft in einem Arm und Hinnerk konnte mit seinem Friesenmesser ein paar Schnitte machen. Dort wo der Kraken angeritzt war, quoll schwarzes, stinkendes Blut hervor.

Leevke wurde vom Kraken nahe an dessen Kopf gehalten. Sein großes Einauge glich dem einer Spinne. Sie fragte zitternd: „Warum greifst du uns an? Bitte, lass uns gehen." Ursula verfolgte dies neugierig: „Netter Versuch, aber er dient mir, und nur mir allein.

Ich habe ihn großgezogen." Die Hexe murmelte einen Vers, als der Kraken Leevke wieder hochhob und vor Ursulas Füße auf den Turm warf: „Du warst sehr ungezogen, meine Kleine.", meinte diese süffisant. Zwei Skelettkrieger waren zur Stelle: „Bringt sie zurück in mein Zimmer. Ich beschäftigte mich später mit der aufmüpfigen Dame." „Ich helfe euch niemals!", rief Leevke trotzig, und Ursula grinste: „Auch nicht, wenn deine Freunde in Gefahr sind?" Leevke schluckte: „Du bist gemein!" „Tjah, das bleibt halt nicht aus." Leevke sah zur Labskaus hinab, wo Hinnerk, Jens und Klütje um ihr Leben kämpften. Sie riss sich daraufhin von den Skeletten los. Sie duckte sich unter ihren abgehackten Bewegungen hinweg und sprang über die Zinnen, direkt ins Meer unter ihr. Ehe sie aber auf dem Wasser aufklatschte packte sie ein Tentakel und drückte sie so fest, dass sie halb ohnmächtig wurde. Der Kraken legte sie wieder oben ab. Ursula lächelte: „Störrisch, wie? Ich mag das. Aber du wirst tun, was wir wollen. Oder deine Freund sind Fischfutter." Dem Kraken rief sie zu: „Bring mir nun die anderen." Der Kraken gehorchte und griff die Labskaus offen an. Leevke zog ihren tauben Leib hoch, und mit letzter Kraft erzeugte sie die Wasserblase hinter dem Schiff, und dieses wurde mit großem Knall fortgeschleudert. Hinnerk, Jens und Klütje hatten alle Probleme, nicht von Bord zu fliegen. Leevke lächelte: „Flieht." Bewusstlos brach sie zusammen. Ursula fluchte: „Hinterher!" Der Kraken stieß sich von Bant ab und verfolgte die Schnigge unter Wasser.

Radbods Nebelgeist-Bewegungen waren nicht vorherzusehen: Abbo geriet zunehmend in die Defensive und steckte einige Treffer ein. Radbods Geisterstimme tönte von allen Seiten, höhnte: „Ich habe euch gewarnt. Aber ihr wolltet ja nicht hören! Darum müsst ihr nun fühlen." Er durchbrach Abbos Verteidigung und sein Schwert durchstach seinen Schuppenpanzer an einer der wenigen Schwachstellen. Sofort spuckte Abbo Blut und sackte zusammen. Der Nebel verdichtete sich wieder und Radbod kehrte in seine normale Gestalt zurück: „Es war ein guter Kampf, aber vergebens. Wie jeder Widerstand gegen das Unvermeidliche. Ich habe die Macht unserer Ahnen auf meiner Seite." „Du hast die Ahnen, ich die Freunde!" „Abwarten. Da ich Theo verloren habe, brauche ich allerdings einen neuen Gefolgsmann, der auch ein bisschen von Heerführung versteht..." Abbo grinste grimmig und hielt sich die blutende Brust: „Eher sterbe ich, als dir zu dienen!" „Ob du es willst oder nicht, du wirst der erste sein, der mir aufs Festland folgt: Als Hauptmann und Gefolgsmann. Die Zeit wird dich schon bekehren, so wie sie alles bekehrt." Abbo versuchte noch zum Hangar zu kommen, doch die Skelette hielten ihn fest und zwangen ihn zu Boden. Seine Wunde war zu stark, als dass er sich losreißen konnte, und er erkannte, dass er verbluten würde.

Jens brüllte: „Wir müssen hier weg!" Hinnerk schlug einen Tentakelarm beiseite: „Wir lassen sie nicht im Stich!" „Ja, und wie willst du das bitteschön anstellen? Die haben eine Armee aus Skeletten, einen König aus Nebel, eine Runenhexe sowie einen riesigen Kraken als Bonus! Wir können hier nicht gewinnen, und wir sterben, wenn wir bleiben!" Hinnerks Augen sprühten vor Zorn: „Halt dein Maul!!" Jens schlug einen Tentakel mit dem Paddel: „Wir kommen wieder, aber im Moment sind wir gearscht! Deine Dickköpfigkeit wird auch noch die letzte Hoffnung umbringen, die wir alle noch haben!" Hinnerk ahnte, dass Jens Recht hatte: Sie waren zu zweit; zu dritt, wenn man Klütje mitrechnete, aber wie wollten sie gegen diese Übermacht bestehen? Er schluckte, als er sah, dass auch Abbo besiegt war und fortgeschleppt wurde. Mit letzter Kraft hörte man ihn brüllen: „Verschwindet! Haltet Wacht!" Hinnerk verstand, und sein Hals war trocken: „Jens, setz das Segel." „In Ordnung! Puh!" Hinnerk und Klütje wehrten die Krakenarme ab, während die vielarmige Bestie die Schnigge gut durchschüttelte und Jens das Segel ausrichtete. Kisten und Fässer flogen hin und her, und einige landeten platschend im Wasser. Das Blut des Kraken zerlief auf dem Deck des Schiffes. Es war schmierig und wirkte teerhaltig. Hinnerk erinnerte sich spontan an eine Pechkerze aus Keramik bei sich zu Hause im Zimmer und fragte Jens: „Hast du eine Fackel?!" „Sofern sie mein Schiff nicht geplündert haben, ja!" „Such sie! Es kann uns retten! Ich halt hier die Stellung!" „A-Alles klar." Mit diesen Worten hüpfte Jens in den überdachten Laderaum der Labskaus und hörte das bedenkliche Knarren der Planken. Im Laderaum konnte man sich nur gebückt bewegen und überall standen Waren herum, manche davon längst verrottet oder seit Jahren nicht mehr angerührt. Jens war der Meinung, dass alles irgendwann noch mal nützlich sein konnte. Er durchwühlte eilig die Sachen. Derweil war der Kraken ganz heran geschwommen und hob das Schiff mit seinen acht Fangarmen komplett aus dem Wasser. Er schüttelte die Labskaus wie einen Apfelbaum. Hinnerk packte Klütje und hielt sich an einem Seil fest. In dem allgemeinen Gewirr mutete es wie ein Wunder an, dass Jens mit einer Fackel und Zunder aus dem Laderaum auftauchte. „S-Schweben wir?" Hinnerk nickte nur, und Jens nahm es mit der stoischen Gelassenheit eines Mannes hin, der mit allem abgeschlossen hatte. Hinnerk sagte dann: „Jetzt brauchen wir nur noch Feuer!" „Mach hinne!" „Nein du!" „Woher soll ich denn Feuer hernehmen, ich bin doch kein Krämer!? Warte! Doch bin ich." Der Kraken schüttelte das Schiff heftiger. Jens klammerte sich am Mast fest. „Verdammt! Ich wollte es eigentlich nie mehr anfassen, aber nun habe ich wohl keine Wahl! Pisse!" Jens verschwand erneut im Durcheinander des Lagerraumes und kehrte mit einem Buch zurück. „Was ist das? Willst du ihm was vorlesen?" „Sicher nicht! Das ist das Buch eines echten Zauberers!", sagte Jens und blätterte hektisch im Buch. „Feuer – Feuer..." „Mach schneller!" „Ich finde kein Feuer! Ich finde nicht mal Latein! Was ist das für ein Gekritzel? Ah! Da auf den roten Seiten! Da ist ein Bild mit einer Fackel! Gib her das Ding!" Jens schnappte die Fackel und schnaufte: „Ich garantiere für nichts." Hinnerk brüllte: „Tu es!" Der Kraken zerquetschte das Schiff, Klinkerplanken bogen sich mit hässlichem Ächzen, Nietenbolzen flogen wie Geschosse aus den Halterungen. Jens fuhr mit dem Finger über die Zeilen des Buches. Sein Zeigefinger begann rötlich zu glühen, und kleine, magische Funken sprühten über seine Haut. Er verzog das Gesicht; Es kribbelte heiß. Dann nahm er den Finger vom Buch, klappte es mit der anderen Hand zu und ballte die Hand mit dem magischen Finger zu einer Faust. Das rote Glühen ging auf die Faust über und er schüttelte sie wie ein Würfelspieler: „Geh in Deckung, Hinni! Ich habe keine Ahnung, was jetzt passiert!" „Hauptsache, es passiert überhaupt was!", schrie Hinnerk, als der Kraken genug hatte und das Schiff senkrecht in die Tiefe reißen wollte, seinem aufgerissenen, gezackten Maul entgegen.

Jens und Hinnerk krallten sich an den Mast. Unter ihnen wand sich der Kraken, und es war die Tatsache, dass so etwas Großes in den Tiefen der Meere lauerte, die für sich genommen schon nervzerrüttend genug war. Da Jens Nerven aber schon zerrüttet waren, machte ihn das eher ruhiger. Er schüttelte seine Faust. Er hatte keine Ahnung, was die Magie in seiner Hand bewirken würde; alles Mögliche konnte passieren. Was immer er auch freisetzen würde, es überstieg seine Fähigkeiten, es zu Kontrollieren um ein Vielfaches. Er verspürte ein Ziehen in seinem Kopf, seiner Brust und ganzen Seele; er streckte die glühend-heiße Hand aus und brüllte: „BOHNEN SIND LECKER! HÖRT AUF ZU MECKER!" Die Magie auf seiner Hand wusste nicht, was von ihr verlangt wurde. Sie brauchte eine Zielrichtung, die Jens nicht bieten konnte: Dies machte sie wütend, gemäß ihrer brodelnden Natur. Dies erzeugte Funken im Gefüge der Realität: Der Teer der Fackel entzündete sich. Die Fackel war an - aber dass reichte der Magie nicht. Sie wollte sich nicht an ein Stück Holz binden; sie wollte sich brüllend Bahn brechen! Die Magie schoss als glühender Feuerstrahl in die Tiefe, hüllte den Kraken ein. Die Tiefseebestie brüllte, als das Feuer seine wunden Stellen berührte und ihn in Brand steckte. Seine Arme peitschten das Meer auf, und die Labskaus landete krachend im Wasser, als er sie loslassen musste. Das salzige Nass schwemmte sie fast vom Schiff. Der Kraken schlug kreischend vor Pein um sich. Um dem Feuer zu entgehen, tauchte die Bestie unter, aber selbst dort glomm das Feuer heiß weiter. Das Wasser zischte und dampfte, als wenn es kochen würde. Atemlos schnaufte Jens: „Jetzt oder nie." Sie setzten Segel und der aufkommende Ostwind gab ihnen den nötigen Schwung, um sich von Bant zu entfernen. Hinnerk sah noch, wie der Kraken in die Tiefen glitt und in der Finsternis verschwand wie ein alptraumhafter Schatten, der wahr geworden war. „Ist er tot?", fragte Hinnerk, und Jens lächelte müde: „Es wäre wünschenswert. Aber ich bezweifle es bei unserm Glück." Hinnerk half ihm, das Segel zu setzen und die gröbste Unordnung beiseite zu schaffen, während sie Kurs nach Langeoog setzen, an Bant vorbei. Der Junge überprüfte Klütje von allen Seiten, ob auch alles in Ordnung war. Dem Küstenhund ging es zu seiner Erleichterung blendend, nur wegen dem Krakenfleisch in seinen Zähnen musste er etwas würgen. Hinnerk setzte sich neben Jens ans Seitenruder: „Bist du jetzt ein echter Zauberer?" „Pah! Weit davon entfernt. Ich bin maximal das, was man gemein hin einen Westentaschenmagier nennen würde. Ich habe dies Buch für einen Apfel und ein Ei in Ripen erstanden. Ein wirrer alter Mann mit Zauselbart drückte es mir in die Hand. Ich hielt es für einen guten Handel! Bücher sind viel wert, selbst wenn garnichts drin steht. Das Pergament, ihr wisst schon. Als ich dann abends im Buch zu lesen versuchte, fuhr ich mit dem Finger über die Seiten und dann war plötzlich dieses Leuchten. Ich schüttelte meine

Hand, fluchte genervt und da passierte es..." „Was passierte?" „Die Magie machte, was sie wollte. Und sie wollte kurzerhand mein Brot zum Leben erwecken. Wurdest du schon mal von einem bissigen Brotlaib attackiert? Das war ein Kampf! Alles flockte um mich herum. Die Brotkruste lag überall. Im Schweinestall fand dieser Krieg letztlich sein Ende, dank des Eingreifens einer hungrigen Sau..." Hinnerk blinzelte: "Du wurdest von deinem Brot angegriffen?" Jens bestätigte düster: „Magie hat ihren eigenen Willen, das hab ich dadurch schnell gelernt. Ich versuche daher, die Finger davon zu lassen, sonst ende ich noch selber als Schweinefraß." Hinnerk streichelte Klütjes Rücken: „Also ich werde jetzt nach Hof Wiards zurückkehren und meinem Vater berichten. Dann können wir gemeinsam die Deichwacht rufen. Vielleicht schließt sich Attena an oder auch Nordendi." Jens pulte sich Wasser aus dem Ohr: „Klingt vernünftig." „Und du gehst derweil zum Kloster Marienkamp und bittest die Mönche um Unterstützung. Wir brauchen sicher göttliche Hilfe gegen diese heidnischen Kinkerlitzchen!" Jens seufzte: „Muss das sein? Ich wollte eigentlich gerne nach Hause. Ich werde erwartet." Er bemerkte Hinnerks vorwurfsvollen Blick und sagte dann: „Also gut. Ich werde sehen, was ich tun kann. Mit Mönchen zu reden ist sicher nicht so schwierig wie mit der Magie. Aber ich kann nicht leugnen, dass ich noch nie solche Angst hatte." Hinnerk lächelte verständnisvoll: „Nicht nur du. Ich hatte auch Angst. Etwas zumindest. Abbo... Leevke..." Jens räusperte sich: „Wir kriegen das schon hin, Junge! Abbo und Leevke sind nicht verloren. Sie haben mir mein Schiff wiedergebracht, und diese Schuld muss getilgt werden. Sonst steht es ewig in meinen Büchern auf der Sollseite." Hinnerk lächelte dankbar: „Dann Herr Janssen: Auf zu neuen Schandtaten, wie?" Sie reichten sich die Hand: „Nenn mich ruhig Jens, Junge." „Kannst mich Hinni nennen." Jens blickte an ihm vorbei und kniff die Augen nachdenklich zusammen: „Was machen wir denn mit ihm?" Hinnerk folgte seinem Blick und dort lag Theos Leiche zwischen einigen Fässern. „Geben wir ihm dem Kraken als Opfer.", meinte Hinnerk, ging hinüber und trat nach dem Strandräuber. Er rührte sich nicht mehr. Gemeinsam holten sie den schweren, durchnässten Leichnam vor und warfen ihn über Bord. Im letzten Moment aber hustete dieser und landete im Wasser. „Lebt er noch?!", fragten Hinnerk und Jens im Chor, und Theo tauchte platschend wieder auf: „Hilfe! Holt mich raus! Was ist los?!" Jens wendete das Schiff und sie holten den Strandräuber wieder an Bord. Hinnerk setzte ihm die Klinge auf die Brust: „Eine falsche Bewegung und ich mach dich kalt, klar?" Theo kotzte Blut und Wasser. Er grinste grimmig: „Welch herzlicher Empfang. Das hört ja gar nicht mehr auf." Jens schüttelte den Kopf: „Wir dachten du bist tot!" Theo nickte: „War ich auch. Bin ich auch... Keine Ahnung. Es is' Scheisse." Er zog sich das Hemd hoch, und der Seelenkraken saugte immer noch an seiner Brust. „Immer noch da, der Spast." Jens fragte: „Aber das verstehe ich nicht. Radbod hatte dich doch umgebracht?" Theo musste überlegen: „Ich weiß nicht. Etwas ist anders... Der verkackte Seelenkraken ist zwar noch da, aber die Kraft, die er mir gab, ist weg... Radbod hat keine Kontrolle mehr über mich. Er muss sie selbst gekappt haben. Mein Herz konnte ab da wieder von selbst schlagen. Aber Scheisse, hab ich Kopfschmerzen." Hinnerk schnaufte: „Die sind nicht vorbei. Du wirst dich verantworten für deine Verbrechen!" Sie fesselten den Strandräuber, der keine Anstalten machte, zu entkommen: Er war zu geschwächt und seine tolle Schiffsaxt hatte er in den Fluten verloren. Jens fragte: „Also standest du unter Radbods Bann? Könnte er das auch mit Leevke und Abbo versuchen?" Theo zuckte mit den Schultern: „Gut möglich. Zumindest was den Mann betrifft: Das Mädchen steht irgendwie unter der Obhut dieser Krakenhexe Ursula: ein garstiges Weib." Hinnerk lief auf und ab: „Wie kriegen wir Abbo wieder befreit?" Theo meinte: „Nur Radbod kann ihn wieder freigeben, aber wie das endet, seht ihr ja bei mir. Ich hatte Glück. Sonst wär ich nun auch ersoffen." Jens sagte: „Wir müssten also diese Verbindung irgendwie kappen können: Diesen Kraken entfernen." Der Strandräuber grinste gerührt: „Das würdet ihr für mich tun?" Hinnerk trat nach ihm, aber Jens wand ein: „Keine schlechte Idee, es vorher zu testen, oder, Hinni? Ich denke die Mönche in Marienkamp könnten vielleicht eine Lösung wissen! Ich nehme ihn mit dorthin." Hinnerk schüttelte den Kopf: „Alleine gehst du nicht mit ihm. Ich begleite dich. Die Deichwacht kann auch unser Freund Malle Stupsnös alarmieren. Den kennen eh alle im Ort und er kann aus eigener Hand berichten." Theo verzog das Gesicht: „Ihr wollt also wirklich gegen Radbod in die Schlacht ziehen? Na, dann mal viel Glück. Er hat schon Kontakt zu Verbündeten aufgenommen. Nur so zur Information." Hinnerk hakte nach: „Welche Verbündeten?" „Er war tief in der Burg. Sicher um seine alten Götter um Unterstützung für seine Invasion zu bitten, die er plant. Auch hat er von seinem Turm aus mit irgendwem gesprochen: Als hätte der Wind seine Worte weit getragen. Die Hexe hat auch ihren Teil dazu beigetragen. Es hat gut gefunkt in ihrem Raum. Es schien, als spräche er mit ihrer Hilfe zu Eschenmännern, dem Dialekt nach zu urteilen." Jens schluckte: „Die mit den Langbooten, welche Nordendi erst kürzlich bei Norden vertreiben konnte?" Theo nickte düster: „Sieht ganz so aus, Friese. Da sie selber noch Heiden sind, wäre ein Bündnis vernünftig." Hinnerks Entschlossenheit wuchs mit jedem Wort: „Umso mehr müssen wir die Leute warnen. Wir müssen Radbod aufhalten, ehe es zu spät ist und er Fuß fassen kann! Natürlich müssen wir Abbo und Leevke da auch raushauen!" Es würde zum Krieg kommen, daran Bestand kein Zweifel mehr. Die Friesen mussten sich zusammenrotten, um diese gemeinsame Bedrohung abwenden. Hinnerk und Jens spürten die Last der Verantwortung, die sie auf ihren Schultern trugen: Nur sie wussten von der Gefahr. Hinnerk vermisste Leevke sehr: Zu wissen, dass sie dort in dem ekeligen Turm festgehalten wurde, gegen ihren Willen, und dass er unfähig gewesen war, sie zu beschützen: Das machte ihn rasend vor Wut.

Es schien ihm nun wie ein Traum, dass sie einander erst vor wenigen Tagen am Strand getroffen hatten. Das konnte doch kein Zufall sein: Hinnerk war auserwählt, sie zu beschützen. Er musste für sie da sein, musste sie halten, wenn sie fiel, trösten, wenn sie traurig war. Er zog die frische Westseebrise durch seine Lungen. Es wurde Zeit, die Dinge ins Lot zu bringen, die aus den Fugen geraten waren, und er war nicht allein: Die Friesen würden seinem Aufruf folgen. Denn ihr Land zu verteidigen, war ihr Recht seit altersher, vor und nach Radbod.

Kapitel 6

Von Mönchen und Falken

Abt Wynfried blickte gedankenverloren aus dem Fenster und zupfte sich an seinem langen, gelockten, kastanienbraunen Bart. Gedämpftes Sonnenlicht erhellte die kleine Kammer mit Pritsche und Schreibtisch, an welchem er saß und über dessen ausgebreiteten Schriften er brütete. Über der Tür hing ein schmuckloses Silberkreuz, und dieses flog herunter, als die Tür kraftvoll aufgerissen wurde und ein völlig aufgelöster Novize hereinpolterte.

Der Abt musste sich nicht einmal umdrehen, um ihn zu erkennen: „Klopft man im Kloster Marienkamp neuerdings nicht mehr an, Bruder Witzelt?" Der Angesprochene blinzelte und hatte den Mund schon geöffnet, aber nun kam kein Ton mehr heraus. Bruder Witzelt war der jüngste Novize, der erst vor kurzem das Kloster betreten hatte. Der junge, achtzehn Sommer zählende Mann aus Schortens war kein besonders kluger Student der Theologie, aber dafür früh fiel er schon früh durch seine eindringliche und klare Gesangsstimme auf, welche die sonst nur dahingemurrten Gesänge der Mönche immer wieder neu belebte. Zudem war er umsichtig und stets hilfsbereit. Seiner Jugend und dem Charakter nach war er zwar ungestüm, aber eifrig bemüht, um eines Tages als vollwertiger Bruder in die Gemeinschaft von Marienkamp aufgenommen zu werden.

Nun stand er wie ein Häufchen Elend in der Tür und hatte schon vergessen, was so Dringendes zu vermelden war. Nervös kratzte er sich an der Hand und schwieg. Abt Wynfried war schon öfter aufgefallen, dass der Junge Konzentrationsprobleme hatte: Nervosität lähmte ihn dann komplett und der Abt seufzte, dass er diesen Fehler wiederholt hatte. Er legte den Schreibstock beiseite, drehte sich um und lächelte: „Schon gut, Bruder Witzelt. Erzählt mir alles in Ruhe, oder kehrt wieder, wenn ihr euch gesammelt habt." Witzelt schluckte: „E-Es geht schon, Abt. Aber es ist schwer zu erklären. Bitte folgt mir und seht selbst. Es ist dringend." „Also gut." Der noch verhältnismäßig sehr junge Abt – er zählte gerade mal 36 Sommer - erhob sich und folgte dem Novizen durch die kargen, sauber gefegten Gänge des Klosters bis in den grün bewachsenen Innenhof mit dem Fischteich und Kräutergarten, den die Mönche bewirtschafteten.

Es standen schon viele Mönche versammelt umher und tuschelten in kleinen Gruppen miteinander. Als sie Abt Wynfried sahen, kamen sie zu ihm geeilt und erzählten von drei Männern, die vor dem Kloster erschienen waren und Einlass in wichtiger Sache begehrten. Die Fremden erzählten Abenteuerliches von dem alten Friesenkönig Radbod, welcher seine Rückkehr plante. Ein Krieg stünde unweigerlich bevor und die Friesen erbaten die Unterstützung der Kirche und des Klosters. Die Panik und die Aufgeregtheit hing über den Mönchen wie ein schwerer Schleier.

Wynfried hob segnend die Hände: „Besinnt euch, Brüder! Wir werden uns anhören, was die drei Männer zu sagen haben, und in manierlicher Disputation darüber beraten, wie immer. Wir sind Mönche und keine Waschweiber." Die Mönche beruhigten sich wieder, und Wynfried befahl: „Öffnet das Tor, Bruder Witzelt." Der Novize bediente die Seilwinde, welche das eiserne Gatter des Klostertores ratternd hochzog. Hinnerk, Jens, Theo und Klütje betraten daraufhin den Platz und Wynfried begrüßte sie mit einer Verneigung: „Gott zum Gruße, Brüder. Wir freuen uns über euren Besuch. Was können wir für euch tun?" Jens deutete eine Verbeugung an und stellte sie namentlich der Reihe nach vor, ehe er sagte: „Habt zunächst Dank, dass ihr uns eingelassen habt, werter Abt. Ich weiß, ich sollte mehr in die Kirche gehen, aber meine Arbeit lässt dies nicht immer zu, hehe…" Hinnerk schubste ihn: „Sag ihm, wieso wir hier sind!" Jens schubste zurück: „Wollte ich gerade! Dreister Bengel." Wynfried lächelte: „Ihr habt ein ernstes Anliegen, wie ich hörte?" Die Mönche näherten sich neugierig und mit verschränkten Armen, um auf abgeklärte Art zu lauschen.

Jens straffte seine Kleidung: „Allerdings, werter Abt. Wir kehren gerade von der Insel Bant zurück. Ihr kennt sie?" „Sie ist mir ein Begriff…" „Von dort plant der alte König Radbod jedenfalls einen Angriff auf das Festland. Er wird wohl heidnische Zauberei im Gepäck haben. Eine Hexe ist in seinem Gefolge. Darum erbitten wir, stellvertretend für alle Friesen der Küste, eure Unterstützung im Kampf gegen diese Bedrohung der Christenheit. Man sagt, die Mönche von Marienkamp seien weise und gewitzt, wenn es darum geht, die Feinde Gottes zu schlagen."

Der Abt zupfte nachdenklich an seinem Bart und ein allgemeines, heftiges Getuschel setzte ein: „Das ist eine sehr ungewöhnliche Behauptung, Herr Janssen. Es fällt mir schwer, sie zu glauben…" Theo schob sich vor: „Nicht zu fassen! Dann glaubt ihr vielleicht das hier?!" Er deutete Hinnerk, ihm das Hemd hochzuziehen, und dieser tat es. Die Mönche wichen erschrocken vor dem Seelenkraken zurück, der schleimig in seiner Brust verankert war, und bekreuzigten sich. „Bei Golgatha!"

Jens entschuldigte sich sofort: „Verzeihung, Verzeihung werte Brüder! Das sollte eigentlich gesitteter vonstatten gehen..." Wynfried runzelte die Stirn: „Diese Kreatur... ist mit heidnischer Magie durchwirkt. Ich spüre es." Er verwies auf den Versammlungsaal der Mönche: „Also gut, kommt mit. Erzählt uns von Anfang an, was passiert ist. Und schließt das Tor wieder, Bruder Witzelt!"
Sie folgten den Mönchen in einen hohen steinernen Hallensaal mit mehreren langen Tischen und Stühlen. An den Wänden hingen Holzschnitzereien von Heiligen und der vorangegangenen Abte vom Marienkamper Kloster. Die Gäste setzten sich den interessierten Mönchen gegenüber, die beinahe über die eigenen Füße stolperten, so neugierig waren sie. Jens, Hinnerk und Theo erzählten ihre Erlebnisse, und mit jedem weiteren Wort wurden die Mienen der Ordensbrüder finsterer. Schließlich verwies Abt Wynfried an den älteren, halbblinden Bruder Tennus: „Bruder Tennus hat die Geschichte von Radbod studiert. Bitte, Bruder: Erzählt, was ihr wisst. Es hilft uns allen, wenn wir die Geschichte verstehen und ins Gedächtnis rufen, bevor wir ein Urteil fällen." Der halbblinde Tennus nickte: „Danke, Bruder Abt, für euer Vertrauen in mich. Nun denn wisset: Seinerzeit hatte der heilige Liudger den alten Friesenkönig mitsamt seinem verbliebenen Gefolge auf der Felseninsel Bant eingesperrt. Die ist eine alte Kultstätte der Heiden. Die derart Verfluchten können das Meer nicht überqueren, so der genaue Wortlaut – und ich bitte, dies bei der folgenden Erörterung zu beachten - von Liudgers Chronik." Bruder Tennus räusperte sich, und Witzelt reichte ihm einen Becher Wein: „Danke, Junge... Wo war ich? Achja! Sollte dieser Schutzzauber, für dessen Wirkmacht Liudger sein Leben ließ und wodurch er zum heiligen Märtyrer emporgehoben wurde, also inzwischen verloschen sein? Ich denke dies nicht. Hat Radbod vielmehr einen anderen, alternativen Weg gefunden, den Fluch zu umgehen? Mittels externer Unterstützung? Dies ist meine vorläufige These."
Jens sah Hinnerk an und dieser schnaufte: „Es ist sicher, dass er einen anderen Weg gefunden hat! Er hat Zugriff auf Kräfte, die ihm das Meer selbst zu Willen machen." Ein Raunen ging durch die Mönche, und Bruder Tennus hustete: „Unmöglich, Junge! Nur Gott könnte die See spalten... Nicht einmal in ihren größten Tagen waren die heidnischen Zauberer in der Lage, solch ein Wunder zu vollbringen. Das Meer beugt sich niemandem außer Gott selbst. Das ist Blasphemie." Abt Wynfried rief die

aufgeregten Mönche zur Ordnung und faltete die Hände im Gebet. Er schloss die Augen und es wurde wieder still.

Nach einer Minute des Schweigens sprach er schließlich: „Ich kann keine Lüge in ihren Worten erkennen. Verzeiht also die harschen Worte, Herr Janssen und Herr Wiards." Jens winkte ab: „Schon in Ordnung. Ich selbst kann es ja auch kaum glauben. Ich will es auch nicht." Wynfried lächelte matt: „Es betrübt mich und meine Brüder zutiefst, dass dieses alte Leiden sich nun wieder offenbaren kann. Wir hielten es für verjährt. Doch das Böse verjährt nicht, solange man es nicht vollends bezwingt. Ich habe gemerkt, dass ihr uns nicht alles erzählt, was ihr wisst; aber ich spüre ebenso, dass ihr aufrechte Gründe dafür habt?"

Hinnerk schluckte und meinte: „Die haben wir." Abt Wynfried nickte: „Nun gut: Wir Brüder vom Benediktinerkloster Marienkamp werden den Menschen des Landes jedwede Hilfe zuteil kommen lassen, zu derer wir fähig sind, so Gott uns unsere Aufgaben zugewiesen hat. Ich sage dies im Angedenken an den heiligen Bonifatius und den heiligen Liudger, welche wir uns nun als Vorbilder nehmen sollten in diesem wieder entflammten Kampf. Möge der Herr mit uns sein." Die Mönche nickten pflichtbewusst: Keiner war begeistert, aber jeder war überzeugt davon, dass sie nicht alleine gegen solch Teufelswerk dastünden, sondern dass der Herr ihnen den nötigen Rückenwind geben würde.

Bruder Tennus erhob sich: „Wir werden viel heiliges Salz und Weihwasser benötigen, und auch die Kampfliturgien sollten einstudiert werden. Wir müssen die heidnischen Gesänge und Magie durch unsere Stimmen und unseren unerschütterlichen Glauben zerstreuen." „Also gut. An die Arbeit, Brüder. Wappnet euch in Seele und Gebet." Abt Wynfried löste die Versammlung auf und ließ den Gästen zu Essen und Trinken bringen. Es gab mit Kräutern versetzten Fisch und einen leicht säuerlichen Rotwein.

Das Kloster verfiel währenddessen in hektische Betriebsamkeit: Die bedächtige Ruhe, die Marienkampf zuvor umgeben hatte, war nun wie weggeblasen, als habe man in ein Bienennest gestochen. Nach dem Essen fragte Jens den Abt im Innenhof, wo dieser die Mobilmachung organisierte: „Habt ihr vielleicht eine Möglichkeit, den Seelenkraken zu entfernen, welche diesen Mann quält?" Theo sah nun erstmals wieder interessiert auf. „Wir müssen wissen, ob es eine Chance auf Heilung gibt, denn ein geschätzter Freund von uns ist sehr wahrscheinlich ebenfalls von einer solchen Kreatur befallen, und wir wären gerne in der Lage, ihn zu befreien, ehe es tödlich endet." Abt Wynfried nickte: „Ich verstehe. Gut, dass ihr euch um euren Freund sorgt. Sehr christlich von euch. Nun, am besten befragt ihr unseren Bruder Salpeter zu dieser Sache: Er kennt sich am besten mit heidnischer Hexerei und ihren alchemistischen Komponenten aus. Er wird sicher eine Mixtur für euch zubereiten können. Ihr findet ihn im Herbarium. Bruder Witzelt zeigt euch den Weg." Wynfried strahlte sowohl Autorität, Kraft als auch eine tiefere Weisheit aus, sodass man sich nicht wundern musste, dass er schon im mittleren Alter Abt des Klosters geworden war; ein Titel, den man eigentlich älteren Brüdern zuteil werden ließ. Der Novize Witzelt brachte sie daraufhin in die entlegene Kammer des besagten Salpeter.

Dieser alte Mönch hockte auf einem Schemel in einer von Kräutern schweren Kammer, welche vollgestopft war mit Regalen, Reagenzien, trocknenden Kräutern, Mörsern und Stößeln. Graues Haar fiel ihm struppig und kranzförmig vom ansonsten haarlosen Kopf und er mochte wohl Mitte fünfzig sein. Sein linkes Auge war erblindet und blickte milchig. Ohne dass jemand danach fragte, waren seine ersten, gekrächzten Worte: „Das war eine Möwe! Wir stritten uns um ein Büschel Queller und ich verlor bei dem folgenden Kampf fast ein Augenlicht, aber die Möwe ist verhungert, thehe..." Er drehte sich um und beäugte die Fremden: „Was gibt es denn? Oder seid ihr schon zu Salzsäulen erstarrt, hm? Was hörte ich von Radbod, he? Hier faselt jeder plötzlich von diesen ollen Kamellen." Jens erklärte ihm die Lage, während Bruder Witzelt am Eingang wartete und leise vor sich hin sang. Salpeter lauschte geduldig den Ausführungen und besah sich dann mit kundigen Händen Theos Seelenkraken: „Da hast du dir ja ein besonders hässliches Exemplar angelegt, junger Mann!" Theo knurrte: „Könnt ihr es entfernen, Mönch?" „Bleibt abzuwarten, Kerl! Ich muss erstmal ein Buch darüber finden, sowas hat es schon seit Jahrhunderten nicht mehr gegeben. Vielleicht hat eine Ratte auf die richtige Seite gekackt und es ist alles verfault." Gespannt warteten sie dann in der stickigen Kammer, während Bruder Salpeter seine Regale durchsuchte und Seiten durchblätterte.

Jens wurde in dem Dunst etwas mulmig zumute und gleichzeitig fühlte er sich recht wohl und sorglos. Schließlich ließ der kauzige Mönch einen staubigen Folianten auf den wurmstichigen Tisch plumpsen: „Das müsste es sein!" Während sie warteten, sahen sich Hinnerk und Jens an und grinsten. Die Luft war erfüllt mit betäubenden Stoffen.

Bruder Salpeter in seinem Herbarium

„Ahhh!", machte der Mönch schließlich und klatschte in die Hände, sodass sie beide aus ihrer Döserei aufschreckten: „Da steht was geschrieben!" „Waaaas?", fragte Hinnerk aufgeregt und mit tränenden Augen, „Was steht da geschrieeeben?" „Das Rezept für den flotten Otto! Gut bei Verstopfung: Da fliegt dir alles aus der Hose! Herrlich! Ich habe schon lange nach diesem Zeug gesucht. Ist auch ein guter Zusatz für die Stankpotten. Hau es in eine feindliche Stellung und sieh zu, wie sie auseinander stieben!"

Theo rollte mit den Augen und schob ihm den Kraken ins Gesicht: „Toll, aber wie krieg ich das weg, alter Mann?!" „Ja, klar, natürlich! Lästige, kleine Viecher, was? Von

außen aufgeflanscht direkt ins Herz. Das kann man nur durch innere Stärke abschütteln. Anders geht's nicht." Hinnerk fragte: „Habt ihr nicht eine heilige Klinge oder sowas, womit man das Vieh einfach absäbeln kann?" „Dann würde ich ihm das Herz, die Rippen und die Lungen auch gleich mit rausreißen. Nein, nein: Mit Gewalt beißt sich das Tier nur noch fester. Zudem kann die Verbindung zu Radbod jederzeit reaktiviert werden..." Hinnerk zückte seinen Dolch und wich vor Theo zurück: „Scheisse!" Jens lächelte immer noch benebelt: „Ach, ist doch halb sooo wiield. Ist alles haaalb so wild, Hinni." Salpeter grinste und ließ dabei ein paar Zahnlücken sichtbar werden: „Hab ich euch wieder geschockt, wie? Thehe – nein, wenn die Verbindung bestanden hätte, wäre er bei Betreten von Klosterboden in Flammen aufgegangen." Theo machte große Augen: „Und das sagt ihr mir jetzt?!" Der Mönch zuckte mit den Schultern: „Heiliger Boden ist Untoten versagt. Heidnischen Untoten umso mehr! Aber Radbod dürfte zu weit weg sein, um neuen Kontakt aufzunehmen. Wisst ihr, der Seelenkraken ist ein parasitäres Wesen, das sich im Inneren von großen Walfischen an deren Organe heftet, um sich von diesen zu nähren. Aber auch andere Tiere fallen sie an, und bei Menschen insbesondere die Herzen. Schmeckt wohl besonders lecker. Bei diesem Absorbierungs-Prozess erzeugen sie ein metaphasisches Feld, welches von heidnischen Gelehrten genutzt und für Gedankenkontrolle manipuliert werden kann. Wie einen übergeordneter Befehlsempfänger sozusagen."
Jens grübelte stark, seine Gedanken brauchten einen Moment, während sowohl Hinnerk als auch Theo kein Wort verstanden hatten: „Soll... ähm... das heißen, ihr könntet theopraktisch auch einen Kraaaaken nutzen, hä-hm? Und Theo steuern?!" „Theoretisch ja, Meister Lulatsch. Aber die Kirche verbietet diese Praxis; zumal sie sich nie in großer Zahl anwenden ließe. Dazu sind die Tiere zu schwer zu fangen und ihre Nebenwirkungen zu groß. Manch Heidenzauberer rennt aber noch heute damit rum, um Leute zu beeindrucken. Aber die Meister dieser Gedankenkontrolle sind und bleiben die nordischen Priester und deren Götter als Vermittler. Insbesondere der olle Wane Njörd hatte immer ein Faible für solche Tricks. Man sagt ja auch, die Draugr wären allein sein Werk."
Hinnerk steckte den Dolch zurück: „Ist ja alles schön und gut, aber was können wir jetzt konkret machen, wenn wir das Vieh schon nicht abschneiden können?" Bruder

Salpeter stöhnte: „Herr, schenk ihnen Geduld! Hmpf! Großes erwirkt man nicht mit großer Macht, ihr flügges Volk! Manchmal reicht es, die Dinge nur anzustoßen. Ein Piekser, der Lawinen ins Rollen bringt. Wie von selbst geht dann der Rest." Theo nickte: „Dann piek mich. Ich bin bereit. Wenn ich nur das Scheissding loswerde." Der Mönch nickte, schnappte sich einige Silberblätter und andere Zusätze, schnippelte sie zusammen, zerstampfte sie im Mörser, kochte einen Sud auf und hielt am Ende eine destillierte Flüssigkeit in der Hand, die grünlich schimmerte.

„Lasst uns besser nach draußen gehen. Ist immer ein großes Spektakel..." Sie folgten Salpeter auf den Klosterplatz und einige Mönche sahen interessiert herüber, während sie eifrig ihre Ausrüstungen auf Eselskarren zusammentrugen. Sie stellten Theo ab und nahmen Sicherheitsabstand. „Sollte ich mir Sorgen machen?", fragte er den Ordensbruder und dieser zuckte mit den Schultern: „Nur wenn du kein getreulicher Christ bist. Aber dass bist du doch oder?" Theo knurrte: „Gibt... es keinen anderen Weg?" Salpeter blieb ihm eine Antwort schuldig und hielt ihm die Nase zu: „Mund auf!" Daraufhin musste der Strandräuber den Mund öffnen, und der Mönch flößte ihm das Gebräu ein. Theo hustete und spuckte. „Widerlich. Bitterstes Gebräu!" Bruder Salpeter lief, so schnell ihn seine Füße trugen, zu den anderen und rief: „Was bitter ist im Munde, ist im Magen gesunde!"

Theo schnalzte mit der Zunge, um den Geschmack zu vertreiben: „Bäh. Ekelig... Also ich spüre nichts... Seid ihr sicher...!?" Ein gleißender Blitz blendete urplötzlich alle Anwesenden, und ein Bauer, der gerade in Richtung des Klosters blickte, stolperte und landete im eigenen Schweinestall. Es knallte so laut und heftig, dass es alle Umstehenden von den Füßen riss und die Glocken der Klosterkapelle sich läutend in Bewegung setzten. Gleichzeitig schrie Theo vor Schmerzen, als habe ihm jemand mit Wachs die Haare vom Hintern entfernt. Die Druckwelle ebbte wieder ab und er stand mit qualmendem, offenem Mund da.

Theo kippte nach hinten weg. Sie eilten zu ihm, zogen sein Hemd hoch, und der Seelenkraken löste tatsächlich seine Tentakeln: einen nach dem anderen, ehe er wie tot abfiel. Salpeter war schnell und stopfte den Leichnam in ein Glas: „Muss ich mir später mal genauer angucken. Kriegt man nicht alle Tage, sowas." Jens nickte: „Ich erhebe keine Anspruch darauf. Ist... Theo tot?" Der Strandräuber rührte sich nicht mehr, und

Salpeter erklärte: „Nein. Wär er Heide gewesen, wäre er geplatzt. Irgendwer muss ihn wohl als Kind ins Taufbecken geworfen und was von Gott gemurmelt haben. Das hat ihn jetzt gerettet. Aber die Reaktion war dennoch heftiger als erwartet. Der Mann muss viel Sünde auf sich geladen haben und lange nicht mehr Beichten gewesen sein."
Jens bekam langsam wieder einen klareren Kopf: „Also Sündenreinigung? Was genau war das für ein Gebräu?" Salpeter erklärte: „Ein Elixier reinigender Substanzen. Die bitteren Stoffe aktivieren die körperinternen Zersetzungssäfte; hinzu kommt etwas heiliges Salz und Weihwasser für den heiligen Effekt. Ich selbst tu gerne noch etwas gesegnete Märtyrerasche hinein. Man nennt diesen Vorgang gemeinhin Purifikation: eine Reinigung der Seele." Hinnerk fragte: „Also hat sein Körper sich von innen gewehrt!" „So ist es. Nicht nur der Körper, auch die Seele hat sich vom giftigen Einfluss des Kraken frei gemacht. Nun ist er auch von bösen, sündhaften Gedanken befreit." Jens runzelte die Stirn: „Das ist aber einfach. Gebt es doch einfach jedem Bösewicht, und er wird automatisch gut?"
Bruder Salpeter nahm seinen Krückstock und hieb Jens auf den Kopf: „Einfältiger Mann! Dieser hier wird nicht durch ein Gesöff vom Saulus zum Paulus werden! Die Wirkung des Trankes ist nur vorübergehender Natur. Es reinigt zwar, aber danach kann sich der Dreck in Körper und Geist wieder ansammeln wie zuvor. Stellt es euch wie einen Neuanfang vor; einen frischen Start. Ob ihr ihn nutzt, bleibt jedem selbst überlassen. Aber die meisten fallen sofort in ihren alten Trott zurück. Abgesehen davon, ist dieser Trank nur schwer herzustellen und die Zutaten sind sehr teuer..."
Hinnerk erkannte: „Das kann sich nicht jeder leisten, richtig?" Salpeter nickte: „Worauf du einen lassen kannst, Bursche. Aber für Situationen wie diese scheint es mir angebracht zu sein: Ansonsten kaufen es sich eh nur die Reichen Adeligen, um sich von ihrem schlechten Gewissen befreien. Eine massive Vergeudung, wenn ihr mich fragt. Bringt ja doch nichts." Jens grübelte: „Eine trinkbare Beichte? Was es nicht alles gibt."
Salpeter winkte ab: „Es ersetzt keine Beichte, das hätten sie wohl gern! Ich berechne euch nichts dafür, und ihr könnt den Rest der Purifikationssülze für euren treuen Freund behalten. Es sollte bei ihm ebenso wirken. Sofern er getauft ist." Hinnerk zeigte auf Theo: „Gut. Dafür dürft ihr auch den da behalten: Er kann ja die Drecksarbeit machen oder die Latrinen säubern oder sowas." Abt Wynfried trat nun hinzu: „Wie ich

sehe und hörte, wart ihr erfolgreich? Gut gemacht, Bruder Salpeter. Und macht euch keine Sorgen um Treibholz-Theo. Wir werden ihn schon zu beschäftigen wissen. So leicht entkommt er seiner Verantwortung für seine Verbrechen nicht."

Hinnerk verstaute die Phiole in seinem Gürtelbeutel und Klütje kläffte. „Jetzt sollten wir nach Esens gehen. Vielleicht ist Stupsnös schon zurückgekehrt." Abt Wynfried blinzelte und zupfte nachdenklich an seinem Bart: „Ich kenne diesen Namen wohl." Hinnerk bestätigte: „Ja, Malle Stupsnös: Er ist ein Fischer aus Esens. Wir haben ihn gebeten, allen Friesen von Radbods Plänen zu berichten und sich kampfbereit zu machen." Wynfried nickte anerkennend: „Eine weise Entscheidung. Je mehr wir sind, desto geringer werden die Opfer sein. Es gibt aber noch jemanden, den ihr um Hilfe bitten könntet. Jemanden, der nicht sehr weit entfernt von hier lebt, aber nicht sehr gut auf uns zu sprechen ist." Er nickte: „Ich meine die Arianer, die Überbleibsel der Chauken: Die Falkenstreiter von den Wurftensiedlungen um Werdum." Hinnerk kannte sie wohl.

Die Chauken kamen manchmal nach Esens auf den Markt. Sie waren Arianer und glaubten an den Kreuzgott, jedoch nicht an die Dreifaltigkeit aus Heiligem Geist, Gott und Christus. Ursprünglich wollte die katholische Kirche unter dem Papst sie sogar komplett verbieten und ihre Anhänger verfolgen lassen, aber die Folge waren Streit sowie gewaltvolle Kriege im Namen des Herrn. Um den Frieden im Reich zu wahren, erließ der damalige Kaiser seinerzeit ein Edikt, nach dessen Recht den Arianern ihr Glaube belassen wurde, solange sie den Kaiser als ihren obersten Herrn akzeptierten, wie die Friesen auch. Das hatte freilich machtpolitische Hintergründe, denn die Arianer folgten zwar so dem Kaiser, aber nicht dem Papst. Dieser konnte sie auch nicht exkommunizieren. Somit hatte der Kaiser die Arianer stets auf seiner Seite, sollte es zu Streitigkeiten zwischen ihm und der Kirche kommen, was immer wiedermal passierte, besonders unter dem Stauferkaiser Rotbart genannt Barbarossa.

Die Arianer setzten sich zusammen aus den verbliebenen Germanenstämmen, die sich zum Reich bekannten und mit ihm offiziell verbündet waren, aber der Kirche gegenüber unabhängig blieben. Diese alten Stämme waren unter anderem die Chauken, Langobarden, Franken aber auch die Altsachsen, Bajuwaren, Engern, Westfalen, Thüringer und Hessen. Sie lebten wie ihre Vorfahren in Dörfern und Gemeinden in offenen Gehöften und losen Verbänden. Um sie als Verbündete zu gewinnen, konnten die Mönche von Marienkamp nicht zu ihnen gehen.

Die Chauken duldeten sie nur und hatten eine begründete Abneigung gegen die Kirche, da diese immer wieder versuchte, Gründe zu finden, die unabhängigen Arianer zum wahren Christentum zu bekehren, und das nicht immer mit lauteren Mitteln. Dies wusste auch Abt Wynfried nur zu gut, als er schließlich sagte: „Ihr solltet auch zu ihnen gehen. Hauptling Tjarko ist ein vernünftiger Mann. Ich wollte, wir könnten ein besseres Verhältnis pflegen, aber die Politik von oben macht es uns schwer. Wir haben Glück, dass der Bischof in Emden ebenfalls so denkt. Dies hat uns seit vielen Jahren Frieden beschert." Hinnerk und Jens wollten es wohl wagen und verabschiedeten sich daraufhin von den Mönchen.

Als sie das Kloster verlassen hatten, eilte ihnen ein sichtlich erschöpfter Okko auf seinem Pferd entgegen: „Moin! Da seid ihr ja! Wir haben es von Malle Stupsnös erfahren! Ich bin sofort hierher geeilt! Warum seid ihr nicht gleich zu uns gekommen? Ja, ist alles in Ordnung mit dir, Hinni?" Hinnerk nickte: „Ja, mir geht es gut, aber wir mussten was klären: Es könnte Onkel Abbo das Leben retten." Okko wies auf Jens: „Also ihr seid dieser Herr Janssen? Ich bin Okko Wiards. Moin." Sie reichten sich die Hand und Jens lächelte: „Moin, Herr Wiards, freut mich. Ich bin Jens Janssen, Kaufmann aus Greetsiel, und irgendwie in diese Sache geraten." „Wie wir alle." Hinnerk erklärte: „Wir müssen jetzt noch zu den Chauken gehen; müssen sie als Verbündete für den Kampf gewinnen." Okko atmete tief durch: „Deine Mutter ist vor Sorge fast krank geworden. Der Goboldüberfall hat sie mehr getroffen als uns beide. Du kommst jetzt erst mit mir nach Hause. Es hat Abbo schon erwischt und ich werde nicht zulassen, dass mein Ältester sich von einem Wahnsinnsakt in den nächsten stürzt. Dies ist jetzt nicht mehr deine Aufgabe. Das machen andere." Okko packte den Jungen am Arm und wollte ihn aufs Pferd ziehen.

Doch Hinnerk riss sich los: „Was soll das denn werden?", brauste Okko auf. Mit Tränen in den Augen schrie Hinnerk nun: „Abbo ist nicht tot! Er lebt! Und Leevke ebenso! Ich will nicht zu Hause hocken und darauf warten, dass was Schlimmes passiert! Ich bin Friese wie ihr auch!" Okko schwieg ob dieses Ausbruches und blinzelte verwirrt. Eine betretene Stille trat ein, die schließlich von Jens durchbrochen wurde: „Verzeiht mir, Herr Okko, wenn ich mit einmische. Aber dieser junge Mann hier und der gute Herr Abbo haben mir geholfen, mein Schiff wiederzubekommen. Ohne sie hätte ich es nicht geschafft. Ich habe aber auch die Gefahr gesehen, die sich dort befindet. Ich verstehe eure Sorge um euren Sohn, aber auch ich fühle mich verpflichtet, alles in meiner Macht stehende zu tun, um das drohende Unheil abzuwenden. Wenn ihr es verlangt, werde ich mit meinem Leben die Sicherheit von Hinnerk garantieren. Zumindest, was die Chauken angeht." Jens nickte langsam; eine Geste zwischen Nicken und Verbeugung. Okko ließ schließlich von Hinnerk ab und reichte Jens die Hand: „Also gut, Herr Janssen. Passt bitte auf ihn auf. Ich verlass mich auf euch... Hinni, du kennst ja den Weg. Wir waren schon manchmal in Werdum." „Ja." „Die Chauken sind ein anderer Menschenschlag und schnell mit dem Speer bei der Hand, wenn man sie nicht respektiert. Tjarko ist aber ganz vernünftig." Hinnerk wischte sich energisch eine Träne aus den Augen und Okko nickte: „Kehrt aber sofort um, wenn ihr keinen Erfolg haben solltet. Nichts wäre deinen Tod wert, Hinnerk. Rein garnichts. Auch nicht Abbos Leben. Ich hoffe auch, das er noch lebt."

Jens blinzelte: „Kommt doch mit, Herr Wiards? Begleitet uns." „Dafür ist keine Zeit. Ich bin nun Hauptverantwortlicher der Abwehr und sie alle glauben meinem Wort. Das mit Radbod stimmt doch, oder, Hinnerk?" „Ja. Das stimmt. Er wird kommen, da bin ich mir sicher." Hinnerks Vater wendete das Pferd: „Du weißt: Die Deichwacht ruft man nicht wegen einer Kleinigkeit. Mit wie vielen Soldaten Radbods müssen wir rechnen?" Jens erklärte: „Es... sind keine Soldaten: Mehr ein untotes Heer seines alten Gefolges. Zahlen haben wir keine." „Hmpf. Er wird kaum alleine kommen. Nun gut: Wir treffen uns dann übermorgen in Esens, bei Attena. Er wird die Hauptlast des Aufgebots zu tragen haben. Also bis dann. Viel Glück!" Okko ritt wieder Richtung Esens, während sich Jens und Hinnerk nach Osten wandten, in Richtung Werdum.

Jens seufzte „Auf in den nächsten Schlamassel, wie?" Hinnerk war schon losgestapft. „He! Warte auf mich!" Der junge Friese blieb stehen: „Danke. Das du mich eben unterstützt hast..." „Reiner Eigennutz. Ich wollte nicht alleine zu den Chauken marschieren." Hinnerk klopfte ihm auf den Rücken: „Du bist in Ordnung. Los komm." Sie machten sich auf den Weg.

Die Wanderung führte sie zunächst durch das fruchtbare Marschland mit seinen golden-schwankenden Roggenfeldern, gefolgt von einem düsteren Wald, von dem Hinnerk wusste, dass dahinter die chaukische Hauptsiedlung Werdum lag. Der Trampelpfad verschlechterte sich zusehends, je näher sie dem Wald kamen. Über ihnen schimmerte die Nachmittagssonne durch das rauschende Blättermeer der Bäume und warf zuckende Schatten auf die beiden Wanderer. Zweige auf dem Weg knackten unter ihren Stiefeln und Schuhen. Jens redete, nur um sich zu beruhigen: „Wälder haben etwas unheimliches, findest du nicht auch Junge?" Hinnerk bestätigte, ohne sich Umzudrehen: „Stimmt wohl. Unheimlich. Hier kann sich allerlei Viehzeug verstecken: Gobolde, Pyrks, Oger, Fennen, Lindwürmer, Keiler..." „A-auch Lindwürmer?", fragte Jens in aufkeimender Panik. Eine Schweißperle lief ihm über das Gesicht und er lächelte nervös: „Du meinst diese giftigen, krallenbewehrten Wurm-Viecher mit einer Schuppenhaut, so dick wie Kettenhemden? Haha - Die gibt es hier doch gar nicht." Hinnerk fuhr unbeirrt ernst fort: „Sag das nicht. Erst vor zwei Wochen ist hier eine Gruppe von drei Abenteurern durchgekommen. Kamen wohl aus Nürnberg, so wie sie sprachen." „Ein weiter Weg..." „Abenteurer eben. Jedenfalls gingen sie in den Wald hinein, um die Wölfe zu jagen, welche die Schafe von Habbo zerfetzt haben und für deren Beseitigung man eine Belohnung ausgesetzt hatte. Aber keiner von ihnen kam je wieder." Jens schluckte: „S-so?" „Wobei, das stimmt auch nicht ganz: Einer schaffte es noch nach Esens. Blutüberströmt und leichenblass war er. Er schleppte sich an die Theke und röchelte: „Es hat auf uns gelauert! Seine Klauen haben meine Freunde in der Luft zerfetzt! Es ist ein Wyrm. Er hat mich vollgerotzt mit Gift und da..." Mit diesen Worten kippte der Mann um und starb er noch an Ort und Stelle, mit Schaum vor dem Mund. Seitdem meiden die Leute den Wald hier und gehen lieber drum herum. Tjoah. So ist das." Er sah nach hinten: „Du siehst auch schon etwas blass aus, Herr Janssen." „Ist ja auch kein Wunder bei den Monstergeschichten, die du hier verzapfst. Hmmm. Wobei... Der Weg ist wirklich nicht sehr gut, oder? Vielleicht sollten wir wieder zurück..." Hinnerk blickte hinter Jens, und seine Augen weiteten sich vor Schreck. Er hauchte: „Ach. Du. Scheisse! Nicht. Bewegen!" Langsam zog der Junge seinen Dolch und holte den Schild vom Rücken. Jens war erstarrt und hielt die Luft an, wagte nicht zu atmen. Ein lautes Brüllen einer Bestie schreckte Jens auf, und er kauerte sich wimmernd auf den Boden. Etwas stach ihn in den Rücken: „Ah ich bin getroffen! Ich sterbe!" Er wälzte sich über den Boden, als Hinnerks Gesicht über ihm auftauchte: Dieser grinste über beide Ohren. Jens blinzelte mehrmals, ehe er erkannte, dass Hinnerk ihn soeben königlich verarscht hatte. Er sprang auf: „D-Du elender, kleiner Popelfresser! Wegen sowas macht man keine Scherze! Mein Herz hätte mir stehen bleiben können! Unglaublich!" Er sah sich hektisch um. Da war nichts: Nur der Küstenhund, der freudig mit dem Schwanz wedelte und noch einmal kläffte. Jens hob den Zeigefinger: „Diese Lindwurmgeschichte hast du dir gerade aus den Fingern gesogen, oder?" Hinnerk lachte: „Eeeeventuell? Hahaha.... Aber hier sind schon manche verschwunden, und irgendwas lauert hier schon: Vielleicht ein Wetzhund oder Finsterläufer, wer weiß, wen interessiert's. Aber die kommen nur bei Nacht raus und meiden die Straßen. Hehe - Dich kann man aber wirklich leicht schocken, Herr Janssen." Jens klopfte sich ab und rümpfte die Nase: „Herr ist das Stichwort, junger Mann: Ich soll auf dich aufpassen und da kann ich sowas garnicht gebrauchen! Puh. Meine Güte, ich glaub, ich fall gleich um. Mein Herz. Das ist alles zuviel. Zuviele Seeräuber, Zuviele Untote, Zuviele Radbods. Und viel zu viele Kraken. Und Tentakel. Zuviel." Hinnerk verschränkte die Arme hinter dem Kopf und lief weiter: „Jassesney, da macht man einmal ein Späßchen, um die trübe Stimmung aufzulockern, und dann so ein Gezeter deswegen. Ptze!" „Och! Gezeter nennt er das! Langsam versteh ich deinen Vater: Die Strenge scheint bitter nötig!" „Ha! Ihr könnt euch ja zusammentun! Ich bleib so, wie ich bin, egal, was kommt! D-Du bist wie so'n altes Waschweib, das nicht aufhören kann zu palavern, bis die Sonne untergegangen ist!" „W-Waschweib? Wer plappert denn so lauthals von Nürnbergern und giftigen Lindwürmern, hä?" Während die beiden stritten, merkten sie nicht, dass sie beobachtet wurden. Zwei schwarze Augenpaare hatten sie erblickt und verfolgten sie ein Stück des gemeinsamen Weges; spähten ihnen ungesehen im Gebüsch nach. Einzig Klütje stellte schnüffelnd den Schwanz auf und hob eine Tatze, was Hinnerk aber nicht mehr rechtzeitig bemerkte, als mit einem Mal ein Mann mit Vogelkopf auf dem Weg stand und ihnen mit seinem geflügelten Speer den Weg versperrte. Jens fasste sich ans Herz: „AchdumeineGüte. Auch noch Rabenmänner?! Herrlich." Hinnerk kniff die Augen zusammen: „Nein. Das sind Chauken. Ihr Symbol ist der Habicht, nicht der Rabe." „Ich kenn mich da nicht so aus..." Hinnerks Hand ging instinktiv zu seinem Friesendolch, doch Jens rief schnell: „Nicht! Wir müssen sie nicht unnötig provozieren!" Der Kaufmann schrie kurz auf, als er sich umdrehte und einen weiteren Vogelmann direkt hinter sich erblickte, in seiner Hand ein Sax und bereit zum Stich. „Sprecht", kam die gedämpfte, jüngere Stimme vom vorderen Vogelmann: „Was wollt ihr im Land der Chauken, Wanderer? Ihr seid uns nicht bekannt." Hinnerk setzte zur Antwort an, aber Jens übernahm gedankenschnell die Initiative und trat vor. Er spürte wohl, dass man hier mit ein wenig Händlercharme und gepflegtem Verhalten viel gewinnen konnte. Es war sein kaufmännischer Instinkt, der ansprang: „Verzeiht unser unangekündigtes Kommen, werte Chaukenherren. Mein bescheidener Name ist Jens Janssen, Kaufmann aus Greetsiel, und der Junge dort nennt sich Hinnerk Wiards; Okkos Sohn. Wir entbieten den tapferen Chauken unsere freundschaftlichsten Grüße und kommen in ehrenvoller Absicht. Wir sind hier als Vertreter der Friesen, um mit eurem Hauptlinger zu sprechen. Es ist ein Anliegen von größter Wichtigkeit und betrifft uns alle, euch auch." „Was für ein Anliegen?", fragte der junge Vogelmann. Jens seufzte: „Der alte Friesenkönig Radbod will zurückkehren." „Der ist lange fort. Und tot." „Ja, das haben wir bis vor kurzem auch noch gedacht. Aber ich sah ihn mit eigenen Augen! Er will zurückkehren, und wir bezweifeln, dass er vor den Chauken Halt machen wird. Um diese gemeinsame Gefahr abzuwenden, müssen die Friesen und Chauken zusammenarbeiten. Wir erbitten demütigst eine Audienz." Hinnerk knuffte ihn: „Das demütigst hättest du dir sparen können." „Still!" Die beiden Vogelmänner traten zusammen und zogen sich zur Beratung zurück. Der mit dem Speer streckte irgendwann den Arm aus und ein Habicht landete darauf. Der junge Chauke gab dem Vogel etwas zu fressen und setzte ihn dann auf seine rechte Schulter, wo eine entsprechende Halterung für den Vogel aufgenäht war. Hinnerk raunte Jens zu: „Aber gute Arbeit, ich hätte mich nicht so gewählt ausdrückt." Der Vogelmann mit der Lanze und dem Habicht auf der Schulter setzte seine Maske ab. Darunter kam ein junger Mann in Hinnerks Alter zum Vorschein. Er hatte klare, graue Augen und dunkelblondes, schulterlanges Haar, das zur linken Seite gekämmt war und sein Ohr verdeckte: „Ich kenne Okko Wiards wohl. Mein Name ist Hauke, Tjarkos Sohn. Folgt uns. Wir bringen euch nach Werdum." Sie folgten den

Chaukenkriegern und Hinner flüsterte: „Hauke ist das also. Tze. Den kenn ich noch von früher. Eingebildeter Fatzke ist das." Jens schloss messerscharf: „Es gibt eine Vorgeschichte für diese Einschätzung, nehme ich an, oder?" Hinnerk rümpfte die Nase: „Sagen wir einfach, wir hatten schon öfters miteinander zu tun..." Jens ließ es dabei bewenden. Er hoffte nur, dass sich diese alte Geschichte nicht negativ auf ihre Verhandlungen auswirken würde. Die Chauken schienen sehr angespannte Zeitgenossen zu sein, wenn sie schon auf den Wegen Fremde abfingen. Er selbst hatte nur von ihnen gehört und war erst einmal auf der chaukischen Insel Wangeroog wegen eines schweren Sturmes geblieben. Die Insulaner dort wurden von einer Dünenkönigin regiert, wie es hieß.

Ursula stand grübelnd über Leevkes bewusstlosem Leib, welchen sie auf ihren Altar gelegt hatte. Acht gleichmäßig pulsierende Kerzen waren symmetrisch korrekt um sie angeordnet und hielten das Mädchen im Dämmerschlaf. Eine von Ursula erzeugte purpur schimmernde, magische Glocke schützte sie vor weiteren äußeren Einflüssen, welche sie hätte wecken können. Ursula wusste: Mit vollem Bewusstsein war von dem Mädchen nach dem bisher Geschehenen keine Hilfe mehr zu erwarten. Leevke einen Seelenkraken wie bei Theo einzupflanzen, war ebenso wenig sinnvoll: Ihr Körper könnte zwar dann beherrscht werden, aber selbst Ursula hatte nur minimale Befähigung, die ihr innewohnenden Kräfte auch angemessen zu kontrollieren: Es war, als wollte man durch einen Blinden hindurch Farben erkennen. Die Krakenhexe konnte aber wohl die immense Kraft spüren, die in dem jungen Mädchen pochte, und sie selbst musste ob der Möglichkeiten und puren Gewalt dieser Kraft erschaudern. Vor ihr lag das Potenzial, ganze Landstriche zu überfluten und im Meer zu ertränken. Sie musste irgendwie an Leevkes Kräfte herankommen: Sich an ihnen bedienen wie an einem Brunnen mit magischer Energie. Zu diesem Zweck führte Ursula im Folgenden ein Ritual durch, und Leevke bekam von all dem nichts mit, die Glocke und Kerzen hüllten ihren Geist ein wie in eine warme Decke. Die Energie für die Glocke speiste sich aus Ursulas eigener Kraft: Innerhalb dieser Glocke kontrollierte sie jede Bewegung, und auch jedes physische oder übernatürliche Ziehen innerhalb dieser Sphäre. In Ursulas Raum brummte und sirrte es vor heidnischen Kräften. Der Turm selbst bebte bis in die Tiefen des Meeres hinab. Als sie fertig war, nahm sie ihren Sensenstab und schnitt einmal quer durch die Sphäre hindurch, ohne Leevke zu berühren. Etwas von Leevkes Aura und Kraft nahm ihre Sense damit auf und zuckte durch Ursulas Finger direkt in ihren Körper und ins Gehirn. Ein Schlag wie von einem Zitteraal packte sie und riss sie von den Füßen; Ihre Knie wurden weich und ihr Atem ging flach. Schweiß trat auf ihre Stirn und ihre Augen waren weit aufgerissen wie bei einem erschreckten Tier. Sie fühlte sich wie ein schwereloser Geist und kicherte, hielt dabei ihren Stab fest umklammert wie nie zuvor. Sie bekam eine Gänsehaut: „D-Das war unglaublich. Die Macht. Und nur ein Fragment? Wahnsinn." Sie rappelte sich empor und verließ noch leicht benommen ihre Kammer, hinauf auf die Plattform, wo Radbod von seinen gepanzerten Skeletten umringt stand und nach Süden starrte, gen Festland. Sie stellte sich neben ihn und streckte die Hand nach dem nebelverhüllten Meer aus, das Bant umgab. Radbod beobachtete sie schweigend. Ein großer Wassertentakel erhob sich nun vor Bant, stieg höher und höher und beugte sich bis vor Radbods Gesicht herunter. Ursula lachte auf, und der Tentakel zerplatzte im selben Moment. Das Meerwasser rieselte auf Radbod nieder und machte ihn nass. Sie kicherte: „Hups! Hehe. Tschuldigung…. Aber es klappt! Ich kann sie anzapfen! Wir werden endlich zurückkehren können. Endlich wieder belebte Erde unter den Fußsohlen! Wie hab ich das vermisst..." Radbod nickte grimmig: „Sehr gut, Ursula. Wenn wir erst die Kirche vertrieben und ihre Anhänger erschlagen haben, werden die Friesen zum alten Glauben zurückkehren. Sie werden wieder stolz und tapfer ihre Lande für sich beanspruchen, wie es sich gehört seit altersher. Von dort aus wird ein Feuer entbrennen und überall werden die Menschen ihre Fesseln abwerfen, die ihnen Kirche und Könige aufgezwungen haben. Von Friesland wird sich dieses Leuchtfeuer letztlich in alle Meere verteilen, und von den Küsten wird es sich ins Innere der Länder vorkämpfen. Bis ganz Altera frei ist." „Die Götter sind mit uns.", meinte Ursula verträumt und sehnte sich in diesem Moment nach seiner Berührung oder auch nur Aufmerksamkeit von ihrem geliebten Mann. Doch Radbods Blick war stur auf das Festland gerichtet, all seine Aufmerksamkeit galt nur diesem, im Moment noch fernen Ziel. Ein Skelett kam von unten herangeschlurft und trat an sie heran. Es sprach nur sehr abgehackt und seine Stimme hatte einen hohlen, geisterhaften Hall: „Schieffe vor Baaant. Wollennn Sprrrechen, meeen Konig." Radbod nickte: „Sehr gut, alter Freund. Das wird unsere Verstärkung sein. Sie werden an unserer Seite kämpfen oder sterben." Ursula nickte: „Und was ist mit Theo? Siehst du ihn noch in der Ferne?" Radbod kniff die Augen zusammen und horchte in sich hinein. Schließlich antwortete er: „Nein. Ich habe den Kontakt zu ihm verloren. Er dürfte das Zeitliche gesegnet haben. Um einen wie ihn ist es nicht schade. Wir haben einen weit besseren Ersatz gefunden. Einen echten Friesen." Ursula nickte und spürte eine längst vergessene Vorfreude in sich aufsteigen. Sie hatte es nie bereut, sich Radbod anvertraut zu haben. Es war die beste Entscheidung ihres Lebens gewesen. Sie war damals als Hexe verteufelt und beinahe von einem durchgeknallten Missionar getötet worden, wenn nicht Radbod gekommen und sie gerettet hätte. Nie hatte sie ihm dies vergessen und sie liebte ihn immer noch, allem erduldeten Unbill zum Trotz, und das seit über dreihundert Jahren. Selbst die Untoten um sie herum, Düll oder die Zeichen der Zeit konnten dies nicht ändern. Es war viel Ruhmreiches und Heldenhaftes in Radbods Handeln. Es gab viele Gründe, wieso die Friesen ihn nie vergessen hatten: Er war ihr Symbol für Widerstand gegen Unterdrückung und Sklaverei geworden, noch über seine Verbannung hinaus, allen Schmähungen und Spott der Kirche zum Trotze, welche ihn diskreditieren und als heidnischen Schlächter schlecht machen wollten: Man achtete seine Integrität, seine Überzeugung an tiefergehendes, altvölkisches Recht, dass jedes Unrecht bekämpfte. Er war ebenso ein Held für die Menschen wie Karl der Große für die Franken oder Widukind für die alten Sachsen. Radbod hatte nach wie vor Sympathisanten unter den

Friesen, vor allem im ländlichen Volk, wo sich die alten Riten und Gepflogenheiten noch am längsten gehalten hatten. Es war gut, dass sie sich noch selbst verwalteten und nicht wie anderen alten Stämme einem Lehnsherren untergeordnet waren. Doch dass sie sich der Kirche ergeben hatten, war in Radbods Augen der Anfang vom Ende. Er sah den schleichenden Zerfall eben jener Tugenden, die für ihn die Friesen ausmachten: großherzige Güte aus eigener Stärke, welche aus Freiheit erwuchs. Ohne diese Freiheit gab es keine Stärke, folglich keine Güte und auch kein Volk mehr. Was blieb, waren misstrauische Ränkeschmieder, Lügner, Täuscher und Heuchler. Niemanden schmerzte es dabei so sehr, gegen die eigenen Landleute kämpfen zu müssen, wie Radbod; seine Grimmigkeit war nur ein offener Ausdruck seiner tief empfundenen Sorge und Wut über diese bittere Notwendigkeit. Auch die Chauken zählte er zu den Friesen, mochten sie sich auch nicht so nennen oder verstehen. Sie waren vor Urzeiten freiwillig zu Gott bekehrt worden; ein Umstand, den Radbod nur darauf zurückführen konnte, dass der arianische Glaube ihnen keine fetten Bischöfe oder den Papst aufzwang. Sie konnten diesen Jesus frei anbeten, ohne dass jemand dadurch Macht über sie herleiten konnte. In früheren Tagen hatte Radbod den arianischen Glauben darum auch zugelassen: Er störte ja seinen eigenen Glauben nicht und ließ die Machtansprüche - das Recht in Friesland - unangetastet. Nun aber dachte er durchaus anders: Der arianische, harmlose Glaube war der Fuß in der Tür, mit der die Kirche sich gewaltsam Eintritt ins friesische Haus verschaffte und alles plünderte, was Gut und gerecht war. Hinzu kam dieses ewig weinerliche, duckmäuserische Gewäsch von Ursünde und ewiger Verdammnis, dass Radbod immer schon quer gesessen hatte: Es war so jämmerlich und förderte nur das Denken von künftigen Sklaven; nicht aber von freien, aufrechten Männern, die mit Heim, Familie und Kameraden lebten, kämpften und starben. Die nordischen Götter waren ehrlicher, fehlerbehafteter und alles in allem menschlicher: Sie konnten ebenso grausam sein wie gütig, sich in Sturm oder guter Ernte äußern. Sie forderten aber keine totale Unterwerfung; nur gegenseitigen Respekt. Und wenn sie Fehler machten, wurden sie dafür bestraft. Es gab keine Perfektion. Der Kreuzgott selbst war nicht nah; er war fern und arrogant. Perfekt in seiner moralischen Überlegenheit - seine Priester verströmten denselben faulig-verlogenen Geruch. Machtbesessen und psychotisch wirkte dieser Gott sogar in seinen Auswüchsen gegen die Ägypter, deren erstgeborene, wehrlose Kinder er metzeln ließ, anstelle offen und ehrlich zu kämpfen.

Radbod kannte diese Schreckensgeschichten, und konnte daher nur laut darüber lachen, wenn dieselben Priester ihm von der großen Gnade und Liebe ihres Gottes berichteten. Welch ein Hohn, welch ein gespaltenes, verlogenes Natterngezücht, das ihn vergiften wollte und sich ohne Scham als Freund ausgab, wenn sie doch Feinde waren. Es dauerte nie lange, bis die Liebes-Heuchler vom Kreuz mit Waffengewalt nachrückten, um den „arroganten Friesen" in die Schranken zu weisen, der ihre Lügen offen benannte und sie als das entlarvte, was sie waren. Die Franken dienten ihnen dabei als willige Stoßtruppen und Unterwerfer. An ihrem Beispiel konnte Radbod sehen, was aus einem einst freien, ehrenwerten und stolzen Stamm werden konnte. Die Franken waren nurmehr Sklavendiener, deren innere, christliche Verdrehtheit sich nun gegen Frauen, Alte und Kinder auf grausamste Art Bahn brach: Und während ihre Missionare die friedlichen Eichen zerschlugen und von der Gnade Gottes salbaderten, vergewaltigten ihre Helfer die Mädchen, folterten die Kinder und traten die Alten johlend in den Staub mitsamt ihrer Weisheit. Sie zerstörten die Höfe und versprachen am Tag darauf bessere Straßen und den großen, wirtschaftlichen Aufschwung. Goldene Zeiten von unschuldigem Blut genährt. Ihre fränkischen Händler bekamen sofort Sonderrechte, um sich im friesischen Boden festzusetzen wie Geschwüre. Ihre Gildenverbünde walzten hernach jeden lokalen Handwerker gnadenlos in die Armut, sofern er sich ihnen nicht freiwillig anschloss. Dabei war es ganz gleich, ob er nun bessere Qualität lieferte; das war sogar eher nachteilig für den Gildenfrieden der Franken. Man versprach ihnen, das friesische Recht zu achten - doch letztlich entschied doch der feudale Herr nach eigenem Gutdünken und persönlicher Laune. Die Gerichtsverhandlungen waren eine Farce. Nur der Schein wurde gewahrt; einem Gespenst gleichend ohne Leben.

Die große Verlogenheit dieser Menschen war so maßlos abstoßend und tief in ihren schwarzen Herzen verankert. Sogar wenn kein Krieg tobte und sie nur ihre Kinder erziehen mussten, mussten sie ihr Gift in sie treiben. Ursula hatte solche Erziehungsmethoden selbst mit angesehen und musste immer noch schluchzen, wenn sie an all die schrecklichen Leiden dachte, die man den Kindern im Namen der Kirche und Befreiung angetan hatte: Jede Regung von Eigenständigkeit und gesunder Aufmüpfigkeit - für die die Kinder bekannt sind - wurde mit dem peitschenden Verweis auf Gottes Liebe aus den Kinderköpfen geprügelt, bis diese taub und stumm für die alltäglichen Wunder um sie herum geworden waren: Genauso hohl wie ihre Eltern, ihre jungen Leben einem fernen, grausamen Gott geopfert.

Ursula hatte sich selbst oft gefragt, was das nur für Menschen wären, die zu so etwas fähig waren. Sie hatte nur eine Antwort für solche Perfidität: Es war Selbsthass. Tief sitzender Hass auf die eigene Erbärmlichkeit, die sich in Grausamkeit an anderen Menschen äußerte, die nicht so grausam waren. Sie mussten erschlagen werden, tollwütigen Hunden gleich. Da konnte man nichts mehr retten. Diese Menschen würden nicht eher ruhen, bis die ganze Welt ihrem zerstörten Wesen gleich kam: Eine Wüste der Trostlosigkeit und die faktische Hölle auf Erden. Alle Freude wäre erdrosselt, aller berechtigter Zorn mit den Jahren in gleichgültiger Monotonie erstickt, bis ein jeder so gefühllos wäre und nur noch in der Gewalt gegen sich selber Anklang finden könnte. Diese Menschen taten genau das, was sie zu verhindern vorgaben.

Die heutigen Friesen konnten dies im Moment nicht absehen; sie glaubten sich stark genug, um der Kirche zu widerstehen. Doch dies war ein tödlicher Trugschluss, das Gift verteilte sich mit jedem Tag. Sie dachten nicht in größeren Maßstäben, über längere Zeiträume. Die Krankheit breitete sich derweil aus, schwächte den gesunden Leib, ohne dass es jemand merkte, bis die Knochen von innen ausgehüllt waren und jede ernsthaftere Anstrengung sie zum Bersten brachte.

Radbod sagte: „Ich heiße unsere Gäste willkommen. Halte du dich bereit, wie angesprochen" Er ging alleine hinunter an den östlichen Standstreifen von Bant. Hier gingen gerade zwei bewaffnete Männer an Land. Sie sprangen von ihrem mit einem Schlangenkopf verzierten Langboot mit mehreren Rundschilden an jeder Seite. Der größere von beiden war Mitte Zwanzig und hatte seinen Kopf kahlgeschoren, und nur an der vorderen Stirn hatte er noch ein Haarbüschel. Links und rechts hingen ihm je zwei Zöpfe an den Schläfen herunter. Im Gesicht trug er einen Schnurrbart, der Rest seines Gesichtes war glattrasiert. Neben ihm stand ein untersetzter, muskulöser und narbengeprägter Krieger, der ein großes Trinkhorn vor der Brust trug und Axt und Rundschild. Er trug einen einfachen Eisenhelm mit Lederbezug auf dem Kopf, und in seinem breiten Gesicht einen buschigen Schnurrbart.

Der jüngere Nordmann nickte Radbod zu: „Ich bin Rörik Klaksson, und dies ist mein Karl: Ole Brand. Ich bin der Anführer von drei Langbooten und zwei Knarrs mit insgesamt 142 Mann. Die anderen Schiffe warten vor Helgoland, um nicht von den Friesen entdeckt zu werden." Radbod nickte: „Ich bin König Radbod von Bant, König der freien Friesen. Wie ich sehe, habt ihr meine Botschaft erhalten?" Ole Brand grinste breit. Die Aura des Todes auf Bant schien ihm nichts auszumachen und er brummte nur: „Wir lagen in einem Fjord in einem beknackten Sumpf, als das Lagerfeuer zu sprechen begann und eine geile Weibsstimme sagte, wir sollten herkommen. Wir dachten schon, der Met wäre schlecht geworden. Scheint, als wäre dem nicht so. Ich hab die Wette verloren." Rörik Klaksson verbeugte sich: „Wir bieten euch unsere Unterstützung an, König Radbod. Wie von euch gewünscht." „Was verlangt ihr dafür?" „Nun, einerseits wäre es uns eine Freude, im Kampf zu sterben, auf dass wir wie echte

Krieger von den Walküren nach Walhalla gebracht werden mögen - aber andererseits haben wir auch noch irdischen Ruhm zu erlangen, der ein wenig fortdauert, wenn ihr versteht." Radbod begriff sofort: „Ihr wollt Ländereien." Rörik bestätigte: „So ist es. Vor nicht mal dreißig Jahren wurde meinem Vater dies Land zum Lehen gegeben, aber die Friesen haben uns unrechtmäßig verjagt. Dies Lehen fordern wir nun ein als Belohnung für unsere Dienste." Radbod kniff die Augen zusammen: „Ihr missversteht meine Absicht, Jüte: Friesland bleibt frei und wird niemandem zum Lehen gegeben!" Rörik nickte grimmig: „Dann kommen wir hier nicht überein." Radbod hielt ihn zurück: „Jedoch könnte ich Hilfe gebrauchen bei der Rückeroberung. Bei dieser wären neue Posten zu vergeben, um die Reste kirchlicher und weltlicher Macht zu beseitigen. Zumindest vorerst." Ole Brand schnaufte: „Weltliche Macht? Seid ihr das nicht? Als König der Friesen? Wo is'n da der Unterschied?" Radbod umschloss das Heft seines Sax fester. Wind kam auf: „Ich bin ein König, den man offen wählte, um das Land vor dem Untergang zu retten. Ich leite meine Herrschaft nicht von irgendeinem Gott oder einer Blutlinie ab, wie all die anderen eurer knechtschaffenden Bastardkönige. Niemand sonst sollte es in meinem Friesland wagen, sich über den andern zu erheben. Sobald die alte Ordnung wieder hergestellt ist, werde ich abtreten und in Ruhe sterben können." Rörik und Ole Brand zogen sich zur Beratung zurück. Als Rörik zurückkehrte, sagte dieser: „Ich riskiere hier meine Männer für ein heikles Unterfangen. Über welche konkrete Macht verfügt ihr, Friesenkönig, der doch kein König ist?" Radbod lächelte grimmig und seine Stimme hallte weithin: „Ursula! Zeig es ihnen! Zeig ihnen, welche Macht wir jetzt besitzen." Brodelnd hob sich das Wasser mit dem Langschiff darauf in die Luft: Das Meer selbst hob sich an. Zwei kräftige Krakenarme peitschten aus dem Wasser und packten Rörik und Brand, hoben sie wie Spielzeuge in die Luft ehe sie ihre Waffen greifen konnten. Der Kraken tauchte teils aus dem Meer auf. Radbods Skelettkrieger sprangen vom Turm und von der Mauer herunter, stellten sich dann in perfekter Formation in Reih und Glied auf. Es waren sicherlich an die fünfhundert Krieger, die den Strand füllten. Radbod tönte: „Dies ist mein getreues Gefolge. Ich kann noch dreimal soviele erheben, und zusätzliche Krieger aus den Tiefen des Meeres, die unempfindlich sind gegen Pfeile, Speer und Bolzen! Der Seegott Njörd ist mit seinem Champion Düll an meiner Seite!" Der schleimige

Ritter landete neben ihm im Sand; war ganz oben vom Turm gesprungen ohne Blessuren. Radbod grinste breit: „Ich brauche euch weniger als ihr mich, Rörik Klaksson." Rörik rief: „In Ordnung – wir denken, es gibt eine Übereinkunft!" Der Kraken ließ die beiden Eschenmänner zurück in den Sand plumpsen und zog sich wieder unter Bant zurück. Das Schiff wurde wieder sanft ins Meer entlassen. Radbod und Rörik gaben sich die Hände, und dieser wirkte gänzlich verstört: „G-Gebt uns das Zeichen, und wir werden mit euch angreifen! Meine Flotte steht euch zur Verfügung, König Radbod." „Gut. Ich beabsichtige, euch gesondert einzusetzen: Ihr werdet eure Expertise in Plünderungen des Hinterlandes unter Beweis stellen können. Haltet nur stets ein Feuer auf eurem Schiff, damit Ursula euch informieren kann. Das wäre dann alles." Rörik schluckte: „Wie ihr meint, König Radbod." Sie begaben sich zu ihrem Langboot zurück und ruderten wieder hinaus - ein bisschen hektisch vielleicht. Radbod konnte sich ein Schmunzeln nicht verkneifen und ging mit Düll zurück in die alte Festung.

Das Dorf der Chauken lag auf einer Wurft und war von einem dünn bestandenen Wald umgeben. In den Zeiten des Friesenkönigs waren die Küstenstreifen und Inseln die letzten Bastionen, in denen die Heidensympathisanten noch Verbündete fanden. Die Esener galten als Erben jener Urfriesen, die vor dem großen Volkssturm hier gelebt hatten, noch ganz ohne Deiche. Sie blieben vornehmlich unter sich und wurden als verschroben und eigenbrötlerisch angesehen, mit einem eigenwilligen, rauen Humor. Die Chauken selbst praktizierten noch den arianischen, urchristlichen Glauben und waren einzig durch den Kaiser akzeptiert und geschützt. Seiner Ansicht nach waren sie ebenso Bürger des Reiches wie alle anderen, solange sie ihre Abgaben und Dienste der Krone leisteten. Natürlich duldete die katholische Kirche dies nur mit Widerwillen und immer wieder versuchten sie, die Arianer zu missionieren und sie zu Dreieinigkeitsgläubigen zu machen, was ihnen aber nie gelang. Da die Kirche selber Ländereien besaß und ihnen das Land zustand, dass sie selbst bekehrten, waren auch wirtschaftliche Interessen von nicht geringem Belang. Die alten Stämme waren für den Kaiser somit wertvolle Verbündete und aufgrund ihrer kämpferisch-germanischen

Traditionen auch kampfstärker, sodass er auf ihre Waffentreue zählen konnte. Sollte der Kaiser eines Tages mal wieder exkommuniziert werden, so würde die Arianer dies ebenso wenig kümmern, als wenn sie exkommuniziert würden. Sie würden zum Kaiser halten, denn der Papst hatte keine Befugnisse, welcher Art auch immer, über sie und der Kaiser schützte ihren Sonderstatus: So manchen Kriegsbischof trieb diese offene Rebellion gegen die Herrschaftsverhältnisse aber immer mal wieder zur Weißglut: Wie zuletzt in Stedingen. Es war eine Art der gegenseitigen Versicherung vor Putsch-Versuchen und feindlichen Bündnissen.

Die Chauken bewohnten das Wangerland und Teile von Östringen und waren über mehrere Ecken mit Edo Wiemken, dem Hauptlinger von Jever, verwandt. Auch die kleinen Insel-Königreiche Wangeroog und Spiekeroog gehörten zu ihrem Einflussbereich. Die Chauken trugen Habichtsfedern als Schmuck, und ihre Schilde und Helme waren mit Motiven von Schnäbeln, Flügeln und Krallen besetzt. Jeder Chaukenkrieger hielt sich einen eigenen Habicht als Jagdgefährten, welchen sie auch im Kampf einsetzen konnten. Diese Tradition stammte noch aus den Zeiten, als sie in den überfluteten, sumpfigen Küstengebieten die Moortiere jagten. Die Chauken fügten sich zwar dem allgemeingültigen Deichrecht; bauten ihre Siedlungen aber nach wie vor auch auf den eigentlich obsoleten Wurften alias Erdhügeln. Da die Deiche aber durchaus immer wieder brechen konnten, kam ihnen diese alterhergebrachte Art des Siedlungsbaus in solchen Situationen mehr zu Gute als den Friesen, welche solche Vorkehrungsmaßnahmen für übertrieben hielten: vertrauten sie doch voll auf den Deich. Schon bei den Römern galten die Chauken als zurückgezogenes, friedlicheres Volk, das auf Handel und Viehzucht, insbesondere Pferde, setzte.

Wie alle Küstenbewohner, die sich über Moore und Schlote bewegen mussten, waren sie gut geschult im Umgang mit allerlei Stangenwaffen wie Speeren, Lanzen und Stabschleudern. Man nannte solche Speerkrieger in friesisch gefärbten Tedeschi Spieker, wobei die älteren, erfahrenen Krieger belustigt als Stiekelswienen tituliert wurden, wie auch die Igel. Hinnerk und Jens wurden bis auf den Marktplatz eskortiert und die Menschen hier grüßten Hauke freudig, was dieser aber mit keiner entsprechenden Reaktion quittierte.

Er tat ganz so, als wäre dies eine heikle, toternste Angelegenheit, wobei Jens deutlich merken konnte, dass die Chauken in Werdum keineswegs so unfreundlich oder misstrauisch waren, wie man anderswo erzählte. Ihre Mädchen kicherten, als sie Hinnerk erblickten, und die alten Männer schmunzelten durch die gelockten Bärte hindurch, grüßten stumm mit einem Nicken. Hauke stoppte vor dem zentralen Langhaus von Werdum: „Wartet hier draußen!" Jens und Hinnerk warteten im Beisein des anderen Chaukenkriegers, bis der Hauptlingssohn wieder herauskam, der Miene nach zu urteilen etwas peinlich berührt: „Kommt rein..." Im Inneren des Hauses befand sich eine zentrale Feuerstelle, hinter der in seinem hohen Lehnenstuhl der kräftig-breitschultrige Hauptlinger namens Tjarko saß. Seine breite Knollnase und das dunkle, schulterlange Haar im bärtigen Gesicht verliehen ihm ein kriegerisches, aber auch gütiges Antlitz. Links neben ihm nahm Hauke Aufstellung und fütterte seinen Habicht, während rechts von ihm eine spitznasige Frau Mitte Zwanzig mit kurzen Haaren und rötlichen, gefärbten Haarstreifen von der Stirn bis zum Nacken lächelnd auf und ab wippte.

Die Chauken von Werdum; Hauke, Tjarko, Kea „Specht"

Tjarko deutete ihnen näherzukommen: „Tretet vor, Friesen. Hauke hat mir von euch erzählt." Hauke nickte: „Erweist dem Herrn von Werdum die nötige Ehrerbietung!" Die Frau mit der spitzen Nase rollte mit den Augen und murmelte: „So sensibel wie ein muffiger Pyrk Tze!" „Halt du dich da raus, Kea.", fauchte Hauke sie an. Jens lächelte und wollte sich schon niederknien, aber Hinnerks Weigerung ließ ihn zögern. „Ich beuge mich vor niemandem! Ich bin als freier Mann hier. Oder doch als Gefangener?" Hauke platzte: „Das ist Hinnerk Wiards, Vater! Er wird nur Ärger machen. Ich kenne ihn, um keinen Streit verlegen ist dieser…" Tjarkos donnernde Stimme ließ sie alle verstummen: „RUHE!!" Es wurde still: „Ich denke, wir sollten uns zunächst einmal vorstellen, bevor wir einander an die Gurgel springen wie ein Paar Lindwürmer bei der Paarung, ja?" Tjarko stand auf und ging um das zentrale Feuer herum. Er beäugte Hinnerk und Jens eindringlich, dann nickte er und sagte: „Moin. Ich bin Tjarko, Hauptlinger von Werdum und Anführer der Chauken im Wangerland. Und ich bin kein König, vor dem man sich verbeugen muss. Ich bin der, der tut, was getan werden muss, um meine Leute zu beschützen. Ob das Ehrerbietung rechtfertigt, weiß ich nicht, und will ich auch nicht wissen." Er lächelte und zeigte auf seine beiden Berater: „Das da ist mein eher ungestümer Sohn Hauke, den ihr ja schon kennengelernt habt. Nehmt ihm seine brüske Art nicht allzu übel, er ist ein skeptischer Geselle. Muss er auch sein. Die Dame daneben im Federkleid heißt Kea. Sie ist unsere Harugari und wird von allen meist nur Specht genannt." Die Frau deutete einen Hofknicks an: „Ihr dürft mich auch so nennen." Sie grinste zu Hauke hinüber, der den Kopf beschämt wegdrehte. Tjarko sagte: „Du bist also Okkos Junge, Hinni?" Hinnerk bestätigte. „Ja. Und der große Freund hier?" „Jens Janssen, Herr. Es freut mich." Tjarko reichte ihnen jeweils die Hand: „Ihr seid nicht meine Gefangenen, junger Wiards! Ihr seid meine Gäste. Heda! Bringt was zu Essen und zu Trinken. Uns allen." Kurz darauf hatte man Hinnerk und Jens Sitzgelegenheiten besorgt und ihnen einen Teller Eintopf mit Brot und dünnem Bier überreicht. Tjarko fragte währenddessen: „Ihr sagtet also, Radbod sei zurückgekehrt?" Jens schluckte seinen Happen herunter: „So iffef. Ich habe ihn mit eigenen Augen gesehen." Hauke schnaufte: „Radbod kann nicht zurück! Das weiß doch selbst hier jedes Kind." Hinnerk keifte: „Aber er hat nun die Möglichkeit dazu, klar?" „Wo sind eure Beweise? Da steckt sicher ein Plan von den tom Broks dahinter, um uns abzulenken, Vater. Edo hat uns davor gewarnt, dass sowas passieren könnte." Hinnerk erwiderte: „Beweise? Welche Beweise braucht ihr? Ein Heer aus untoten Kriegern? Einen Kraken, der euch ins Haus fliegt?" „Da könne ja jeder kommen!" „Nein. Nur ein hinterhältiger Bastard, mit dem niemand rechnet, wie Radbod!" „Du lügst doch!" „Ha! Hättest du wohl gerne!" Jens schob Hinnerk, und Tjarko zog Hauke beiseite. Der Kaufmann seufzte: „Offenbar gibt es hier ein paar ungelöste Probleme?" Die Harugari Specht lächelte breit: „Och, das ist kaum der Reden wert. Es ging ja nur um die Prinzessin von Wangeroog: Mayla. Ist ja auch ein fesches Mädel." Jens sah Hinnerk an: „Ach? Das war also euer Problem? Interessant. Ein Mädchen, hm? Was wohl Leevke dazu sagen würde..." Der junge Mann lief rot an, ebenso wie auch Hauke. Dieser sagte: „D-Das ist schon lange her und nicht der Grund für jetzt!" Specht zuckte mit den Schultern und schob sich ein Birnenstück in den Mund: „Natürlich nicht." „Es ist wahr!" Tjarko rieb sich entnervt die Nasenwurzel, und Jens fuhr sich ebenso über das Gesicht. Der Hauptlinger lächelte: „Das muss ich mir den ganzen Tag anhören, Herr Janssen. Specht stichelt, Hauke reagiert." Er lachte laut auf: „Hat mich komischerweise all die Jahre lebendig und knackig gehalten. Dieses blöde Gezänk! Hahaha!" Jens fragte: „Also werdet ihr uns helfen? Die Mönche von Marienkamp werden auch zugegen sein, wenn ihr deshalb Probleme habt..." Tjarko winkte ab: „Sollen sie ruhig da sein. Solange sie uns nicht bekehren wollen, kann ich gut damit leben. Radbod also. Hmmm... Ich denke wir sollten hierfür trotzdem unsere Harugari zur Rate ziehen, ehe wir in einen Krieg ziehen. Dies ist bei uns so Brauch. Und wer bin ich, damit zu brechen?" Kea wischte sich die Hände am Beinkleid ab und schmatzte: „Soll ich alles vorbereiten für eine kleine Präsentation meiner Befähigung, Tjark?" Der Chaukenhauptling nickte: „Tu das bitte, Kea." Die Frau sprang auf, drückte stöhnend ihren Rücken durch und tänzelte dann hinaus. Jens runzelte die Stirn: „Ist sie etwas durcheinander...?" Tjarko lächelte nachsichtig: „Könnte man manchmal meinen. Nein, sie ist etwas Besonderes, und nicht nur, weil sie eine Harugari ist." Hinnerk fragte: „Was ist das überhaupt genau, eine Halli-Galli? So was wie ein Deel-Deern?" Hauke schnaufte: „Wie wenig ihr noch wisst!" „Genug, Hauke. Du wirst Prinzessin Mayla noch früh genug widersehen." Dies ließ den jungen Chaukenkrieger verstummen, und

Tjarko erklärte breit grinsend: „Deel-Deerns sind auch nur das, was von den Harugari der alten Friesen übriggeblieben ist: Sie sind Mägde und Frauen, die sich um das Seelenheil der Gemeinschaft kümmern, Geburtenhilfe geben, junge Männer in die Liebe einführen, Kräutertränke und Heilmittel herstellen: Das sind alles Aufgaben, die sich aus den Harugari entwickelt haben. Sie sind die letzten Reste von Zauberkräften in unseren Reihen; Überbleibsel heidnisch-alter Stammesrituale und beschwörerischer Magie unserer Ahnen..."

Sie warteten, bis sich das ganze Chaukendorf in der großen Halle versammelt hatte und man über der Feuerstelle einen großen Topf aufgehängt hatte, in dem alsbald heißes Wasser brodelte. Kea betrat mit festem Schritt die Halle und hatte sich komplett in ihren Federmantel gehüllt. Sie starrte eine Zeitlang in das Feuer in der Mitte des Raumes und summte leise eine alte Melodie. Alle sahen ihr gebannt zu und kuschelten sich eng aneinander. Kea holte dann einen Kräuterbeutel hervor und fügte die Kräuter mit eleganten, überschwänglichen Handbewegungen in den Kessel, während sie ihn umkreiste. Sie warf ihre Kapuze zurück und den Kopf hin und her. Es war still und andächtig geworden; und selbst die Kinder schwiegen mit großen Augen. Jens Murmeln war darum weithin zu hören, was er sofort bereute: „Also, diese Nase ist ja gigantisch..." Er meinte Keas spitze Nase, die ihm vorher garnicht so aufgefallen war. Alle Köpfe ruckten zu ihm hin und auch Kea hob den Kopf: Blinzelte in seine Richtung und hob anklagend den Finger: „Das sagt der richtige, du Vogel!" Allgemeines Gekicher setzte ein, und nun war es Jens der rot anlief. Eine alte Frau neben ihnen meinte freundlich: „Wegen der Nase nennen wir sie ja auch alle Specht. Se is' imme all'n Wiesnös wesst." Die Harugari hatte sich vor den Topf gekniet, eine hölzerne Schüssel vom Tisch genommen und etwas von dem Gebräu entnommen, welches mit schwerem Duft im Topf vor sich hin brodelte. Sie schlürfte es und schloss die Augen. Die Flammen knisterten, als alle gespannt darauf warteten, was sie zu verkünden hatte. Sie murmelte etwas, aber niemand konnte es verstehen. Die alte Frau erklärte weiter: „Das ist die Sprache der Toten, unserer Ahnengeister, die sie nun befragt." Jens und Hinnerk zuckten zusammen, als das Feuer sich blau färbte und die Halle in gespenstisches Licht tauchte, die wilde Schatten warf.

Die Harugari schlug die Augen auf, doch da war nur noch das Weiß zu sehen. Durch das blaue Feuer hindurch sah der Hauptlinger sie an, und sie sprach mit hallender, tieferer Stimme, die so garnicht zu ihrem bisherigen, quirligen Auftreten passen wollte: „Die Friesen sprechen wahr - Der letzte König kehrt zurück – Die Arme des Kraken würgen den steinernen Bären – Kein Gebet kann die See bändigen – Die Falken müssen fliegen – die Haut, die juckt, durchdringt den Schild - Das Meer ist rastlos und tobt..." Spechts Stimme wurde lauter und sie keuchte: „Das Meer tobt! Es tobt! Die See erhebt sich! Höher als alle Berge und Mauern! Schreie! Gefroren in Kälte! Von Jenseits kommend! Älter als alle Gräber! Es durchschlägt die Deiche! Verschlingt jede Wurft! Tote treiben zu Tausenden in stiller See, die Gesichter nach unten! Zum Schrei verzerrt!!" Mit einem Aufschrei sackte sie zusammen und kippte kraftlos zur Seite. Hauke eilte ihr sofort zu Hilfe und setzte sie wieder auf. Keiner wagte zu reden. Mancher hatte Tränen in den Augen. Ihre Augen kehrten flatternd zurück. Sie schwitzte, zitterte und atmete schwer: „Es geht schon." Sie zog sich an Hauke hoch und zeigte auf Hinnerk: „Du musst das Mädchen aus dem Eis retten, Junge. Nur du kannst es schaffen." Hinnerk machte große Augen und erhob sich: „Ich werde sie retten. Das hab ich schon versprochen..." Tjarko stützte Kea auch: „Was hast du gesehen, Kea?" Sie schüttelte den Kopf: „Es war eine Flut, die unsere Deiche nicht abwehren können... Radbod kommt, und die Toten schwimmen." Ein Raunen ging durch die Menge: „Der blanke Hans." Tjarko reichte Specht einen Becher mit Holundersaft. Sie verzog das Gesicht und lächelte dann: „Er ist fest entschlossen, alle Kreuzträger zu vernichten. Uns eingeschlossen. Seine Geduld ist am Ende. Seine Rache heißer als jedes Eisen." Tjarko senkte nachdenklich sein Haupt: „Ruh dich aus." Er wandte sich an die Versammlung: „Unsere Ahnen haben uns diese Vision geschenkt, um uns zu warnen, aber auch, um uns zu ermutigen. Wir müssen Speere und Schilde ergreifen und diesem Feind entgegentreten, selbst wenn es unseren Untergang bedeutet. Aufgeworfene Erde allein wird ihn nicht mehr abhalten, ebenso wenig wie es den roten Schrecken oder Klak aufgehalten hat. Wenn wir jetzt zögern und abwarten, wird es wieder ein Blutbad geben. Dazu lasse ich es nicht kommen. Wir haben uns lang genug verkrochen und gehofft, dass dieser Kelch an uns vorrüberginge: Doch nie ist das passiert. Wir gehen ihm also entgegen, diesem Feind! Trommelt alle Krieger zusammen und lasst nur eine Handvoll zurück, um unser Dorf vor Plünderern und wildem Getier zu schützen. Hauke, du wirst die Verteidigung Werdums in meiner Abwesenheit leiten! Dies schließt auch die anderen Siedlungen ein, die unter meinem Schutz stehen. Keine Widerworte! Das ist eine große Verantwortung und ich verlasse mich auf dich. Wenn wir scheitern, liegt es an dir, zu retten, was zu retten ist." Der junge Mann nickte grimmig: wobei man ihm klar ansah, dass er lieber mit seinem Vater in die Schlacht gezogen wäre.

Tjarko zückte sein Sax und hielt es in die Flamme: „Ziehen wir aus, meine Habichte; mit gewetzten Klauen und breiten Schwingen! Wir sind niemandes Sklaven und treten jedem in den Arsch, der meint, sich als unser Herr aufspielen zu müssen. Ob nun Menschen, Geister, Götter oder Dämonen; ja, die Welt selbst: Wir wollen lieber sterben, als denen die Füße zu küssen, die unseren Kindern mit Ketten drohen, aber noch eher wollen wir siegreich sein!" Ein zustimmendes Gebrüll brandete auf. Tjarko nickte: „Dann auf zur fröhlichen Jagd, Freunde. Gott gebe uns seinen Segen." Die chaukischen Männer gingen los, um sich vorzubereiten. Tjarko trat zu Hinnerk und Jens: „So ihr beiden: Übermittelt diese Botschaft dem friesischen Aufgebot: Die Chauken werden sich dem Bund gegen Radbod anschließen und mit ihnen kämpfen. Für die gemeinsame Freiheit." Jens konnte sich den sarkastischen Unterton nicht verkneifen: „Das sind ja tolle Neuigkeiten. Krieg! Das hab ich mir ja schon immer gewünscht." Er fühlte sich nicht wohl bei dem Gedanken des bevorstehenden Gemetzels. Er spielte mit dem Gedanken, seinem merkantilen Instinkt zu folgen und einfach mit der Labskaus abzuhauen. Er steckte schon jetzt viel zu tief in fremden Angelegenheiten. Es war nie gut fürs Geschäft, wenn man keine Kontrolle über das Geschehen hatte.

Jens war ein Feigling und keiner, der schwerterwirbelnd in gegnerische Reihen preschen konnte. Allein der Gedanke an den Schlachtentumult reichte, und ihm wurde flau im Magen. Er hatte es Okko zwar versprochen, aber es mochte gar einen Tick zu voreilig gewesen sein,

Specht trat hinzu, immer noch blass im Gesicht. „Ah, die Nasenfrau. Geht es wieder?", meinte Hinnerk und grinste. Specht grinste ebenso zurück: „An der Nase eines Mannes erkennt man seinen Johannes, Stubbelchen..." „S-Son Quatsch! Ha! Dann hättest du ja einen Riesenömmel!" Sie wies auf Jens: „Du kannst dich ja mal mit deinem Freund vergleichen, um meine Theorie zu überprüfen." Jens schob sich dazwischen: „Wir machen hier keine Schwanzvergleiche, Fräulein Specht! Ich darf doch sehr bitten!" Die Harugari räusperte sich: „Ihr versteht auch keinen Spaß oder? Wiedemauchsei: Hinni, das war dein Name? Was hat es mit dem Mädchen aus dem Eis auf sich?" Hinnerk brauchte nicht lange zu überlegen. Es musste Leevke sein: „Das haben wir noch keinem erzählt, woher…?" „Ein Vögelchen hat es mir gezwitschert… Was ist ihr Geheimnis?" Jens erklärte: „Sie ist in Radbods Fängen. Das ist alles, was ihr wissen müsst." Specht keifte: „Ach, ist das so? Alles was ich wissen muss? Wenn ihr mir hier Informationen vorenthaltet, die für das Überleben von Chauken wichtig ist, Menschen die ich mit auf die Welt gebracht habe, dann…!" Hinnerk fällte eine Entscheidung: „Sie kann das Meer beeinflussen. Sie hat diese Kraft. Reicht das, du Huhn?!" Specht sah ihm klar in die Augen und sagte dann lächelnd: „Na sowas? Kein Wunder, dass ihr das geheim halten wolltet. Keine Angst, bei mir ist das Geheimnis sicher, hehe." Sie zwinkerte ihm zu: „Stubbelchen." „Ich habe keinen Stubbel!" Kea winkte ab: „Och, ich kenn mich da inzwischen aus. Ich hab einen davon aufwachsen sehen. Nicht wahr Hauke?" Der junge Mann, der mit seinem Vater redete, sah irritiert auf: „Erzählt sie wieder Mist?" Diesmal winkte Specht Hauke zu und sagte: „Ich liebe diesen Jungen. Habe jeden seiner Schritte mitverfolgt. Wobei du etwas größere Nasenlöcher hast – was wiederum ein Zeichen für ein anderes Merkmal ist…" Jens erwiderte keck: „Diese Thematik scheint dich ja ziemlich zu faszinieren, oder?" Specht räusperte sich und ernster meinte sie dann: „Wenn Radbod einen Weg gefunden hat, des Mädchens Macht zu nutzen, muss man sie vielleicht ausschalten…" Hinnerk knurrte: „Niemals! Eher schalt ich dich aus!" „Das ist nur eine Redensart, ganz ruhig. Ich meine damit nur, dass mit ihr alles steht und fällt. Ich kenne mich ein wenig mit heidnischer Zauberei aus und weiß, dass sie die Möglichkeit hatten, die Lebenskraft mittels einer Zauberblase aus ihren Opfern zu ziehen und zu nutzen. Es sei denn das Mädchen hat sich freiwillig…?" „Niemals!" „Dann müsst ihr diese Blase zerstören, um sie zu befreien." Jens fragte: „Und wie? Mit einem Speer zum Platzen bringen?" „Fast. Es muss der Stab des Zauberers sein, der es bewerkstelligt hat." Hinnerk ballte die Hände zu Fäusten: „Ich werde mich darum kümmern." Specht schürzte die Lippen: „Hoffen wir es, Junge. Hier, ich gebe euch etwas von dieser Suppe mit." Jens sah zum Kessel hinüber, aus dem sie gelesen hatte: „Das kann man essen?" „Sie wird euch der Geisterwelt näherbringen und euch unempfindlicher gegen ihren Einfluss machen. Hier kriegt das jeder." Sie gab Jens und Hinnerk jeweils eine Schale, deren Inhalt arg bitter schmeckte. Specht lachte: „So hat Hauke auch immer geguckt, keheheh!" Hinnerk, Jens und Klütje verabschiedeten sich daraufhin von Tjarko, Hauke und Specht und dem gesamten Dorf der Chauken und kehrten nach Esens zurück. Die Zeit würde knapp werden, und es war noch garnicht sicher, dass die Friesen ihr Aufgebot überhaupt entsandten. Zur Not ging es nur mit Chauken und Mönchen gegen die Untoten...

Ursula wuchs als Einzelkind in dem kleinen Flussdorf Tjölling an der Südküste Norwegens auf. Schon sehr früh merkten die Menschen, dass sie ein Talent für die heidnische Zauberei hatte und mit den gefährlichen Trollen sprechen konnte, die die umliegenden Gehöfte öfter mal traktierten. Die im Ort befindliche Runendeuterin Turida nahm es alsbald auf sich, sie in ihren Künsten zu unterweisen und die Begabung in konstruktivere Bahnen zu lenken. Ursula selbst war ein eher dünnes und blasses Mädchen, mit trockenen Lippen, dünnem, fettigen Haar und müden blauen Augen. Ihr Vater war wie so viele andere im Dorf ein Walfänger. Tran, Öle, Walfleisch, Holz aus den dichten Wäldern sowie das seltene Ambra bescherten dem Dorf einigen Wohlstand, und man sah nur wenig Gründe darin, ihre Absatzmärkte in Angelland oder in den südlichen Gefilden des Kontinents durch Überfälle zu ruinieren, wie es andere Nordmänner taten. Obwohl ihr die Ächtung durch die Kirche erspart blieb, fand Ursula trotzdem nie den Zugang zu ihren Gleichaltrigen. Die Jungen fanden sie ganz interessant und mystisch, während die Mädchen nur neidisch auf ihren Sonderstatus blickten und hinter ihrem Rücken lästerten.
Dies ging soweit, dass sie irgendwann alle – auch die Jungen - nur noch Talgbirne nannten; wegen ihrer ständig fettigen Haare, denen selbst die Runendeuterin mit ihren Kräutern nicht beikommen konnte. Da aber keine der Eltern es sich mit der alten, heidnischen Macht verscherzen wollten, bestraften sie ihre Kinder für die Schmähungen der Runendeuterin und ihrer Schülerin durch Prügel und Strafen. Dies führte allerdings nur zu mehr Feindschaften, welche Ursula noch unbeliebter machten,

obwohl sie sich stets größte Mühe gab, es allen recht zu machen und ihrem Platz in der Gesellschaft gerecht zu werden. Sie hatte es sich ja selbst nicht ausgesucht und tat nur, wie man ihr auftrug. Von ihren Altersgenossen geschmäht, fühlte sie sich vermehrt zu den Tieren hingezogen, deren Nutzen und Wirksäfte sie von Grund auf lernen musste. Sensibel wie sie war, brachte Ursula es nicht über ihr kleines Herz, die Tiere zu töten. Sie konnte die Leichen zwar ausnehmen und in Stücke schneiden, aber das Töten selbst war ihr ein Gräuel sondergleichen, bei der ihr die Galle hochkam und sie sich übergeben musste. Die alte Hexe rügte sie deshalb oft, aber selbst wenn Ursula sich überwinden konnte, spuckte sie auf die Eingeweide und machte sie so nutzlos für weitere Verwendung. Ausgerechnet ihr Vater, der die großen Wale jagte, zeigte etwas Verständnis für Ursulas Vorbehalte: Für ihn blieb Ursula sein kleines Mädchen und es war für ihn sonnenklar, dass sie etwas sensibler war als alle anderen Kinder: Allerdings war er nur selten zu Hause.

Ursulas Mutter Hulda hingegen legte viel Wert auf den Ruf ihrer Familie innerhalb der Tjöllinger Dorfgemeinschaft. Sie drängte Ursula dazu, sich mehr in das Gemeinschaftsleben zu integrieren, um ihre gesellschaftliche Position zu festigen. Es sei gut, eine künftige Runendeuterin in der Familie zu haben. In Tjölling gab es ungeschriebene Hierarchien, und ein hohes Ansehen zu genießen war darum von einiger Bedeutsamkeit, auch wenn sich ein jeder Nordmann als frei und unabhängig bezeichnete. Wer einen schlechten Ruf hatte, wurde von den anderen gemieden und genoss nicht die vielen Vorteile, die die Gemeinschaft bieten konnte; wurde effektiv ausgeschlossen. Diese Sonderleistungen ging von Gefälligkeiten bis hin zu Geschenken. Wer sich diesem Leben entzog, würde nicht lange überleben, zumindest nicht bei dem Standard, den der Ort jetzt innehatte. Es galt, den erworbenen Wohlstand gegenüber den umliegenden Orten zu wahren und auszubauen. Die Nordmänner verstanden sich seit jeher als tüchtige Geschäftsmänner und fuhren sogar den Dnjeper hinauf bis nach Konstantinopel und an die afrikanischen Küsten. Auch Sklaven und Knechten, Thralls genannt, waren sie nicht abgeneigt, und die Raubzüge in die Küstengebiete von West- und Ostsee brachten immer wieder Nachschub.

So fand sich Ursula schließlich dabei, nicht nur den Leuten bei ihren alltäglichen Wehwehchen zu helfen, sondern auch Berserkertränke zu kochen, die die Krieger wild und kurzfristig unbesiegbar im Kampf machten; den Arbeitern Runen einzuritzen, die ihnen zu mehr Ausdauer verhalfen, und Knochenketten zu basteln, die man als Talismane verkaufen konnte. Auch lernte sie Rituale der Fruchtbarkeit und der guten Ernte zu vollziehen. Die alternde Runendeuterin Turida überantwortete ihr immer mehr Aufgaben, und Ursula wagte es irgendwann nicht mehr, der grimmigen Frau zu widersprechen. Schweigend erduldete sie die sich häufenden Aufgaben, und ihr Herz klopfte nachts hektischer. Kaum dass sie dreizehn Jahre alt war, döste sie immer öfter weg. Dunkle Ringe bildeten sich unter ihren Augen, aber niemand nahm es zur Kenntnis: Sie alle waren zu sehr mit sich selbst und ihren eigenen Problemen beschäftigt, als dass sie ihr stilles Leiden hätten erkennen wollen. Im Gegenteil: Da Ursula ja alles schaffte und nie muckte, konnte man ihr ja noch das eine oder andere mehr abverlangen. Sie alle mussten Opfer bringen, da gab es keine Sonderrechte.

Als nun ihr Vater von einer erfolgreichen Handelsfahrt ins ferne Land der Rus zurückkehrte und ihr schön-gewebte Tücher zum dreizehnten Geburtstag mitgebracht hatte, fielen sie ihm bei Ursulas kränklich-müdem Anblick aus den Händen. Bei der Thing-Veranstaltung empörte er sich lautstark, und entgegen des Anratens seiner Frau, dass jeder sich an dem Mädchen schadlos gehalten hätte. Daraufhin war die Empörung groß, denn Ursulas Vater spuckte Gift und Galle, und die meisten Dorfbewohner ließen sich diese Anschuldigungen nicht gefallen. Trotz oder wegen ihres Wohlstandes war der Ton von Woche zu Woche rauer geworden.

Es kam zu einem wilden Handgemenge auf dem Marktplatz, in dessen Verlauf Ursulas Vater schwer zusammengetreten wurde. Als sie dies mit ansah, explodierte etwas in Ursulas Eingeweiden, und ihr schmächtiger Körper erbebte vor spastischen Konvulsionen. Mit einem wütenden Schrei setzte sie ihre magischen Kräfte brachial frei. Turida wollte noch einschreiten, aber sie selbst geriet in den Wirbel aus Brettern und Gegenständen. Ein Wirbelsturm inmitten des Dorfes entstand, und dabei wurde auch die Runendeuterin von einem Balken erschlagen, dass ihr Kopf zerplatzte und arkane Energien sich Blitzen gleich verteilten. Als Ursula sich wieder beruhigt hatte, lag Tjölling in Schutt und Asche. Viele Dorfbewohner waren verletzt, einige schwer, darunter manches Kind. Ursulas Vater nahm seine Tochter zu sich, lief zum Schiffskai und drängte sie, das Dorf zu verlassen, um sich zu retten. Er hatte nicht genug Geld, um das Wergeld für die Schäden aufzubringen, die sie angerichtet hatte. So blieb Ursula nichts anderes übrig, als mit einem kleinen Fischerboot und etwas Proviant zu fliehen. Sie sollte zu Freunden nach Aalborg segeln, und schaffte es dank günstiger Winde auch. Leider herrschte dort gerade eine blutige Fehde: Eine Bande von Strandkriegern wollte sie aus dem Boot zerren und zum Vergnügen nehmen, als ihr Schrei ein junges Krakenwesen herbeiholte, welches sie rettete, die Männer tötete und fortan begleitete. Sie fuhr – verstört bis in Mark - die Westküste Jütlands herunter und fand Unterschlupf im heidnischen und vernebelten Ostfriesland, wo sie ziellos umherirrte und sich von kleineren Diebstählen ernährte. Ihren Kraken ließ sie in einem der vielen Nebenflüsse Unterschlupf finden. Sie wagte sich bis zur Siedlung Auerk vor und wusste nicht, dass sie damit eine unsichtbare Grenze überquerte und in das christliche Friesland übertrat. Als sie beim Diebstahl erwischt wurde, verteidigte sie sich panisch mit ihren magischen Kräften. Blaue Funken schleuderten den Wachmann hoch durch die Luft und er war tot. In die Enge getrieben und hungrig, drohte sie den umstehenden Menschen, sofern sie nicht etwas zu essen bekäme, ein ebensolches Schicksal an.

Die Menschen taten es aus Furcht vor Ursulas Kräften. Ursula selbst verkroch sich in ein Versteck im garstigen Moor, wo auch ihr Kraken Unterschlupf gefunden hatte. Hierher wagten sich die Friesen nicht, denn es hieß, ein Haifischwesen ginge umher. Ursula entdeckte allerdings nur ein paar halbwilde Gobolde, die aber nach einem Funkenfeuer sogleich Reißaus nahmen. Wöchentlich wurden ihr fortan Nahrungsopfer gebracht, und es wäre gelogen gewesen, wenn Ursula diese Bequemlichkeit nicht genossen hätte. Zum ersten Mal in ihrem Leben war sie sich ihrer persönlichen, eigenen Macht bewusst und wollte sie nun nur noch zu ihren eigenen Zwecken einsetzen und sich nie mehr missbrauchen lassen für anderer Leute Vorteil. Sie fütterte den Kraken, und dieser wuchs unter ihrer Hilfe weiter an. Eine friesische Harugari kam einmal zu ihr und bot ihr Hilfe an, doch Ursula lehnte ab. Sie wollte nicht mehr für andere „funktionieren". Sie hatte die Schnauze voll davon. Die Harugari zog wieder ab.

Ein Jahr später zog ein christlicher Missionar mit dem Namen Keil von Aachen durch das Land, um seinen christlichen Glauben zu verbreiten. Die Menschen traten an ihn heran und schworen, zu konvertieren, wenn er sie denn von Ursula, der „Hexe aus dem

Moor" befreien würde. Keil war ein energischer Missionar mit vor Zorn bebenden Augen, der nichts als Verachtung für die heidnischen Gottheiten übrig hatte und sie als abergläubische Spukgespenster abtat und lautstark verurteilte. Keil hatte schon so manche heilige Eiche gefällt und wusste, wie man Gläubige abwarb. Radbod war immer noch der offizielle „König der Friesen" und beobachtete das Treiben der Kirche in seinen Ländereien mit wachsendem Argwohn. Er würde nie konvertieren, überließ diese private Entscheidung aber auch jedem selbst. Er sah, dass immer mehr Kirchen und Klöster aus dem Boden sprossen und stetig an Macht gewannen, während die alte Ordnung zerbröselte.

Radbod erfuhr schließlich auch, dass eine Hexe Auerk terrorisiere, und so begab sich auch der Friesenkönig in die Stadt, um die Sache zu klären und um dem Missionar entgegenzutreten, als Stellvertreter für die Macht der alten Götter in diesem Streit. Keil traf im christlichen Ort ein und die Menschen setzten große Hoffnungen in ihn. Er segnete jeden einzelnen von ihnen und begab sich dann mit Gefolge in das Moor, um Ursula zu fangen. Ursula wusste nichts davon und wurde in ihrem Versteck überrascht. Sie setzte ihre Kräfte ein, aber Keil wehrte sie mit einem Banngebet ab: „Seht! Dort versteckt sich das Übel! Im Körper eines jungen Mädchens, ganz verdreckt und wahnsinnig! Das ist die Macht des Teufels! Die Macht, die dies Land in seinem tödlichen Würgegriff hält! Irre, verlottert, arm und verseucht!" Dass ihre Kräfte nicht wirkten, hatte Ursula noch nie erlebt, und sie geriet in Panik, floh, stürzte jedoch und geriet in Gefangenschaft. Sie wurde von Keils Gefolge in Ketten gelegt und auf dem Markt von Auerk ausgestellt. Inzwischen traf auch Radbod ein, verlangte das Mädchen zu sehen, gegen die Keil so wortgewaltig hetzte, um an ihrem unschuldigen Äußeren die Listigkeit Satans Offenzulegen.

Die Dorfbewohner ließen es zu und Radbod unterhielt sich ebenfalls mit einer grimmig-zitternden Ursula. „Wie ist dein Name, Deern?" Ursula blinzelte: „Deern?" „Du bist nicht von hier, oder?" „Nein..." „Hört man an deinem Tedeschi. Jütisch, nicht wahr?" Ursula schluckte: „Norsk... Werde ich jetzt sterben?" Radbod sah zu ihr hinab: „Denkst du, du hast es verdient?" Ursula zuckte mit den Schultern: „Ich glaube schon. Ich bin nicht für diese Welt geschaffen... Es ist alles voller Hass, und ich kann nicht mehr. Bin müde, will nur noch schlafen. Ist das falsch?" Radbod atmete tief durch und nahm ihr Gesicht in seine kräftigen Hände, streichelte ihr das fettige, dünne Haar aus den müden Augen: „Nein. Du sollst schlafen, solange du willst. Ruh dich bei mir aus, und wenn du ausgeschlafen bist, kannst du dich immer noch umbringen." Er lächelte, und Ursula machte große Augen: Sie weinte, und Radbod löste ihre Ketten, nahm sie bei der Hand, was einen großen Aufschrei nach sich zog. „Ich übernehme die Verantwortung für dieses Hexenkind. Ich werde all ihre Schulden bezahlen. Auch das Wergeld für den toten Lübben! Das ist alter Brauch. Hier muss niemand mehr sterben."

Keil von Aachen brüllte: „Welch Hohn für die Opfer dieser heidnischen Furie! Wergeld zu bezahlen! Radbod, du gehst zu weit! Du ziehst den Zorn des Herrn und der Kirche auf dich, wenn du dich weiterhin auf die Seite von Ketzern stellst!" „Ketzer?! Ketzer nennst du mich, du stinkender Schwätzer? Ihr Kreuzler kommt in mein Land, droht mir und meinen Leuten mit Hölle, Qual und Tod und spuckt auf altes Recht?" „Wir bieten die Erlösung vom Bösen!" „Das Böse seid ihr, und niemand sonst!!" Radbod brodelte, seine Hand ging zum Schwert. Die Menschen wichen vor ihm zurück. Keil umfasste seinen Missonarsstab und kniff die Augen zusammen: „Erhebt die Hand gegen mich, und ihr werdet einen Krieg bekommen, der euch vernichten wird." Radbod zückte sein Sax: „Dann sei Krieg." Mit einem Stich durch die Brust tötete er Keil von Aachen, der auf dem Platz verblutete. Radbod hatte genug Zugeständnisse gemacht: Nun galt, die Spreu vom Weizen zu trennen. Wütend erklärte er fortan der Kirche und ihren Anhängern den offenen Krieg. Er war das Hin und Her, das Zerreiben zwischen den Fronten leid. Er zwang alle frisch Getauften, ihre Ahnen um Vergebung zu bitten und die Taufe durch heimische Erde abzureiben, und ließ Kirchen und Klöster in Brand stecken, ihre Schätze einschmelzen. Ursula folgte ihm überall hin.

Sie war fortan stets in Radbods Nähe und wurde seine persönlichste Beraterin, Heilerin, Wahrsagerin und Geliebte. Die vormals so apathische Ursula blühte förmlich auf und ging völlig in ihrer neuen Rolle auf. Alles nur, weil sich endlich jemand um sie gekümmert hatte – sie nicht zwang. Radbod hielt sie nicht fest und ließ ihr die freie Wahl, die sie vorher nie hatte: Und just darum, wegen dieser offenen Liebe, die sie nicht unter Pflichten erstickte, blieb sie bei ihm.

Radbod war selbst auch ein Mann, der sich nach ehrlichen Gefühlen sehnte, der die Heucheleien und Lügen der Welt satt hatte, weil sie ihm viel genommen hatten. Gemeinsam gestanden sie sich ihren Schmerz über den Verrat ihrer Familien und vermeintlichen Freunde und drückten sich tränenreich aneinander, wenn sie allein waren; gaben sich Halt in einer Welt, die sich gegen sie verschworen hatte; Vertriebene, jeder auf seine Art. Ursula ließ ihren Kraken aus Ostfriesland nach Dokkum kommen, und mit dessen Hilfe konnte Radbod sogar eine bedrohliche Flotte von Kreuzfahrern abwehren, welche aus Gallien kamen und Radbod von See bedrängten. Radbod war mächtig stolz auf seine „kleine Hiäxe", und zusammen mit dem Friesenkrieger Düll an

Land bekämpften sie die Kirche, wo immer sie sie fanden. Der Krieg lief zunächst gut für sie, und die Franken und ihre kirchlichen Vorboten wurden vertrieben. Für viele Jahre atmete Friesland auf und Radbod rief beim Upstaalsboum die Magna Frisia auf; den Bund aller freien Küstenbewohner. Nie sah man ihn glücklicher als in diesen Tagen, und nie zuvor hatte Ursula solche Genugtuung erfahren.

Der Frieden sollte aber nicht von Dauer sein. Denn Radbods rabiates Vorgehen kam für manche zu spät: So mancher Friese war dem Kreuzglauben anheimgefallen und sie konspirierten gegen ihn und die Magna Frisia; versprachen sich davon Seelenheil, wirtschaftlichen Einfluss und neue Ländereien. Die Franken glaubten vermehrt, Radbods Aufstand wäre das letzte Aufbäumen eines einstmals großen Raubtieres gewesen, dessen Zeit abgelaufen war. Hinzu kam der neue Missionar Liudger, ein Mönch von Weisheit, Macht, Wortgewalt und vor allem: Sympathie.

Wo Radbod und Ursula gegen die Kirche hetzten, versprach Liudger ihnen Frieden und Ruhe, wenn sie sich Christus ergeben würden. Er tat dies ohne nennenswerten Druck, sondern immer als freundliches, unverbindliches Angebot. Die Menschen begannen Radbod als Kriegstreiber zu sehen, der aus persönlichen Gründen gegen die Kirche war und sich der Vernunft verschloss; Er war ja auch mit einer heidnischen Hexe zusammen; dabei war der Vorfall mit Keil und Ursula nur der Tropfen gewesen, der das Faß zum Überlaufen gebracht hatte. Diese Details kümmerten aber bald niemanden mehr, denn obwohl Radbod seine zuvor von der Thing-Versammlung erhaltenen Rechte zunächst abgeben wollte, sah er sich aufgrund der drohenden Aufstände der Christen in seinem Land gezwungen, sie zu behalten.

Er wollte nicht wieder alles riskieren und verlieren. Dies nahmen seine Feinde zum Anlass, ihn als machtversessenen Tyrannen darzustellen: Der innerfriesische Bürgerkrieg brach daraufhin aus, und die zunächst schwächere christliche Seite erhielt massive Unterstützung durch die Franken, militärisch und finanziell. Da es einen Friedensvertrag gegeben hatte, klagte Radbod diese offiziell des Vertragsbruches an, doch keine seiner Klagen erreichte seinen Bestimmungsort oder wurde als lächerlich abgetan und verschwand. So konnte Radbod seine ersten Erfolge nicht wirklich ausbauen und verlor Stück für Stück die Kontrolle über die Magna Frisia, die in Westfriesland schließlich vollends zusammenbrach.

Dokkum ging in Flammen auf, und seine Familie zerstreute sich in alle Himmelsrichtungen. Der Missionar Liudger setzte ihm auch in Ostfriesland nach, und der Heilige führte das christliche Heer nach Esens, wo sich Radbod mit den Chauken verbündet hatte und zur letzten entscheidenden Schlacht rüstete. Ursulas Zauberei wurde durch die Macht des christlichen Gottes gebrochen, und als sie vor Anstrengung das Bewusstsein verlor und Düll tödlich verwundet war, musste Radbod sich in die Boote zurückziehen, um den Kampf von den Inseln fortzuführen, über die er dank des Kraken noch herrschte. Radbod selbst fuhr nach Bant, wo eine große Festung aus der alten Kultstätte gebaut worden war. Die Chauken mussten sich ergeben, durften aber ihren arianischen Glauben im Gegenzug behalten. Liudger verfluchte Radbod und sein Gefolge, die See nie mehr überqueren zu können, und ließ für den Bann sein Leben.

Ohne ihre Anführer brach der Widerstand der friesischen Heiden überall zusammen, wenngleich ihre Traditionen noch bis zum heutigen Tag weiter existieren konnten. Es sollte noch einen Friesenkönig namens Poppo geben, doch dieser war kaum mehr als eine fränkische Marionette, um den Schein der friesischen Unabhängigkeit vorerst zu wahren; kein echter, letzter König. Als Poppo dies erkannte und hörte, dass Kirche und Franken über ihn lachten, trommelte er die letzten Widerständler des heidnischen Untergrundes zusammen und führte sie in eine hoffnungslose Schlacht an der Boorne, wo sie unterlagen und Magna Frisia auch faktisch von der Landkarte verschwand. Westfriesland fiel an die Franken, und Ostfriesland galt als unfruchtbares Sumpfgebiet, sodass man diese vorerst in Ruhe ließ, bis sie sich später dem Kaiser unterwarfen; im Gegenzug für ihre rechtliche Unabhängigkeit und Eigenständigkeit.

In all den folgenden Jahren hatten Radbod und Ursula nach einer Lösung gesucht, um zurück aufs Festland zu gelangen: Der König ging jahrelang den Strand von Bant auf und ab, stets mit Blick Richtung Heimat. Es war Ursula zu verdanken, dass sie überlebten, und Düll wandte sich vollends dem Seegott Njörd zu, in der Hoffnung, er könne sie über das Meer bringen: Doch außer heidnischer Magie und relativer Unsterblichkeit konnte auch dieser nichts Weiteres für sie tun. Radbods Gefolge überlebte nicht, doch sie schworen ihm ewige Treue über den Tod hinaus.

In ihren untoten Köpfen lebte noch der Schimmer ihrer einstigen Seelen. Ursula atmete zufrieden durch, als sie mit ansah, wie die Skelette die magische Glocke mit Leevke darin in die Kugelhalterung setzten, welche dem hüfthöhen Nomkrebs umgeschnallt war. Diese Krabben hatten einen stahlharten Panzer und waren friedfertige Planktonfresser, die Ursula leicht kontrollieren konnte. Nomkrebse ernährten sich von Algen und Meermoos, zogen sich bei Gefahr in ihren dicken Panzer zurück. Trotz ihrer Größe waren sie sehr scheu und wurden wegen ihres Fleisches und ihres Panzers gejagt. Da sie ihren Altar nicht mitnehmen konnte, hatte sie dem Nomkrebs die nötigen Runen in den Panzer geritzt; sodass er nun als ihr mobiler Ersatzaltar fungierte. Auf die Art konnte Ursula Leevkes Macht überall mit hinnehmen. Die Krakenhexe konnte nicht Leevkes ganze Macht nutzen; dies hätte sie umgebracht. Es reichte ein schneller Schnitt mit ihrem Sensenstab durch die Blase aus, und sie absorbierte genug Energie, um das Meer für eine kurze Zeit ihrem Willen zu unterwerfen. Kein heidnischer Zauber, den Ursula in all den Jahrzehnten versuchte, hatte Liudgers Barriere überwinden können: Leevkes Kraft hingegen war nicht heidnischer Natur, sondern kam aus Gefilden, die ihr gänzlich unbekannt waren.

Radbod war zuversichtlich und ließ sein untotes Gefolge in perfekten Reihen am Strand von Bant aufmarschieren. Aus dem Sand selbst buddelten sich auch jene aus, die vor Urzeiten als Opfer für die alten Götter gedient hatten, und deren rastlosen Geistern Ursula speziell für diesen Anlass neue Form gab, um sich ihre Freiheit neu zu erstreiten. Ihre Knochen waren aus geschmolzenem Sand geformt, und ihre leeren Augenhöhlen starrten ausdruckslos auf das Meer. Bald schon erfüllte das leise Klappern von tausend Knochenleibern die Luft, wurde zu einem lauten, nervenzerfetzenden Raunen wie das Klackern der Schlickkrebse im Watt. Der Wind pfiff scharf durch ihre fleischlosen Körper; zerrte an zerfetzten, ausgewaschenen Mänteln und längst verblassten Kleidern. Hauptmann Düll verteilte Klingen aus Stein und Bronze, Geschenke des Njörd. Ursula konnte nicht anders, als bei seinem bloßen Anblick zu schaudern. Er war zwar der Champion des Njörd und ein Verbündeter, aber nicht mehr derselbe Mann, der er früher einmal gewesen war: Damals war er Radbods rechte Hand gewesen, ein gefürchteter, großer Krieger, trinkfest, direkt und raubeinig. Laut und ungehobelt, aber grundsolide und ehrlich. Seitdem er jedoch Njörd sein Leben gegeben hatte, um dessen Sprachrohr zu werden und dessen göttliche Kraft zu empfangen, hatte er sich immer öfter in die Höhlen unter Bant zurückgezogen. Nicht einmal Ursula konnte sehen, was jenseits des schwarzen Tümpels geschah, und Düll sprach nicht darüber. Radbod selbst sah keinen Anlass, an der Treue seines Freundes zu zweifeln, nicht den geringsten. Das einzige, was man kritisieren konnte, war, dass er nicht mehr so gesprächig war oder sonst eine menschliche Reaktion zeigte. Aber wenn Ursula ehrlich war, traf dies auch auf Radbod zu und auf sie selbst auch.

Die Jahre auf Bant forderten ihren Tribut, und das trotz ihrer gemeinsamen Weitsicht, mit der sie die Geschehnisse um Ostfriesland herum beobachten konnten. Düll umgab seit Jahren schon eine schleimige Aura, und Wasser troff ihm permanent unter dem Helm hervor. Man konnte auch keine Augen mehr unter dem Helm ausmachen, nur glucksende, blubbernde Schwärze. „Wie steht es um die Vorbereitungen?", fragte Düll Ursula, und bei jedem Wort schmatzte er. Ursula lächelte gehemmt aber höflich: „Sehr gut, Dülli. Ich habe alles verladen." Düll nickte langsam: „Sehr gut. Ich habe Njörd um Unterstützung gebeten. Er wird uns ein paar seiner Krieger zur Seite stellen." Erneut war Ursula froh, Düll und Njörd auf ihrer Seite zu haben. Sie hatte fast schon Mitleid mit den Friesen auf dem Festland, denn diese ahnten ja nicht, was ihnen bevorstand. Ein Befreiungskrieg kam über sie; die Rückeroberung der alten Stätten, der Vormarsch der altvorderen Götter und ihrer kampfstarken Anhängerschaft mit dem Segen all ihrer Ahnen, derer man nicht mehr gedachte, aber derer man wieder gedenken würde. Denn sie waren nun unterwegs. Radbod gab das Signal, und Ursula schwang ihre Sense.

Kapitel 7
Lieber tot als Sklave

Hinni, Jens und Klütje kehrten nach Esens zurück, um den dort inzwischen versammelten Friesen die Nachricht zu überbringen, dass die Chauken und Mönche sich ihnen angeschlossen hatten. Die Stadtwache am Palisadenwall Esens forderte auf ruppige Art Einlaßgeld, welches Jens bereitwillig bezahlte, ehe Hinnerk ausrasten konnte. Der Ort war voller rauer Kerle, Gelächter, Suff und dem Hämmern von Schmiedeeisen. Jens nickte: „Offenbar entschließt sich Attena, uns zu helfen? Bei dem Aktionismus hier." Hinnerk rümpfte die Nase, als sie sich den Weg durch die engen Straßen bahnten: „Akolismus muss nichts heißen. Attena rüstet immer für etwas. Er ist Seeräuber, Wegelagerer und organisiert ständig Überfälle in andere Länder. Machen nicht mehr viele, aber er tut es noch." Jens sah sich um und bemerkte die narbengeprägten, manchmal zahnlosen Raubeine, die sie beide außergewöhnlich interessiert beäugten. Er beschleunigte seinen Schritt und überprüfte sicherheitshalber den Sitz seines Kaufmannsdolches. Sie erreichten Attenas Burg und man ließ sie vor, nachdem Hinnerk erklärte, dass er Okkos Sohn wäre. Man führte sie in den Saal der Motte, wo sich inzwischen Okko Wiards, Behrend Attena, Abt Wynfried von Marienkamp, Friedhelm Nordendi aus Norden und viele weitere Redvejen versammelt hatten; gewählte Anführer aus den umliegenden Dörfern, meist mit einigem Besitz an Land und Gut. Sie standen um einen Tisch herum und unterhielten sich angeregt. Auch Stupsnös war anwesend und ging zielstrebig auf Hinnerk und Jens zu: „Ah! G-gut, dass ihr gekommen seit! Es war kein leichtes, die Leute zu überzeugen, aber zum Glück kam uns dein Vater zu Hilfe. Mir wollten sie erst nicht glauben; haben mich ausgelacht. Diese Schweine..." Jens sagte: „Grüße Meister Stupsnös. Radbod wird nicht einfach verschwinden, wenn man ihn einfach ignoriert. Glaubt mir: Ich hab's versucht." Stupsnös lächelte gequält: „Tjah, Herr Janssen, aber so sind die Menschen nun mal. Sie können sich nicht vorstellen, dass sich solcher Schrecken bei Ihnen zuhause abspielen könnte, und tun so, als wäre alles in Ordnung, bis es zu spät ist und dir ein Mann mit Axt die Tür eintritt und du deine Familie nicht mehr beschützen kannst, weil keiner sonst da ist... Ich hab's erlebt." Hinnerk schnaubte verächtlich: „Pfffffff! Ich dachte wir Friesen würden stets jeder Gefahr begegnen, ohne lange zu zögern!" Jens kratzte sich am Ohr: „Nun, dies ist ja kein Überfall der Oldenburger, Eschenmänner oder Hamburger. Ein Stück weit kann ich die Leute hier verstehen, wenn sie Zweifel haben..." Hinnerk brüllte durch den Raum: „Aber es ist wahr! Radbod kommt! Wir müssen kämpfen! Sofort!" Es wurde ruhig und man machte ihnen Platz, um an den Tisch vorzutreten. Okko nickte seinem Sohn zu. Behrend Attenas donnernde Stimme röhrte: „Das hoffe ich, dass Radbod kommt! In deinem Interesse, junger Wiards!!" Hinnerk wurde mit einemmal ziemlich unwohl. Behrend war von hünenhafter Größe und massigen Schultern; ein vor mühsam zurückgehaltener Kraft berstender Mann, der nur mit einem leichten Klaps Kiefer brechen konnte wie trockenes Laub. Er hatte ein außerordentlich hitziges Temperament und war bei den Menschen – auch Friesen - nicht sonderlich beliebt. Es war Okkos Verdient, dass Attena davon absah, die Esens-nahen Bauern auszuplündern. Er respektierte Okkos Errungenschaften im Kampf gegen die Oldenburger in Stedingen, und er hatte sich auch einmal mit ihnen gerauft. Seitdem herrschte ein brüchiger Frieden und Attena beschränkte sich darauf, Überfälle auf Hansekoggen zu fahren oder mal nach Angelland zu segeln, um dort auf nordmännische Art zu plündern. Es gab manche Versuche, ihn abzusetzen, aber niemand vermochte die Burg einzunehmen besonders dann nicht, wenn Behrend die Zinnen besetzt hielt und mannshohe Findlinge wie Kieselsteine schleuderte, die alles zermalmten, Mann und Material. Es gab keinen Mann in ganz Ostfriesland, der es mit seiner Kraft und Zähigkeit aufnehmen konnte. Seine donnernde Stimme fuhr fort: „Also dieser lustige Abt hier bestätigt die Geschichte von Malle Stupsnös und dem Jungen dort. Das heißt dann wohl, dass Gott auf unserer Seite ist oder so'n Scheiss, richtig?!" Wynfried lächelte süffisant: „Genau diesen Scheiss bedeutet das. Wir werden dem Feind entgegentreten." Attena schluckte seinen Bierhumpen mit Metversatz herunter und knallte ihn auf den Boden: „Aaaaaaaaaahh!! Mehr davon! So! Was ist mir dir, Friedhelm? Was hältst du von der Scheisse?" Der schmächtige, schäbig dreinblickende Mittdreißiger mit dem aschweißen Kurzhaar, dem lächelnden Totenkopf auf der Brust und dem Dreitagebart grinste: „Tohoho - Wenn diese Pfaffen ausziehen, müssen wir das wohl auch. Wie sähe das denn sonst aus, nicht? Nicht?!" Attena lachte schallend auf: „Bwahahaha! Ich muss dir wohl mal wieder die Fresse polieren, was, lachender Tod?" Nordendi lachte nun ebenfalls: „Tohohohoho! Versuch es, Bär von Schmeer! Versack in meinen Moorlöchern und winsel um Gnade!" Okko räusperte sich: „Wartet damit bis nach Radbod. Witzelt tom Brok schickt keine Verstärkung, so sagte mir jedenfalls Keno tom Brok. Armin Harger und Edzard Allena liegen auch gerade in Fehde; Fockena fragte, was dabei für ihn rausspringen könnte, und Lütje Lübben von Auerk baute lieber an seiner neuen Festung..." Stupsnös fragte: „W-was ist mit den Inseln? Werden sie Hilfe schicken?" Okko fuhr sich durch das Haar: „Sie fürchten Überfälle zu sehr, als dass sie ihre Inseln schutzlos zurücklassen wollen. Wir sind auf uns allein gestellt, fürchte ich." Nun grinste Attena, dass Hinnerk ganz mulmig wurde: Dies war der Blick eines Mannes, der sich auf das Bevorstehende freuen konnte, anstelle sich zu fürchten. „Dann bleibt eben mehr für uns! Radbods Schatz soll ja massig sein!" Nordendi kicherte: „Tohohoho: Denkst du, er bringt ihn mit?" „Soll er lieber, sonst prügel ich es aus ihm raus! Bwahahaha!" Jens lehnte sich zu Hinnerk hinüber und flüsterte: „Kann es sein, dass die beiden ziemlich maal im Kopf sind?" Attena brachte nun auch die anderen zum Lachen: „Mal sehen, ob ich Radbod mit einem oder zwei Hieben bezwingen kann!" Sogar Abt Wynfried musste schmunzeln, und Hinnerk lächelte: „Das sind die besten Kämpfer von ganz Friesland. Nordendi hat im Alleingang die Eschenmänner bei Norden vertrieben, und Attena spricht für sich selbst."

Hinnerk war froh, seinen Vater nach der Besprechung auf dem Esener Marktplatz zu treffen. Überall wurde geredet, getrunken und gelacht; vermutlich um die Nervosität zu verschleiern. Andere hingegen wirkten so gelassen, wie man es nur sein konnte; regelrecht selig - als hätten sie nur auf eine Gelegenheit gewartet, wieder in die Schlacht ziehen zu können. Okko erklärte: „Gut, dass ihr beiden zurück seid. Klütje auch." Der Küstenhund lief ihm schnüffelnd um die Beine: „Ich werde im Hinterland bleiben, um etwaige Angriffe auf das Umland abzuwehren." Hinnerk war erstaunt: „Du wirst nicht mit uns gegen Radbod kämpfen?" Okko nickte: „Nein. Diese Aufgabe fällt mir nicht leicht, denn ich habe diesen ganzen Haufen ja mit zusammengetrommelt: Aber ich habe Grund zu der Annahme, das Radbod etwas Heimtückisches plant. Abbo hat mir von seinen alten Schlachtzügen gegen die Franken erzählt, und wenn wir nicht aufpassen, wird er uns flankieren und unsere Verteidigung durchbrechen. Ich will die Hauptstreitmacht von hier aus unterstützen und ihr Deckung geben." Er seufzte tief. „Ich denke, du willst auch an der Schlacht teilnehmen?" Hinnerk bestätigte seine Befürchtung: „Wir haben etwas, um Abbo zu retten, und Leevke darf keine Sekunde in den Fängen dieser Krakenhexe bleiben!" „Also gut: Du kannst ja auf dich aufpassen. Sollte die Schlacht dennoch schlecht verlaufen, lauf und mobilisiere die anderen Hauptlinger. Lass dich nicht mit in den Abgrund ziehen. Damit wäre keinem gedient!" Okko nahm ihn in den Arm und drückte ihn fest an sich, drückte.

Trommeln hallten durch die Stadt, Hörner wurden mit dicken Backen geblasen. Okko nickte: „Es geht los. Attena und Nordendi verschwenden keine Zeit. Heda, Herr Janssen!" Jens war gerade dabei, einer Gruppe einfältiger Esener – die aber auch so aussahen, als hätten sie keine Münze in der Tasche – seine Bohnen zu verkaufen. Er ließ nun davon ab und gesellte sich dazu: „Ja bitte, Herr Wiards?" „Ich danke euch, dass ihr auf meinen Sohn aufgepasst habt." Jens winkte ab: „Nicht der Rede wert." Hinnerk knuffte ihn: „Bist ein Schisser. Aber irgendwie schon in Ordnung." Jens knuffte zurück: „Und du bist ein Nervbolzen. Aber irgendwie in Ordnung." Er klatschte in die Hände: „Nunja, ich denke, das war es dann für mich. Ich wäre in der Schlacht ein größeres Hindernis, als dass ich von irgendeinem Nutzen wäre, haha! Nach Bensersiel zu meiner Labskaus muss ich jetzt wohl nicht gehen, also bleib ich etwas hier und warte ab, bis es vorbei ist..." Hinnerk meinte: „Meinst du nicht, dein Zauberbuch könnte uns weiterhelfen?" „Das ist doch auf meinem Schiff – oh, Moment..." Er fummelte an seinem Gurt und verzog gequält das Gesicht: „Nein, ich habe es mitgenommen... damit Radbod es nicht bekommen könnte... Mist." Hinnerk lächelte und klopfte ihm auf den Rücken: „Du musst ja nicht kämpfen, aber du kannst vielleicht die entscheidende Wende bringen, wenn alles auf der Kippe steht?" Jens meinte sarkastisch: „Ja, oder unser Schicksal für immer besiegeln, indem ich die Skelette hundert Fuß hoch mache. Magie ist wie ein Gobold auf Pilzen: Unberechenbar und zerstörerisch." Okko meinte: „Ihr seid nicht von hier, Herr Janssen. Niemand würde es euch übel nehmen, wenn ihr nach Hause geht." Jens seufzte so heftig, dass es pfiff: „Erwartet nur keine Heldentaten von mir. Ich gehöre in die letzte Reihe." Okko schüttelte den Kopf: „Manchmal reicht es, einfach nur da zu sein. Ich koordiniere die

Verteidigung von Ochtersum aus. Sucht mich dort auf, wenn einer von euch Hilfe braucht. Es ist der Sammelpunkt versprengter Einheiten, falls Radbod durchbricht." Sie verabschiedeten sich voneinander, und Jens setzte sich mit Hinnerk vor ein gut belebtes Wirtshaus und bestellte ihnen je ein teures Bier. Hinnerk meinte: „Ey Jens. Wenn dir Magie zu unsicher ist, dann verschaff dir doch etwas Sicheres." „Und was? Soll ich Radbod zu Tode quatschen? Der Mann dünkt mir ein Überzeugungstäter zu sein. Da kann ich wohl wenig verhandeln." Jens erblickte die Mönche von Marienkamp, die etwas schüchtern angesichts der waffenstarrenden Menschen in kleinen Grüppchen zusammengerückt waren. Einzig Abt Wynfried zeigte keine Scheu und lachte und trank mit den rauen Männern. Bruder Salpeter war auszumachen und unterhielt sich breit grinsend mit dem hiesigen Deel-Deern, eine vollbusige Mittzwanzigerin mit kurz gelocktem, braunen Haar. Hinnerk stieß mit Jens an und dieser fragte geradewegs: „Hast du eigentlich schon mal bei einer Frau gelegen, Hinni?" Dem Jungen flog das Bier in hohem Bogen aus den Backen. „W-Was?!" „Das teure Bier… War nur so eine Frage: Ich meine, Wenn wir es nicht schaffen sollten, wäre es doch schade diese Erfahrung nicht gemacht zu haben, oder? Denke ich." Er zeigte auf das Deel-Deern; ihr breites offenes Lachen gepaart mit der lockeren, umgänglichen Art verzauberten jeden Mann, der sich nach Intimität und Wärme sehnte. Sie machte den örtlichen Huren allerdings keine Konkurrenz, denn sie führten nur jene Männer in ihr Bett, die es aus welchen Gründen auch immer nicht schafften, die Hemmschwelle zu übertreten.

Deel-Deerns setzten sich aus Frauen und Mädchen zusammen, die keine Scheu hatten und denen wie kaum jemand anderes den Geruch von Freiheit, Wärme und Sorglosigkeit anhaftete. Deel-Deerns gab es in jedem Ort und wurden von allen Einwohnern wie kleine und große Schwestern betrachtet; selbst von den Frauen, die in ihnen gute Freundinnen sahen, mit denen sie über alles reden konnten. Sie waren Seelsorger, Kräuterkundige, Hebammen und Kulturwahrer.

Hinnerk sah in seinen Krug hinab und meinte kleinlaut: „Papa… Okko hat das auch schon geraten. Nicht direkt, aber so durch die Tür hindurch." Jens lächelte und lehnte sich vor: „Aber du hast jetzt ja Leevke, nicht wahr?" Hinnerk schenkte ihm einen vorwurfsvollen Blick: „Ich habe sie nicht. Sie…" „… ist nur eine Freundin, schon klar." Jens lehnte sich Zunge schnalzend zurück und fiel sogleich mit dem Stuhl hintenüber. Es gab Gelächter und er zog sich wieder hoch: „Da will man mal lässig sein!" Hinnerk fragte ungerührt: „Wie ist es denn mir dir? Jens?" „Ich habe – Upsala – eine Freundin." Der Junge konnte es nicht recht glauben: „Wirklich?" „Ja was denn? Ist das so ungewöhnlich für einen erwachsenen Mann in meinem Alter?" „Das jetzt nicht. Ist sie denn hübsch? Oder…" „Hübsch ist relativ. Ich finde sie über alle Maße erhaben schön. Ihr Name ist Taalke, und sie bereichert mein Leben. Ich möchte gerne zu ihr zurückkehren und sie in den Arm nehmen. Das ist hübsch genug für mich." Jens lehnte sich verträumt auf den Tisch: „Weißt du: Bei ihr gibt es keine Diskussionen über Gewinn oder Verlust, kein Streit um den Gartenzaun oder das kleinliche Gezeter von den Nachbarn… Nur ein stillschweigendes Übereinkommen: Das Gefühl von inniger Harmonie… Ich habe diese Paare zu Hauf gesehen, welche sich ständig zanken müssen, nie verstanden. Entweder arbeiten sie auf diese Harmonie hin, oder sie können sich nicht ausstehen. Oder aber sie sind garnicht das Problem, sondern etwas das von Außen kommt. Wer unbedingt Streit sucht, kann sich ja mit Honig einreiben und kreischend in eine Bärenhöhle rennen. Das knallt sicher ganz gut und geht schneller." Hinnerk zuckte mit den Schultern: „Ein bisschen Zoff hält Beziehung lebendig, oder?" Jens richtete sich auf: „Sicherlich. Mit Taalke ist es gar nicht anders: Sie kann ganz störrisch sein, genau wie ich. Aber es gibt für alles eine Zeit: eine Zeit wütend zu sein, eine Zeit traurig zu sein, eine Zeit zum Lieben und auch eine Zeit zum Lachen und Umwerfen alter Konventionen…" „Konventioni..was?" Jens stieß lächelnd mit ihm an: „Ich sehe, ich labere wieder zuviel. Muss wohl die Angst sein. Aber keine Sorge: Ich überleg mir schon was. Also: Kein Deel-Deern für dich?" Hinnerk senkte den Blick und schüttelte dann den Kopf: „Nein. Jetzt nicht." Jens nickte und klopfte ihm auf die Schulter: „Gab es für mich auch nicht." Sie tranken aus und Jens begab sich hernach zu den Mönchen, während Hinnerk tief durchatmete und noch einmal die grün schimmernde Phiole von Salpeter hervorholte und betrachtete. Er umfasste sie mit festem Griff: „Halt aus, Onkel Abbo. Ich komm und hol dich. Dich und Leevke, beide!" Es war sein Schwur. Klütje kläffte neben ihm und sprang auf die Bank: „He! Dich hätt ich fast vergessen! Du musst hierbleiben und aufpassen. Geh zum Hof und pass dort für die anderen auf. Im Schlachtgetümmel wirst du nur plattgetreten." Klütje wimmerte und Hinnerk drückte ihn an sich: „Wir sehen uns wieder. Versprochen!" Ein schweres Signalhorn wurde von Attenas Turm geblasen, es dröhnte durch alle Gassen. Mit Karren setzte sich der Tross in Bewegung Richtung Strand von Osterbense.

Friesisch-weiß-blaue Banner und Wimpel flatterten im Wind, und Hinnerk konnte einen gehörigen Anflug von Stolz nicht leugnen. Die Friesen standen in einem Schildwall am abfallenden Deich. Radbod müsste schon gegen die Erhebung des Deichs und die darauf postierten Krieger ankämpfen. Die zahlenmäßig geringen, aber gut ausgebildeten Chauken unter Hauptlinger Tjarko sicherten mit ihren Falkenkriegern die rechte Flanke, während Friedhelm Nordendi und sein listiges Gefolge sich an der linken Flanke postiert hatte, die Lehmkugeln als Wurfgeschosse bereithaltend. Behrend Attena stand mit seiner Hauptstreitmacht aus lautstarken Mannen in der Mitte. Abt Wynfried und seine Mönche segneten die Krieger und stellten sich hinter der Armee auf um Rückendeckung durch Gebete zu geben und die Verwundeten zu verarzten.
Die Frauen der Krieger halfen den Mönchen dabei, Kräuter und Wundumschläge vorzubereiten. Die Friesen warteten am Strand zwischen Langeoog und Wangeroog auf Radbods Ankunft. Das vormals heitere Wetter wurde stürmischer und graue Wolken bedeckten nach und nach den gesamten Himmel wie ein trübes Leichentuch. Der Wind heulte kalt aus Nordosten. Es war ein eher feuchter Tag, und Nebelschwaden glitten gespenstisch über die See, krochen heran wie Geister. Attena fluchte: „Mist Brühe heute!" Er fingerte ungeduldig an seinem schweren, nietenbesetzten Streitkolben. Hinnerk, Malle Stupsnös und Jens standen in der Nähe von Abt Wynfried. Malle hielt sein Netz mit beiden Händen fest umklammert und schwieg eisern. Hinnerk wartete auf eine Gelegenheit, Abbo und Leevke zu retten, und Jens schlotterten nicht nur wegen der Kälte die Knie. Man hatte ihm kurzerhand Schild, Eisenhelm und Speer in die Hand gedrückt, damit er sich etwas sicherer fühlen konnte, doch es machte ihn nur noch nervöser. Alles in ihm dränge zur Flucht, aber links, rechts, vorne wie hinten standen Männer mit grimmiger Entschlossenheit. Zum hundertsten Male überprüfte er, ob er das Zauberbuch auch wirklich dabei hatte: Er wollte es nur im äußersten Notfall

einsetzen. Klütje war in Esens zurückgeblieben und dort von einigen hübschen Mädchen, die ihn unglaublich niedlich fanden und unablässig streichelten, umsorgt. Hinnerk wollte sich durch nichts ablenken lassen: Radbod hatte Abbo besiegt und daher durfte er nicht das geringste Risiko eingehen. Wenn Abbo dasselbe Schicksal wie Theo ereilt hatte, dann bestand mit der Purifikation eine reelle Chance, ihn zu retten. Zu diesem Zweck hatte er schon die Phiole extra in dickes Fell gehüllt, damit sie im Getümmel nicht aus Versehens zerbrach. Es musste einfach gelingen. Aber zunächst hieß es warten. Es wurde vermehrt ruhiger im Haufen der Friesen, als tausende Augenpaare den Horizont nach Veränderungen absuchten.

Nach quälend langen Stunden mit dem Kommen der Flut landeten schließlich zwei Boote, die man zur Ausspähung Radbods ausgesandt hatte; darunter der zitternde Malle Stupsnös, der sich freiwillig gemeldet hatte. Er und seine Fischerkameraden waren außer sich und schluckten gierig das Wasser aus den Wasserbeuteln, dass Attena ihnen reichte: „Er teilt das Meer! Radbod teilt das Meer! Er marschiert hierher; er segelt nicht! Er marschiert durch das Meer!" Diese Kunde verbreitete sich wie ein Lauffeuer im Heer. Abt Wynfried kniff die Augen zusammen: „Also ist es wahr und der König hat einen Weg gefunden, den Fluch von Liudger zu umgehen. Er konnte das Meer nicht überqueren, wohl aber den trockenen Grund darunter. Er musste nur das Wasser beseitigen..." Attena grölte: „Nur das Wasser beseitigen?! Warum rannte er dann nicht bei Ebbe hinüber, he!? Da ist dann auch kein Meer! Nur Watt!" Wynfried schüttelte den Kopf: „Bant liegt außerhalb des Wattenmeeres auf der Doggerbank, Attena. Die Ebbe hilft ihm dort draußen nicht weiter. Zudem wäre er mit seinem Heer niemals rechtzeitig aufs Festland gekommen, ehe die Flut zurückkehrte." Attena spuckte aus: „Was auch immer. Soll er kommen und seinen Arsch in Bewegung setzen! Ich verklöhm mir noch den Schwanz! Wir werden ihn schon gebührend empfangen. Damit mir meinem Gemächt wieder warm wird! BWAHAHA!" Er grölte, und seine Gefolgsleute stimmten mit ein. Dies beflügelte auch die anderen Truppenteile Nordendis und Tjarkos, und auch sie stimmten mit ein. Schwerter und Speere wurden gegen Schilde geschlagen und ein ohrenbetäubender Lärm erschallte über das Meer hinweg. Die Flut hatte das Wattenmeer verschluckt und klatschte an das Ufer. Zwischen Langeoog und

Wangeroog sah man einen Riss, der durch das Meer ging und sich langsam näherte.

Die „Klei-Hauptlinger"; Tjarko, Attena, Nordendi

Radbod vernahm das Johlen der Friesen und konnte sich ein Lächeln nicht verkneifen: Offenbar waren seine Friesen noch immer für einen guten Kampf zu gebrauchen, trotz der verweichlichten Lehren der Kreuzträger. Links und rechts neben ihm erhob sich das Meer der Westsee wie eine Mauer, und vor seinem Schritt wich es zu den Seiten. Hinter ihm marschierte seine untote Armee, schweigend und perfekt aufgereiht wie immer, angeführt von Abbo mit leerem Blick: Der Seelenkraken hatte seinen Willen doch noch gebrochen. Das Klappern und Scheppern seiner dreitausend Mann starken Armee wurde von den tosenden Wassermassen um sie herum gedämpft. Ursula ritt auf ihrem Kraken im Wasser, schwamm so um die Schneise aus Untoten und schnitt immer wieder mit ihrer Sense in die Schutzglocke von Leevke, um sich deren Kraft zu leihen.

Der Nomkrebs marschierte neben der Schneise her und trug das Mädchen in der Glock auf seinem Rücken. Als endlich das Festland in sein Blickfeld rückte, überkam Radbod eine Sehnsucht und Heimatliebe, die er schon als vergessen abgeschrieben hatte. „Endlich daheim." Bevor sie noch aus dem Meer gestiegen waren sah er schon die Armee, welche es sich in den Sinn gesetzt hatte, ihm die erste Bewährungsprobe aufzuerlegen. „Mach mir den Weg frei, Ursula!" sprach Radbod in die Wellen hinein, und ihre Stimme kam von allen Seiten, als sei sie selbst das Meer: „Wie ihr wünscht, mein König." Sie klang heiter wie schon lange nicht mehr, und Radbod beschleunigte seinen Schritt, grinste mit großen Augen: „Vorwärts! Vorwärts! Drauf und dran! Die Heimat ist heran! Sie schreit, will werden befreit!" Er umschloss den Knauf seines makellosen Friesensaxes Durjawer mit eisernem Griff. Sie durchquerten das Meer und Radbod teilte sein Heer am Strand auf: Ursula verbreitete die Meerschneise und die Skelette schwärmten zu den Seiten aus, stellten sich in Formation dem friesisch-chaukischem Aufgebot am Deich direkt gegenüber. Auf die Entfernung konnte man die Skelette noch mit normalen, wenn auch sehr dürren Menschen verwechseln, aber jeder lebende Mensch hier spürte, dass dem nicht so wahr, dass ihre Augen getäuscht wurden. Da war kein Geräusch, kein Laut, den die Untoten von sich gaben, man spürte, dass sie weder atmeten noch sonstige Bedürfnisse lebendiger Wesen hatten: Es war eine Geisterarmee. Abt Wynfried und seine Mönche sowie die herbeigeeilten Priester des Umlandes intonierten ihre Gebete und liturgischen Gesänge, um den Friesen göttlichen Schutz und Mut zuzusprechen. Radbod verzog grimmig grinsend das Gesicht, als er dies hörte: „Da sind sie schon, verkriechen sich hinter friesischem Blut und verhöhnen uns wie die Feiglinge, die sie sind." Düll trat neben ihn: „Überbring ihnen das Angebot. Wir haben noch Ehre und Anstand." Radbod atmete tief durch und ging alleine vor, ohne Schutz und ohne Furcht. Die Friesen, welche ihre Wurfgeschosse bereit hatten, zögerten und schließlich traten ihm Attena, Nordendi und Tjarko entgegen, liefen aus dem Heerhaufen. Sie hielten respektvollen Abstand vor Radbod. Behrend Attena dröhnte: „Was willst du hier?" Radbod nickte: „Ist das nicht offensichtlich, Bär? Ich bin hier um euch zu befreien." Nordendi meinte: „Sieht eher nach einer Invasion aus. Davon hatten wir genug." „Das weiß ich wohl. Ich sah die Eschenmänner und den roten Schrecken. Aber ihr seid verblendet und seht nicht die

Gefahr, die euch von innen droht. Die Kirche wird euer Untergang sein." Tjarko meinte: „Wir stehen zu Gott, die Kirche ist für uns nicht von Belang." Radbod nickte: „Typisch Arianer. Das ihr noch überleben konntet, ehrt euch. Aber auch ihr liegt falsch: Sobald ihr einen Moment der Schwäche zeigt, wird die Kirche euch vernichten, ob Popst oder nicht. Es liegt im Kreuzwesen: Sie kennen nur das Leid, Leid, Leid. Kreuz, Kreuz, Kreuz. Sie beten den Leidensgott an. Sie haben den Lebenswillen verloren: Ihre ganze Existenz gründet nur auf Elend und Misere. Das ist krank, und jeder, der diesem bröckelnden Verderben folgt, wird ebenso elend." Radbod klopfte sich auf die Brust und rief dem Heer zu : „Hört mich, Friesen! Befreit euch von diesem Joch der Leidenslust! Gemeinsam können wir alles zurückfordern, was uns genommen wurde, und frei aufatmen!" Attena stützte sich auf seinen schweren Kolben und nickte, rülpste und meinte: „Die Kirche haben wir im Griff, Raddel." Radbod lachte auf: „Ha! Das ist es, was sie euch glauben machen wollen! Aber sie durchseuchen eure Kinder, lassen sie alles vergessen, was uns ausmacht, bis nur noch eine ausgefressene Hülle übrig bleibt, und dann nichts mehr! Es ist Knochenfraß! Ihr seid mit Blindheit geschlagen! Ich erkenne den Unterschied zu früher: Schon klingt euer Tedeschi verwässert, ist euer Dialekt durchseucht mit fränkischem Gerotze und Phrasen. Es ist ein schleichender Prozess, für den euch die Weitsicht fehlt, aber ich sehe es klar und deutlich. Ich habe die Macht, ihren Leidens-Gott zu stürzen!" Hinter ihm erhob sich das Meer zu einer Welle, die doppelt so hoch war, wie der Deich selbst; eine Welle, auf der Ursula auf ihrem tentakelpeitschenden Kraken ritt, den Sensenstab hoch erhoben, ehe sie wieder ins Meer zurücksank. Es machte einigen Eindruck bei den Menschen, und Radbod grinste: „Ihr könnt nicht gewinnen." Nordendi lächelte: „Tohohoho – das bleibt abzuwarten." Tjarko nickte grimmig: „Wir werden unseren Gott ebenso wenig verraten wie unser Volk: Wir sind eins. Bis zum bitteren Ende." Radbod wendete sich ab: „Bitter wird es werden, ja. So sei es denn, wie es sei." Sie kehrten zu ihrer jeweiligen Armee zurück. Die Verhandlungen waren gescheitert.

Hinnerk hielt indes Ausschau und rief aus: „Ich sehe Abbo, Jens! Er ist auf deren rechter Flanke – also links von uns aus gesehen! Scheint so, als hat er wirklich einen Seelenkraken abbekommen…" Abbo befehligte die rechte Flanke von Radbods Truppen. Seine linke Flanke wurde von einem schleimigen-grünen Ritter angeführt, der von Farnen und Algen bedeckt war. Radbod drehte sich zum Deich und gab das stille Handsignal zum Angriff: Ein Krächzen von dreitausend Seelen und das schiefe Brummen von längst verrotteten Signalhörnern jagte den Menschen eine Gänsehaut über den Rücken. Noch rührte sich das untote Heer nicht. Stattdessen erhob sich hinter ihnen eine weitere große Flutwelle, und diesmal stürzte sie auf den Deich hernieder. Wie das Maul eines riesigen Untiers drohte es, ein riesiges Loch in die Mitte des friesischen Heeres zu reißen. Für das ganze Heer war die Welle nicht breit genug: Ursulas Reichweite war nicht ausreichend, aber für die Mitte reichte es. Es war ein gewaltiger Erstschlag. Abt Wynfried und seine Mönche versuchten, die Flutwelle mit Gebeten zu neutralisieren, und hoben die gefalteten Hände in die Luft. Bruder Tennus erkannte aber als erster: „Das ist kein heidnischer Zauber! Wir können sie nicht aufhalten!" Behrend Attena brüllte reaktionsschnell: „Deichwall bilden!" Die tosend-brummende Flutwelle verschlang sie alle: Mitleidlos wurden Menschen herumgewirbelt und ins Meer gezogen. Radbod stach einen Friesen nieder, der an ihm vorbeigezogen wurde: Seine Skelette taten es ihm gleich. Die Leichen wurden ins Meer hinausgetrieben. Als das Wasser vom Deich wieder ins Meer abebbte, sah man, dass der Hauptteil von Attenas Streitmacht stehen geblieben war.

Nur wenige waren fortgerissen worden weil, sie sich alle an den Armen gepackt hatten: Die Chauken und Nordendis Männer ebenso. Dies hatte verhindert, dass sie alle fortgespült wurden. Sie hielten sich zusammen wie ein menschliches Netz. Schon oft hatten die Friesen gegen Fluten ankämpfen müssen, und nur gemeinsam waren sie zu überleben. Zu diesem Zweck rammten die Friesen ihre Beine und Speere fest in den Boden, packten einander an Armen, Beinen und Leibern, so dass sie nicht weggespült wurden. Diese uralte Taktik, welche die Küstenbewohner bei den Überflutungen gelernt hatten, hatte sie auch jetzt vor dem Tode bewahrt. Attena ließ Abt Wynfried los und spuckte Wasser: „Das nächste Mal sagt ihr vorher Bescheid, wenn ihr uns nicht schützen könnt, klar?! Das war scheisse knapp!!" Wynfried selbst stand unter Schock: „D-Das ist nicht normal... Woher hat Radbod diese unbekannte Kraft?!" Attena knurrte: „Er hat sie, das reicht." Er brüllte: „Beim nächsten Mal wird mir hier keiner mehr weggespült, ist das klar?! Bwah! Ist aber nett, uns noch eine kleine Erfrischung gönnen, bevor es losgeht, was?! WAS?!" Ein Männergebrüll pflichtete ihm entschlossener als zuvor bei. Man konnte von Attena halten, was man wollte, aber er ließ sich nicht bange machen.

Jens, Stupsnös und Hinnerk hatten sich auch aneinander festgeklammert, aber sie befanden sich zum Glück auf der sicheren, linken Flanke Dennoch hatte sich besonders Jens bei den beiden festgekrallt. Stupsnös fragte: „Alles in Ordnung, Herr Janssen? Ihr seid so blass." „Hab nur eine gewisse Furcht vor dem Meer, heh..."
Radbod nickte anerkennend: „So kommen wir ihnen also nicht bei: Sie halten sich aneinander fest. Gut, dann eben auf die althergebrachte Weise. Abbo? Düll? Breiter Vormarsch! Ich nehme die Mitte." Ein Handzeichen von Radbod ließ die Skelettarmee scheppernd, knackend durch den nassen Strand vorrücken, mit den drei Anführern vorneweg. Jens zitterte stärker als zuvor: „Ich habe einen gewissen Respekt vor dem Meer, Leute. Eigentlich eine Scheißangst. Das eben hat nicht dazu beigetragen, mich zu beruhigen..." Hinnerk knackte mit den Halswirbeln und hüpfte auf und ab, um sich locker zu machen: „Du hast Angst vor dem Meer und segelst mit einem ollen Kahn wie der Labskaus darauf herum? Witzig." Jens nickte: „Ich liebe die Gefahr?" Hinnerk lachte: „Du bist mein Held." Er tippte Malle Stupsnös an, der mit einer Harpune und Netz bereit stand: „Also so läuft es: Ich hole Abbo und du hältst dich bereit. Klar?" Stupsnös nickte. Nordendis lautes Lachen ertönte, und seine Leute zückten ihre Lehmkugeln: „Tohohohoho! Brecht ihre Knochen, Freunde! Es ist wieder Zeit fürs massig Klootschkeeten! Lasst es regnen!"

Die Friesen und Chauken feuerten kollektiv ihre Lehmkugeln ab – schwere Geschosse, welche Knochen und Schädel zerschlugen und darum sehr effektiv gegen Radbods Untote waren. Diese hoben teils ihre Schilde und blockten die Geschosse ab, dass sie dumpf in den Sand plumpsten. Behrend Attena ließ sich nicht zweimal bitten und hob riesige Findlingbrocken aus Esens mühelos mit einem Arm hoch und schleuderte sie mit Urwucht in die untoten Reihen: Knochen platzten auseinander und brachen knackend. Mit ihrem Tod stießen die Skelette ein schrilles Kreischen aus und blaue Funken schlugen. Ursula schwamm auf ihrem Kraken in Küstennähe und fing diese Seelenfragmente mit ihrem Sensenstab wieder auf und erzeugte damit aus dem Sand selbst gleich wieder neue Skelette, welche die alten Waffen aufnahmen und sich neu in die Schlacht warfen, als wäre nichts passiert. Die Luft war bald erfüllt vom Knacken

und Kreischen der Untoten, ein unwirkliches Geheul, dass bis ins Mark vordrang.
Hinnerk lief Abbo entgegen, welcher den Untoten vorweg ging. Hinnerk hatte den magischen Schild sowie sein Friesenmesser gezückt, atmete noch einmal durch und stürmte dann aus der Schlachtreihe vor, den Strand hinunter. Friedhelm Nordendi fluchte: „Heda! Wer hat den Jungen losgelassen? Beschuss einstellen!!" Abbo zeigte keinerlei Regung, als er seinen Freund erblickte. Stattdessen zückte er Pakhaou. Der erste Hieb saß, aber Hinnerk konnte ihn mit Lux Maris parieren. Abbo kämpfte so gut wie immer und hatte sogar noch mehr Kraft in seinen Schlägen. Bald schon brannten Hinnerks Arme heiß vor Überanspannung. „Ich bin es Onkel Abbo! Hinni! Erkennst du mich?!" Abbo aber grunzte nur mit irrem Blick und griff heftiger an. Der Junge steckte weitere schwere Hiebe ein. Lux Maris vibrierte wie eine Glocke. Ihm gelang es immerhin, Abbo vom Heer wegzulocken, dass nun auf die friesische Front prallte. Abbo zeigte selbst keine Ermüdungserscheinungen, kämpfte mit der unerschöpflichen Ausdauer eines Untoten. Der Seelenkraken erhöhte seine ohnehin große Kraft um ein Vielfaches.

Radbod zerteilte die auf ihn geworfenen Geschosse mühelos mit seinem makellosen Sax in der Luft. Sogar als Attena einen Felsen auf ihn warf, zerteilte er diesen mit einem einzigen Hieb. Rauchend fielen die zwei Hälften zu Boden. Ein Friese raunte beeindruckt: „Des is een wahrer Konig..." Attena verpasste ihm eine schallende Backpfeife: „Dann geh doch zu ihm und lutsch ihm den Arsch, du Lusche!" Er packte seinen Streitkolben mit beiden Händen und schnaufte. „So, dann wollen wir mal sehen, wie hart ihr seid, Knokkenkerls!!" Die Skelette stürmten nicht an, wie es eine lebendige Armee getan hätte, sondern sie behielten ihr Marschtempo unbeirrbar bei, selbst als die ersten Treffer mit Attenas Keule sie durch die Luft prügelten und ihre Knochen in der Luft verteilten. Die Speere der Friesen erwiesen sich meist als nutzlos, und man griff schnell auf Hiebwaffen wie Keulen zurück. Nun begann das bekannte Hauen, Drängeln und Stechen. Die Bewegungen der Untoten waren abrupt und wirkten abgehackt, als fehlte ihnen Schmieröl in den Gelenken. Dennoch hatten sie die Kraft eines ausgewachsenen Mannes und ihre ruckartigen Bewegungen irritierten die Friesen ebenso wie ihr Schweigen, das nur bei ihrer Zerstörung in schrillem, nervenzerreißendem Kreischen endete. Radbod tötete zwei Friesenkrieger, die auf ihn einstürmten, ohne Anstrengung. Ihr Blut spritzte im hohen Bogen und traf einige Skelette: sie störte auch kein warmes Blut in den leeren Augenhöhlen. Attena schob sich vor: „Weg da ihr Hurenkinder! Der Hempel gehört mir! Lasst die Fingers wech von dem!" Mit Gebrüll wuchtete er seinen Streitkolben über den Kopf und ließ ihn auf Radbod niederfahren: „Nun gibt's Königspampe!" Der Hieb ließ die Erde erbeben: Erdklumpen und Grassoden stoben hoch und regneten wie Hagelkörner auf das Schlachtfeld. Radbod war rechtzeitig ausgewichen und stand nun regungslos einige Meter entfernt. Attena grinste: „Ein flinker Ficker, wie?" Der Bär stürmte vor und schlug erneut gewaltvoll zu: Auch diesmal war Radbod ausgewichen – aber nach vorne: In Attena hinein. Dieser blinzelte überrascht, als er die Klinge in seiner Brust sah. Blut spuckend lachte er: „Bwahahaha! Sieh an!" Mit dem rechten holte er aus und schlug dem König direkt ins Gesicht. Dieser taumelte zurück und schwarzes Blut troff aus seinem Mund. Attena zog das Sax wieder aus seiner Brust und warf sie ihm hin: „Weiter! Bwahaha! Immer schön weiter kämpfen! Ich bin noch garnicht richtig warm! Lass es spritzen, die rote Scheisse! BWAHA!" Radbod nickte ihm zu, von Krieger zu Krieger. Es war gut zu sehen, dass es noch wahre Stärke unter den Friesen gab und ihr Blut noch nicht gänzlich verwässert war. Es war herrlich.

Die Friesen johlten lautstark ob dieser Wendung, hatten einige doch geglaubt, der Stich hätte den Bären getötet. Sie hatten die Furcht vor den Skeletten verloren und stürzten sich mit neuer Wucht in den Kampf. Die Verluste der Friesen hielten sich in Grenzen, aber die Skelette schienen nicht weniger zu werden, da Ursula sie ständig erneuerte. Attena trat Radbod mit einem mächtigen Fußtritt zurück und dieser fiel hin. Attenas Keule kam schnell, es knackte laut und Sand wirbelte auf, verhinderte die Sicht. Als sich der Staub legte, sah Behrend Attena dutzende zertrümmerte Skelette und deren zerbeulte Rüstungen, die sich schützend über ihren König geworfen hatten. Radbod erhob sich unverletzt.

Die rechte, chaukische Flanke wurde von Hauptmann Düll attackiert, und er bewies ebensolches Geschick im Kampf. Er schwang eine Streitaxt in der rechten Hand und mit seinem linken Tentakelarm würgte er seine Gegner zu Tode. Sein Plattenpanzer schützte ihn ebenso wie die Schleimschicht vor Attacken, die wirkungslos an ihm abglitten. Einige Lehmkugeln verbeulten ihm zwar die Rüstung, aber dies schien ihn keineswegs aufzuhalten. Die Chauken kämpften auf ihre Art und erwiesen sich durchschnittlich als noch bessere Kämpfer als die Friesen. Insbesondere die Elite-Krieger mit den Habichtsmasken schlugen Breschen in die Reihen der Untoten und machten die besten Fortschritte. Hier kam Ursula nicht mehr mit der Regeneration der Untoten nach. Tjarko selbst nahm sich Düll mit seinem stabilen Flügelspeer an, und der Chauke verwickelte ihn in einen heftigen Schlagabtausch, traf ihn am Krakenarm. Schwarzes Blut quoll stinkend hervor, und der Schleimritter blubberte durch den Helm hindurch: „Ich konnte euch Chauken noch nie leiden." Tjarko klopfte sich provokativ auf den Brustpanzer: „Wird sich auch nicht ändern. Versprochen!"

Düll gegen Tjarko

Hinnerk lockte Abbo zur Deichspitze und schrie: „Jetzt!" Stupsnös sprang aus seiner Deckung hervor und warf sein Fischernetz weitflächig auf Abbo. Dieser verhedderte sich in dem Gespann, versuchte, sich frei zu hauen. Hinnerk sprang ihn brüllend an und riss ihn von den Beinen. Gemeinsam wälzten sie sich den Deich hinunter bis zum Strand. Der Junge musste all seine Kraft aufwenden, um gegen Abbos Kraft zu bestehen. „Ich schaffe es nicht!", rief er Stupsnös zu, als Abbo sich schnaubend unter ihm aufbäumte. Hinnerk spürte, wie seine Muskeln nachgaben. Dann aber packten je zwei Arme an ihm vorbei die Arme des besessenen Friesen. Es waren Stupsnös und Jens, der nun rief: „Flöß es ihm ein!"

Hinnerk packte Abbos Mund und öffnete ihn mit festem Griff. Mit Urgebrüll riss dieser die Arme hoch und schleuderte sowohl Stupsnös als auch Jens beiseite, schwang sein Schwert gegen Hinnerk. Dieser drückte seinen Mund auf und rammte ihm die Phiole in den Hals, rollte sich im letzten Moment zur Seite. Der Hieb ging vorbei. „Geht von ihm weg!" Stupsnös und Jens brauchte er das nicht zweimal zusagen. Abbo schnaufte und hustete und zerschnitt das Netz in Fetzen. Er tat nun noch einen Schritt auf Hinnerk zu und explodierte in gleißendem Licht, wie Theo zuvor im Kloster.

Der pfeifende Windstoss fegte sie alle von den Füßen. Jens Gesicht war voller Sand, als er sich erhob: „Meine Güte, kann das nicht ein bisschen weniger radikal sein? Muss das immer so ausarten?" Abbo lag mit offenem, qualmendem Mund und ausgestreckten Gliedern auf dem Rücken, und Hinnerk wagte sich an ihn ran, überprüfte seinen Puls: „Er lebt..." Sowohl Malle als auch Jens atmeten tief durch, klatschten sich dann lachend ab. Hinnerk wischte sich eine Träne aus den Augen: „Danke, dass du gekommen bist, Jens." Der Retter in der Not winkte ab: „Ich konnte da hinten eh nichts machen. Stand nur dumm rum und hab mich eingepisst. Ich bin kein Krieger; also dachte ich, ich tue das, was ich am besten kann: Blöd in andere Leute rennen..." Hinnerk lächelte: „Könnt ihr ihn in Sicherheit bringen? Ich bin hier noch nicht fertig." Jens nickte: „Ich und Stupsnös machen das schon. Oder was meinst du, Malle?" Der Fischer nickte eifrig, und gemeinsam trugen die beiden den bewusstlosen Abbo hinter den Deich zum Tross.

Hinnerk ergriff Pakhaou und steckte sein Friesenmesser wieder ein. Allein das Schwert aus dem Teufelsmoor wieder in Händen zu halten, durchströmte den Jungen mit neuer Zuversicht. Er wirbelte es herum. Die Schlacht war in vollem Gange: Endlose Untote gegen das friesische Heer der Lebendigen. Hinnerk suchte am Strand nach Leevke und entdeckte im seichten Wasser eine kleine Kommandotruppe von Untoten, die sich nicht nach vorne bewegten und stattdessen einen schweren Nomkrebs bewachten, in dessen Panzer eine schimmernde Sphäre eingebettet war. Ursula brachte den Kraken mitsamt einer Welle an sie heran und schnitt mit der Sense durch die Glocke. „Leevke. Sie muss da drinnen sein." Hinnerk lief dem Krebs entgegen, umging die Schlacht und Reihen der Untoten. Je näher er kam, desto deutlicher wurde es: Es war wirklich Leevke, und sie schwebte zusammengekauert in der Sphäre, so wie er sie das erste Mal gefunden hatte…

Das Haupteer der Untoten befand sich in einem Wechselspiel aus Angriff und Verteidigung mit Friesen und Chauken. Welle und Deich, wie dieses Hin und Her auch genannt wurde. Jens blieb noch eine Weile im Tross, nachdem sie Abbo abgeliefert hatten; seine Aufgabe war erledigt. Malle war zurück in die Schlachtreihe gegangen. Dies war nun nicht mehr seine Schlacht. Dabei verteidigten diese Männer auch seine Freiheit, selbst wenn er etwas weiter weg an der Westküste Ostfrieslands wohnte. Jens rieb sich den Kopf: Kämpften sie nicht sogar für alle Menschen in diesem Land, für ihre Familien, Freunde und Liebsten? War es nicht die Pflicht aller, diese wichtigen Menschen zu verteidigen? Oder war das Gerede von Freiheit nur ein vorgeschobener Grund, um die eigenen, weniger ehrenwerten Interessen zu schützen: Marktanteile, Parten und Besitztümer? Nicht alle Friesen waren gekommen, also wieso sollte es ihn dann scheren? Er war nur Kaufmann; und dies alles war letztlich ein Verlustgeschäft. Jens ballte die Hände zu Fäusten. Da war es wieder: Dieses unerträgliche Gefühl der Hilflosigkeit, des Ausgeliefertseins und der eiskalten Berechnung. Würde er je sein Schicksal selbst bestimmen können, war das überhaupt für irgendjemanden möglich? Oder wurde er wie ein Stück Treibholz vom Wetter der Gezeiten hin und her geworfen, zur Belustigung höherer Mächte? Sein rationaler Verstand riet ihm, zu verschwinden, und seine Knochen und zitternden Knie gaben ihm Recht.

Tränen stiegen in ihm auf, als er sich lautlos immer weiter vom Tross und Schlachtgeschehen entfernte. Jeder Schritt fiel ihm schwerer und zugleich leichter: er hasste sich dafür, jetzt zu verschwinden, aber er war ein Feigling durch und durch. Dies rettete sein Leben bislang, so wie es auch der Assel das Leben rettete.

An ihm preschte ein blutüberströmter Bote auf seinem Pferd vorbei und kam in den Tross geritten. Kurz darauf gab es großes Wehklagen. Jens lief ihm nach und hörte schon von weitem jenes verfluchte Wort, das in allen Küstengebieten Angst und Schrecken auslöste: „Eschenmänner! Es sind die Eschenmänner!" Der Bote rief: „Sie greifen von zwei Seiten an! Wollen uns umzingeln. Es sind wohl zwei Gruppen; eine ging nach Ochtersum und die andere über Thunum!" Frauen weinten und schluchzten, als sie das hörten, friesische wie chaukische, Mütter, Töchter und Schwestern, die in zerstörte Häuser zurückkehren würden, ausgebrannte Heimstätten und jene, die sie zurückgelassen und sich in Sicherheit geglaubt hatten. Jens schluckte schwer. Die Lage war also grimmiger, als er anfangs angenommen hatte, und er musste sich nun entscheiden: Wollte er dem Vater helfen oder dem Sohn? Seine Gedanken rasten. Die Flucht lockte mit honigsüßem Grinsen.

Das Chaos und die aufkeimende Panik der Menschen lähmte seinen Verstand, und er schloss die Augen, verdrängte die schrecklichen Einflüsse und überlegte auf kaufmännische Art ‚wie er es von seinem Onkel Ulrich gelernt hatte: Er machte eine geistige Inventur seiner Möglichkeiten und Kapazitäten. Was gab es, was wusste er, wie konnte es helfen? Als er die Augen Sekunden später wieder öffnete, hatte er tatsächlich einen Plan. Er lief zu den Mönchen, unter denen sich auch Bruder Salpeter befand: sein Ziel. Der Mönch hatte etwas erwähnt gehabt. Beiläufig nur, aber Jens schoss es heiß ins Hirn...

Mit magischem Schild und Schwert bewaffnet, stürmte Hinnerk in die Skelette hinein, die Leevke bewachten. Der Nomkrebs, der sie trug, trippelte nervös auf seinen Klauenfüßen umher, als wollte er abhauen. Hinnerks erster Hieb saß und trennte den Kopf des gepanzerten Untoten an der Halswirbelsäule vom Rumpf ab. Platschend landete dieser im seichten Wasser. Erst jetzt reagierten die anderen Untoten auch auf ihn und zückten ihre Klingen. Hinnerk wurde von einem abgehackten Trommelfeuer aus Schlägen eingedeckt, mit denen er nicht gerechnet hatte. Ein Hieb war sogar so heftig, dass er sich die eigene Schildkante heftig gegen den Kopf schlug: Sofort sprang er zurück, spuckte Blut: „Das muss wohl die Elite sein." Tatsächlich waren die Skelette unter ihren zerrissenen Mänteln in Kettenhemde und alte Schuppenpanzer gehüllt, wie sie seit 300 Jahren nicht mehr gemacht wurden. Ihre Klingen waren ebenso rostfrei und makellos wie Radbods Schwert. Hinnerk warf Sand in ihre knochig grinsenden Gesichter, aber sie reagierten nicht. Er versuchte danach, die langsameren Untoten fortzulocken und so zu umgehen, aber die Skelette folgten ihm nur bis zu einer bestimmten Stelle und ließen sich nicht wie Abbo in eine Falle locken. Hinnerk hob Lux Maris hoch und rief: „Lücht mien Mors!" Ein greller Lichtstrahl beschien die Untoten: Diese kreischten schrill und stoben wie hektische gestochene Tarantulissen auseinander. Sie deckten Hinnerk mit weiteren Hieben ein. Er rollte sich beiseite, um ihrem Ansturm zu entgehen. Offenbar reagierten die Untoten auf das Licht allergisch und mit erhöhter Aggressivität. Derweil schlugen die Wellen höher und der Himmel war beinahe schwarz geworden. Dicke, schwere Wolkenberge schoben sich über den Horizont. Von Abbo hatte Hinnerk auch das Ringen gelernt, eine waffenlose Kampftechnik, die jedem angehenden Ritter und Knappen beigebracht wurde. Er selbst war zwar kein Experte, aber Hinnerk wusste immerhin, wie man sein Gewicht zu seinem Vorteil einsetzen konnte. Den Schild schützend vor sich gehalten, stürmte er nun vor, direkt in den ersten gepanzerten Skelettritter hinein: Die Wucht riss diesen um und schleuderte ihn kinetisch korrekt in ein anderes Skelett, das ebenfalls umgerissen wurde. Hinnerk lächelte: „Ihr solltet mehr essen, ihr dürres Pack." In Hinnerks Fall war es vor allem Muskelmasse, die ihm die zusätzliche Wucht verlieh: Die Untoten besaßen zwar Ausdauer, Kraft und auch Geschick, aber tumbes Gewicht war ihnen nicht zu Eigen. Sie bestanden nur aus Knochen und etwas Rüstung. Hinnerk rempelte die anderen drei Untoten auch noch nieder. Die Wucht schleuderte ihre Arme und Schädel auseinander, und sie versuchten sofort, sich wieder zusammenzusetzen. Hinnerk ließ dies nicht zu und trennte die Köpfe mit Pakhaou ab. Er wandte sich endlich Leevke und dem nervös trippelnden Nomkrebs zu. Hinnerk sprang auf den Panzer, während der Nomkrebs sich verkroch. Es durchfuhr ihn ein Schlag, als er den magischen Schild berührte. „Leevke! Wach auf! Ich bin es! Hinni! He! Aufwachen!" Leevke reagierte nicht auf seine Rufe und schlief einfach weiter. In der Sphäre gab es keine Geräusche außer einem blubbernden, betäubenden Dröhnen wie in einem Mutterleib.

Er hämmerte mit den Händen gegen die Kugel, aber dies versetzte ihm nur jedes Mal einen neuen Stoss. Er holt mit seinem Schwert aus und schlug zu: Aber sein Hieb ging ins Leere. Der Boden unter seinen Füßen wurde weggerissen, schrumpfte. Ein dicker Tentakelarm umschlang seine Beine und riss ihn gewaltsam hoch. Ein amüsiertes, weibliches Gelächter erwartete ihn. Der Kraken schwebte, von Leevkes Kraft in einer Wasserblase gehalten, über dem Strandboden. Schon zu Wasser war diese Kreatur ein furchterregender Anblick, aber nun sah man ihn in seiner ganzen fürchterlichen Pracht an Land: Seine acht baumdicken Fangarme peitschten umher. Auf dem Kopf hängend sah Hinnerk die Krakenhexe, welche auf ihrem Kraken hockte und breit grinste, den Kopf auf ihren Armen gestützt: „Nein, wie niedlich. Hat die kleine Leevke doch einen Freund gefunden, wie?". Hinnerk aber drohte: „Lass sie gehen, du Miststück!" Ursulas Grinsen wurde breiter; nicht die Reaktion die er erhofft hatte. „Du hast Radbods Leibgarde besiegt, alle Achtung. Hast dein Gewicht genutzt wie? Nicht dumm. Bei all ihrem Schrecken sind sie halt nicht mehr dieselben. Tjah. Aber sie stehen immer wieder auf. Sie sind gebunden." Ursula richtete ihren Stab auf die erschlagenen Skelettwachen. Die Knochen zuckten und wollten wieder zusammenkommen, aber Ursula musste stöhnend aufgeben. Hinnerk lachte: „Klappt nicht ganz wie?!" Die Krakenhexe rümpfte die Nase: „Du hast also ein magisches Schwert. Pakhaou. Da denkt man, man steht auf derselben Seite, und dann sowas. Oder, Thi?" Hinnerk baumelte: „Ha! Wir werden euch besiegen!" Ursula lächelte: „Das glaube ich kaum..." Der Friesenjunge versuchte, sich zu befreien, aber der Griff des Kraken wurde nur noch fester und schnürte ihm den Brustkorb und die Luft ab. Noch immer hielt er Pakhaou in der Hand, konnte seinen Arm aber kein Stück rühren. „Gib dir keine Mühe, Kleiner.", meinte Ursula süffisant. „Nichts, was du tust, wird uns mehr aufhalten. Im Gegensatz zu euch wissen wir, was wir tun..."

Abt Wynfried schleuderte ein weiteres Gebet in die untoten Reihen, indem er die gefalteten Hände nach vorne drehte und rief: „De Nihilo Nilis!" Ein Skelett fiel in sich zusammen und erhob sich auch nicht mehr. Wynfried bekreuzigte sich. Schweiß tropfte ihm von der Stirn. Seine Mitbrüder waren ebenfalls mit Leib und Seele im Einsatz: Bruder Brutalus schwang einen gesegneten Streitkolben und hieb im direkten Nahkampf auf die Skelette ein. Jedoch griffen schon die Sandskelette nach ihm, zogen ihn an der Kutte zu sich hinunter und stachen ihn mit rostigen Klingen tot. Wynfried bekreuzigte sich, während vor ihm Behrend Attena – von Wunden übersät – brüllend und lachend gegen Radbod kämpfte, als wäre dies ein Heidenspaß. Der Abt gestand, dass er Attena falsch eingeschätzt hatte: Der Bär von Esens war vielleicht kein besonders großer Freund der Kirche und hatte auch mehrmals den Pastor von Esens aus der Kirche werfen lassen, weil ihm dessen Moralpredigten nicht gefallen hatten. Aber just jetzt stellte sich die Kampflustigkeit des Esener Hauptlingers als Geschenk Gottes heraus. Da stand er nun, keuchend, blutend und massiv wie ein Bär, den man wie auf der Hatz gejagt hatte. Seine wilden Augen unter buschigen Augenbrauen stachen einem jedem Mann durch Mark und Bein und ließen ihn das Ende spüren. Attena mochte für jeden normalsterblichen Menschen ein Alptraum sein, aber der untote Radbod war ihm dennoch über.

Der Friesenkönig spielte fast nur noch mit dem Bären, dessen zahllos zugefügte Wunden ihn immer langsamer und schwächer machten. Wynfried ging davon aus, dass Radbod ihn immer noch für seine Sache gewinnen wollte. Die einzigen anderen großen Kämpfer hier waren Friedhelm Nordendi und der Chaukenhauptlinger Tjarko. Friedhelm war geübt im Kampf gegen die Eschenmänner und galt als gewiefter Taktiker: Seine Norder Leute hielten die Defensive im Schildwall aufrecht, während seine leichteren Steinewerfer aus der Formation ausscherten und die Untoten von ihrer rechten Flanke aus mit Lehmkugeln unter Beschuss nahmen. Sein charakteristisches Lachen hallte mehrfach über den Deich, nicht minder irre als Attena selbst: „Tohohohoho!" Hauptlinger Tjarko und seine Chauken schlugen sich ebenfalls sehr gut: Es sah sogar so aus, als würden die Falkenkrieger die rechte Flanke nun komplett aufrollen und die Schlacht entscheiden. Die Skelette fielen wie Marionetten, denen man die Fäden durchschnitten hatte, in sich zusammen. Schon drängten die Chauken in die Mitte und Hauptlinger Tjarko prügelte den tentakelbewehrten Ritter den Hang hinunter. Die Chauken flankierten die Mitte von Radbods Truppen, und Jubel und lautes Hohngeschrei kam empor, Signalhörner ertönten freudig.

Der Feind wich zurück, das Ende war nah. Wynfried teilte diese Siegessicherheit allerdings nicht und schon im nächsten Moment geschahen zwei Dinge, die das Schlachtenglück wieder radikal wenden sollten: Vom Strand vor Nordendis Lehmplänklern sah man eine fürchterliche, vielarmige Kreatur sich nähern. Es war ein fünfäugiger Kraken, der auf einem Wasserbett schwebte und sich über die Untoten schob. In einem der Arme hielt er einen jungen Mann auf dem Kopf. Seine acht Arme peitschten auf und nieder, suchten nach Opfern von warmem Fleisch, die er reißen konnte. Seine Arme packten die vereinzelten Norder Plänkler, hoben die Männer hoch und warfen sie in hohem Bogen über den Deich hinweg, sodass sie hart aufkamen und sich alle Knochen brachen. Auf der chaukischen Seite stapften ebenfalls humanoide Gestalten aus dem Wasser. Hauptmann Düll schlurfte: „Ahhhh! Endlich! Der Meeresgott schickt uns Unterstützung! Seht! Die Draugr. Die Draugr sind hieeer." Tjarko ließ kurz von Düll ab und brüllte Befehle, dass sich die Chauken auf die neue Bedrohung einstellen sollten. Diese aber waren so sehr im Siegestaumel, dass sie nicht sofort reagieren konnten. Einzig die Falkenkrieger befolgten seine Befehle sofort. Die Draugr sahen aus der Ferne aus wie Menschen: Ihre Kleidung war die von Seemännern, vermodert und über und über mit Algen und Moos bedeckt. Muscheln und Krabben tummelten sich an ihren Körpern, in jeder verklebten Öffnung. Ihre schleimig-grüne Kleidung war mit der Haut verwachsen und ihre Köpfe zur Gänze von grünem Tang und Algen bedeckt. Nasen, Augen und Ohren waren entweder auch davon bedeckt oder quollen unnatürlich daraus hervor. Die Zähne wie bei einem Neunauge kreisförmig geworden, Augen rund und hervortretend und schwarz wie Kohle. Unter den Algen waren sie allesamt grässlich entstellt: Ertrunkene Seeleute waren es, Halbtote. Sie schlurften wie die Skelette über den Strandboden und stöhnten mit lautem Geheul. Abt Wynfried erkannte sie auch: „Draugr! Die Verfluchten der See. Verdammt." Die rund fünfhundert Draugr erklommen nun den Deich und fielen den Chauken in breiter Front in die ungeordnete rechte Flanke. Die wenigen Chauken, die es schafften, spannten ihre Bögen und ließen Pfeile auf die langsamen Angreifer regnen. Die Draugr waren aus verwestem Fleisch, und die Pfeile blieben wirkungslos stecken, als hätte man in einen Schwamm gestochen. Sie waren ebenso immun wie Radbods Skelette. Düll rief sie herbei: „Kommt, Kommt! Ihr Verfluchten! Kommt, und entladet euren Zorn der *Tiefe*!"

Vormarsch der Draugr

Die Mitte geriet in Bedrängnis, und Radbod schlitzte Attena ein letztes, heftiges Mal über die Brust. Der Bär sank auf die Knie: „Scheiss Bastard, elender…" Radbod ließ von dem blutenden Mann ab und schlachtete völlig ungehindert jeden Mutigen ab, der sich ihm in den Weg stellte. Kein Schwertkämpfer konnte mehr als zwei Hiebe mit ihm austauschen, kein Schild bot Schutz, kein Speer drang zu ihm vor. Es war wie verhext. Abt Wynfried spürte zum ersten Mal seit langem eine überwältigende Furcht in sich aufsteigen. „Gott steh uns bei gegen diesen Wahnsinn…" Bis jetzt war er hinter den dicken Klostermauern stets behütet und geschützt gewesen. Nun sah er sich persönlich mit den uralten, blutigen Feinden der Kirche konfrontiert und vermochte nicht zu sagen, ob er die Kraft hatte, sie zu bezwingen. Der Abt schluckte und holte vorsorglich seine eichenfällende, gesegnete Axt hervor und überprüfte den Sitz der alten Bibel, die er sich um den linken Arm geschnallt hatte: Es handelte sich um die Bonifatius-Bibel, deren Einband von Kerben übersät war: Narben jener Schläge, die sie einsteckte, als Bonifatius von Heiden erschlagen wurde und das Buch schützend vor sich gehalten hatte. Es war die heiligste Reliquie von ganz Marienkamp.

Die Flanke unter Nordendi wankte ebenfalls bedrohlich, als der Krake immer mehr Männer ergriff und sie in hohem Bogen durch die Luft schleuderte. Einige Männer warfen ihre Speere nach dem Untier und trafen auch, aber sie konnten es nicht aufhalten. Steine prallten an der elastischen Außenhaut sofort ab. Auf ihm saß zudem Ursula und schrie grässliche Flüche direkt aus der Unterwelt Hels, welche Furcht in die Herzen der Menschen säte und ihnen den Kampfeswillen raubte.

Abt Wynfried schloss die Augen, sammelte seine seelischen Kräfte und rief dann seinen Brüdern zu, sie sollten den Hexengesang mit ihren eigenen Chorälen neutralisieren. Trotz der chaotischen Umstände gelang es den Brüdern von Marienkamp, ihr Loblied anzustimmen: Ursulas Fluch wurde ab da zurückgedrängt, und die Friesen fassten wieder Mut. Die Chauken hieben auf die Draugr ein, die ihre vom Seesalz verrosteten Klingen, Keulen und Dolche schwangen. Zornig nahm Bruder Tennus seinen wertvollen Beutel mit gesegneter Asche und wirbelte ihn über seinem Kopf herum wie eine Schleuder. Dabei verteilte sich die Asche in die Reihen der Untoten und machte sie somit kurzfristig bewegungsunfähig: Dies erleichterte den Kampf für die Friesen und verschaffte ihnen auch eine teils bitter nötige Atempause, um die Verwundeten fortzutragen.

Radbod erspähte den Abt und näherte sich ihm mit ruhigem Schritt: „Wollt ihr euch nicht hinter euren Klostermauern verkriechen, Mönch? Ich sehe durch eure frömmische Verkleidung von Harmlosigkeit. Damals wie heute." Radbod schwang sein Schwert im Halbkreis und stoppte es ruckartig, das warme Blut klatschte in den Sand. Er lächelte grimmig: „Geh und stopf dein letztes Mahl in dich hinein, Mönchlein. Besauft euch am Wein, hurrt mit den Nonnen, wie sonst auch." Wynfried straffte sich: „Spotte nur,

Radbod. Noch ist nichts entschieden. Deine Zeit ist vorbei, du bist nicht mehr relevant." Radbod lächelte süffisant, und sein Leib zitterte und bebte vor mühsam zurückgehaltener Wut, ehe sein laut schallendes Gelächter hervorbrach und weithin über das Schlachtfeld hallte und über den Deich und das Meer hinweg zu hören war: „Tahahahaha! Ihr Friesen! Meine stolzen, dickköpfigen Friesen! Ihr habt tapfer gekämpft und ihr kämpft immer noch! Gut so!" Das Kämpfen reduzierte sich, als die Skelette sich auf seine Handbewegung hin hinter ihre vergammelten Schilde zurückzogen und auch die Draugr einen kollektiven Schritt zurückmachten. Es gab eine kurze Waffenruhe und alle hörten Radbod zu: „Aber wieso bekämpfen wir einander?! Wir können gemeinsam das Joch von falschem Recht ein für alle mal vernichten! Wir können die Kirche bis zurück nach Rom zurückdrängen, wo sie sich in kalten Grotten zusammenkauern, während wir feiern! Sie sind schwach! Seht sie doch nur an." Er wies auf Wynfried, der neben ihm wahrlich wie ein Hanswurst aussah. Radbod lachte: „Unseren Göttern gehört die See! Uns gehört die Küste! Wir haben die Deiche mit Blut, Schweiß und unseren Leben erbaut, nicht die Kirche! Die kamen angekrochen, als alles fertig war, und saugen seitdem an uns wie Parasiten, die sie sind! Ich hege keinen Groll gegen euch, Brüder! Euer Blut ist auch das meinige! Lasst uns nie vergessen, wer wir wirklich sind und immer sein werden: Das Volk, das das Meer bezwang, das Volk der Küste, die dickköpfigsten Bastarde diesseits des Weltenrandes! Wer also folgt mir? Entscheidet euch hier und jetzt, denn andernfalls findet ihr nur den Tod, hier an diesem Ort! Was sagt ihr dazu, meine Brüder?! Was sagt ihr?!" Es folgte ein eisernes Schweigen, abgesehen von den Schmerzenschreien der Verwundeten und Sterbenden. Geisterhaft schien die Stille. Die Untoten standen regungslos dort, und auch Ursulas Kraken schwebte lautlos mit Hinnerk in dem Tentakelarm. Der Chaukenanführer Tjarko war im Kampf mit Düll am Arm verletzt worden und band sich gerade die Wunde mit einem Stück Tuch ab. Er sah in die Augen seiner Landleute und entdeckte *Verständnis für Radbod?* „Das kann doch wohl nicht wahr sein...", zischte er.

Radbod hatte gesiegt; er konnte es spüren. Ursula lachte leise auf: „Es klappt!" Um der Moral des Widerstandes den Todesstoss zu versetzen, rief Radbod aus: „Ich hab es vorhin gesehen: Eschenmänner überfallen in diesem Moment eure Dörfer, die ihr schutzlos zurückgelassen habt, um diesen sinnlosen Kampf für die Kirche zu führen und um für ihre Pfründe zu sterben. Gemeinsam können wir auch sie vernichten, ehe Schlimmeres geschieht!" Die Reaktionen auf Radbods Rede fielen unterschiedlich aus: Tjarko spuckte Blut, Wynfried richtete sich demonstrativ auf und faltete die Hände zum Gebet, und die Mönche folgten seinem Beispiel. Nordendi verzog die Mundwinkel zu einem anerkennenden Grinsen: „Ach, so ist das, wie? Alter Fuchs, tohoho." Einige Friesen murmelten: „Recht hat er ja eigentlich. Jeden Sonntag in die Kirche und sich vollquaken lassen – würde lieber mehr Zeit mit den Lütten verbringen." „Meine Rede", stimmt ein anderer zu, „Die Kirche hält auch gern die Hand auf, wie so ein Raubritter. Wieso dulden wir die geistlichen Räuber, wenn wir die weltlichen verjagen?" „Die machen's klug: Man muss ja nichts spenden. Aber man landet dann eben halt in der Hölle. Die wissen schon, wie man's machen muss. Radbod hat wohl recht…" Das Schweigen und Murmeln wurde jäh von einem ansteigenden, blut-hustenden Gelächter durchbrochen. Radbod riss die Augen auf und konnte es nicht glauben: In seinem Rücken ertönte das Gelächter: Es brandete auf. Wie ein Berg baute Attena sich in Radbods Rücken auf. Das Blut hatte sich inzwischen mit Sand vermischt. Behrend stand arg wackelig auf den stämmigen Beinen, wie Radbod sofort sah. Der Bär würde ihm nicht mehr gefährlich werden können, aber sein Gelächter hallte nun weithin über die Männer und bald stimmte Friedhelm Nordendi mit ein, ganz so, als habe Radbod einen Witz gerissen. Der Hauptlinger aus Norden war schon immer ein Mann gewesen, der viel lachte, aber nun steckte es nach und nach alle anderen an. Es fiel kein Wort mehr, und das Gelächter brandete auf wie eine massive Welle. Radbod tobte innerlich vor Zorn, seine weiße Iris lief blutrot an: „Was gibt es da zu lachen?! Euer Land wird brennen, eure Familien werden erschlagen! Was ist daran so verdammt witzig, ihr Narren?!"

Attena spuckte Blut. Er hatte nicht mehr die Kraft, einen Schritt zu tun, geschweige denn zu kämpfen. Er stand nur da: „Witzig daran ist nur, dass du deine eigenen Leute nicht verstehst." „Was?!" Friedhelm ergänzte: „Tohoho: Behrend hat recht: Du willst uns von der Kirche befreien, von den Franken…" „Ja, und ist es denn nicht auch euer Wille? Oder gefallt ihr euch zu Füßen dieser Kriecher?! Das glaube ich keine Sekunde!" Tjarko schnaufte: „Wir kriechen aber garnicht. Die Kirche ist hier und predigt, ja. Aber es stört uns nicht. Wir bleiben frei. Die Mönche haben das Kloster selbst erbaut und handeln und reden mit uns. Wir bleiben immer noch frei." „Es ist ein schleichender Prozess!", brüllte Radbod, und Attena nickte: „Mag schon sein. Aber im Moment leben wir friedlich miteinander." Er nickte Wynfried zu. „Wenn die Predigt mich nervt, hau ich dem Priester uff die Fresse. Aber wenn er vernünftig mit mir redet, wenn er ein vernünftiger Mann ist: Dann lass ich ihn gewähren. Ich habe nicht noch Bock, mich um die Wahnvorstellungen anderer zu kümmern." Friedhelm erklärte weiter: „Wir verteidigen unsere Freiheit schon; aber nicht mehr nur in offener Schlacht. Wenn uns jemand angreift, wie die Oldenburger oder Eschenmänner, dann wehren wir uns. Aber genauso wehren wir uns gegen jene, die uns daheim zu etwas zwingen wollen. All jenen, die als Gäste und Freunde zu uns kommen, die mit am Deichbau helfen: Denen bieten wir einen Platz in unserer Mitte, egal, woran sie glauben. So halten wir es. Was die Zukunft bringt, weiß keiner. Auch du nicht, Radbod." Tjarko sagte: „Der jetzige Frieden ist hart erkauft und wir lassen ihn uns nicht nehmen, auch wenn deine Absichten noch so nobel sein sollten, Radbod. Unseren Kindern bringen wir schon bei, sich nichts vormachen zu lassen. Wenn du predigen willst, dann tu das, aber komm nicht in unser Haus und zwinge uns zu etwas, dass wir nicht wollen. Jeder Krieg zerstört mehr, als dass er hilft. Im Moment sehe ich keinen Bedarf." Der letzte König senkte die Klinge und schwieg betreten. Der Tentakelkrieger Düll rief glucksend: „Welch Gewäsch! Du wirst dem doch keine Bedeutung beimessen, oder Raddel?! Sie versuchen nur ihre Haut zu retten, weil wir gewinnen! Wir können endlich klar Schiff machen; darauf warten wir seit über 300 Jahren! Sollen all die Opfer umsonst gewesen sein?!" Radbod nickte langsam: „Düll hat recht. Ihr wisst nicht, wie schnell euer Frieden kippen kann, wie schnell eure Toleranz euch alles kosten kann!! Ihr überlasst zuviel dem Zufall! Euer Frieden ist eine Illusion, der ihr euch unterworfen habt, bis es zu spät ist!" Attena lachte: „Pah! Aber so ist das Leben! Mal liegt er, mal steht er! Aber davon versteht ein verfaulter Kadaver wohl nichts. Vom auf und ab!" Attenas blutiges Lachen steckte die Friesen und Chauken an, und sie stimmten mit ein. Schweiß- und Blutüberströmt machte sich eine grimmige Entschlossenheit breit, die mit dem Tod abgeschlossen hatte. Ursula leckte sich über die Lippen, und Hinnerk baumelte nach wie vor am Krakenarm und rief mit hochrotem Kopf: „Ha! Ihr kommt zu spät! Wir ergeben uns nicht!" Die Krakenhexe grinste gehässig: „Große Klappe für einen, der mir hilflos ausgeliefert ist… Abgesehen davon ist Stärke immer Recht gewesen. Als wir Karl Martell bei Köln bezwangen, waren die Friesen einig, im Inneren wie im Äußeren. Ihr redet euch eure geistige Niederlage nur schön." Radbod schüttelte langsam den Kopf mit dem grauen Haar: „Ich weiß genau, wer euch diese Lügen erzählt hat." Sein zornentbrannter Blick erfasste Abt Wynfried, der sich mit Axt und Bibel wappnete. „Ich werde euch beweisen, wer hier Recht hat! Ich werde euch von diesen Lügen befreien. Ihr werdet euch erinnern!" Radbod preschte vor und sprang auf den Abt, schlug zu. Als seine makellose Saxklinge Durjawer die Bonifatiusbibel streifte, sprühten Funken und Wynfried glaubte, sein Arm müsse brechen. Er hieb mit der gesegneten Axt zu, und Radbod wich davor zurück. Der König höhnte: „Du sollst nicht töten? Ihr Heuchler seid immer noch dieselben." Der Abt keuchte: „Da ist keine Zukunft in dem, was du willst!" „Mehr Leben ist in meiner Welt als in eurem toten Gott!"

Radbod griff erneut an, und Wynfried konnte nur abblocken. Die Bonifatius-Bibel bekam neue, weitere Risse. Kurz vor dem Durchbruch sprang Friedhelm Nordendi rettend dazwischen und lenkte den Hieb ab: „Tohoho! Nicht so schnell, Radbodchen." Dieser verzog das Gesicht zu einer amüsierten Grimasse: „Ah! Norder Tod! Ich dachte, du wärst klüger, als dich mit mir zu messen?" Nordendi zuckte mit den Schultern: „Ich bin nicht klüger als die meisten..." Sie kämpften miteinander und die Schlacht tobte weiter, Attena kippte wieder in den Sand, blutete weiter. Düll und seine neuen Draugr-Truppen stoppten den Vormarsch der Chauken auf der friesischen rechten Flanke, und Ursulas Kraken peitschte Nordendis Reihen in der linken Flanke auf. Die Untoten gewannen vermehrt an Boden; das Schlachtenglück hatte sich gewendet. Zudem belastete die Krieger nun das Wissen, das daheim ihre Familien in Gefahr waren.

Jens Zuversicht schmolz so schnell wie ein Eiszapfen im Maul eines glutspeienden Drachen, je länger er mit dem Sack auf dem Rücken über die Felder und Wiesen rannte. Hier hinter dem Deich war alles so still und friedlich, als wäre alles in Ordnung mit der Welt, als gäbe es keine Schlacht, keine Eschenmänner, keine Schmerzenschreie, kein Leid. Er sah zwei Kohlweißlinge lautlos flattern und hörte Bienen im Buchweizen summen. Das Bedürfnis nach Greetsiel und zu Taalke heimzukehren, lag ihm wie ein Kloß im Magen, lähmte ihm die Beine. Sein Körper schrie nach Flucht, sich der Panik ergeben und nur noch wegzulaufen. Doch er wollte nach Ochtersum! Wenigstens dieses eine mal wollte er etwas Sinnvolles tun; ohne Gewinnkalkulation, ohne vorherige Profitanalyse. Einmal in seinem beschissen - dahinplätschernden Leben wollte er dastehen, nur mit dem Gewissen gewappnet, etwas Gutes, Selbstloses getan zu haben. Es war verrückt, nicht direkt nachvollziehbar. Aber dennoch lächelte Jens, mit Tränen in den Augen, brennenden Beinmuskeln, Angstschweiß auf der Stirn und dem Beutel auf den Schultern.

Rörik atmete tief ein und ein Grinsen huschte über sein ansonsten grimmiges Gesicht, als er und seine 80 Mannen die Siedlung Ochtersum erblickten. Friedlich lag sie da, nichtsahnend und reif zur Schlachtung. Auf Radbods Geheiß hin hatten sie ihre Schiffe östlich sowie westlich des Schlachtfeldes hin gelandet. Radbods Plan sah vor, dass die Hauptstreitmacht die Friesen band, während die Eschenmänner das Hinterland angriffen. Sie sollten Terror und Verwirrung stiften wie üblich, und schließlich der

Hauptstreitmacht der Friesen am Deich in den Rücken fallen. Es war ein guter Plan, denn er bedeutete maximale Ausbeute bei geringstmöglichem Risiko für die Eschenmänner. Dieses Gefühl der Unbesiegbarkeit übertrug sich auf alle seine Männer, und auch Rörik konnte sich dieses berauschenden Gefühls nicht erwehren. Nur Alte, Frauen und Kinder waren zurückgeblieben: Das Risiko minimal. Selbst wenn sich einige in die relativ schützenden Mauern von Esens oder einer anderen Wehranlage geflüchtet haben sollten, so würden doch noch genügend Menschen zurückgeblieben sein, um sich zu vergnügen.

Rörik Klakssons Männer lechzten nach Brand und Raub. In ihren nordischen Augen stand der wabernde Glanz von Adrenalin und Gier. Sie stritten schon über die Beute und fragten sich, wie viele Mädchen sie fangen können würden, um sie als zukünftige Gespielinnen zu gewinnen. Der eine oder andere wollte lieber ein paar Jungen mitnehmen, um sie auf dem Hof daheim als unfreien Thrall auf den Äckern einzusetzen. Angst und Schrecken zu verursachen war ein wahrlich erhebendes Gefühl; ein Gefühl von absoluter Kontrolle. Sie waren die Herren von Leben und Tod, von Glück und Unglück. Gottgleich.

Mit Wehmut dachte Klaksson an seine jütische Heimat, und wie er von dort vertrieben worden war. Er hatte als aufstrebender Thane mehr Land angestrebt und dabei alle Rivalen beseitigt, die ihm im Weg gestanden hatten. Sein Vater Klak durfte ihn dabei nicht offiziell unterstützen, weil er als Thane der Königin Margarethe den Frieden schützen musste, aber insgeheim ließ er ihm Waffen und Männer zukommen. Die „Eiskönigin" Margarethe wollte den roten Jörgenssen gerne beseitigt wissen, der die Thingordnung verteidigte, die ihre Macht begrenzte. Röriks Ambitionen kamen ihr dabei gerade recht, und Klak unterbreitete ihr den Vorschlag, Rörik zu nutzen. Sie stimmte zu und unterstützte ihn inoffiziell, um Jörgenssen auszuschalten. Knut Jörgenssen hatte mit den Vitalienbrüdern unter Störtebekker paktiert, und sein hohes Ansehen im einfachen Volk erregte die Skepsis der Fürsten und Thane zusehends. Rörik brauchte besondere Härte, um diese Zuversicht aus den Menschen hinauszuprügeln. Nach vielen Plünderungen von Rörik bröckelte Jörgenssens Stärke, und man schimpfte Rörik mitunter auch offen „Grendel" und das „Biest von Randers". Blutig war die Schlacht gewesen, in der Röriks Männer und die vom roten Knut im dichten Nadelwald von Aulum aufeinander trafen. Zunächst lief es gut für Rörik, und seine Männer kämpften dank eines mit giftigen Pilzen durchmischten, rötlichen Gesöffs wie im Berserkerrausch. Sie schlugen eine tiefe Bresche in die feindlichen Reihen, die sich hinter einem Schildwall kauerten.

Dann aber ging ein Ruck durch des roten Knuts Männer, und sie stürmten mit großer Macht vor wie ein Mann. Knut selbst lief unter wildem Gebrüll vor und seine Männer folgten ihm. Es war, als hätten sie die Wut von Klaks Männern abgewartet, für sich umgewandelt, und nun entlud sich ihr eigener Zorn zurück auf Röriks Männer. Hiebe wurden ausgetauscht, Schilde barsten mit knackendem Holz und verbogenem Eisen. Am Ende forderte Knut Rörik persönlich heraus. Rörik war zwar ein guter Kämpfer, aber Knuts Augen brannten hell und klar vor gerechtem Zorn. Eingeschüchtert floh Rörik vom Felde, und mit ihm bald sein Haufen. Seine Schreckensherrschaft als Grendel endete so schnell, wie sie gekommen war, und seine vormals loyalen Begleiter verrieten ihn nun mit ebensolcher Hingabe, als wie sie ihn vorher bejubelt hatten. Vermutlich hätte er auf seinem Rückzug noch mehr Männer verloren, wenn Knut nicht die Verfolgung eingestellt hätte.

So wie Rörik es sich erklärte, um seinen Sieg zu konsolidieren und sich nicht aufzuteilen. Seine bisherigen Eroberungen fielen wie auf Sand gebaut in sich zusammen, als die Niederlage von Aulum die Runde machte. Röriks tausendköpfiges Heer schrumpfte auf einen kleinen Rumpf, und nur der Karl Ole Brand hielt wirklich treu zu ihm, unter anderem auch, weil er mit Klak, Röriks Vater, seit langem befreundet war. Sie konnten dennoch nicht in Jütland bleiben, und Klak half ihnen mit Margarethes Unterstützung noch, um sich mit drei Langbooten abzusetzen. Seitdem hielt sich Rörik mit Überfällen auf Küstenorte und Handelsschiffe über Wasser. Dennoch entsann er sich in dieser Zeit an seinen Vater Klak, der einst Teile Frieslands als Lehen regiert hatte, wo er selbst noch sehr jung gewesen war. In der Schlacht bei Norden waren sie dann von den Friesen vertrieben worden. Es lag für Rörik klar, dass er sein Erbrecht nun einforderte. Siegessicher und lachend marschierten die Eschenmänner auf das Dorf zu. Schon von weitem sah man panisch Gestalten umherhuschen, und hörte Schreie von Kindern und Frauen, die in Panik gerieten und flohen. Rörik griff nach seiner Axt, und schon schwärmten seine Männer aus, ein jeder von ihnen gierte nach Blut, Sklaven und Gold. „Möge Wotan uns reiche Ernste bescheren! Für Wotan! Auf sie!", brüllte Rörik und seine Männer – ausgehungert von den Monaten auf See und Angst – stürmten gierig vor. Sie hatten einiges nachzuholen. Als sie eintrafen, war kein Friese mehr draußen; der Rest war halsüberkopf nach Süden geflohen, in Moore und Wälder hinein. Vermutlich saßen die übrigen mit Knüppel und Messerchen vor den Türen. Rörik rief: „Zündet die Häuser an!", Augenblicke später wirbelten Fackeln auf die reetgedeckten Dächer. Noch war es feucht, aber die Dächer brannten dennoch hell und heiß. Die Eschenmänner hockten alsbald vor jedem Haus, um auf die Einwohner zu warten, die mit Sicherheit gleich vom Qualm und Rauch herausgetrieben würden. Einer grinste: „Ein bisserl Rösten, was? Gut durch!" Der Qualm verhüllte vermehrt die Sicht, und bald war ganz Ochtersum im Qualm verschwunden. Rörik wurde ungeduldig: Nichts tat sich: „Ach was soll's! Holt sie raus!" Er trat die nächstbeste Tür ein. Glut und Rauch schlugen ihm heiß entgegen. Als er sich verzogen hatte, war dort niemand.

Er hörte nun Schmerzenschreie, und sie kamen von seinen Männern. Einer von ihnen war mit einer Lehmkugel an den Helm erschlagen worden: Die Delle hatte ihm auch gleich den Schädel gebrochen. Rörik knurrte: „Was wird das hier?!" Seine Männer waren im Dorf verteilt, und es erwischte nun zwei weitere, die von den geschleuderten Geschossen getroffen wurden. Schließlich traf es einen Eschenmann direkt neben Rörik und es machte lauthals PLONK!, als eine faustgroße Kugel den Helm seines Nebenmannes eindrückte. Vor Schmerzen schreiend, versuchte der Kerl, seinen Helm abzunehmen, doch der wollte nicht mehr vom Kopf gehen, und Rörik beendete sein Leiden mit einem schnellen Axthieb in die Magengrube. Rörik spuckte aus: „Gebt das Signal zum Sammeln. Das ist eine beschissene Falle!" Sein Nebenmann ließ das Horn ertönen, und bald schon hatten sich die Eschenmänner in der Mitte des Dorfes zu einem Schiltron zusammengefunden, die Schilde erhoben. Die Lehmkugeln flogen ihnen nun aus allen Richtungen entgegen, allerdings unregelmäßig und nicht sehr genau. Rörik erkannte: „Die sehen auch nichts. Haltet euch bereit. Die werden einen Angriff starten, sobald ihnen die Munition ausgeht!" Es wurde schließlich still und Rörik glaubte, Gestalten im Qualm huschen zu sehen. „Sie kommen!", warnte er seine Leute. Nun trat Okko aus dem Qualm hervor. Mit Kettenhemd, Eisenhelm, Sax und

Schild trat er vor die Eschenmänner. Diese steckten in ihrem Hügel aus Schilden, Äxten und Speeren. „Ich bin Okko Wiards! Ergebt euch und kehrt um! Ihr seid umzingelt. Geht!" Rörik überlegte und trat dann aus dem Schildwall heraus: „Was soll das hier werden, hm? Wo sind die Weiber und das alte Volk, Friese? Sind sie es, die uns mit Steinen bewerfen?" Okko spuckte aus: „Ihr werdet hier nichts finden außer dem Tod." Rörik lachte: „Dann geht es für uns nach Walhalla! Auch schön! Kommt! Kommt und zeigt, was ihr draufhabt! Bis jetzt sehe ich nur einen Friesen!" Okko stieß in sein eigenes Signalhorn. Nun stürmten von allen Seiten die friesischen Kämpfer vor; mit Äxten, Flegeln und Speeren waren sie nur leicht bewaffnet. Die meisten besser gerüsteten und jüngeren Krieger waren mit Attena gezogen. Okkos Verteidigung musste sich auf die älteren und jüngeren Semester stützen.

Die Frauen hatten am Rand von Ochtersum Stellung bezogen und warfen die Lehmkugeln, so gut sie konnten, doch nun bangten sie um ihre Söhne und Großväter, die sich gegen die gut gerüsteten Eschenmänner wagten. Es war ein ungleicher Kampf, und der Schiltron war undurchdringlich. Die Eschenmänner stachen geschickt mit überkopf geführten Speeren zu und schützten sich mit den Rund- und Normannenschilden. Okko kämpfte mit Rörik selbst: Es gab in Ochtersum sonst niemanden, der es mit ihm hätte aufnehmen können. Rörik hatte die Kraft und das Geschick eines jahrelangen Kriegers, allerdings fehlte ihm die Geduld von Okko. Nach dem ersten Schlagabtausch sagte Rörik lächelnd: „Nicht schlecht für einen friesischen Bauern. Du führst das Schwert nicht zum ersten Mal, oder?" Okko antwortete: „Ich hoffe, ich führe es zum letzten Mal!" Der Thane machte große Augen: „Oh, dass kann ich dir sogar versprechen!" Rörik holte eine Phiole hervor, schluckte das blassrötliche Zeug herunter und drosch mit immenser Wucht auf Okkos Schild ein. Er durchbrach seine Verteidigung und trat ihn so stark, dass Okko in eine Hauswand krachte, die in sich zusammenstürzte. Rörik lachte und sah nach hinten: sein Schiltron hielt stand. Nachdem der verzweifelte Angriff abgewehrt war, würde ihnen nichts mehr im Wege stehen.

Okko befreite sich aus den Trümmern und spuckte Blut. Rörik nickte ihm anerkennend zu, die Stirn pulsierte vor Kraft: „Doch zäher, als ich dachte. Macht es mir nicht zu leicht. Ich will das Gefühl haben, mir dieses Land erarbeitet zu haben! Grehahaha!"

Okko schluckte und ahnte die Niederlage. Grimmig sang er ein Lied aus seiner Jugend in Stedingen: „Wir scheissen den hohen Herren aufs Dach..." Er grinste und griff Rörik an.

Jens kam zu spät. Ochtersum versank schon in wirbelnder Glut und dem schwarzem Qualm der brennenden Hütten. Mit brennender Lunge ging er in die Knie und schnappte nach Luft. Der Geruch von verbranntem Holz lag ebenso in der Luft wie das Geräusch von einem nahen Kampf. Jens lief zum Dorf, dabei stolperte er im Gebüsch über jemanden und rollte den kleinen Hang hinunter. Als er aufsah, hing ihm ein zitternder Speer vor der Nase. Eine Frau stand über ihm: „Freund oder Feind?" Jens stotterte: „F-Freund, hoffe ich doch." Sie sah ihm fest in die Augen, und er hielt ihr stand. Dann zog sie ihn hoch. Zwei weitere Frauen waren mit einfachen Stoßlanzen aufgestanden und beäugten ihn intensiv. Sie trugen Beutel mit Wurfkugeln an den Hüftgürteln. „Unsere Männer kämpfen.", sagte die erste, und Jens nickte: „Man hört es. Ich komme vom Strand. Dort ist es auch nicht viel besser." Sie nickte, und ihre grimmige Entschlossenheit löste sich auf: „Ich hoffe nur, sie kommen alle wieder zurück!" Sie schluchzte und ihre Freundinnen trösteten sie. Ein Mädchen war aus ihrer Deckung hochgesprungen und hielt Jens seinen Rucksack hin. Dieser nahm es lächelnd an. Der Kampflärm wurde lauter, ebenso die Flüche und erstickte Schreien der Verwundeten. Die Frau wischte sich die Tränen aus den Augen und lächelte müde: „Ihr seht nicht aus wie ein Krieger." Jens schluckte: „Bin ich auch nicht..." Er ballte die Hände zu Fäusten und sammelte sich: „Ich bin Kaufmann und ich habe eine Bestellung abzuliefern." Er lief los in den Qualm. Verwundete Friesen kamen ihm entgegen, während andere sich sammelten und einen neuerlichen Ansturm gegen den Schiltron wagten. Ein älterer Mann mit grauem, schulterlangem Haar und einer blutenden Schulterwunde schüttelte den Kopf, als er Jens sah: „Unmöglich. Unmöglich, da durchzukommen. Der Wahnsinn." Jens näherte sich mit bebenden Knien dem Hauptlärm und lugte um eine der Häuserecken, die noch nicht brannten. Nur wenige Meter entfernt tobte die brutal geführte Schlacht gegen einen undurchdringlichen Schildwall, für den die Nordmänner so berühmt und berüchtigt waren. Tote Friesen bedeckten den Boden.

Jens zog sich schnell wieder hinter die Mauer zurück und suchte den Eingang des Hauses. Er kletterte eine Leiter im Inneren empor und stieg mit wackeligen Beinen auf das Dach, suchte Halt im Gebälk. Eine Qualmwolke erwischte ihn und er musste wild husten. Beinahe wäre ihm auch der Rucksack hinunter gefallen, aber er bekam ihn gerade noch so mit dem kleinen Finger zu packen, der dabei böse knackte. Jens schluckte den Schmerz herunter und sah auf den Kampf hinunter: Die Friesen griffen in kleinen Scharen wellenartig von allen Seiten an, aber ihre Verluste waren ungleich höher. In der Mitte der Eschenmänner war eine freie Stelle, und die erschöpften oder verletzten Krieger wurden in den inneren Kreis verbracht. Etwas weiter ab sah er auch, wie Okko sich mit Rörik herumschlug.

Jens atmete tief durch, hustete darum gleich wieder und holte den Pott aus seinem Rucksack: Es war eine tönerne, kugelige Vase mit zwei Griffen und einem mit Eisenklammern verschlossenen Deckel: „Bei Gott, hoffentlich hast du mir keinen Scheiss angedreht, Salpeterchen.", murmelte Jens, und holte mit dem Krug aus. Er war kein geübter Werfer wie andere Friesen, die das Lehmkugel-Schleudern in ihrer Freizeit und zur Verteidigung ihrer Heimat erlernten: Er gehörte eher zu jener ungeschickten Sorte, die sich selbst mit der Kugel ins Gesicht schlugen, was eigentlich unmöglich schien. Er rief in friesisch-Tedeschi: „Utt Patt! Hier kommt een Stankenpott! Utt Patt jieh Freesen!" Okko sah ihn und brüllte, als er Jens schwingen sah, und schaltete schnell : „Torüch!!" Die Friesen hörten ihn und zogen sich zurück, während die Eschenmänner nur verwirrt aufblickten und ihren plötzlich fliehenden Feinden nachsahen. Jens schleuderte den Krug, und dieser eierte durch die Luft und landete – einem Wunder gleich - passgenau in der freien Mitte des Schiltrons. Jens fiel vor Erleichterung aus allen Wolken und gleich hintenüber ins Haus zurück, wo man es laut scheppern hörte. Im selben Moment platzte der Tonkrug und verteilte einen so übelriechenden Geruch, dass sich die nahestehenden Nordmänner sofort übergeben mussten und weg drängten. Rörik ließ von Okko ab und bellte: „Was ist denn los?!" Der Schiltron war nicht mehr zu halten: Der Gestank war zu heftig.

Eine Dunstwolke aus widerlicher, fauliger und schmieriger Suppe ergoss sich von der Mitte der Formation. Kotzend, würgend und mit Tränen in den Augen stoben sie auseinander. Okko brüllte: „Jetzt! Jetzt alle noch einmal!!" Er prügelte auf den irritierten Rörik ein, dessen absonderliche Kraft ihn inzwischen wieder verlassen hatte. Die letzten Friesen stürmten neuerlich auf die Eschenmänner ein, isolierten sie und knüppelten sie vereint nieder. Mit gezielten Lehmkugeln schalteten sie auch die schwerer gepanzerten Krieger aus: Manche Eschenmänner versuchten einen kleinen Schildwall zu bilden, doch ihre Tränen und Würgreflexe erlaubten derartiges nicht. Rörik fluchte: „Was kackt ihr uns an?!" Okko parierte seinen Hieb und drückte ihn wuchtvoll zurück: „Ich sagte doch: Wir scheissen den hohen Herren aufs Dach!"
Okko dankte Jens Janssen für dieses Wunder und durchbrach Röriks Schildverteidigung, schlitzte ihm den Schwertarm auf. Kalter Schweiß trat auf dessen Stirn und er blickte wie jemand drein, der mit allem gerechnet hatte, nur nicht mit einer Wunde. Er stolperte und fiel hintenüber: Qualm und stinkende Brühe krochen in seine Nase. Rörik rappelte sich hoch und lief humpelnd davon. Er floh nach Süden, Richtung

garstiges Moor, seine Männer folgten ihm. Das Gefecht von Ochtersum war vorüber. Okko half den anderen, die restlichen Eschenmänner zu erschlagen oder in alle Richtungen zu vertreiben.

Hernach holten sie die Frauen aus den Verstecken und versorgten die Verwundeten. Sie holten auch einen bewusstlosen Jens Janssen aus dem Haus und trugen ihn zu den Frauen, um sich um seine Beule am Kopf zu kümmern. Das Mädchen von vorher lächelte breit: „Ich hab ihm die Tasche gegeben! Ich war das!" Ihre Mutter lachte auf und weinte sogleich wieder: Der Tod ihres Vaters im Kampf übermannte sie, ebenso wie die Freude über das Leben der anderen. Okko ließ seine Wunden ebenfalls behandeln und knurrte: „Ich wünschte, es hätten nicht soviele sterben müssen. Ich wünschte, ich hätte sie allein besiegen können." Die Mutter schüttelte den Kopf: „Du hast alles getan, Okko. Wir alle. Dies ist auch meine Heimat und es war unsere Entscheidung: Wie lange sollten wir denn flüchten? Gibt es einen Ort auf der Welt, den sie nicht erreichen könnten?" Okko schüttelte den Kopf: „Nein, einen solchen Ort gab es wirklich nicht. Weder in Stedingen noch anderswo. Sie hatten überlebt und waren endlos dankbar darüber. Nun galt es, dafür zu beten, dass die anderen ebenso viel Glück hatten.

Kapitel 8

Mit vereinten Kräften

Ole Brand griff den von einer kleinen Feste bewachten, chaukisch-friesischen Mischort Thunum an. Viele Menschen aus den umliegenden Gehöften verschanzten sich in den engen Gängen und Mauern des hölzernen Motten-Turmes auf der Wurft, während die Eschenmänner im Ort brandschatzten und die Häuser plünderten. Brand ordnete an, ein großes Feuer um den Turm zu legen, sodass der Wind ihn direkt hineinblies. Er wollte die Friesen und Chauken ausräuchern wie Lachs.

Entsprechend laut war das trockene Husten und die tränenden Augen der so eingesperrten Menschen, die tatenlos mitansahen, wie ihre erbauten Häuser im Feuer vergingen. Schon brieten sich die Eindringlinge ein frisch geschlachtetes Schwein über offener Flamme und tranken alles Bier und Met, dessen sie habhaft werden konnten. Brand hinderte sie nicht daran. Zufrieden goss er sich eine weitere Flasche von teurem Burgrunder in den Hals, dass es nur so an den Seiten wieder herablief. Ole schmatze und rülpste so herzhaft, dass die Erde gewackelt hätte, wenn sie nicht in ihren Grundfesten befestigt gewesen wäre: „Wollen die Räucheraale schon aus ihrem Schuppen, häh?", grölte er in Richtung der zwei Männer, die den Qualm in Gange hielten. „Nein, Hauptmann Brand! Sie brauchen noch ein bisschen, bis sie gar sind!" Ole erhob sich schwerfällig von seinem Schemel. Vor ihm brutzelten seine Männer das Schwein und genossen die leiblichen Freuden. Ole war ein beeindruckender Kerl mit breiten Schultern und nicht minder breitem Bauch und Kopf. Was ihm an Größe fehlte, machte Ole durch seine Gewalt und Präsenz mühelos wieder wett. In Röriks Bande war er der Mann fürs Grobe, seine rechte Hand, der Mann, der sich darum kümmerte, die Bande zusammenzuhalten und für den gröbsten Scheiss zuständig war, der anfiel. Ole gab ihnen, was sie brauchten: Fleisch, Met, Weiber und beizeiten einen guten Kampf. Rörik war ein rauer Bursche wie sie alle, aber ihm fehlte der direkte Kontakt zu seinen

Gefolgsleuten, die Erfahrung im Umgang mit teils sehr eigenwilligen Kerlen. Als Thane und Sohn von Klak war Rörik zudem immer schon etwas überheblicher gewesen. Dafür war Ole Brand da, auf Klaks Anraten; als Berater und ordnende Hand. Während Rörik noch als Hosenscheißer durch die fjorddurchzogenen Nadelwälder Jütlands gestolpert war, hatte Ole schon fränkische Dörfer in Gallien überfallen und gut geplündert. Dies hier war hingegen lächerlich leicht: Die Friesen hatten so gut wie keinen wehrhaften Mann zurückgelassen, es kam zu keinem Kampf. Ole hasste es, wenn einem die Beute so leicht in den Schoß fiel, ohne dass dafür ein Tropfen Blut floss; es war nicht verdient.

Das Adrenalin konnte nicht fließen, das Gequieke der Tiere war nichts im Vergleich zum Wimmern und Röcheln von Menschen, dem Brechen ihrer Augen. Ole Brand wollte den Kampf, suchte ihn. Er torkelte betrunken durch das brennende Thunum und blickte gen Westen, dort wo Rörik im Moment Ähnliches erleben durfte. Sie waren derzeit nicht vielmehr als Erfüllungsgehilfen in Radbods Rückeroberungsplan von Ostfriesland, Schachfiguren ohne eigenen Willen. Uralte Zauberei und heidnische Rituale hielten den König am Leben, und er befehligte über ein Heer aus verstorbenen Kriegern. Ole fragte sich, wie lange ihr Zweckbündnis überhaupt halten würde. So wie er es sah, würde es gleich nach der Niederlage der Friesen auseinanderbrechen wie eine von der Seeluft verrostete Eisenkette, denn Rörik sehnte sich nach Besitztümern, und das verlorene, friesische Land seines Vaters war dafür ideal: Das würde noch einige Kämpfe geben, auf die Ole sich schon freuen konnte…

Hauke war der Anführer der Chauken in Abwesenheit seines Vaters Tjarko. Sie beobachteten das Geschehen in Thunum von einem kleinen, südlich des Ortes gelegenen Waldstück aus. Zunächst war Hauke maßlos enttäuscht darüber gewesen, nicht an der Seite seines Vaters gegen Radbod kämpfen zu dürfen. Seines Erachtens hätten sie alle verfügbaren Kräfte gegen Radbod schmeißen müssen, um einen Sieg zu garantieren, anstelle ihre Kräfte im Land zu verteilen.
Nun, da er das Elend mit eigenen Augen sah, schalt er sich einen hitzköpfigen Idioten: Thunum brannte, und die Menschen im Ort hatten sich panisch in der kleinen Burg vergraben, unfähig, den Eindringen etwas entgegenzusetzen. „Burg" war überdies ein

großzügig verwendeter Begriff, denn im Grunde bestand diese nur aus einem hölzernen Turm auf einer Wurft mit einer mannhohen Mauer drumherum. Aus seiner Position sah Hauke vier bewaffnete Männer auf der Turmspitze, die ihre Wurfspeere bereit hielten, sollten es die Eschenmänner wagen, das Tor einzurennen. Diese aber verfügten wie so oft über kein Belagerungsgerät und begnügten sich vorerst damit, sie vollzuqualmen, indem sie rund um die Burg Feuer entfachten, die der Wind zu den Burgleuten trieb. Ansonsten hörte man vor allem feierndes, lautes Gegröle aus Thunum, ein Kontrast von hysterischer Lebenslust gegenüber dem bibbernden Ausharren in dem Turm.

„Was machen wir jetzt, Hauke?", fragte der chaukische Krieger neben ihm. Sie alle trugen Falkenmasken, sodass Hauke nicht sagen konnte, wer es war. Die Chauken waren sehr traditionsbewusst, und in ihren Köpfen lebten sowohl noch die alten Götter als auch der Christengott friedlich nebenher. Das war für Außenstehende selten in seiner Gesamtheit zu verstehen, aber für die Chauken selbst funktionierte es als wunderbare Symbiose. Der junge Mann runzelte die Stirn und besah sich die taktische Situation. Die Eschenmänner waren schnell heran gewesen und trugen neben ihren Schilden und Speer auch Äxte, Kettenhemden sowie die spitzzulaufenden Eisenhelme mit verschmierten Runen. Einige Armbrüste hatten sie auch mitgebracht.

Zunächst wollte Hauke sie im offenen Kampf stellen, aber dann entschied er sich doch dagegen und riet den Menschen, Schutz in der Motte zu suchen. So kam es auf sein Anraten, dass die Eschenmänner ohne Widerstand Thunum einnehmen konnten und sich darin nun über Gebühr vergnügten. Hauke und die Falkenkrieger hatten Position hinter einem kleinen Erdwall beim Wald, einem schlafenden Deich, bezogen und lagen dort auf der Lauer.

Hauke rief sich ins Gedächtnis, über was er verfügte: Er besaß dreißig Chaukenkrieger gegen rund achtzig Eschenmänner. Jeder der Falkenkrieger besaß einen eigenen Falken, der ihnen als Späher oder auch Jagdvogel dienen konnte, und die jetzt in den Ästen über ihnen hockten: ein ganzer Schwarm. Jene Falken waren speziell abgerichtet und seit Urzeiten die gewählten Stammestiere der Chauken. Mit ihnen gingen die Krieger in den moorigen Landen auf Jagd, als es noch keine Deiche gab und Beutetiere rar gesät waren. Die Chauken waren ebenfalls gute Bogenschützen und hatten somit immerhin eine höhere Reichweite als die Nordmänner, die sich auf ihre Wurfspeere und die sporadisch Armbrust verließen. „Ich hab's!", rief er schließlich aus und instruierte seine Männer, welche froh waren, endlich was tun zu können.

„Ein Schwarm Vögel, Hauptmann Ole!", vermeldete ein schlaksiger Kerl mit Schnäuzer. Oles Kopf brummte vom Met: „Ja, und weiter? Angst, dass sie dir auf den Kopf scheißen oder wat?" Ole hasste solche Meldungen: Sie waren absolut nutzlos. Was wollte er mit diesen verkackten Vögeln? „Sie kreisen nun schon einige Zeit direkt über uns und dem Dorf, Brand." „Dann lass sie kreisen, Dummkopf. Lass sie kreisen, bis sie kotzen." „Also uns kommt das komisch vor..." „Wirst du wohl dein Maul halten!? Da ist überhaupt nichts Komisches an Vögeln. Sind wohl Krähen oder Möwen oder so'n Drecksviehzeug, die nach was zu Fressen suchen. Und nun Ruhe!" Er bemerkte die skeptischen Blicke seines Gefolges, die immer mal wieder verstohlen nach oben blickten, bis Ole selbst nach oben sah.

Rund dreißig Vögel flogen über ihren Köpfen immer im Kreis. Seine Männer waren zwar ein abgebrühter Haufen, aber dennoch reagierten sie als Seefahrer empfindlich auf Omen und düstere Vorzeichen. Sie lebten gefährlich und der Tod war ihr ständiger Begleiter. Darum feierten sie auch so heftig und hemmungslos, weil sie jederzeit mit dem brutalen, röchelnden Ableben rechneten. Es war freilich nichts, was ihre Muskeln schwach machte, aber es raubte ihnen die Zuversicht und damit jene wichtigen Sekundenbruchteile, die im direkten Nahkampf über Sieg oder Niederlage entschieden. Ein motivierter Mann kämpfte mit eben jenem entscheidenden Quäntchen mehr Kraft und Durchsetzungsvermögen, dass den Unterschied zwischen Leben und Tod ausmachte, allem erlernten Können zum Trotz. Was wollten diese Viecher also, und wieso flogen sie da droben immer in Kreisen? Sie erinnerten an Krähen, die das Schlachtfeld umkreisten und nur darauf warteten, sich auf die Leichen zu stürzen und das Fleisch von den blutroten Knochen zu hacken.

Die Eschenmänner kämpften gegen alles und jeden, solange sie es sehen konnten und es blutete, wenn man es mit dem Speer stach. Einige überprüften vorsorglich ihre Schutzrunen, ob diese noch gut zu lesen waren, andere schickten Stoßgebete an Wotan, Njörd und Freija. Kaum hatte Ole es gedacht, rief einer: „Das ist die Rache von Freija, der Schutzgöttin der Friesen! Sie will uns verhexen!" Ole machte ihn schnell aus, ging festen Schrittes zu ihm und schlug dem Mann so hart ins Gesicht, dass dieser in einen Schubkarren knallte. Er brüllte: „Trottel! Hier ist keine Zauberei am Werk, ihr Hurensöhne! Wir sind Nordmänner! Krieger von Wotan und Donar! Unsereins wimmert nicht wie ein Kleinkind bei jedem Furz, von dem wir nicht sagen können, woher er kommt! Oder doch!? Reißt euch zusammen. Da will uns jemand verarschen, und es gelingt ihm vortrefflich, weil ihr dumm genug seid, mitzumachen! Es ist nichts!" Die Männer blickten sich alle unschlüssig an. Sie blinzelten, als ob sie gerade aus einem Traum erwacht wären. Andere lachten sogar verhalten, als ihnen bewusst wurde, wie sie im Begriff waren, wie panische Waschweiber herumzustolpern. Brand spuckte aus: „Wohl zuviel gesoffen, was?! Elende Saubande!"

Derweil in Thunum die Habichte kreisten, war Kea „Specht" in Werdum damit beschäftigt, die vor Sorge bleichen Frauen zu beruhigen. Sie richteten im großen Haupthaus des Hauptlingers Betten und Lager für die kommenden Verwundeten ein. Allen war klar, dass die Kämpfe nicht ohne Verluste ausgehen würde. Es wurde viel und innig gebetet. Selbst die resolute Kea hatte alle Mühe, ihr eigentlich sonniges und optimistisches Gemüt zu behalten und die Leute aufzumuntern und ihnen gut zuzusprechen. Sie hatte zwar keinen Mann oder Bruder, der sich dort draußen aufhielt, aber just darum fühlte sie sich allen Chauken verbunden. So manchen davon hatte sie mit auf die Welt gebracht. Ihre Aufgabe als Harugari war immer auch die einer Seelsorgerin und moralischen Stütze des geschrumpften Stammes gewesen. Sie kannte all ihre Wehwehchen, darunter auch die peinlicheren Geheimnisse, die bei näherer Betrachtung ja doch nicht der Sorgen wert waren.

Für Specht waren sie wie eine Herde Kinder, und sie durfte große Schwester oder Mutter spielen. Unmöglich, dass einem die Menschen dabei nicht ans Herz wuchsen, selbst die griesgrämigen, wie zum Beispiel der Sohn von Hauptlinger Tjarko, Hauke. Kea liebte es, diesen zu necken, und nicht selten wurde es anzüglich. Specht machte sich einen Heidenspaß daraus, ihn dabei zu beobachten, wie er seine sonst so ruhige Gelassenheit verlor und puterrot anlief, wenn sie ihm zum Beispiel anzüglich ins Ohr hauchte: „Ich mag starke, dicke... Bäume!" Dies war inzwischen zu etwas wie einem Laufenden Witz geworden. Hauke war trotz seiner grimmigen Art ein Wildfang, den es nicht lange an einem Ort hielt. Am liebsten durchwanderte er alleine mit seinem Habicht die Wildnis und trainierte auf eigene Faust im Freien.

Freilich zog er sich dabei auch so manche Verletzung zu, um die sich dann die Kea kümmern durfte. Als Hauptlingssohn nahm er das Leben sehr ernst, und deshalb wollte Kea ihn stets etwas entspannen und auflockern. Ein junger Mann wie er sollte nicht schon nach so wenigen Sommern mit tiefen Sorgenfalten in der Stirn umhergeistern wie ein graubärtiger Zauberer. Kea blickte in westliche Richtung, als sie das bekannte Krächzen eines Habichts vernahm. Sie schrie kurz auf, als der Vogel vor ihr auf einem Weidenzaun landete und mit den Flügeln schlug. Sie erkannte das Federnkleid am Muster: „Du bist Haukes Vogel, nicht wahr? Hübke. Ist was passiert?" Der Habicht krächzte, wippte mit dem Schwanzgefieder auf und ab. Eine Nachricht war an seinem Fuß befestigt. Hastig streifte sie den Zettel ab und faltete ihn auseinander. Der Habicht hob sofort wieder ab und flog zurück zu seinem Besitzer.

Die Schrift war krakelig und nicht sehr leserlich, aber sie erkannte Haukes charakteristische Schleifen, welche sie ihm beigebracht hatte. Es hatte darum etwas von einer Mädchenschrift: Es war militärisch knapp gehalten, aber die Botschaft war eindeutig: Ihre Fähigkeiten als Harugari-Priesterin wurden dringend erbeten. Kea zögerte nicht lange. Sofort machte sie sich ans Werk und ging in ihre kräuterduftende Hütte, die wie ein Hühnerstall auf Stelzen stand und vor Unordnung strotzte. Sie schnappte sich einen Beutel und warf diverse Zutaten hinein, Büschel von getrockneten Kräutern, eingelegte Wurzeln und Beutel mit zerbröseltem Staub. Dann schnappte sie sich noch ein paar Kochutensilien, warf sie sich um den Hals und begann hektisch umherwirbelnd die Vorbereitungen für das geforderte Ritual. Eine alte Frau lugte neugierig in die Hütte. „Alles in Ordnung, Kind? Ist eine Nachricht gekommen? Von Tjarko oder Hauke?" Keas Kopf tauchte aus all dem Gerümpel auf, die spitze Nase voran. Sie schwitzte: „Hehe - Alles bestens, Lumke, ich muss nur unseren Jungs da draußen helfen, sie brauchen ein bisschen Hilfe…" Die Alte meinte resolut: „Na, dann mach mal Platz! Ich habe auch keine Lust mehr, hier rumzusitzen und darauf zu warten dass alles vorbei geht!" Kea stockte: „K-Kennst du dich denn mit dem Zeug hier überhaupt aus?" Die Alte wuselte sich in die viel zu voll gestopfte und eher unkategorisch sortierte Hütte: „Ich habe schon eine Menge gesehen, Mädchen. Und mehr als Kochen machst du doch eh nicht, oder?" Kea rümpfte leicht beleidigt die Nase: „Naja, ein bisschen mehr ist schon dabei… Aber du könntest mir helfen, indem du den großen Kessel nach draußen bringst und schon mal ein Feuer, mit getrocknetem Siechling und Teufelsranke versetzt, entzündest? Der Kessel muss halbvoll mit eiskaltem Wasser sein. Auch brauche ich noch frische Brennnessel-Blätter..." Die Alte nickte: „Willst du eine grüne Suppe kochen?" „Nicht direkt, hehe." „Gut. Machen wir."

„Wir?", echote Kea perplex. „Ja freilich, Specht! Oder glaubst du, den anderen gefällt das Rumheulen?" Specht lächelte dankbar und kramte die restlichen Sachen mit schweißnassen Fingern zusammen: Jede Sekunde konnte ein Menschenleben retten! Vielleicht das für sie Entscheidende!
Dieser Gedanke beflügelte die junge Frau mit der langen Nase wie ein Windstoss nach einer Flaute. Sie würde auf ihre Art mitkämpfen: Für Tjarko, Hauke und alle Männer dort draußen, die ihr Leben riskierten, um das ihre zu retten. Das war ihrer Ansicht nach das Mindeste, was sie tun konnten. Werdum erwachte wieder zu grimmig-entschlossenem Leben, als die Kinder liefen, um Brennnesseln zu pflücken.

Hinnerk knirschte mit den Zähnen und spannte seine Armmuskeln, um sich vom Krakenarm freizusprengen, aber der Griff um seine Brust wurde nur noch stärker. Er keuchte. Ursula kicherte amüsiert, während die Kreatur damit beschäftigt war, Friesenkämpfer zu packen und sie in hohem Bogen umherzuwerfen wie ein Kind hölzerne Spielzeugpuppen. Beizeiten versuchte ein Mönch, ein Gebet gegen sie zu richten, und eine Art hauchfeiner Lichtstrahl traf auf den Kraken. Es versengte seine tiefengewohnte Haut, und nahezu umgehend war dann auch Ursula zur Stelle, um einen heftigen Gegenzauber zu wirken. Ihr Sensenstab leuchtete ebenso grünlich wie ihre Augen, als ein abgefeuerter Blitz auf den Mönch zuschoss. Dieser wollte ihn noch abwehren und faltete die Hände, aber der Blitz schlug durch und er wurde in hohem Bogen weggeschleudert. Noch bevor er aufkam, war er tot, und sein Leichnam qualmte und knisterte vor Energie. Mit manischem Gelächter kommentierte Ursula das Geschehen. „Tinhihahaha! Ohhhh, wie lang hab ich darauf gewartet, Junge! Herrlich! Dieses Gefühl der Rache!! Haaah!" Hinnerk hing immer noch Hals über Kopf: „Warum schleuderst du mich nicht auch weg?! Dann muss ich wenigstens dein blödes Gegacker nicht mehr ertragen!" Ursula grinste: „So jung und schon so lebensmüde? Sei lieber froh, dass ich dich irgendwie leiden kann. Du erinnerst mich an Radbod, hehe. Eine jüngere Variante von ihm." „Niemals bin ich nur im Ansatz so wie dieser Arsch!" Die Krakenhexe schmunzelte: „Jaja. Genau das meine ich, thinhaha…" Hinnerk sah, wie der Nomkrebs mit Leevke in ihrer magischen Kugel hinter dem Kraken hertapste. Ursula tauchte ihre Sense immer mal wieder in die Sphäre ein und erneuerte so beständig die schwebende Wasserplattform, auf der ihr Kraken glitt. Die Schlacht selbst konnte Hinnerk aufgrund seiner Lage nur schlecht verfolgen, zu sehr schwankte er am Krakenarm, und dies machte ihn ganz wuschig im Kopf. Radbod kreuzte derweil die Klingen mit Friedhelm Nordendi, der weniger auf Kraft als auf Geschick setzte und damit auf seine Art gefährlicher war als der plumpe Attena. Der Norder Hauptlinger schaffte es sogar, Radbods Verteidigung zu durchbrechen und ihm einen Schnitt am Bein beizubringen. Nordendi kicherte: „Tohoho – Ich erkenne nun dein Muster, König." „Bemerkenswert! Nun weiß ich, wieso man dich den lachenden Tod nennt. Aber ich habe keine Zeit für solche Hinhaltungen! Ursula! Nebelgeist!" Radbods Stimme erreichte die Krakenhexe, und Ursula schwenkte wieder ihren Stab: Radbods Gestalt löste sich wieder in Nebel auf wie im Kampf gegen Abbo. Nordendi wich instinktiv zurück, um die neue Lage zu bewerten: „Das ist neu." Radbods glühende Augen, über denen seine Krone schwebte, waren getrennt von seinem Schwert: „Eher alt." Selbst Nordendi konnte die Angriffe nicht durchschauen und wurde sofort in die Defensive gedrängt. Was sollte er auch angreifen: Radbod hatte keine feste Form und entglitt ihm wie der Wind selbst.

Hinnerk hingegen musste die kurze Ablenkung Ursulas nutzen und tat das einzige, was er in dem Würgegriff des Kraken tun konnte: „Lücht mien Mors!" Urweltlich kreischend jaulte der Kraken auf, als seine feuerempfindliche Haut von dem heißen Strahl des magischen Schildes verbrüht wurde, der in Hinnerks linker Hand vom Krakenarm verdeckt worden war. Die Bestie ließ Hinnerk los und dieser rollte sich im Sand ab, während Ursula versuchte, das Tier wieder unter ihre Kontrolle zu bringen. Lux Maris jedoch blieb knisternd in der Haut stecken, und der Kraken geriet vollends aus der Fassung und schlug mit seinen Armen wild um sich, peitschte den Sand in hohen Bögen auf, schleuderte die eigenen Skelette beiseite und zog sich zurück ins Meer, einem Instinkt folgend.

Dabei traf einer seiner acht Arme auch den Nomkrebs, der sich mehrmals überschlug und auf dem Rücken liegen blieb, hilflos zappelte. Hinnerk rannte zu ihm und hieb mit Pakhaous magischer Klinge auf die Sphäre, die Leevke gefangen hielt. Es knallte wie bei einem Bombardenschuss, und Nomkrebs und Hinnerk wurden ebenfalls fortgeschleudert. Als Hinnerk mit klingelnden Ohren wieder hochkam, lag Leevke frei im Sand, und der Nomkrebs zog sich – diesmal auf dem Bauch gelandet – eilig ins Meer zurück. Hinnerk zückte seinen Friesendolch mit der linken Hand, während Ursula die Kontrolle über ihren Kraken erzwang. Sie bebte vor Zorn, die Augen aufgerissen, die Zähne gefletscht.

„Stell es sofort ab, oder ich füge dir Schmerzen zu, die du dir nicht mal vorstellen willst!" Lux Maris brannte sich tiefer in den Krakenarm, qualmte und zischte. Hinnerk war froh darüber, dass die Krakenhexe nicht auf den Gedanken kam, denselben Spruch zur Abschaltung des magischen Lichts zu verwenden, den er zum Einschalten benutzt hatte: Dafür war sie viel zu wütend und zornig. „Was krieg ich dafür?!" Ursula zeigte auf Leevke: „Du darfst gehen und mit deinen Freunden sterben oder fliehen." „Das soll ich dir glauben?" Die Krakenhexe hüpfte von ihrer gepeinigten Bestie herunter und streichelte ihr über den Kopf: Dies beruhigte den Kraken ein wenig, aber die Arme peitschten weiterhin: „Ich gebe dir auch diesen Schild wieder. Nur beende die Qual." Hinnerk wollte zu Leevke und sie mitnehmen, und er rief: „Leevke! Wach auf! Wir müssen weg hier! He!" Das Mädchen rührte sich nicht. Sie war jenseits vom Geschehen, in ihrer eigenen kleinen Welt...

Leevke döste. Sie lag in warmen Sand und hörte das rhythmische und beruhigende Rauschen des Meeres um sich herum. Ein Krebs wuselte über ihr linkes Bein und kitzelte sie mit den Klauenbeinen. Sie kicherte und wälzte sich verschlafen zur Seite, schnarchte. Das Mädchen fühlte sich matt und müde und hatte keinerlei Absichten, sich zu erheben, wollte einfach nur liegen bleiben und nichts tun.
Es war herrlich ruhig am Strand, geborgen und unaufgeregt. Zumindest solange, bis sie hämmernde, dumpfe Geräusche hörte, wie als würde jemand durch mehrere Lagen Leinentuch hindurch zu ihr sprechen. Mit etwas Phantasie konnte sie ihren Namen heraushören. Gestört in ihrem Frieden. wälzte sich Leevke auf den Rücken und stierte in den mit weißen Wolken behangenen blauen Himmel über sich. Mühsam rappelte sie sich hoch und mit verschlafenem Blick sah sie sich um. Es war ein Strand mit wunderbarem, gelben Sand und Muschelschalen. Eine Palme erhob sich zu ihrer linken und spendete schwankend-rauschenden Schatten. Die gelb glühende Sonne stand hoch am Himmel und bewegte sich nicht. Es war nicht heiß – nur angenehm warm. In der Ferne erblickte sie den hinter Dunst verschleierten, titanischen Torbogen: Eben jene Schleuse, durch die sie in einem vorherigen Traum hindurchgeschwommen war. Die tosenden Wassermassen, die durch die Schleuse strömten, erzeugten ein brummendes, gleichmäßiges Hintergrundrauschen, das beruhigend wirkte. Dahinter jedoch, jenseits der Schleuse und des Meeres, klaffte der zahnbewehrte Schlund auf, ein Strudel, der das Wasser ansog und verschlang. Sie hatte es offenbar geschafft, sich auf die kleine Insel zu retten. Leevke stand auf, klopfte sich den Staub von den Klamotten, drehte sich und stand vor einem hellpurpurn farbenen Kristall, der an mehreren Stellen

gebrochen war und doppelt so hoch war sie. Erschrocken taumelte Leevke einige Schritte zurück und plumpste auf den Hintern, an den Rand der Insel. Sie blickte hinunter in das Wasser und konnte mühelos durch das kristallklare Wasser hindurchsehen. Es war gänzlich partikellos. Dort sah sie einen schwarzen Abgrund der kein Ende kannte.

Es war beängstigend, wie weit man in das makellos klare Wasser hinabblicken konnte, als wäre es Luft. In unermesslicher Tiefe wurde das Meer dunkler und schließlich ganz schwarz, hatte keinen Grund, und Leevke spürte auch keinen. Dagegen war die Nordsee eine seichte Pfütze. Sie sah diese unendliche Tiefe wie ein Loch, dass sie für immer verschlucken würde und erschrak, dass sie eine Gänsehaut bekam.

Wimmernd und zitternd warf sich Leevke vornüber, zurück auf den rettenden warmen Strand, kroch vom Rand fort. Angstschweiß perlte ihr von Körper und Gesicht. Die endlose Tiefe und Weite des Meeres schockierten sie maßlos. Sie flüsterte erschreckt: „Da ist nichts... Kein Boden...!" Leevke wusste, dass sie sich ganz allein auf einer winzigen Insel in einem endlosen Meer befand. Das Meer regte sich kaum, bildete nur seichte Wellen, die an die Insel schwappten. Der purpurne Kristall schimmerte reflektierend im Sonnenlicht wie Bergquarz. Leevke krabbelte langsam auf ihn zu und betrachtete ihn genauer. Sie glaubte, etwas im Inneren des Kristalls entdeckt zu haben. Je länger sie starrte, desto mehr erkannte sie Wirbel und wabernde Schemen: Ein geschmolzenes Gesicht? Leevke scheute zurück und wendete sich von dem wabernden Kristall ab. Ihre Gedanken waren verwirrt, wie als befände sie sich in einem Traum, als fehle ihr die Härte, klare Gedanken zu formen. Zeitgleich wirkte es real: Sie konnte den gelben Sand fassen und durch ihre Finger gleiten lassen. Einige Körner blieben kleben. Die Stimme, die sie geweckt hatte, war inzwischen verstummt. Wer würde sie schon rufen? Leevke hatte einen Namen auf den Lippen und ihre Zunge formte die Worte, aber ihr Verstand verweigerte den Gehorsam.

Alleine in einem endlosen Meer, auf einer winzigen Insel mit einem unheimlichen Kristall. Das war alles, was sie sah und hatte. Leevke schluchzte und zog die Beine an. „Ich weiß nichts... Bin nichts...", brachte sie unter Tränen hervor, wobei sie selbst nicht wusste, warum sie es sagte. „Ist ja auch kein Wunder.", sagte eine junge Männerstimme. Leevke blickte auf, und vor ihr hockte der kleine Krebs von vorhin und blickte sie aus den Stielaugen an. Leevke fragte: „H-hast du mit mir gesprochen?" Der Krebs antwortete, ohne seinen winzigen Mund zu bewegen: „Nein, ich spreche mit der Palme! Tze! Natürlich spreche ich mir dir! Und ich sagte, es ist ja kein Wunder, dass du nichts weißt. Denn du kannst auch nichts wissen!" „W-Warum? Was ist das für ein Ort? Ich erinnere mich an nichts mehr. Bitte, sag mir, was das alles ist, Herr Krebs!" Der Krebs krabbelte auf ihr Knie und war nun auf Augenhöhe: „Es tut mir leid, dir das so direkt sagen zu müssen: Aber du steckst hier fest. Du wirst fest gehalten von ziemlich starken Kräften: Unüberwindlichen Kräfte." „Welche Kräfte? Von wem?" „Ich kann es dir nicht sagen, Kleines. Ich kann nur Dinge anstoßen, nicht festlegen." „Hö? Wieso?" Der Krebs druckste herum: „Ich bin nur ein Gast. Diese Form ist das Maximum, was ich leisten kann, und selbst das nur unter Auflagen. Aber ich will dir wohl helfen; auf meine Art." Leevke wischte sich die Tränen aus den Augen: „Ist gut. Danke." „Dank mir nicht zu früh. Ich versteh es selbst auch nicht im Detail. Momentan sind wir jedenfalls beide hier gefangen." „Aber ich sehe gar keine Ketten?" Der Krebs pikste

Leevke mit seiner Klaue. „Au!" „Tschuldigung. Ein Reflex." Der Krebs kabbelte vor Leevke hin und her, als er mit schnappenden Scheren erklärte: „Glaub mir: Die schlimmsten Gefängnisse haben nicht sowas Niedliches wie Ketten…" „Achso?" „Das Meer um dich herum wird dich verschlucken und hinab ziehen, wenn du fortschwimmen willst." „Ah! Du meinst den Schlund hinter der Schleuse?" „Nein, nein, nicht der olle Schlund. Der ist jetzt nicht wichtig. Ich meine den Abgrund unter der Insel, vor dem du erschreckt bist. Daraus würdest du nie wieder hervorkommen: Seine Masse wird dich mit jedem Meter erdrücken und all dein Denken für die Ewigkeit ersticken. Bleiern und träge." Leevke nickte wie eine geduldige Schülerin: „So ein Gefühl hatte ich! Was ist mit diesem Kristall da? Was ist da drin?" Der Krebs stutzte für einen Moment als würde er überlegen: „Dieser Kristall ist der Anker der Insel. Die Insel selbst ist nur ein Abbild deines Einflusses in diesem Meer. Sie ist erst hier, seitdem du hier bist; genau wie ich…" Leevke zeigte mit einem Finger auf sich selbst: „Mir gehört also diese Wasserwüste?" Der Krebs klackerte, als würde er lachen: „Nicht das Meer, Dummerle! Nur diese Insel. Nicht gerade ein großes Königreich." „Hält sich in Grenzen, ja." Der Herr Krebs stockte: „Ich mag dich Kleine. Darum sag ich dir auch, was du jetzt tun musst: Nein, dass ist falsch, kosmologisch falsch. Paradoxien und Zwietracht. Was? Noch nicht da? Egal." Er schien kurz verwirrt, dann räusperte sich der Krebs: „Lass mich es anders formulieren: Ich plappere nur so vor mich hin und du entscheidest selbst, ob du es wagen willst oder nicht. Genau. Nur so geht es. Immer diese Restriktionen! Alte Mumie!" Leevke meinte: „Du bist ein komischer Herr Krebs." Sie dachte kurz nach. Es gab keinen Grund, dem Krebs zu trauen, aber auch keinen, ihm nicht zu trauen: Niemand sonst war da. Ausschlaggebend war, dass sie ohnehin keine Alternativen hatte: „Was plapperst du also, Herr Krebs?" „Nur ein einziges Wort: Tauchen." „Wie? Du hast doch gesagt dass das Meer mich verschlucken wird?!" Der Krebs druckste herum: „Derzeit ist nur dein Bewusstsein wirklich erwacht; deine Kräfte jedoch sind noch am Pennen. Bildlich gesprochen. Du kannst vielleicht die eine oder andere Kleinigkeit bewirken, aber diese sind an dein Unterbewusstsein gekoppelte Reaktionen ohne Beeinflussungssynaptik." Leevkes Kopf schwirrte: „Mann, du redest komplixiert…" „Einfacher geht es leider nicht. Was dir fehlt, ist Kontrolle über diese Fähigkeiten; das bewusste und somit kontrollierte

Steuern der dir überschriebenen Fähigkeiten!" Leevke zuckte hilflos mit den Schultern, und der Krebs zwackte sie energisch in den Fuß, dass sie aufsprang. Er schalt sie: „Genau das meine ich damit: Du übernimmst noch immer keine Verantwortung für dich selbst. Aber das musst du, sonst steckst du hier ewig fest und kannst nie wieder zurück! Da draußen ist doch eine andere Welt, in die die zurück möchtest?" Leevke rieb sich die schmerzende Fußsohle und nickte langsam. „Tjah! Dann musst du diese Ketten deines gelähmten Verstandes eben abwerfen. Dies geht aber nur, wenn du alles gibst und du die gemütlichen Fesseln deiner Insel abwirfst, mit aller Gewalt. Bis dir der Kopf platzt. Dann bringst du das Meer zum Kochen und wirst frei über deine Kraft verfügen können. Eher nicht. Du musst bereit sein, zu sterben!" Das Mädchen stand auf und sah hinunter in die Tiefe: „Ich weiß nicht... Ich soll freiwillig da hinab?" „Entweder das oder du bleibst für immer hier, und dein Grundprogramm übernimmt vollends die Kontrolle: Reine Reaktionen und externe Stimuli... Ich wünsche dir viel Glück, Mädchen. Mehr kann ich nicht für dich tun. Ich brauche Ruhe." Der Krebs buddelte sich hin- und herrutschend in den Sand ein und war dann fort.

Leevke war wieder allein. Vor ihr erstreckte sich das endlose Meer. Sie wollte auf keinen Fall hinabgezogen werden, aber sie musste sich dem Tiefensog stellen, wenn sie jemals von hier wegkommen wollte, zurück ins wahre Leben. „.....Jemand hat mich gerufen. Jemand braucht mich." Leevke ballte die Hände zu Fäusten und nahm Anlauf vom Kristall aus. Sie rannte auf das Meer zu und brach am Rand ab. Ihr fehlte der Mut zum letzten, alles entscheidenden Sprung. Der warme Sand, die gemütliche Ruhe: Wollte sie das wirklich aufgeben?

Sie probierte es ein zweites und drittes Mal: Immer wieder scheute sie im letzten Moment zurück. Tränen machten sich in ihren Augen breit: „Ich schaff es nicht! Verdammt! Ich habe Angst, Angst! Ich will nicht sterben. Hilf mir doch einer. Bitte..." Leevke sackte in sich zusammen. Sie hockte direkt vor dem Kristall und blickte tief hinein. Immer noch sah sie nichts Genaues, es war immer noch nur ein purpurner Kristall mit fragwürdigem, waberndem Innenleben. Sie spiegelte sich teils im Quarz wieder: dort sah sie ein am Rande des Zusammenbruchs stehendes Mädchen: Das war sie selbst. Unfähig, sich selbst zu helfen, schwach und auf andere angewiesen. Es war ein jämmerlicher Anblick. Sie schniefte einmal und erhob sich langsam. Etwas in ihr

leistete nun grimmigen Widerstand und machte sie wütend. „Nein, so will ich nicht bleiben! Da ist mehr! Ich weiß es! Da ist mehr!" Sie nickte ihrem Spiegelbild zu, dessen Augen komisch-rötlich schimmerten. Sie drehte sich um und rannte auf das Meer zu. Sie sprang hinein. Das Wasser war eiskalt, und sofort zog ein unterirdischer Sog an Leevkes Füßen. Wie ein Stein sackte sie schnell tiefer, als hätte das Wasser kaum Widerstand. Es wurde schnell dunkler. Verzweiflung und Panik krochen ihr in Herz und Kopf. Das Gefühl, sich der Tiefe zu ergeben und loszulassen, hämmerte in ihrem Verstand. Eine lauernde, zynisch weibliche Stimme blubberte von allen Seiten: „Lass los. Lass dich fallen. Gib dich frei. Ewige Ruuuhe…" Doch sie wollte ums Verrecken nicht in die Tiefe gezogen werden, nicht die Kontrolle verlieren! Sie erkannte die Stimme als die eigene: „Wer bist du?" fragte sie, während sie in die Tiefe glitt. Ein lautes Kreischen wie von einem Tier antwortete ihr mit der eigenen Kehle. Leevke stellten sich die Nackenhaare auf und sie fühlte eine Gefahr, die sie jederzeit fortspülen konnte, als stünde sie einer Bestie gegenüber die in der Schwärze nur auf sie lauerte. Das Wasser tobte mit Wirbeln und scharfen Strömungen, die an Leevkes Armen und Beinen rissen wie Peitschen und Ketten. Dennoch blieb sie bemerkenswert ruhig und stieß sich mit den Füßen ab, um wieder aufzutauchen. Ihr Absacken wurde dadurch abgebremst, aber umso heftiger zog das wirbelnde Wasser sie wieder zu sich hinab. Eisige Kälte ließ das Wasser in Klumpen gefrieren. Aus der Tiefe stieg dann etwas empor; gigantisch wie der Schlund, doch noch erstarrter und hasserfüllter. Leevke nahm ihre Arme zu Hilfe, um wieder emporzutauchen. Die Kreatur der Tiefe kam kreischend, fauchend näher: Doch diese Gedanken verdrängte Leevke und stattdessen durchfuhr sie ein letzter Gedankenblitz: „Ich werde gebraucht!" Mit diesem Gedanken befahl Leevke sich selbst anzuhalten. Ihr Absacken hatte aufhört. Dabei hatte sie den Boden noch gar nicht erreicht: Es gab keinen Boden!
Beflügelt von diesem Erfolg, befahl Leevke sich selbst, aufzusteigen. Das Wasser um sie herum schien zu brodeln und geriet in Wallung. Die schwarze Tiefenbestie unter ihr kam ebenfalls nicht weiter, zerrte und fluchte nun wirkungslos. Leevke intensivierte den Gedanken. „Auftauchen!" Das Wasser bildete einen Unterwassertornado mit Leevke in der Mitte. An der Oberfläche des endlosen Meeres kräuselte sich schon das Wasser an der Stelle. Leevke konzentrierte sich nur noch auf diesen einen Gedanken,

und es war ihr, als zerplatze irgendwo ein Ventil in ihrem Kopf. Sie schoss nun aus der Tiefe empor wie ein Pfeil. „Auftauchen! Auftauchen! Auftauchen!!" Die Bestie jaulte und kreischte, fiel in die Tiefen zurück. Seine Macht war gebrochen, Leevke übernahm die Kontrolle über das Meer. Sie katapultierte sich mit enormer Geschwindigkeit durch das Nass und näherte sich der Wasseroberfläche, die rasend schnell näher kam. „Ich komme zurück! Oma, Opa!" Sie lachte: „Hinni! Ich erinnere mich! Ich komme zurück!" Ihr Kopf stieß gegen die Oberfläche und durchbrach sie. Das Meer schlug hohe Wellen und traf die Insel. Der Krebs sah ihr aufmerksam zu und kicherte: „Hat ja lang genug gedauert. Es geht also los. Und mich nennt ihr einen Verrückten."

Hauke erwartete seinen Habicht zurück und erkannte, dass der festgemachte Brief von ihm fehlte: „Hübke! Hast du Kea gefunden?" Der Vogel krächzte zur Bestätigung und Hauke reichte ihm einen Wurm, den dieser gierig verschlang. Im fernen Werdum hatten die Frauen inzwischen den bronzenen Runenkessel in die Ortsmitte gebracht und mit Holzscheiten befeuert während Kea nach und nach unter beschwörerischem, altchaukischem Gemurmel die Zutaten hineintat. Die aufsteigenden Dämpfe und die Trance, in die sie sich begab, verdunkelten ihre Augen und ließen ihren Federumhang flattern: Der Wind drehte gen Westen. Der aufsteigende Dampf kondensierte sich in grünen Schwaden, und die Frauen hielten sich und die Kinder fern davon. Über dem Ort bildete sich nach und nach eine grüne Wolke aus dem Dampf, welche sich mit den grauen Wolken verband und diese vergrößerten. Kea hob ihre Arme und ließ ihre Finger spielen, als würde sie eine Harfe bedienen. Die grüne Wolke bewegte sich in Schlieren mit dem Wind und doch schneller noch: Sie zog nach Thunum.

Harugari Kea „Specht" bei einer Beschwörung

Nur eine halbe Stunde später tauchte diese grün-schwarze Wolke im Osten von Thunum auf und hing nicht sehr hoch, ganz so, als würde eine geheime Last sie niederdrücken. Unter ihr entstand ein grünes Nieselfeld: Jedes Tier, jeder kleine Vogel floh instinktiv vor diesem Dunst. Nicht aber so die Eschenmänner unter Ole Brand, die es zunächst garnicht bemerkten, da sie sich auf die kreisenden Vögel konzentrierten. Hauke und die Chauken warteten mit gespannten Bögen auf das Eintreffen der bestellten Wolke, pfiffen ihre Habichte kurz zuvor zurück in den Waldabschnitt, wo sie sich ausruhen konnten. Die Eschenmänner lachten ob der Flucht der Omen-Vögel und glaubten sich nun sicher. Da traf die Wolke ein und bald schon heulten die von der Wolke eingehüllten Männer auf, fluchten und knurrten. Der Niesel sickerte fein durch Nieten und Kettenhauben, Jutenstoff und Wolle: Der Niesel juckte fürchterlich am

Kopf, Armen, Beinen und am Hals.

Bald waren alle Eschenmänner nur noch damit beschäftigt, sich zu kratzen, und einige warfen sogar ihre Schilde und Schwerter von sich, um sich die juckenden Kleider auszuziehen. „Lasst eure Rüstungen an, ihr Wichser!", brüllte Ole, doch es half nichts: Das Jucken nahm nur noch mehr zu, je mehr die Männer daran kratzten: Bald waren die Stellen rot.

Mit grimmigem Zorn erkannte der Anführer der Eschenmänner, dass die grünliche Wolke über ihnen nicht natürlichen Ursprungs sein konnte. Hauke gab nun das Signal zum Angriff. Sie benutzten dazu kein Signalhorn wie die Friesen, um den Effekt des geisterhaften Angriffs zu unterstützen. Stattdessen krächzten sie wie ein Schwarm Habichte.

Die Chaukenkrieger hatten ihre Kampfmethoden dem sumpfigen Land ebenso angepasst wie die Friesen und kämpften bevorzugt mit Wurf- und Schusswaffen gegen ihre meist schwerer gepanzerten, oldenburgischen Gegner. Der offene Feldkampf war ihnen zuwider und ihre Zahl war dafür auch nicht mehr groß genug. Sie kämpften vornehmlich aus Hinterhalten und näherten sich lautlos und geisterhaft im Schutz von Dunkelheit und Nebel. Ohne Gebrüll stürzten sie wie ihre Habichte aus der Lautlosigkeit des Himmels und liefen geduckt in den Ort hinein. Sie nahmen hinter Mauern, Karren und Weidenzäunen Stellung auf, lugten um die Ecken. Hauke krächzte wie eine Pfuhlschnepfe, und seine Chauken ließen daraufhin gezielte Pfeile auf teils halbnackten Eschenmänner einprasseln, die verstreut und ungeordnet durch den Ort stolperten. Gebrüll und Schmerzensschreie wurden laut, und die Chauken feuerten zwei weitere Salven nach Thunum hinein. Ole rief seine Männer zur Ordnung und schaffte es, einen rudimentären Schildwall zu bilden: „Wir werden angegriffen! Los! Angriff!" Seine Männer torkelten wie betrunken umher, manche kratzten sich wie wild, schnauften wütend. Diejenigen, welche die Chauken erkannten, rissen die Augen auf und schrien was von „Dämonen!" und „Vogelmenschen!" Wann immer sich mehrere Eschenmänner zusammenrotteten, zogen sich die Chauken schnell in den Schutz der Siedlung zurück und feuerten von anderer Stelle weiter. Anders als die Eschenmänner trugen die maskierten Chauken nämlich keine schweren Rüstungen und waren außerdem wetterfester eingepackt, sodass der brennend-juckende Nieselregen sie nicht so sehr störte: Hinzu kam, dass sie gelernt hatten Schmerzen und auch Juckreize stillschweigend zu ertragen. Dies war bei Hinterhalten von essentieller Bedeutung.

Die Eschenmänner indes setzen auf lauten Schrecken und Terror, aber dieser konnte ihnen nun nicht mehr helfen, da sie in der Defensive waren. Schreie, sirrende Pfeile und erstickendes Gebrüll erfüllten die Luft. Ein Hüne von einem Eschenmann erblickte Hauke, stürmte eilig heran und drohte, ihn mit seinem Kriegshammer zu zermalmen, aber Hauke rollte sich unter dem wuchtigen Hieb weg und rammte ihm seinen Dolch von unten in den Hals hinein. Der Hüne knurrte, spuckte Blut und fiel dann nach drei Schritten tot um. Haukes Arm brannte und fühlte sich taub an. Ihm schwindelte.

Irgendwann war das Jucken kein Problem mehr, denn nun ging es um das nackte Überleben: Keiner der Chauken sprach mehr. Ihre Habichte kreisten über dem Schlachtfeld und stürzten sich immer mal wieder auf einen Eschenmann, kratzten gezielt nach deren Augen. Das fluchende Gebrüll zorntrunkener Krieger hallte weithin durch die Luft, und die Chauken näherten sich Oles Schildwall, welcher gerade eine Wurfaxt hob und damit einem unglücklichen Chaukenkrieger den Kopf spaltete, sodass die Maske von ihm abfiel: „Es sind keine verkackten Dämonen! Es sind auch nur Männer! Haha! Seht hin!" Rund die Hälfte der Eschenmänner mochte schon im Tumult gefallen sein, aber hinter diesem Mann sammelten sich die Überreste hinter ihren dicken Rundschilden, geschützt gegen die chaukischen Pfeile. Hauke und die anderen Chaukenkrieger traten ihnen entgegen, als ihnen die Pfeile ausgegangen waren. Fünf Männer waren gefallen, und die Eschenmänner mit ihren dreißig Verlusten nur noch leicht in der Überzahl. Ole lachte dennoch: „Mehahaha! Ich bin Ole Brand! Ich glaube nicht, dass ihr Dämonen oder Geister seid! Euer Plan war ziemlich hinterfotzig! Sind eure Weiber auch so? Na egal! Wir werden es ja noch erleben, was Männer?!" Die Eschenmänner lachten dreckig.

Hauke war versucht, vorzustürmen und dem Schandmaul ein Ende zu bereiten, doch sein Nebenmann hielt ihn zurück. Ole lachte: „Was denn? Da bleibt ihr stehen? Gehört ihr zu der Sorte, die lieber zusehen, wie andere Männer eure Weiber besteigen, he? Ist es das?!" Die Brennnesselwolke verlor ihre Form, und in Werdum brach Kea erschöpft zusammen. Die Frauen eilten zu ihr und gaben ihr zu trinken. Ihr Herz flatterte, ihr Atem ging flach und sie stöhnte: „Hauke... Nicht... Lass dich nicht...necken." Hauke atmete tief durch, als die Eschenmänner gehässig lachten und ihre künftige Beute ankündigten und optisch nachahmten, was sie mit dieser tun würden. Hauke aber war die Sticheleien durch Specht schon gewöhnt. Sie hatte ihn über die Jahre hinweg abstumpfen lassen, was Beleidigungen anging: Er würde auf diese Provokationen also nicht reagieren, sondern seinen eigenen Weg gehen. Die Zeit war reif dafür, dass er sich nicht mehr führen ließ. Er hob den Arm zum Angriff und sagte: „Ich bin Hauke, Tjarkos Sohn, Eschenmann. Wir sind ein Volk von Jägern. Und ein Jäger hasst seine Beute nicht. Er bedankt sich nur für die gute Jagd, nachdem das Tier erschlagen ist. Habt also Dank." Die Chauken pfiffen wie ein Mann, und erneut kamen ihre Habichte herabgestürzt und stürzten sich in einem einzigen, riesigen Schwarm auf die Eschenmänner, versuchten, ihnen ihre Augen auszupicken. Der Schildwall geriet in Unordnung, die Chauken griffen an, und das Hauen und Stechen setzte ein: Schilde zerbarsten wie Sperrholz, als Äxte auf sie dreinschlugen; Blut spritzte meterweit über den Kleiboden, und schon nach Sekunden schien jeder Krieger damit überströmt zu sein. Hauke selbst stellte sich Ole Brand entgegen, der gerade einen Chaukenkrieger mit seiner Axt den Kopf spaltete und laut lachte. Der wie ein Vogel gezierte, einfache Lederhelm bot keinen Schutz gegen den brutalen Hieb. Brand grinste, als das Blut in sein Gesicht platschte, ganz so, als wäre es ein erfrischender Regenschauer nach langer Dürre: „Ahhhh-mehaha! Kleiner Bastard, du! Hast deinen Schwanz noch nicht mal in eine Möse getaucht und willst mich besiegen?!" Hauke hörte garnicht zu. Er wich den wuchtigen Hieben aus, rollte sich vorbei und landete mit seinem Dolch einen seitlichen Treffer, der Oles Kettenhemd teils aufsprengte. Der erfahrene Krieger packte Hauke hart am Bein und stampfte ihm so heftig auf die Brust, dass die Rippen knackten: „Glaub ja nicht, dass ich dich verschone, nur weil du ein Knabe bist! Ich habe schon weit Jüngere getötet als dich!!" Hauke stieß die Antwort vor, während um seine Augen schon schwarze Punkte tanzten: „Wie tapfer!" Mit diesen Worten mobilisierte Hauke noch einmal alle Kraft. Er bekam seinen am Gurt befestigten Dolch zu packen und rammte ihn Ole Brand direkt in den Fuß. Dieser knurrte und wurde von seinem Tritt zurückgestoßen. Hauke sprang mit pfeifender Lunge auf und sah, wie Ole seine Axt schwang, Hauke konnte nicht mehr ausweichen.

Das Leben war schon merkwürdig, wie er ruhig dachte: In dem einem Moment schaut man dem Tod lachend und eiskalt ins Gesicht, und im anderen wollte man nichts mehr als leben, leben, leben bis in die Ewigkeit. Oles Axt sauste herab... und geblendet torkelte der Nordmann zurück, brüllte und versuchte, sich mit seiner Axt jener Habichte zu erwehren, die nun kollektiv als Schwarm auf ihn einpickten und kreischten. Hauke rappelte sich hoch und sah dem Treiben mit stechendem Brustkorb zu. Ole traf so manchen Habicht mit seiner Axt, und Federn und Blut wirbelten durch die Luft. Die toten Tiere häuften sich um ihn, aber der Rest gab nicht auf. Sein eigener Habicht Hübke hatte die Gruppe angeführt und Ole gleich beim ersten Ansturm die Augen ausgekratzt. Derart um ihren Anführer betrogen, brach der Widerstand der Eschenmänner ebenso zusammen wie ihr Schildwall. Ole schrie und fluchte in nordischen Dialekten; ein blindes, wundgeschlagenes und tollwütiges Tier mit Schaum vor dem Mund.

Hauke empfand weder Freude, Genugtuung oder Hass. Er griff sich schweigend seinen Bogen, der am Bogen lag, legte den letzten Pfeil ein und feuerte ihn ab. Der Pfeil traf Ole direkt zwischen die Augen, und schlagartig erlahmten dessen Bewegungen und er fiel tot um. Die Habichte flatterten davon.

Die Eschenmänner gerieten vollends in Unordnung, und die nur mehr zwanzig verbliebenen ergriffen die Flucht. Thunum war erfolgreich verteidigt worden. Die verbliebenen elf Chauken waren zu geschwächt, um sie zu verfolgen. Zwei davon würden in den nächsten Stunden ihren Verletzungen erliegen, doch sie konnten mit einem Lächeln gehen: Ihre Heimat war gerettet.

Es gab keinen Jubel, keinen Aufschrei des Triumphs. Dafür waren zu viele gestorben, und auch Hauke fühlte sich leer und ausgebrannt – was nicht nur an den äußeren Wunden lag. Er hatte noch nie einen Menschen getötet, immer nur Fennen, Gobolde oder andere niedere Kreaturen. Das Morden griff nach seinem unbeschwerten Herzen und bei dem Gedanken an sein Heim und die fröhlich-freche Kea weinte er, bebte seine Brust. Seine chaukischen Brüder stützten ihn und drückten ihn an sich: Ihnen erging es ja nicht anders. Es war so knapp gewesen, wie es nur hätte sein können.

Dafür kamen laute Jubelrufe vom Turm: Die Menschen – Kinder, Alte und Frauen - strömten aus dem stickigen Turm. Leider hatte der Qualm auch bei ihnen Opfer gefordert: Drei Ältere und ein ohnehin krankes Kind waren erstickt. Dennoch überwog die Dankbarkeit der Einwohner, und sie bedankten sich überschwänglich bei ihren Rettern. Die vier bewaffneten Krieger Thunums, drei jüngere Burschen und ein bärtiger Veteran aus Rüstringen, bestiegen die verbliebenen Pferde und ritten den Fliehenden nach, um sie mit ihren Lanzen zu erstechen: Niemand wollte sie auf Jahre als Räuber in der Region wissen, wo sie Kinder und Vieh bedrohten. Die Thunumer ließen ihrem Zorn freien Lauf und im Nachhinein vermochte niemand zu sagen, ob überhaupt einem Eschenmann die Flucht geglückt war...

Man versorgte die Chauken im verwüsteten Haupthaus und richtete ein provisorisches Lager ein, als von Westen ein Botschafter herangeritten kam. Es war ein alter Mann, blutüberströmt, aber mit einem zuversichtlichen Lächeln auf den spröden Lippen: „Ochtersum wurde erfolgreich verteidigt! Eine Stinkbombe von einem gewissen Pansen hat's Glück gewendet! Das muss gefeiert werden!" Hauke dämpfte seine Freude nur ungern: „Das sind gute Neuigkeiten. Wie ergeht es aber der Hauptstreitmacht bei Esens?" „Noch nichts wieder gehört..." Hauke nickte: „Dann wird auch noch nicht gefeiert. Noch ist nichts gewonnen." Der alte Mann auf dem Pferd blickte nun betreten drein. Es tat Hauke zwar leid, ihm seine Euphorie und Hoffnungen auf ein kühles Bier nehmen zu müssen, aber selbst ihre Siege in Thunum und Ochtersum waren bedeutungslos, wenn Esens fiel und Radbod doch noch siegte. Sie hatten nur die Vorhut ausgeschaltet.

Er hoffte, dass es seinem Vater gut erging. Hauke wandte sich an seine verbliebenen Chauken, die sich inzwischen erneut um ihn gesammelt hatten. Die Thunumer selbst jubelten und dankten ihnen erneut für ihre Hilfe, brachen Geheimverstecke im Boden auf und holten alles vor, was die Eschenmänner noch nicht verschlungen hatten. Hauke kam sich hundelend vor, musste aber zugeben, dass ihm der Dank und die Freundlichkeit wie gerufen kamen. Zuvor hätte er diesen Gedanken noch als lächerlich abgetan, aber nun wollte er nichts anderes tun, als seinen Vater und Kea in den Arm zu nehmen und fest an sich zu drücken und nicht mehr loszulassen. Zaghaft nur wagte er in Gedanken an Mayla von Wangeroog zu denken; jenes gleichaltrige, sehr energische Mädchen mit dem langen, braunen Zopf, wegen dem er sich mit Hinnerk Wiards oft geprügelt hatte. Nicht mal ihn wollte er nun mehr bekämpfen; aller Zorn war Hauke verflogen, und trotz seiner gebrochenen Rippen lachte er, genoss jeden Atemzug, so sehr er auch schmerzte. Nichts auf der Welt war mehr wert als dieser schmerzhaft klare Moment, in dem alle vorherigen Schwierigkeiten seines Lebens wie dummer Kinderstreit wirkten. Er würde um Mayla kämpfen, auf seine Art. Er war der Peinlichkeiten überdrüssig; dafür war ihm das Leben zu schade geworden.

Während die Feinde der Friesen und Chauken in Ochtersum und Thunum geschlagen worden waren, tobte die Schlacht am Deich umso heftiger. An der rechten Flanke des Friesenheeres kämpften die Chaukenkrieger unter Hauptlinger Tjarko verbissen mit den zähen Draugern, jenen bizarren Wesen, die einstmals Ertrunkene gewesen sein mochten und welche Njörd unter seinen Befehl gestellt hatte. Hauptmann Düll warf die Chauken und Tjarko nun zurück, seine Wunden heilten in nur wenigen Augenblicken. Tjarko musste sich ihm direkt stellen, denn niemand sonst konnte es schaffen.
Die Chauken waren seit jeher eher Plänkler und keine Krieger, die in groben Keilhaufen kämpften wie einst die Cherusker-Haufen unter General Arminius. Plötzlich schob sich ein junger Novize von Marienkamp nach vorne, schwenkte ein weiß qualmendes Weihrauchfass und rief Düll laut entgegen: „Heda! Ungeheuer! Deine Zeit ist vorüber!" Düll blubberte amüsiert und ließ kurz von Tjarko ab: „Achja? Ist das so? Kleine Ratte?" Seine linken Tentakelarme schossen überlang vor und packten den Novizen, würgten ihn, dass er krächzte. Dieser versuchte noch, sein Weihrauchfass zu schwenken, verlor aber die Kontrolle darüber und es fiel dumpf in den Sand. Njörds Champion lachte: „Du wolltest mich reinigen, Junge?! Nicht nötig! Ich bin vollends rein. Rein von lächerlichen Sentimentalitäten!" Er hieb mit seiner Axt zu doch der chaukische Hauptlinger warf sich schützend vor den Novizen und schnitt dem Krakenmann seinen Arm mit der scharfen Speerspitze ab. Vor Wut brüllte Düll auf, während Tjarko den jungen Mönch fortschubste. Dülls Axt aber zerfetzte nun Tjarkos von gepanzerter Deichwolle verstärkte Stoffrüstung und schlitzte dem Mann den Bauch auf. Zornig warf sich Tjarko Düll ein letztes Mal entgegen, der den Speer mit seinen Tentakelarmen abfangen wollte - und vergessen hatte, dass sie ihm ja soeben abgetrennt worden waren. Sauber erwischte Tjarkos Sax die Kettenhaube von Dülls

Helm und durchschlug die rostigen Ringe, das Eisen, den Schleim und das Fleisch darunter.

Glucksend wie ein Ertrinkender fiel der Krakenmann auf den Boden und zuckte, während schwarzes, dampfendes Blut aus seinem Hals schoss. Tjarko ging mit gehaltenem Bauch vor ihm in die Knie und der Novize humpelte zu ihm, warf die Kapuze zurück: Es war Bruder Witzelt, der den tödlich getroffenen Hauptlinger stützte. Drei chaukische Habichtskrieger strömten durch die Draugr und Skelette herbei, um ihren gefallenen Anführer zu schützen. Witzelt schluchzte: „Die Wunde ist t-tief, wir müssen euch ins Kloster bringen, Herr..." Tjarko schüttelte den Kopf: „Es ist zu spät... Pah! Ihr jungen Leute: Rennt geradewegs in euer Verderben, ohne nachzudenken. In dieser Welt gibt es soviele Altlasten, soviel Wut und Zorn..." Er spuckte Blut und lächelte: „Aber vielleicht.... ist ja just das die große Hoffnung? Ihr Kinder, die ihr nichts von den verschleppten Sünden wisst und nie wissen solltet, hehe..." Er fuhr dem Novizen über den Kopf: „Mach dir keinen Kopf. Sag meinem Jungen bitte, dass er sich nicht grämen soll. Und Kea ebenso. Allen daheim sage dies." Ein chaukischer Krieger setzte seinen Helm ab und kniete sich neben ihn: „Meister Tjarko... Wir werden bis zuletzt kämpfen!" „Gut so, meine Brüder. Im Kreis von Freunden und Familie zu sterben, ist der einzige Tod, der Bedeutung hat." Witzelt brach in Tränen aus und schluchzte. Um sie herum trieben die Chauken die Draugr in gemeinsamer, wutentbrannter Anstrengung zurück, denn ohne Düll waren sie ungeordnet.

Tjarko verließen nun die Sinne. Die Welt rückte in weite Ferne mit ihren Geräuschen und Farben. Es wurde leise und grau. Er sah sich selbst am Strand zusammen mit Hauke und seiner längst verstorbenen Mutter, wie sie dort fangen spielten und im Sand umhertollten. Aber was machten sie da? Wussten sie nicht, dass hier eine Schlacht stattfand? Warum liefen sie nicht fort, in Sicherheit?

Tjarko sah nun, wie sein Alter Ego aus ihm heraustrat und den jungen Hauke auf die Schultern setzte und mit ihm in die Wellen rannte, brüllend und lachend. Da wusste er: Es war Vergangenheit, die Sicherheit friedlicherer Tage. Ein schöner, sonniger Tag, und in der Ferne kreischten die Möwen, segelten die Fischerboote von Bensersiel. Tjarko vergaß Radbod, Ursula und die Untoten. Er erinnerte sich auch bald nicht mehr an Esens, Thunum, Werdum oder das Wangerland. Auch die Chauken verließen nach und nach sein Gedächtnis: Kea blitzte nur einmal als junges, verängstigtes Mädchen vor ihm auf, dass irgendwann wieder lachen konnte – und seitdem nicht aufhören wollte.

Seine Gedanken wurden bleiern und schwer, und alles was er am Ende noch sehen konnte, war dieser Strand mit seiner Familie. Der besorgte-neugierig offene Blick eines Jungen... Dann wurde alles schwarz, und Hauptlinger Tjarko war seinen Wunden erlegen.

Zwei der Chaukenkrieger hoben ihn bedächtig hoch und trugen seine Leiche vom Schlachtfeld. Der dritte Chauke, der neben ihm gekniet hatte, legte Witzelt einen Arm auf die Schulter: Worte waren überflüssig, er lastete ihm den Tod Tjarkos nicht an. Witzelt schluchzte dankbar, als ihm das Blut in den Adern gefror. Mit offenem Mund sah er zu, wie sich der Leichnam von Düll erhob und seinen zweifingrigen Tentakelarm aus schwarz-stinkender Masse zurückbildete. Der Chaukenkrieger bemerkte es, drehte sich herum und wurde von zwei eisenharten Tentakelspitzen in Mund und Auge getötet, mit sterbendem Leib weggeworfen wie ein kaputtes Spielzeug. Dülls Kopf formte sich neu: Diesmal ohne Helm und keineswegs menschlich. Es glich einem einäugigen Tintenfisch. Dort, wo sein Gesicht sein sollte, prangte ein starrendes Auge ohne Iris, und am Mund zuckten dutzende Tentakel, die beständig Schleim auf die Plattenrüstung absonderten. Seine Stimme war tief und hallend, auch ohne Helm: „Njörd hat mich erwählt! Ich bin sein Streiter! Ich bin unsterblich, und euer lächerlicher Schmerzens-Gott kann mich nicht mehr aufhalten! Auch nicht die Friesen oder Chauken! Ich bin ein Gott!! Hinfort Gewürm!" Witzelt krabbelte zurück und Düll wurde auf ihn aufmerksam: „Ich muss dir danken, Fennt: Erst durch meinen Tod konnte ich wirklich wiederbelebt werden! Jetzt endet auch dein Leben!" Witzelt bekam seinen Weihrauchpott wieder zu fassen, wirbelte die Kette in der Hand und schleuderte das qualmende Gefäß an Dülls Kopf: „Hier endet nur einer!" Düll schrie auf und hustete, als das Gefäß explodierte. Sein Krakenkopf verschwand hinter heißem, zischend-weißen Dampf. Er schrie immer höher und schriller, als man es hässlich Knacken und Schmatzen hörte. Als der Dampf sich im kalten Wind verzog, stapfte er mit halbzerlaufenem Gesicht auf Witzelt zu: Der menschliche Schädel schimmerte durch. Witzelt krabbelte von ihm weg, während Düll zerlief wie Wachs. Kurz vor ihm knallte Düll in den Strand.

Erleichtert stieß Witzelt ein Stoßgebet aus und atmete tief durch. Seine Untersuchungen in den Archiven vom Kloster waren doch erfolgreich gewesen: Die Mixtur, die er in der Hast gesegnet hatte, hatte Njörds Einfluss in Form einer löslichen Dampf-Purifikation vertreiben können. Blubbernd zerlief Dülls Leib vor ihm in schwarzem Brei. Darunter kam das menschliche Skelett und Schädel vom einstigen Menschen Düll zum Vorschein. Der Novize schluckte, als ihm dämmerte, dass er einen Menschen getötet hatte. Ob Christ oder Heide - er war trotz allem nicht froh darüber. Die Draugr und Skelette unter Dülls Kommando kämpften dennoch unbeirrt weiter.

Ursula hatte Leevkes bewusstlosen Leib mit einem Krakenarm emporgehoben, ehe Hinnerk sie erreichen konnte. Die Kreatur erduldete die Schmerzen unter ihrem Befehl und dümpelte in der Flut, während Ursula vor ihr stand, ihren Sensenstab bei Fuß: „Ich zerquetsche diesen zarten Körper, wenn du das Leuchten nicht sofort abstellst, Junge! Ich meine es ernst: Mir kann die Kleine auch noch mit gebrochenem Rückrat dienen, aber reicht dir das dann auch noch?! Reicht dir eine Krüppelin?" Ursulas Grinsen war widerlich, und Hinnerk knirschte mit den Zähnen. Zornig rammte er Messer und Pakhaou in den Sand: „Lücht mien Mors." Das Glühen des Schildes erlosch, und Ursula verzog ebenso erleichtert und stöhnend das Gesicht wie der Kraken, als hätten sie sich den Schmerz geteilt. Dann streckte Hinnerk die Hand aus: „Leevke und den Schild. Gib sie zurück." Ursula knackte mit den Halswirbeln und zuckte dann mit den Schultern: „Später, ja? Im Moment ist es lästig. Ich hab's im Kreuz weißt du?" „Miststück! Hexe! Verräterin!" Ursula winkte ab: „Alles schon mal gehört. Sogar noch Schlimmeres, Kleiner. Du schockst mich nicht mehr, glaub mir." Sie betrachtete den eingebrannten, knisternden Schild im Arm ihres Kraken: „Das braucht eine Weile, um zu heilen... Wäre ich wirklich so böse, wie du denkst, hätte ich dir dafür schon längst alle Arme und Beine ausgerissen. Aber ich sorge mich um meine Mitmenschen und Mitkraken." Hinnerk zog seine Klingen zurück und wetzte sie aneinander: „Also, dann eben anders!" Ursula hob Leevke hoch und verstärkte den Griff um ihren Leib. Hinnerk hielt wieder inne und fluchte in altfriesischem Dialekt. „Schkietbüddl!" Er konnte nichts tun. Die Hilfslosigkeit lastete schwer auf ihm, und Ursula nickte verständnisvoll: „Vielleicht ahnst du jetzt, wie es uns in all den Jahren erging. Wie wir gelitten haben." Sie sah hinüber zum Deich, wo Radbod in seiner Nebelgeistform Nordendi gerade zu Boden warf. Die Krakenhexe nickte: „Der dritte Hauptlinger ist gefallen. Die Schlacht ist vorüber. Ihr habt verloren." Hinnerk bebte innerlich wie äußerlich, als sie an ihm vorbeischritt, als wäre er keine Gefahr: Dabei war er es doch eigentlich. Nichts physisches, nichts Greifbares hielt Hinnerk auf, hinderte ihn daran, vorzuspringen und der Hexe den Garaus zu machen. Einzig und allein die Sorge um Leevke, welche die Hexe genüsslich ausnutzte und sich an seiner Zurückhaltung ergötzte. Es machte ihn rasend: War er – war die Freiheit so leicht auszuhebeln, durch Gefühle allein? Konnte es das wert sein? Hinnerk sah zu Leevke hinüber - und erschrak: Leevke hatte die Augen geöffnet und sagte dem Kraken ruhig, aber bestimmt: „Lass mich runter. Geh zurück." Die Bestie wimmerte wie ein übergroßer Hund, der nicht wusste, welchem Herren er mehr gehorchen sollte, und zitternd ließ er Leevke am Strand hinunter. Ursula drehte sich um: „Was zur Möwe? Was machst du da?!!" Leevke ließ sich den eingebrannten Schild zeigen, reagierte garnicht auf Ursula oder Hinnerk: „Sieht schlimm aus. Warte einen Moment." Das seichte Meerwasser um sie erhob sich in Fächerform und glitt den verletzten Krakenarm empor, umschloss die Wunde und den Schild. Leevke schloss die Augen und ein goldenes Leuchten ging von ihren Händen auf das Wasser über, ließ es hell golden strahlen. Der Kraken wimmerte, als sich das verbrannte Fleisch vom Metall löste und ins Wasser fiel: Danach schloss sich die blutende Wunde wie im Zeitraffer, heilte überschnell.

Leevke ließ das goldene Wasser zurückfahren und sagte: „So. Geh nun zurück. Hier ist nicht dein Platz." Der Kraken zögerte, ehe er sich ins Meer zurückzog. Ursula bebte: „Was- Was fällt dir Schlampe ein!?!" Leevke wirkte der Welt entrückt, als würde sie noch halb schlafen und die Gefahren garnicht bewusst wahrnehmen: „Ich habe ihm geholfen. Dies ist nicht seine Welt. Er muss nach Hause." „Ich kenne diese Kreatur seit über 300 Jahren! Wer bist du, ihn fortzuschicken?" „Ich? Ich bin die Herrin der See." Ursula stockte, so perplex war sie von der ruhigen Antwort: „A-Ach? Und denkst du nicht, Njörd hat da noch ein Wörtchen mitzureden?!" „Er ist nicht von Belang, sein Einfluss ist gebunden an jene, die an ihn glauben." „Ach! Und dein Einfluss nicht?" Leevke legte den Kopf schief, als lausche sie einer inneren Stimme: „Ich... weiß es nicht... Es ist alles so lang her. Oder zumindest kommt es mir so vor." Sie erblickte

Hinnerk und starrte ihn einige Sekunden lang an wie einen Geist. Man konnte sehen, wie ihre traumwandlerische Sicherheit von ihr abbröckelte und sich ein erleichtertes Lachen breitmachte: „H-Hinni?! Du bist gekommen? Meinetwegen?" Dieser räusperte sich und lief rot an: „Natürlich. Ich lass dich doch nicht allein bei diesen Bekloppten da!" Ursula wirbelte ihre Sense herum: „Ist ja rührend. Und nützlich!" Sie hob den knisternden, von Blitzen durchzuckten Sensenstab gen Hinnerk – aber ebenso schnell erzeugte Leevke einen Wasserarm und warf ihm damit den Schild zu. Dieser rollte sich ab und riss Lux Maris hoch, gerade noh rechtzeitig. um die magischen Energien von Ursula abzulenken. Dennoch reichte die Wucht aus, ihn quer durch den Sand rutschen zu lassen.

Ursula gab es schließlich auf und Leevke schimpfte ruhig: „Das war nicht sehr nett." „Pfff. Denkst du? Ich kann solche Gören wie dich nicht ausstehen. Ihr habt keine Ahnung von der Welt, von ihren Tücken und ihrer brutalen Grausamkeit. die dich durch heuchlerisches Lächeln gefügig macht! Du wirst das auch noch erleben, kleine Leevke. Wart es nur ab. Es kommt der Tag, da wirst du weiter sehen können als jetzt: Und diese Weitsicht wird dich lehren, dass manche Grausamkeiten und Gewalt bitter nötig sind, um zu überleben!" Sie schleuderte einen Blitz auf Leevke, und dieser erwischte sie voll. Leevke landete klatschend im seichten Wasser und Hinnerk stürmte wütend mit gezückter Klinge auf Ursula ein. Sie würdigte ihm nicht mal eines Blickes: „Zu vorhersehbar…" Vier Untote brachen nun aus dem Sand und griffen nach seinen Armen und Beinen, brachten ihn vor Ursulas Füßen zu Fall. „Herrin der See. Tze! Das ich nicht lache…? Moment… Was geschieht jetzt?" Das Meer vor ihr brodelte, kochte, schäumte.

Ein tiefes, dumpfes Dröhnen erfasste die gesamte Küste und die Wellen bogen und senkten sich wie bei dem schlimmsten Orkan. Die Luft stand. Ursula runzelte die Stirn und erblickte Leevkes Körper in den Wellen, mit ausgestreckten Armen und Beinen. Die Krakenhexe ließ Blitze von Stab und vom Himmel auf sie einprasseln, aber die Wellen schützten sie, leiteten die Spannungen in die Weiten des Meeres ab, wo sie sich harmlos zerstreuten. Ihre Stimme kam aus dem Meer: „Hinni. Kümmere du dich um Radbod. Ich übernehme Ursula." Kaum hatte sie das gesagt, packte eine Welle in Form einer Hand die Skelette und riss sie ins Meer fort. Hinnerk war frei und fragte: „B-Bist du dir sicher?" Leevke klang, als habe sie Probleme zu sprechen: „Bitte. Ich ... kann nicht garantieren... Geh!" Hinnerk lief los, bahnte sich mit Pakhaou und Lux Maris einen Weg durch die untoten Skelette, die irritiert darüber schienen, dass ein Gegner von hinten, aus ihren eigenen Reihen hervorbrach.

Sie kreischten, als sie versuchten, ihn zu erwischen. Ursula ließ ihn ziehen und lief Nase kräuselnd am Strand hinunter: „Du hast deine Fähigkeiten ja jetzt gut unter Kontrolle, scheint es?" Leevke schob ihren Körper durch die Wellen bis an den Strand. Ihre Bewegungen waren verkrampft, als kämpfte sie einen inneren Kampf. Ihre goldenen Augen wechselten mehrmals schnell von rot und weiß: „Du... hast mir wehgetan... Hör auf... Sonst..." „Sonst was? Denkst du, ich hätte Angst vor dir?" Leevke lief Speichel aus dem offenen Mund, sie hechelte. Ursula wirbelte ihren Stab herum: „Also gut: Ich sehe du bist erschöpft. Lass mich dich beruhigen mit einem meiner besten Sprüche." Sie rammte den Stab in den Boden und grinste breit: „Feuerkessel, zeige dich mir und anderen! Feuerkessel, lass die Gedanken endlos wandern!" Über Ursula bildete sich ein waberndes Luftfeld, aus dem ein Kranz aus Feuer wurde. Aus diesem Feuer schwebte ein großer Kessel, über und über mit Runen verziert. Das Feuer sammelte sich in ihm und floss wie sanft heraus und wieder zurück, glich mehreren Schlangen, die sinnlich und ruhig strömten. Die Flammen pulsierten im Takt eines schlagenden Herzens langsam von gelb zu rot. Alle Friesen, die es erblickten, erstarrten und senkten ihre Waffen – ließen sich mühelos von den Untoten erschlagen, ohne Gegenwehr.

Leevke selbst starrte hypnotisiert in die leckenden Flammen und Ursulas Stimme säuselte: „So ist es recht. Du kennst den Kessel, nicht wahr? Damit habe ich dich schon einmal schlafen gelegt, Herrin der See, hehe..." Sie näherte sich Leevke und der Kessel folgte ihr schwebend; „Du musst nicht bei Bewusstsein sein, um mir zu dienen. Ich werde dich einfach ewig schlafen lassen, bis dein Freund und alle anderen vergangen sind. Schlaaaaf..." Leevkes Augen stabilisierten sich in goldener Farbe. Ihre Lider wurden ihr schwer und schließlich nickte sie ein...

Radbod in seiner Nebelgeistform warf Nordendi nieder und durchbohrte ihm dann das rechte Schultergelenk. Der Norder biss die Zähne aufeinander und triumphierend stand der König über dem Hauptlinger: „Gut gekämpft, doch vergebens, Norder Kämpe. Erkennt ihr nun, welche Kraft die alten Götter und unsere Traditionen mir gewährten? Aber was habt ihr hingegen?" Friedhelm lächelte grimmig: „Farbe im Gesicht?" „Spotte nur! Aber seht euch eure göttlichen Gesandten mal an. Mit offenen Augen." Er zeigte mit dem Sax auf Abt Wynfried, der einsam mit Axt und Bibel stand: „Sie beten einen sterbenden Gott an, der das Leiden zum Kult erklärte. Den Schmerz zum Gott! Wieviel lebendiger ist das? Wieviel lebendiger ist es, sich ewig eine Urschuld einhämmern zu lassen, der man sein Leben lang nicht entfliehen kann außer durch kriechende Unterwürfigkeit und Jammerei?! Vertröstung auf den jüngsten Tag? Pah! Kein Wunder, dass bei so einer gequirlten Scheisse nur Heuchler rumkommen! Denn sie selbst glauben tief im Inneren gar nicht daran! Ihre eigenen Körper weigern sich, das Geschwurbel zu akzeptieren! Ich hingegen achte die lebendigen Taten und rede nicht von kollektiver Schuld und Ursünden! Ich rede von dem, was uns unsere Vorfahren hinterlassen haben, um uns zu schützen; unsere Gemeinschaft, unser Leben in und durch andere! Ihre Weisheiten tretet ihr mit Füßen! Durch ihre Anleihen und Lügen!" Wynfried nickte: „Es stimmt wohl, dass viel Leid im Zeichen des Kreuzes gebracht wurde, auch über Friesen und Chauken. Aber sie sind längst nicht so schwach, wie ihr denkt! Sie leisten auf ihre Art Widerstand gegen uns. Sie leben ihre Leben..." Radbods Nebelform bebte: „Dieser Widerstand ist unzureichend!" Der Abt glaubte daran, dass sich der Kampf vielleicht ohne weiteres Blutvergießen lösen ließ, und nutzte nun seine Wortgewandtheit: „Was verkörperst du also für Werte, König Radbod? Jahrzehntelange Blutrache, Fehden und bezahlbare Sünden mit den Wergeldern?" „Oh! Sind Ablassbriefe was anderes?" „Die sind zu Recht umstritten, auch von mir! Es geht vielmehr um Reue. Reue für böse Taten. Nur so überwinden wir das Übel. Daran glaube ich und meine Brüder. Das lehren wir: Die Besserung der Menschen!" Radbods Nebel mit den leuchtenden Augen näherte sich dem Abt, umspielte ihn wie ein geisterhafter Schemen: „Ohja, wie friedlich, wie besonnen und vernünftig ihr doch seid, nicht wahr? Sind's alles Lügen. Geheuchelter Mist, Täuschungen und Fallen. Wo war euer reuevoller Protest, als man tausende Heiden abschlachtete, deren entrechtetes Land man euch als Beute darbot, um eure Monumente des Schreckens zu errichten?" „Die Kirchen sind heute Zufluchtstätten vor Feinden..." „Sind Zentren, von denen aus ihr die Unterdrückung vorantreibt! Von deren Kanzeln ihr die Denke von Knechten in die geschwächten Herzen hämmert wie Sargnägel!" „Es sind nur Botschaften..." „Und nur rein zufällig stehen die fränkischen Horden hinter euch bereit, um jeden zu foltern, der euch widerspricht! Nur, damit ihr sagen könnt: Das Weltliche, das ist nicht unser Belang. Wir bereuen zutiefst. Oh Herr, vergib ihnen! Vergib, vergib, vergib!" Radbod griff mit Durjawer an, und Wynfried wehrte die Schläge mit der Bonifatius-Bibel ab, versuchte gleichzeitig Radbods Krone mit seiner heiligen Axt zu treffen. Es gelangt ihm nicht. Der König der Friesen spielte nur mit ihm, war ihm kampftechnisch haushoch überlegen – und auch moralisch?

Sie trennten sich, und der Abt zählte die Vorteile auf, während der Nebelgeist ihn umkreiste: „Wir haben nun keine Fehden mehr! Keine Streitereien und Blutvergießen. Wir verwalten das Land besser als je zuvor, die Erträge haben sich mehr als verdoppelt, und die Wirtschaft, der Handel blüht! Bringt Wohlstand für alle Menschen! Die Überfälle der Eschenmänner sind zurückgegangen: Durch die Einigkeit zu einem Gott, zur Kirche. Wir haben mehr Frieden als je zuvor!" Radbod schmunzelte: „Jaja - aber seid ihr nun zufrieden? Ruht die Kirche friedlich in sich selbst in seliger Harmonie? Oder gibt es wieder schon – Oh Wunder! - neue Feinde, im Inneren wie im Äußeren?! Gegen wen gehen die nächsten Kreuzzüge, hm? Sarazenen, Prussen, Wenden oder die Rus? Wann endet euer Kriegsdurst, wann ist die Bestie satt? Ich verrate es euch: Niemals! Selbst wenn ihr alle Welt besäßet und Kreuze den Himmel pflastertet: Ihr würdet immer noch Gründe finden, einander zu bekehren, mit Schuld, Liebe und Fackeln. So wart ihr immer, so werdet ihr immer sein. Ihr werdet heucheln, werdet morden und später große Reue empfinden. Ändern wird das garnichts. Euer Kreuz schiebt einen Berg von Leichen vor sich her, und er wird immer größer. Aber ihr bereut. Wie gnädig. Wie friedlich. Ihr seid Zerfall, seid Tod, seid Täuschung." Als Wynfried nachdenklich schwieg, lachte Radbod auf: „Gohoho! Was ist denn los, Kreuzpriester? Ist dir dein Latein ausgegangen? Ahnst du Kerl, dass ich Recht habe?! Dass deine geliebte Welt gerade scheppernd in sich zusammenbricht? So fühlt es sich an!! Wenn die Wahrheit ins Herz tropft und den Stein aushüllt! Unaufhaltsam! Wie die Flut!" Wynfried senkte den Blick und betete. Er verlangte eine Eingebung, ein Zeichen, dass ihn und seinen Glauben retten konnte, denn seine Vernunft, sein Intellekt konnten

Radbod nicht mehr Einhalt gebieten. Da war kein Argument, was er ihm mehr entgegensetzen konnte. Wovon sollte er hier schwärmen, wenn alles was er sein Leben lang gelernt hatte, der banalen Wahrheit weichen musste, dass die Kirche, der er ein Leben lang treu gedient, auf alten Sünden fußte und diese nie mehr abschütteln konnte: Sie sogar faktisch noch vermehrte, indem sie das Unrecht nicht wiedergutmachte und das viele, erbeutete Land zurückgab? Es war pure Heuchelei. Radbods Zorn war vielleicht übertrieben, aber nicht unbegründet: Er war absolut nachvollziehbar. Abt Wynfried konnte sein Herz davor nicht mehr verschließen. Radbod hatte in der Tat gesiegt – auf ganzer Linie. Gott selbst schwieg eisern wie zur Bestätigung.

Kapitel 9
Schwert und Schild

Hinni zielte mit dem Leuchtstrahl von Lux Maris auf den Nebelgeist Radbods, als er aus feindlichen Reihen brach. „Lücht mien Mors!" Der Friesenkönig knurrte: Er konnte seine Nebelgeist-Gestalt unter dem grellen, heißen Strahl nicht aufrechterhalten und formte sich zurück. Abt Wynfried stand regungslos hinter ihm, in geistiger Verwirrung und mit verzweifelt-ratlosem Blick. Radbod hob die Klinge und lachte: „Du! Junge! Leg das Ding weg! Es kitzelt!" Das Licht machte ihm nichts aus, es nervte nur ein bisschen. Hinnerk griff mit Pakhaou an und sie kreuzten die Klingen. Zu keiner Sekunde ihres Kampfes war Radbod in Gefahr, selbst als Hinnerk einen Drei - in – eins –Hieb ausführte. Auch einen Wellenhieb führte er aus, rollte sich am Deichhang ab und feuerte jede Technik ab, die er kannte.

Einzig für den Tiletop-Wirbler war dies nicht die richtige Situation. Keuchend und von Schweiß gebadet musste Hinnerk schließlich innehalten. Radbod lächelte und wies auf den Strand, wo Ursula gerade Leevke mit dem Feuerkessel hypnotisierte: „Scheint, als wäre alles wieder unter Kontrolle. Du hast gut gekämpft. Ungestüm und verschwenderisch, aber eines echten Friesen würdig." Hinnerk keuchte und musste husten. Die angeknacksten Rippen vom Tentakelarm forderten ihren Tribut: „Lass uns doch einfach in Ruhe..." Radbod nickte: „Ihr lasst euch selbst nicht in Ruhe. Darum bin ich ja überhaupt hier. Ihr seid verwirrt. Ihr alle." Eine Stimme die Hinnerk nicht mehr für möglich gehalten hatte und spontan jede Hoffnung neu entflammte, hallte vom Deich über die Schlacht hinweg: „Du kannst nach Hause gehen, Radbod! Hinni! Komm her zu mir!" „Onkel Abbo?!" Hinnerk lief ihm freudig entgegen und dieser umarmte ihn: „Dachtet ihr, ich wäre für immer fort?" Bruder Salpeter winkte hinter ihm: „Ich hab ihn ein bisschen eher als üblich aus dem Tiefschlaf geholt." Hinnerk lachte und reichte ihm das Schwert aus dem Teufelsmoor, das Abbo mehrmals in der Hand wirbelte: „Sieht gut aus." „Ich hab's mir geliehen.", gab Hinnerk zu, und der Krieger aus dem garstigen Moor lachte: „Wie ich doch auch! Aber nun will ich mich um diesen König der Wut kümmern. Unser Duell wurde rüde unterbrochen." Radbod schnaufte, und sie umkreisten sich wieder wie zwei Wölfe: „Haben Sie dich doch befreit, Abbo? Dachte ich mir schon fast. Du warst fast zu stark für den Seelenkraken. Nun fällt es mir erst auf." „Anders kannst du niemanden hier überzeugen." Radbod breitete grinsend die Arme aus: „Und warum nicht? Selbst den Abt da habe ich überzeugt! Der sagt nichts mehr, ist ganz still." Abbo stoppte: „Weil ich mich so entschieden habe. Weil das Leben fernab der Perfektion ist. Aber für mich reicht es. Es ist voller Schmerz und Pein, aber das gibt uns nicht das Recht, unsere alten Feindschaften auf die Unschuldigen, die Kinder, abzuwälzen. Irgendwann ist es gut gewesen. Lass es ruhen." „NIEMALS!" Sie sprangen einander an, kreuzten so schnell die Klingen, dass das menschliche Auge ihnen kaum noch folgen konnte. Radbod nickte anerkennend, nachdem sie sich ineinander verhakt hatten: „Oho! Du hast gelernt?" Abbo grinste: „Auf Bant hast du Nebelgeist eingesetzt, um dich vor einem ehrlichen Kampf zu drücken: Schon vergessen?" Hinnerk hob Lux Maris und Radbod winkte ab: „Keine Sorge. Diesmal mache ich es nicht. Du sagst also, dass irgendwann Schluss sein muss, Abbo? Nun gut: Was ist mit den Kreuzzügen? Gibt die Kirche je Ruh? Wohin ich auch mit meiner Weitsicht blicke, an den Grenzen des Abendlandes brennt es immerzu, und dank der Inquisition auch mittendrin." Abbo sprang zurück und gab zu: „Ich nahm das Kreuz, weil ich dachte, es würde mich von meinen Fehlern und Sünden befreien. Mir die Erinnerung rauben." Er schmunzelte: „Welch ein Irrtum! Alles, was es tat, war, dass ich noch viel mehr Fehler machte: Diesmal im Namen der Rechtschaffenheit und Liebe." Abbo reichte Radbod die Hand: „Manchmal, alter König, manchmal ist es besser loszulassen. Der Hass wird sich von selbst vernichten. Wir müssen auf die Jugend vertrauen." Radbod schwieg tatsächlich, und auch Wynfried blickte auf, völlig hilfesuchend und von Gott verlassen, wie er sich auch fühlte. In diesem Moment erhob sich Düll wieder aus der blubbernden Masse seines skelettierten Körpers und bildete einen schwarzen Schleim, aus dem sich ein tentakelzuckendes Ungeheuer emporhob. Bruder Witzelt sah dies und verzweifelte, bat seine Brüder lautlos um Hilfe. Die verstopfte Stimme von Düll und Njörd hallte aber so stark, dass selbst Ursula erstarrte und ihr das Blut in den Adern gefror: „RADBOD! VERNICHTE SIE ENDLICH WIE VEREINBART! IHRE LÜGEN KENNEN KEINE GRENZEN! NUR EIN TOTALER SIEG KANN UNS HIER NUTZEN! VERNICHTE

SIE ALLE! KEINER BEGREIFT, WER WIR SIND UND WAS WIR ERDULDEN MUSSTEN! RACHE FÜR DIE TOTEN! RACHE FÜR ALDGISL, DER VERRATEN WURDE! RACHE FÜR POPPO, DER ES EIN LETZES MAL WAGTE! NUN BIST DU DER LETZTE KÖNIG, RADBOD! ERWEISE DICH DIESER EHRE ALS WÜRDIG UND VERNICHTE SIE ENDLICH!" Radbod überwand seine Zweifel und ging mit verschränkten Armen in die Hocke: „Die Zeit der Disputationen ist vorüber! Njörd und Ahnen, Feen und Alben! Erfüllt mich mit der Kraft, die nötig ist! Doniawera! DONIAWERA!" Ein schwarzer Blitz schoss aus dem grauverhangenen Himmel und traf Radbod, hüllte ihn ein. Der Sand und Deich um ihn explodierten in Dreck und Krümeln. Seine Augen liefen vollends rot and und schwarze stechende Punktaugen darin blickten hasserfüllt. Seine Lippen waren zum wölfischen Grinsen gespannt, die weißen Haare knisterten vor Energie, und aus seinen Schultern schossen zwei peitschende, klauenbewehrte Tentakeln mit giftig tropfenden, eisenharten Spitzen.

Abbo knackte mit den Halswirbeln: „Keine Tricks, wie?" Radbods Stimme glich einer Bestie: „Dies ist kein Trick! Dies ist, was ich wirklich bin!" Hinnerk warf Abbo den Schild zu: „Vielleicht hilft es?" Abbo nickte: „Haltet euch zurück. Das wird hässlich." Radbod lachte mit tiefer Stimme: „Wohohoho! Komm! Zeigt mir eure gottlose Macht!" Mit seinen Tentakeln als zusätzliche Waffenarme griff Radbod Abbo an. Dieser verteidigte sich mit dem leuchtenden Schild, welches Radbod nun doch mehr störte als vorher. Er hielt schützend die Tentakeln vor die Augen.

Der erste Schlagabtausch schon zeigte, dass Radbod sowohl an Kraft als auch Geschwindigkeit massiv zugelegt hatte. Hinnerk knurrte: „Was ist das?!" Bruder Salpeter kam mit seinem Krückstock den Deich hoch und sah sich den Kampf nun auch an: „Das ist ein Avatar: Ein Auserwählter der Götter." „Aber Abbo kann ihn doch besiegen! Oder?" Salpeter seufzte und sah auf Abt Wynfried herab, der immer noch fassungslos dastand, dem Geschehen entrückt: „Ohne göttlichen Beistand fürchte ich, dass dein Freund auf verlorenem Posten steht." Hinnerk zückte sein Friesenmesser: Er würde nicht zusehen, wie Radbod seinen besten Freund umbrachte. Eher wollte er es selbst ein letztes Mal wagen und dem Elend ein Ende machen: So oder so!

Leevke versuchte verzweifelt, wach zu bleiben, doch das ewig gleiche, langsam pulsierende Glühen des Feuerkessels raubte ihr jeglichen Willen zur Gegenwehr. Ursula kicherte und zeigte aufs offene Meer: „Du kannst wieder rauskommen. Sieht so aus, als stünde die Kleine wieder ganz unter unserer Kontrolle..." Zaghaft und vorsichtig krabbelte der Nomkrebs aus den Fluten empor, auf dem Rücken immer noch die Halterung für Leevkes Gefangenensphäre. Die auf seinem Panzer eingeritzten Runen leuchteten auf, als Ursula mit ihrem Stab darauf zeigte. Zufrieden nickte sie: „Ist ja noch alles dran und funktionsfähig. Sehr gut." Die Krakenhexe zog das Gesicht vor Schmerz zusammen, als sie spürte wie Radbods Nebelgeist von Hinnerks Lux Maris Leuchtstrahl durchbrochen wurde. Kurz darauf aber jagte ein schwarzer Blitz aus dem Himmel und erfüllte ihren geliebten Mann mit der immensen Kraft des Gottes Njörd. Ehrfürchtig lächelte sie, während Leevke kaum noch die Augen offenhalten konnte: Sie wollte nicht einschlafen, aber ihre Glieder waren so schwer und jeder Gedanke eine Qual. Sie versuchte, sich zu erinnern, warum sie hier stand, aber die knisternden Flammen des Feuerkessels lähmten jeden Versuch, lenkten stetig ab durch ihr mystisches Zucken.

Dann erhob sich auch Dülls schwarz blubbernder Leichnam und formte eine Kreatur, die noch keine feste Gestalt annehmen konnte. Zwei, drei Tentakelarme peitschten ziellos herum, Augen tauchten auf und verschwanden wieder, klauenbewehrte Münder griffen phantomengleich nach den Lebenden, die sich von dem wachsenden Monstrum fernhielten. Bruder Witzelt krabbelte wimmernd davon und suchte sein Weihrauchfass, unfähig sich umzudrehen und das Ungetüm zu betrachten, dass er mitgeschaffen hatte. Ursula hingegen erkannte, was geschah: „Düll ist also wirklich gestorben und in Hels Reich eingegangen, zum Austausch für diese Bestie: Ein Grendel aus Njörds Tiefen. Er quält sich, gehört nicht hierher..." Sie lächelte bitter: „Treu und aufopferungsvoll bis zuletzt, was Düll? Hoffentlich quält die halbe Frau dich nicht zu sehr. Lebe wohl..." Tatsächlich empfand sie Wehmut mit dem einzigen bewussten Freund, der Radbod noch verblieben war und sich auf diese Art selbst gerichtet hatte. Seine Seele hätte nach Walhalla Eingang gefunden, aber stattdessen opferte er sie Hel zum Austausch einer Kreatur der Unter- und Schattenwelt.

Ein Wesen, das aus noch älteren Beständen stammte als die Draugr, Trolle und Kraken. Grendels lebten in feuchten Höhlen, tief unter den Bergen: Dort, wo schwarze Seen kein Sternenlicht je reflektierten und wo kein Kiesel ihre Oberfläche für Jahrtausende nicht störte. Hier hatte Zeit keine Bedeutung, hier ruhten das Leben und der Tod gleichermaßen. Aus der Schwärze schälte sich eine schuppenbewehrte Kralle; vierfingrig, von todeskalter Nässe und getrocknetem Blut benetzt, mit kurzen Schwimmhäuten zwischen den scharfen und eisenharten Klauenfingern. Kiemen saßen auf seinen schmalen Schultern, die den halslosen halbkugeligen Kopf mit dem einen großen, geschlitzten, lidlosen gelben Auge hielt. Auf dem Rücken trug das Grendelwesen eine gezackte, gerippte Flosse, und der gesamte Körper war mit silbern schimmernden fingernagelgroßen Schuppen bedeckt. Sein Maul war eine klaffende, beinahe senkrechte Klappe im tonnenförmigen Leib, welche vom Bauch bis zum Halsansatz reichte, mit dreieckigen Reißzähnen, die im geschlossenen Zustand über die Ränder hinweg standen. Die Arme und Beine waren zwar muskulös, aber im Vergleich zum Tonnenkörper dünn und die Gelenkknoten geschwollen, die Kniegelenke nach vorne durchgedrückt. Das Grendelwesen lief wie gebückt und war insgeheim zweieinhalb Schritt groß. Die Draugr begrüßten seine Ankunft mit erhebendem Seufzen und Stöhnen: Es selbst schnaufte wie ein monströser Stier durch die Kiemenlappen...

„Grendel – Njörd"

Abbo biss die Zähne zusammen und ignorierte die hässliche Wunde über seiner Brust, stieß Hinnerk brüsk beiseite: „Bleib weg vom Kampf!!" Seine Stimme duldete keinen Widerspruch. Der Krakenarm Radbods blockierte all seine Schläge, die sonst durchgekommen wären: Vom Kampfgeschick und Technik war Abbo ihm somit überlegen. Aber hier ging es nicht nur darum, wer der bessere Kämpfer war, sondern wer die größere Macht besaß. Und das war nunmal Radbod in seiner neuen Form.

Abt Wynfried und Bruder Salpeter konnten nur danebenstehen. Wynfried sagte kein Wort, rührte keine Miene, während Salpeter meinte: „Hier tun sich Abgründe auf, mit denen wir in unserem beschaulichen Klosterleben nicht gerechnet haben. Ein Grendel.

Unglaublich. Aber die alten Sünden holen uns früher oder später immer ein: Darum bin ich ins Kloster gegangen. Um mit dem Alten Murks abzuschließen und mein Leben gezielt dem zu widmen, was wirklich hilft. Aber nunmehr sehe ich, dass meine Bemühungen wohl lächerlich waren; lächerlich gering, um gegen den massiven Wahnsinn anzugehen. Sieh es dir an, junger Wynfried: Ein Ungeheuer aus der heidnischen Welt bricht über uns herein. Als wäre Radbod nicht genug. Vielleicht haben wir es ja verdient? Nun sind wir der Amboss, auf den der Hammer fällt." Der Abt biss die Zähne zusammen und haderte mit sich wie nie zuvor. Als junger, aufmerksamer und offen-geistiger Mann war er mit besten Empfehlungen aus dem legendären Kloster Sankt Gallen nach Ostfriesland beordert worden. Früh hatte er sich mit den hiesigen Besonderheiten seiner Geschichte und Bewohner auseinandergesetzt und genoss die Freiheiten, die den Friesen ebenso zustanden wie ihm.

Er lächelte müde: „Ein ewiges Geben und Nehmen... Abbo hat mehr Weisheit als wir alle zusammen." Bruder Salpeter sah, wie Abt Wynfried sich Radbod und Abbo näherte: „Was hast du vor, dummer Junge?" „Ich gehe." „D-das seh ich auch! Aber… He! Was soll das?! Er wird dich umbringen!" Wynfried hielt nicht an: „Passt auf das Kloster auf, Bruder. Du bist herzlich genug dafür." „Verschroben bin ich!" „Eben drum." Mit einem Lächeln trat der Abt zwischen Radbod und Abbo. Letzterer brüllte: „Steht mir nicht ständig im Weg!!" Er wollte den dummen Mönch beiseite ziehen, doch dessen Bibel blitzte auf und warf ihn mit einem Schlag an den Deichhang zurück. Der Abt hob seine Axt zum Schlag auf Radbod. Dieser lächelte nur: „Du willst also kämpfend sterben, Mönch? Na, dann grüß deinen stinkenden Kadaver von einem Erlöser, wenn du in die Niederhöllen fährst, an die du glaubst!" Mit diesen Worten stach Radbod zu und durchbohrte die Brust des Abtes, ohne dass dieser auch nur den Versuch machte, abzuwehren.

Er sackte in sich zusammen, blieb aber trotzdem stehen und lächelte milde. Blut lief aus seinem Mund. Eine bedrückende Stille breitete sich aus, als Radbod noch einmal lachend das Sax in ihm herumdrehte, um seinem Feind einen Schrei zu entlocken. Radbods Augen glühten rot, aber Abt Wynfried starrte ihn nur an: Ein durchdringendes, mitleidiges Starren, dass Radbod verwirrte. Eine unbekannte, schlecht erfassbare Furcht kroch seine Wirbelsäule empor.

Das Monstrum Grendel lachte schallend und schnaufend brüllte es: „BWAHAHA! VORBEI! SIE SIND BESIEGT!! DER SIEG IST UNSER!! UNSER!! RADBOD!! ES IST GETAN!" Die Friesen und Chauken stellten das Kämpfen ebenso ein wie die Untoten auf Radbods Geheiß hin. Der König schüttelte langsam den Kopf: „Hier… stimmt etwas nicht. Es fühlt sich nicht an wie ein Sieg. Was hast du getan, Priester?! Welchen Fluch hast du gesprochen?! Rede, du Bastard!" Die Worte des Abtes waren nur geflüstert, aber doch so eindringlich wie ein Schlag ins Gesicht: „Kein Fluch mehr, Radbod. Liudgers Bann ist hiermit aufgehoben: Mein Blut besiegelt es. Du bist frei. Bant wird dich nicht mehr halten. Du hast gewonnen." Radbod spürte es nun ebenso wie Ursula, die gerade dabei war, Leevke in die neue Schutzsphäre zu hieven. Die Krakenhexe stöhnte auf und lachte wie nie zuvor: „Es…. ist fort… der Druck ist fort! Tintihithi! Frei! Endlich frei…" Radbod stolperte nach hinten und vorne, als wäre er von einer gewaltigen Last befreit worden, die nun abrupt von ihm genommen war. Mit großen Augen fragte er: „Aber wieso?!" Der Abt nickte verständig: „Weil alles ein Ende haben muss: Damit etwas Neues entstehen kann. Wie Abbo sagte." Radbods Lippen bebten, als das Rote in seinen Augen wieder weiß wurde und seine Haut sich verjüngte. Mit ausgestrecktem Sax sprach er heiser: „Das... ändert garnichts! Meine Rache ist in Stein gemeißelt, in Sand und Blut!!" Der Abt sank auf die Knie und kippte zur Seite: Bruder Salpeter eilte an seine Seite: „Dummer Narr!" Wynfrieds Augen fielen zu: „Tut mir leid... Ich habe nur noch eine Bitte..." „Was?!" „Macht mich nicht zum Märtyrer..." Wynfried schloss die Augen. Der Abt von Marienkampf war gefallen und die Mönche klagten seinen Verlust. Radbod blinzelte verwirrter als je zuvor, während Grendel johlte: „NUN MÜSSEN WIR NUR NOCH DEN REST BEISEITGEN, RADBOD! VON DA AN WIRD UNS NICHTS MEHR AUFHALTEN! DAS FESTLAND WIRD UNS DER REIH NACH ZU FÜßEN FALLEN! ALLE WERDEN SIE BEFREIT! ALLE WERDEN SIE GEORDNET UND GERECHTER LEBEN!"

Radbods Kehle war zugeschnürt. Er wollte lachen, weinen und jubeln, aber da war merkwürdigerweise garnichts. Eine ominöse Leere machte sich breit. Er sah sich um und blickte in ebenso verwirrte, enttäuschte und regelrecht verzweifelte Gesichter seiner Landsleute. Abbo sammelte ebenso wie Hinnerk seine letzten Kräfte: Sie waren unwillens aufzugeben. Die verbliebenen Streitkräfte aus Friesen, Chauken und Mönchen mussten sich zwangsläufig ergeben, denn nun gab keine Hoffnung mehr auf Sieg. Sie waren ohne göttlichen Beistand, ohne moralische Unterstützung höherer Mächte und ohne Hauptlinger. Radbod rief mit bebender Stimme: „Ihr steht allein." Nordendi spuckte Blut: „Erzähl uns was Neues, Raddel." Der König hielt inne und Grendel wütete brüllend unter den Chauken und Friesen, die das Untier bekämpften. Es warf die noch schreienden Menschen in das Klappenmaul und schlang sie mit großem Schmatzen hinunter, in fremde Mägen. Bruder Witzelt hatte sich hinter eine Leiche verkrochen und betete, während Blut und Sand auf ihn niederprasselten und das Schlachtgebrüll sich zu neuem Wahnsinn versteigerte. Grendels Schuppenhaut war undurchdringlich für die friesischen Waffen. Njörd war in ihn gefahren und hielt blutig Gericht.

Ursula fühlte Genugtuung: Ihre gemeinsame Stärke hatte den Abt zum Einlenken bewogen und nun gab es nichts mehr, was sie auf Bant hielt. Sie waren wieder frei: Der Sieg Gewissheit, der Pfad zur neuen Magna Frisia von allen Hindernissen befreit. Grendel-Njörd zerschmetterte die letzten Überreste des Widerstandes, und sie hatte Leevke zurück in die Sphäre gesperrt. Der Feuerkessel hatte wiedermal ganze Arbeit geleistet. Gerade wollte sie ihn in die Geisterwelt zurückschicken, als Leevke die Augen aufschlug. Sie waren ganz weiß.

Leevke lag zitternd am Strand der Insel: Ihrer Insel. Der Himmel und das Meer tobten, kreischten in ihren Ohren. Sie wimmerte: „Es ist laut. Es tut weh!" Der purpurne Kristall hinter ihr glühte unregelmäßig und aggressiv auf, die Palme bog sich schwer im heulenden Wind. Vor ihr grub sich der Krebs aus dem Sand und sie fragte ihn: „Ah! Herr Krebs! Was ist denn los? Wieso bin ich wieder hier?! Ich war doch schon weg?" Das Krustentier klackerte mit den Scheren: „Du hast dich überrumpeln lassen, du Dödel! Die Bestie hat die Kontrolle wiedererlangt!" „Aber ich bin doch entkommen?!" „Na - das ist jetzt schon wieder vorbei. Du hättest mehr kämpfen müssen, als du draußen warst!" „D-Davor hab ich Angst. Es ist so heiß, wenn ich wütend werde. Es brennt." „Tjah, und deshalb kommt die Bestie wieder hoch, schlimmer als je zuvor!" „Ich kann nochmal tauchen!" Der Krebs kniff ihr in die Nase: „Nicht jetzt! Siehst du nicht, was hier los ist? Du musst abwarten, bis es vorbei ist. In diesem Sturm wirst du untergehen wie ein Stein. Es wird sich nicht noch einmal so leicht besiegen lassen. Wir werden uns was anderes überlegen müssen... Für den Moment können wir nur abwarten." Leevke schluchzte: „Bitte, lass mich nicht alleine hier!" „Kind, ich riskiere schon alles, was in meiner Macht liegt, welche, mit Verlaub, im atomaren Bereich liegt. Das alles muss man planen und... Halte durch. Es wird vorbeigehen, wie alles andere auch..." Der Krebs buddelte sich wieder ein und ließ Leevke doch allein zurück. Vor ihr tobte und pfiff die See, die Wellen peitschten bis in den Himmel und in die Tiefen zurück: Die Insel hob und senkte sich mit ihnen, ohne dass sie selbst herunterfiel: Die bekannten Fliehkräfte wirkten hier scheinbar nicht. Leevke krallte sich dennoch in den Sand und sah den Schlund jenseits des Schleusenstores. Was passierte nur mit ihr? Sie sah hinunter in die endlose, schwarze Tiefe des Meeres: Und hielt den Atem an. Es war die Bestie, die sie aus weißen Augen anstarrte.

Eine perfekte, übergroße Menschenhand aus Wasser formte sich aus dem Meer und zerschlug Ursulas Sphäre wie eine Seifenblase. Diese wich erschreckt zurück. Der Wasserarm ergriff Leevke und setzte sie behutsam am Strand ab, die Augen immer noch weit geöffnet. Ursula knurrte: „Verdammtes Biest. Muss ich den Feuerkessel doch intensivieren?!" Sie befahl dem magischen Kessel, Leevke stärker zu hypnotisieren: Diese aber reagierte nicht auf die pulsierenden Flammenzungen und formte stattdessen aus dem Meer eine Faust, die Ursula in den Magen boxte und keuchend zu Boden schickte. Sie kam wieder auf die Beine: „Dann eben anders! Feuerkessel! Lass das Feuer regnen! Regnen heiß!" Flammenspuckend kam der Kessel auf Leevke zu, und ein Dutzend lechzender Flammen schossen auf das Mädchen zu. Eine lässige Handbewegung von Leevke erzeugte einen Aquaschild und ließ die Feuerzungen zischend verdampfen. Der Feuerkessel bebte und vibrierte, als Ursula alle Zerstörungskraft aus ihm rausholte. Sie war gewillt Leevke zu töten, nunmehr brauchte sie Leevke ja nicht mehr unbedingt, und ihr Tod wäre nicht mehr katastrophal gewesen. Außerdem wollte Ursula ihren Mann mit niemandem teilen. Sie hielt ihren Sensenstab mit beiden Händen fest, sprach heidnische Flüche und der Kessel spuckte Feuer und Galle auf ihr Geheiß. Einem Vulkan gleich brach er dann aus: Glutheiße, zischende Brandkugeln schossen auf Leevke zu. Ihr Aquaschild spritzte und kreischte wie heißes Metall, das von kaltem Wasser abgekühlt wurde. Eine andere Wasserhand schoss vor, packte den Kessel und unter einem grässlichen Quietschen und immensen Dampf beulte der Kessel sich, die Runen auf ihm flackerten und erloschen. Übrig blieb ein zerknüllter Haufen qualmenden Bleis, der zu Boden krachte und den Nomkrebs erschreckte. Ursula ging in die Knie; Schweiß auf der Stirn: „Diese... gewaltige Kraft, wo kommt sie nur her?! Was bist du wirklich, Mädchen?! Was bist du?!" Leevke konnte sie nicht hören. Ihr Gesicht blieb ausdruckslos bis auf ein kreatürliches Grinsen, wie von einer Jägerin, die ihre Beute anvisierte. Ursula spürte wie ihr eine Eiseskälte den Rücken hinaufkletterte. Sie merkte garnicht, wie sich eine dünne Wasserhand von hinten an sie schlich und ihr den kleinen Kraken vom Kopf riss. „Nein!" Die Hand schleuderte das Tier ins Meer. Ursula packte ihre Sense und stürmte damit auf Leevke ein; die Runen glühten gelb. Kurz bevor sie die stoische Leevke erreichte, brachte sie ein Wassertentakel zu Fall. Sie landete nur Zentimeter von Leevkes Zehen entfernt im seichten Wasser, spuckte. Der Wasserarm umschlang sie wie zuvor der Krakenarm Leevke und hob die Krakenhexe empor, schleuderte sie hin und her. Als sie stoppte bellte Ursula zornig: „Lass mich runter, du Fotze!" Leevke hörte sie nicht, denn Leevke war gar nicht anwesend. Mit einer Geste, als bräche sie einen dürren Ast, drückte der Wassertentakel auch Ursulas Wirbelsäule durch, bis sie mit einem hässlichen Knacken brach. Für einen Sekundenbruchteil spürte Ursula nichts und fühlte sich schwerelos: aber dann explodierte der Schmerz in ihrem Gehirn und sie schrie.

Radbod hörte den Schrei und ließ von Abbo und Hinnerk ab: „Ursula... Meine kleine Ursula...? Düll! Düll wo bist du?! Du solltest auf sie aufpassen!" Grendel-Njörd stapfte mit bluttriefenden Klauen an ihn heran, während einige der Skelette in sich zusammenfielen, als hätte jemand die unsichtbaren Fäden gekappt, die sie aufrecht hielten: „DÜLL IST NICHT MEHR HIER. HIER IST NUR NJÖRD!" „Wir müssen aufhören... Ich muss erst nachdenken. Etwas hat sich getan. Verändert!" Das Ungetüm schnaufte schwer: „NICHTS ÄNDERT SICH! ES SIND CHRISTEN UND SIE MÜSSEN STERBEN. IHR GESTANK IST ÜBERWÄLTIGEND. ABER JENE, DIE WOLLEN, SOLLEN SICH MIR ERGEBEN UND AUF DIE KNIE FALLEN!" Was auch immer der Abt mit ihm angestellt hatte, aller Zorn und aller Hass wichen mehr und mehr aus Radbod wie ein übler Fluch: Als wäre etwas von ihm abgefallen, das all seine Gedanken und Gefühle bislang überlagert hätte. Mit Schaudern erkannte er die Wahrheit, und sie ließ seine Knie weich werden. Die Erinnerungen an die wahren Ereignisse kehrten nun zurück, waren bisher durch eine mentale Blockade verborgen geblieben. Es klärte sich sein Verstand:

Er, König der Friesen und Verteidiger des alten Glaubens, war von eben seinen eigenen Göttern für deren Zwecke missbraucht worden. Wie eine Schachfigur hatten sie ihn aufgezogen und mit aufgebaut, seinen Zorn genährt. Radbod erinnerte sich an die dunkle Höhle unterhalb von Bant, wo er aus Zorn und Rachsucht einen Pakt mit Njörd geschlossen hatte. Fortan ging es nicht mehr um das Wohlergehen seiner Friesen, nein, es ging nur noch um die alten Götter, allen voran Njörd gegen den Christengott. Düll war fort und der Bann gebrochen: Sowohl der von Liudger als auch der von Njörd. Radbod sah sich um und fasste einen Entschluss: „Nein. Es ist vorbei, Wane. Ich verspüre keinen Zorn mehr. Es muss hier enden. Es ergibt keinen Sinn mehr." Grendel trat einige stapfende Schritte zurück: „DU REDEST WIRR, RADBOD! DU BIST VERHEXT!!" „Nuijt nee meehr." Radbod ähnelte nun wieder jenem Mann Mitte dreißig, der er zu seiner Verbannung gewesen war und Grendel-Njörd brüllte: „DU VERRÄTST MICH?! MIT WELCHEM RECHT?!" „Mit dem Recht aus alten Tagen. Dem Recht, das um die Unbeständigkeit der Welt wusste; von einem Volk, gebeutelt von Ebbe und Flut, von Sturm und Wellen. Hin- und Hergeschleudert von Meer und Erde. Es ist das Recht von Menschen, die sich nichts vorschreiben lassen und die jenen Respekt zeigen vor den Mächten, denen keiner entrinnen kann: Dem ewigen Spiel von Leben und Tod. Unsere Zeit ist vorbei, Seefürst. Was die Friesen daraus mitnehmen wollen oder nicht, liegt nicht mehr bei uns. Sie brauchen uns nicht mehr. Sie gehen ihren eigenen Weg. So sei es dann." Grendel packte ihn brutal. Radbods Tentakelarme zerflossen zu schwarzem Schleim, seine heidnische Kraft verließ ihn. Njörd selbst entzog sie ihm: „DU HAST DIESE MACHT NICHT VERDIENT, LETZTER KÖNIG! DU BIST SCHWACH! SCHWACH WIE DAS KREUZ!" „Schwach sind alle Menschen. Nur das wirst du nie verstehen. Denn du bist ein Gott." Grendel öffnete sein Klappenmaul, um ihn zu verschlingen. Radbod blickte ein letztes Mal zu Ursula hinüber, die mit gebrochenem Rückrat am Strand lag und vor Schmerz wimmerte. Ihre Blicke kreuzten sich kurz. Radbod lächelte dankbar: „Kleine Talgbirne. Meene Harth. Lebe wohl." Ursula schrie, aber ihr Schrei wurde übertönt.

Die ganze Nordküste wurde mit einem Mal erstickt von dem wabernden Dröhnen einer heranrollenden Gigantenwelle, die fünfmal so hoch war wie der Deich selbst. Leevke stand mit ausgestreckten Armen und weißen Augen am Strand und grinste glucksend: Sie erwartete die Flut mit offen Armen.

Die Friesen, Chauken, Mönche, Abbo, Hinnerk, Nordendi, Attena und die frisch am Deich eingetroffenen Verstärkungen aus Ochtersum und Thunum senkten ihre Waffen. Okko, Jens und Hauke und alle sahen, wie sich der Schatten tosender Wassermassen über sie schob und den Himmel verdunkelte.

Es gab kein Entkommen, wie jeder sofort wusste. Jens erblickte Hinnerk und stolperte, rollte den Deichhang zu ihm herunter. Er packte den Jungen und schüttelte ihn: „Was machst du da?! Siehst du nicht, dass Leevke dich braucht?! LAUF! LAUF ZU IHR!!" Hinnerk schluckte, und Abbo gab ihm einen sanften Schubser: „Geh! Das ist das einzige, was jetzt noch helfen kann..." Hinnerk nickte und lief los, vorbei an den ratlosen Untoten, die nicht wussten, ob sie nun Radbod oder Njörd gehorchen sollten: Ihre Treue galt eigentlich nur dem friesischem König und sonst keinem. Hinnerk lief auf Leevke zu: Wasserschläuche und Arme schossen ihm entgegen, wollten ihn aufhalten. Er wich ihnen aus, sprang durch sie hindurch, über sie hinweg und rollte sich vor Leevke ab. Er brüllte gegen das massive Rauschen des Meeres an: „Leevke, ich bin es! Hör auf! Du bringst uns noch alle um!" Leevke reagierte nicht. „Bitte, Leevke! Willst du uns alle umbringen?!" Er kam vor ihr zum Stehen und streckte die Hand nach ihr aus. Ein Wassertentakel umschlang ihn wie zuvor Ursula auch. Nur mit der Fingerkuppe berührte er Leevkes Gesichtshaare an der Wange, ein winziger, hauchfeiner Moment der Berührung. Hinnerk wurde brutal emporgerissen. Die Gigantenwelle verdunkelte den Himmel vollends und selbst Grendel-Njörd hielt inne...

Leevke hockte mit angezogenen Beinen zitternd am Strand, als sie die Wärme auf ihrer Wange fühlte. Jemand war da. Dort draußen war sie nicht allein, nicht so wie hier. Sie stand auf und ging zum Rand der Insel. „Ich hab genug. Ich will nicht mehr allein sein. Ich war lange genug allein. Da draußen ist es gefährlich aber… aber wenigstens bin ich nicht ALLEIN!" Sie sprang in die tosenden Fluten der Bestie mit den weißen Augen. Eiseskälte griff nach ihrem Herzen und zog sie luftblasenwirbelnd in die Tiefe. Sie stemmte sich dagegen. „Noch nicht. Noch nicht! Noch! Nicht!" Ihre Seele brannte heiß, ihre goldenen Augen strahlten grell wie Sonne. Die Bestie schrie.

Die Gigantenwelle schwappte zurück ins offene Meer. Der vernichtende Wasserberg nieselte nur noch auf die Menschen herab wie ein warmer Spätsommerregen und kehrte ins Meer zurück. Hinnerk fiel auf den Strand und Leevke kippte bewusstlos zur Seite. Grendel-Njörd machte ein großes Auge: „Die dort - kann mir nützlich sein! Diese Macht… Jenseits meiner eigenen! Doch zunächst…" Er wandte sich wieder Radbod zu. Bruder Witzelt - aufgelöst und tränenüberströmt - wirbelte seinen nur noch schwach dampfenden Weihrauchpott um seinen Kopf: „Zunächst schluckst du das hier!" Er schleuderte dem Ungetüm das Fass ins Gesicht, wo es zerplatzte. Der Dampf irritierte es lang genug, dass Radbod seine Kraftreserven mobilisieren und sich freisprengen konnte. Alle Augen ruhten auf ihm – er spürte es sofort. Blickten sie auf ihn…. voller Hoffnung? Radbod grinste breit: „Es hat sich nichts geändert! Gut!" Er rammte sein makelloses Sax mit Gewalt in Grendels Maul, zog sich daran hoch auf die Schultern der Kreatur, riss die Klinge dabei wieder raus und rammte sie ihm durch das Auge. „VERRAT! VERRAAAAT!", kreischte Grendel-Njörd und torkelte, schlug wild um sich, während Radbod absprang und auf Distanz ging. Seine Klinge war im Auge verloren und ätzende, grüne Säure sprudelte aus Augen und Mund der Kreatur, die selbst an ihrer Säure zerschmolz und sich kreischend und Blasen werfend auflöste. Radbod atmete tief durch: „Das eigene Gift ist das stärkste. Ich hoffe, du kannst Hel entkommen, alter Freund…" Übrig blieb ein stinkender, qualmender Brei. Radbod nickte Bruder Witzelt zu: „Danke, Junge. Darf ich auch fragen, wieso?" Der Novize schluckte und bekreuzigte sich. Er wirkte gefasster: „Weil die Alternative noch schrecklicher gewesen wäre." Radbod nickte langsam und wies seine Untoten an, sich zurückzuziehen. Die Draugr stöhnten empört und er sagte: „Keine Widerworte. Geht zurück zu eurem Herrn und Meister. Sagt ihm, dass Radbod von Bant ihm nicht mehr dient, noch einem anderen Wanen. Ihr könnt in Frieden gehen oder findet durch mein Gefolge den Tod!" Die Skelette richteten ihre Waffen in einem kollektiven Ruck auf die Draugr. Die Ertrunkenen drehten daraufhin knurrend ab und zogen sich ins Meer zurück, dorthin, woher sie kamen und wo sie bleiben würden, bis auch sie jemand endlich von ihrem Leiden erlöste.

Friedhelm Nordendi stützte Attena zusammen mit Abbo, und sie traten Radbod entgegen, der die Arme hinter den Rücken verschränkt hielt und im blutigen Sand auf und ab lief. Radbod verkündete den Friesen und Chauken: „Viel Blut wurde heute vergossen, und ich tat es, um euch zu befreien! Doch war ich es, der befreit werden musste. Mein Zorn und meine Wut haben mich blind gemacht. Ich sann nur noch auf Rache und dies hier ist das Resultat dieser blinden... dummen Raserei! Kein Blutgold und keine Fehde kann das wieder gut machen. Dieser Kreuz-Mönch dort, dieser Wynfried, hat mich erlöst von dem Liudger-Fluch, und ich will sein Opfer ehren: Als Mann, nicht als Diener irgendeines Gottes. Es war eine große Tat." Er breitete die Arme aus, als wolle er ganz Friesland umfassen: „Hier ist meine Heimat. Hier war sie immer und wird sie immer sein. Solltet ihr mich je brauchen, werde ich wiederkehren: Für euch. Gegen alle, die euch da unters Joch zwingen wollen, ob mit Ketten, Knüppeln oder verlogenem, einseitigen Recht! Ich passe auf und will kommen, wenn ihr mich ruft. Aber nicht früher. Zeigt mir, dass ihr mich braucht, ihr seid frei zu handeln. Unser Recht überdauerte die Generationen von den stolzen Chauken bis zum heutigen Tag und darüber hinaus: Denn es ist dieses sturmumtoste, flach-kalte Land, welches einen ganz bestimmten Menschenschlag hervorbringt, einen der sich selber treu bleibt und dem der Nachbar stets näher ist als eine weit entfernte Macht oder Gold. Ihr habt gut gekämpft und die Opfer waren nicht vergebens, können es gar nicht sein. Ehre und Ruhm seien ihnen auf ewig zuteil. Solange Friesenherz schlägt." Abbo trat vor und reichte ihm Pakhaou: „Da. Vielleicht kannst du es eher gebrauchen?" Radbod nahm es in die Hand und lächelte: „Es liegt zu schwer in meiner Hand. Wie immer. Es ist bei euch besser aufgehoben. Behaltet es." Abbo nahm es zurück. Die Friesen und Chauken lehnten sich auf ihre Kameraden, Schwerter, Schilde und Speere, zu erschöpft, um ohne Hilfe zu stehen, aber, und das war entscheidend, sie standen aufrecht.

Hauke stapfte wutschnaubend vom Deich und schoss Radbod einen Pfeil entgegen, sowie alles, was er an Beleidigungen aufbieten konnte. Der König wurde im Arm getroffen, reagierte aber nicht darauf, als wäre sein Körper taub. „Du Schweinekönig, hast meinen Vater ermordet! Dafür wirst du sterben! So wahr ich Hauke, Tjarkos Sohn, heiße!" Als Hauke an ihm heran war, prasselten seine Hiebe wie ein Hagelschauer auf Radbod ein, doch dieser wehrte nur ab: Mit seiner Hand. „Los! Kämpfe!!", brüllte Hauke unter Tränen, während der König ihn mit traurigem Blick musterte: „Du kannst stolz auf deinen Vater sein, Tjarkos Sohn: Ein Mann, der Heim und Hof verteidigt, ist der tapferste und edelste von allen. Seine Vorväter werden mit Stolz und Ehrfurcht in ihrer Halle erwarten." Hauke brach weinend zusammen, sank auf die Knie: „Verdammt. Gottverdammt." Radbod ließ ihn gewähren und wand sich wieder der Armee zu: „Die, die Rache suchen, sollen nach Bant kommen, Ich werde sie erwarten. Andernfalls rate ich euch, nur auf einander zu achten. Ich habe.... Bewegungen an den Grenzen Frieslands gesehen. Unruhen im Inneren, die schon lange schwelten. Ihr wisst besser als ich, was das sein könnte. Seid also auf der Hut. Diese Prüfung war erst der Anfang. Es ist noch nicht durchstanden. Für uns alle nicht. Ich gehe wieder. Lebt wohl." Mit diesen Worten wandte sich Radbod ab, sein Umhang flatterte im erstarkenden Küstenwind. Der Wind heulte und jaulte, und man hörte nichts anderes mehr. Niemand rührte sich. Er ging zum Strand, wo Hinnerk Leevke aufgeholfen hatte, welche inzwischen aufgewacht war und erschöpft, aber zufrieden lächelte. Ohne ein weiteres Wort ging Radbod an ihnen vorbei zu Ursula und hob ihren gebrochenen Leib hoch. Mit spröden, sandigen Lippen fragte sie: „Gehen wir nach Hause?" Er nickte: „Ja, meene Harth. Wir gehen nach Hause." Er wandte sich an Hinnerk und Leevke, nickte ihnen stumm zu. Hinnerk erwiderte es; von Krieger zu Krieger.

Sie beide waren wieder mit ihren Freundinnen vereint. Radbod stieg mit Ursula hinab ins Meer, Richtung Bant.

Dann hörte er es in seinem Rücken: Gesang von Friesen und Chauken:

„Kommt die Flut, kommt die Flut, kommt die Flu-hu-hu-hut:
Halten wir uns fest! Halten wir uns fest! Ha-ha-halten wi-hier uns fest...
Kommt das Heer, kommt das Heer, kommt das He-he-he-her:
Halten wir umso mehr, halten wir umso mehr, halten wi-hier um-so mehr.
Kommt der Sturm, kommt der Sturm, kommt der Stu-hu-hu-hu-hurm:
Lasst den Streit wohl ruhn, lasst den Streit wohl ruhn, Lasst de-hen Strei-heit wohl ruhn... "

Die Schlacht von Osterbense war geschlagen, Radbods Invasion abgewehrt. Die Verluste waren hoch, aber ebenso die Dankbarkeit jener Überlebenden, die alle das Gefühl durchströmte, das einzig Richtige getan zu haben, das einzige, was über den Tod und das Leben hinaus durch ganz Altera schallte: Das Gefühl frei zu sein, die Empfindung, dass man sein Leben fest im Griff hatte und nichts das Tun und Denken blockierte.

Nordendi war der erste, der in Jubel ausbrach, und auch wenn alle Männer erschöpft waren, stimmten sie dennoch mit ein. Die Furcht, Anspannung entlud sich in einem einzigen gewaltigen Aufschrei, bis Attena sich erhob und blutüberströmt verkündete: „Na, der Arschtritt hat gesessen, was, Männer?! Bwahaha! Oh Scheisse, meine verkackt-beschissene Milz!" Gelächter ertönte und sie strömten herbei, um die verletzten Hauptlinger und anderen Krieger zu versorgen. Freilich überspielten sie durch das Lachen und innige Schulterklopfen nur die Trauer über den Verlust ihrer Freunde und Verwandten, und manch einer hockte sich auch nur weinend ins Gras, während auch die Frauen vom Tross herbeieilten und Dünnbier und Schnaps in verschwenderischen Massen ausschenkten, um Söhne, Brüder und Väter zu trösten.

Der Deich war erfüllt von Jubel und Klagen, andächtigen Gesängen und großem Bruhaha, als sich schon totgeglaubte Freunde Tränen lachend in den Armen lagen, froh überlebt zu haben. Radbods Invasion war abgewehrt, und immer noch standen sie auf dem Deich und nicht er, ein Gott oder irgendwer sonst: „Leever dodt as Slav!", brüllten einige in trunkenen Gruppen aus Leibeskräften, immer mal wieder. Mancher wurde dabei ohnmächtig und schnarchte sein Bestes. Freunde trugen sie nach Hause.

Friesen und Chauken verbrüderten sich mit großer Gestik, einige brüllten und jubelten wie im Wahn und schlugen Schwerter, Äxte und Speere an ihre Schilde, bis die Arme heiß brannten. Ein ohrenbetäubender Lärm, welcher Jens beinahe bewusstlos machte. Er genoss das Spektakel dennoch mit einem Grinsen, im gemeinsamen Beisein von Okko, Abbo und Bruder Salpeter, der dem jungen Witzelt gut zusprach und ihn für seine Taten lobte.

Hinnerk kehrte mit Leevke in den Armen zu ihnen zurück. Jens rief: „Geht es ihr gut?" „Jo! Sie ist nur etwas müde.", antwortete der Junge und lächelte: „Aber das du noch lebst, Jens?" „Frag mich mal! Ich glaub's immer noch nicht! Hahaha." Leevke kam langsam zu sich: „Was ist passiert? Warum ist es so laut?" Jens erklärte: „Du hast sie alle besiegt! Eine riesige Welle kam! Wahnsinn! W-Weißt du das etwa nicht mehr?" Leevke schüttelte langsam den Kopf: „Nein. Ich erinnere mich nicht mehr. Es ist also vorbei?" Hinnerk lächelte: „Jawohl! Radbod und Ursula sind weg vom Fenster und Abbo ist auch wieder da! Alles ist wieder gut. Warte, ich trage dich!" Er schulterte

Leevke mit kräftigen Armen, packte ihre Beine unter seine Arme und stapfte los zum Strand. Der Nomkrebs hockte da und Leevke sagte: „Geh heim." Das Tier stieß ein hohes Fiepen aus und kraxelte ins Meer. Hinnerk scherzte: „Weißt du, das ist schon das zweite mal, dass ich dich am Strand gefunden habe." „Ja, dass kann ich ganz gut. Aber du kannst mich auch sehr gut retten." Sie schlang die Arme fest um seinen Oberkörper und er genoss die aufkommende frische Brise und ihre Wärme.

Kapitel 10
Die Feste feiern wie sie fallen

Zunächst galt es nach der Schlacht, alle Wunden zu lecken und sich drei Tage lang zu erholen und jene Schäden zu begutachten, die im Zuge der Kämpfe entstanden waren. Thunum und Ochtersum sowie jene Gehöfte, die auf den Wegen der Eschenmänner mit verheert wurden, hatte es mitunter am schlimmsten erwischt. Die Familien kehrten in zerstörte, ausgebrannte Heime zurück. Für die Dauer der Aufbauarbeiten kamen sie bei den umliegenden Gehöften und Verwandten unter. Dies gab in manchen Fällen allerdings Beschwerden, da sich einige der reicheren Kleibauern ungerecht behandelt fühlten, da die Hauptlinger ihnen mehr Flüchtlinge aufdrückten als den anderen, ärmeren Grundbesitzern.
Letztlich aber fügten sie sich, zumal Friedhelm Nordendi keinen Zweifel daran ließ, dass er zur Not selbst nachhelfen würde, um „Bott to maken". Man verbrachte den halbtoten Behrend Attena nach Esens, wo man ihn mit Kräuterwickeln und bittern Heilträngen aus Marienkamp beglückte: Etwas, was er nicht als Gnade empfand und offen zeigte: „Ich muss nur endlich saufen, dann flutscht die Scheisse wieder! Bwahahah! Au! Obacht!" Das rüstige Esener Deel-Deern kannte aber keine Gnade mit dem Bären, der sich der Behandlung nicht wirklich erwehren konnte: „Ruhe jetzt! Bettruhe, sonst fliegen dir deine eigenen Eingeweide um die Ohren, du störrischer Bock, du elender! Die Nähte müssen ruhen! RU-HEN." „Jaja. Was für'n Weib!"
Die Liste der Verluste war lang, und unter den bekannteren Namen waren Tjarko, Hauptlinger der Chauken und Abt Wynfried, Herr von Marienkamp. Ihre Leichen wurden einbalsamiert und je für die Beerdigung und rituelle Verbrennung vorbereitet. Es war spätabends, als die Flammen in Werdum Funken sprühten und Tjarko nach altchaukischem Ritual im Feuer verging, mitsamt seinen Waffen, Schild und Rüstzeug - unter großem Geheul der chaukischen Klageweiber. Kea brach dabei ebenfalls in Tränen aus, und Hauke umarmte die Harugari, welche ihn von Kindesbeinen an begleitet und mitaufgezogen hatte: Nun war sie es, die getröstet werden musste. Hauke wurde hernach von den chaukischen Kriegern zum neuen Anführer ausgerufen. Der

junge Mann nahm an, gestand aber sogleich, dass er ihre Hilfe benötigen würde, da er noch unerfahren war. Die Chauken antworteten ihm für diese Ehrlichkeit im Chor mit einem dreifachen: "HEIL! HEIL! HEIL!" und Kea neckte ihn schon wieder: „Verkrümelt sich da einer in sein Schneckenhaus, ne? Ne? Neeeeeh?" „Tu ich nicht, du Hühnchen!" „Oho! Hehe." Leise raunte sie ihm zu: „Ich liebe dich. Und Tjarko ist stolz auf dich." Der junge Mann presste die Frau fest an sich und schämte sich seiner Tränen nicht.

Jens kam ebenso wie Leevke und Abbo auf Hof Wiards unter. Hilde weinte Freudentränen darum, dass ihr Sohn und ihr Mann heil heimgekehrt waren und umsorgte sie so frenetisch, dass es Okko und Hinnerk bald peinlich wurde. Leevke wirkte zunächst erschöpft, lebte aber merklich auf, als Hinnerks Geschwister sie umschwirrten wie Motten ein Kerzenlicht.

Bald schon lachte sie wieder und lief auf dem Hof umher, redete mit den Gänsen und Schweinen oder half eifrig – wenn auch bemerkenswert ungeschickt – beim Kochen und Pflegen der Wunden. Insbesondere bei Hinnerk gab sie sich große Mühe, seine erlittenen Schnittwunden mit einem eigens kreierten Kräutersud und Verband zu heilen. Allerdings verwendete sie Brennnesseln anstelle von Silberblatt, und das Ergebnis dieser Fehlinterpretation war bis zum Nachbarhof der Jakobs zu hören. Hinnerk fragte mit Tränen in den Augen: „W-Wieso machst du nicht einfach etwas Heilwasser?" Sie stockte und schien für den Moment garnicht zu begreifen, was er damit meinte. Dann lächelte sie: „Achja! Ganz vergessen, heh…" „Wie kann man das vergessen? Alle Welt spricht schon von der großen Welle, aber noch hat es nicht jeder begriffen, dass du es warst... Kann auch kaum einer glauben." Leevke lachte: „Ich ja auch nicht! Ich erinnere mich nicht mehr daran. Es ist komisch. Es ist… als würde mir da etwas fehlen. Aber daran, dass du mich geweckt hast! Daran erinnere ich mich!" Sie schob ihren Leib seitlich näher heran, und heißes Blut schoss in Hinnerks Kopf – sein Hals war schlagartig trocken. Leevke nahm seine Hand und sagte noch: „Danke… Ah!" als sie auch schon zurückzuckte. Ihrer beider Berührung hatte sie statisch entladen. Hinnerk lächelte: „Würde ich jederzeit wieder machen. Du bist meine Freundin... Oder?" Leevke leckte sich den schmerzenden Finger: „Das bin ich, klar." Hinnerk fielen gleich fünf Steine vom Herzen und er kam aus dem Grinsen nicht mehr raus.

Beim Abendessen in gemütlicher, feuriger Runde fragte Eiko, Hinnerks zwei Jahre jüngerer Bruder: „Da war also wirklich ein Kraken?!" Der Gefragte antwortete brüderlich barsch: „Ja, glaubst du uns nicht? Untote, Draugr, eine Hexe und ein einäugiges Monster: Das alles war da." Jens lächelte matt und kratzte sich am Hals: „Dennoch ist es unglaublich, wenn man das alles so beim ruhigen Essen hört. Klingt wie ein Märchen." Abbo winkte ab: „Schlimmer: Es sind Vermächtnisse von Problemen, die andere vor sich hergeschoben haben und mit denen sich die Jüngeren herumschlagen sollten, weil man selbst nicht den Schneid hatte, es zu stoppen, als es abzusehen war. Bequemlichkeit und Furcht haben dies Elend ermöglicht. Dass es solche Formen annimmt, war abzusehen." Jens nickte: „Den Schneid, es zu beenden, hatten wir in jedem Fall. Aber haben wir das Problem nun auch endgültig beseitigt?" Abbo legte den Teller beiseite und sah ihm tief in die Augen: „Das zu denken ist der Grundstein für die nächste Welle von ungelösten Problemen, Herr Janssen. Entschuldigung aber wenn man denkt, dass alles gut ist und sich sowas nie wiederhohlen kann, nur weil wir jetzt glauben, zu wissen, worauf wir achten müssen: In dem Moment wird man blind für die echte Gefahr, die sich nur neu einzukleiden braucht... Am besten unter umgekehrten Vorzeichen. Radbod kehrt so nicht wieder, wohl wahr. Aber eine andere Bedrohung kann uns immer noch fortschwemmen." Er sah in die Runde: „Wir müssen wachsam bleiben, Freunde; um der Toten Opfer zu ehren, und das Leben umso mehr." Der ehemalige Kreuzfahrer seufzte: „Denn ich befürchte in der Tat, dass Radbods Warnung an uns nicht seinem gekränkten Stolz geschuldet war: Er meinte es ernst mit der Bedrohung für Friesland. Ob von außen oder von innen, ein Geschwür wächst heran." Okko nickte: „Seit der großen Flut von vor zwanzig Jahren ist nichts mehr, wie es vorher war. Die Hauptlinger bekommen seitdem immer mehr Macht, verhalten sich mehr wie Feudalherren als Gleichgestellte." Okko verschränkte die Arme vor der Brust: „Aber das ist eine bittere Notwendigkeit; andernfalls hätten uns die Ministerialen des Reiches längst überrannt und die Hanse ausverkauft." Abbo erwiderte: „Ich will ihre Errungenschaften ja nicht schmälern, Okko. Es war nötig, ja, aber werden sie diese Macht auch wieder abgeben? Und wann genau? Bist jetzt tut sich da nichts." Jens trank seinen Becher Brombeersaft: „Tjah,

jetzt werden sie sicherlich nicht ihre Posten aufgeben, wo die Nachricht von der Schlacht die Runde machen wird. Das wird viele angespannte Muskeln geben. Misstrauen und Vorsicht bei allen, die was zu verlieren haben... Hm. Nicht gut für den Handel. Nicht gut." Hinnerk grübelte: „Ach, und ich dachte Krieg und Krisen sind gerade gut für Kaufleute?" Jens winkte ab: „Naiv. Das gilt nur für jene, die ihre Nische bereits gefunden haben, Hinni. Für Krämer wie mich ist es potenziell tödlich. Übrigens: Ihr habt nicht zufällig Interesse an ein paar Bohnen auf Hof Wiards?" Hilde nickte Okko lächelnd zu und dieser rollte mit den Augen: „Ein Fass können wir sicher gebrauchen...?" Jens meinte trocken: „Warum habe ich das Gefühl, man hätte Mitleid mit mir?" Hinnerk grinste: „Weil's so ist!" Leevke reichte Jens noch ihre Schüssel mit großen Augen: „Armer Jens. Musst nicht traurig sein. Komm. Iss. Feini – Feini. Da hast du." „Ich bin doch kein Hund!" Klütje kläffte und erbat sich seinen Anteil vom Schafsfleisch. Hinnerk gab ihm einen Knochen und sie legten sich schlafen.
Am nächsten Tag kam dann ein Bote aus Esens an den Hof geritten. Die Botschaft machte die Runde, dass Attena ein großes Fest geben wollte...

Jens nippte an seinem Hornbecher mit Met und ließ den Blick über die Esener Festgemeinde schweifen. „Ach, da kommt ja die Spitznase!" Er hatte Specht entdeckt, welche an Haukes Seite über den Marktplatz flanierte. Jens stand am Ausschankplatz des Wirtes, welcher heute all seine Fässer leeren würde. Esens war gefüllt mit geselligen Menschen, und der Platz voll mit Stühle, Fässer und Tische gestellt. Chauken wie Friesen hatten sich eingefunden; lachten, plauderten, tranken und aßen ihr Bestes. Geschichten vom Kampf wurden den Kindern großspurig erzählt: Von Attenas Kampf mit Radbod bis zu Grendels Erscheinen und der großen Welle, die so wundersam wieder ins Meer zurückgeschwappt war, ehe sie großes Unheil anrichten konnte. Jens genoss die laute Atmosphäre von aufkommender Heiterkeit und rustikaler Lebensfreude. Schon früh am Abend war Jens leicht beschwipst und unterhielt sich mit den örtlichen Händlern und Leuten. Er ging auch hinüber zu Attena, der in lauter Verbände gehüllt war. Neben ihm saß der schelmische Nordendi, und ihr beider Lachen schallte laut und schrill über den Platz. Die beiden Hauptlinger warfen sich ständig Beleidigungen an den Kopf, was man als Zeichen einer sich auswachsenden

Freundschaft erkannte. Der jüngere Attena war mehr oder weniger unter Nordendis ständigem Einfluss aufgewachsen und es hieß, nur deshalb sei der Bär von Esens überhaupt in geringer Weise umgänglich geblieben.

Abbo und Hinnerk gingen derweil zu ihrem Zimmer, welches sich im örtlichen Gasthaus befand und welches im Moment überfüllt war mit Gästen, Reisenden und Schaulustigen, die von der Schlacht gehört hatten und mehr wissen wollten. Er klopfte an die Tür: „Leevke? Kommst du? Wir wollen auf das Fest." Anstelle von einer Antwort hörten sie nur lauten Krach und Schreie. Nach etlichem Poltern und scheppernden Geräuschen beschlossen Hinnerk und Abbo, die Tür aufzubrechen. Sie stürmten herein und sahen Leevke unter einem Berg aus Töpfen, Decken und Kleidung halb begraben. Der Kleiderschrank war umgekippt und Leevke lugte deprimiert aus ihrem Haufen. Eine Unterhose hing ihr halb über dem Kopf. „Ich wollte was Schickes anziehen." Hinnerk und Abbo fragten zeitgleich und entgeistert: „Und das ist dabei passiert?" „Tut mir leid. Ich hab nur... nur..." „Was denn?" „Ich hab nur noch nie so schöne Hemden gesehen!"

Abbo winkte ab, als Leevke das Zeug in den Schrank zurückstopfen wollte und es dabei immer wieder ausrutschte: „Lass nur, Kleine. Ich mach das schon. Geht ihr Kinder nur raus und guckt euch die Leute an. Wer Arbeit über das Leben stellt, hat keines mehr, nicht?" Hinnerk half Leevke aufzustehen – die sich nur noch ein Laken vor den gänzlich nackten Körper hielt. Hinnerks Herz blieb stehen: „W-wa-wa...?!" Abbo zog ihn eilig aus dem Zimmer und lächelte Leevke zu: „Zieh was Schönes an." Leevke schluckte, nun selbst rot angelaufen.

Draußen schluckte Hinnerk nach Luft: „D-Danke, Onkel Abbo. Hab mich wahnsinnig erschreckt. S-Sie war..." Abbo schmunzelte: „Hast du wenigstens einen guten Blick erhascht?" Hinnerk sah ihn entgeistert und aus großen Augen an. Dann senkte er den Blick: „N...nicht wirklich." Abbo klopfte ihm auf die Schulter: „Wird schon noch. Sie mag dich. Das sieht man..." Hinnerk schwieg betreten. Sein Herz klopfte wie wild.

Leevke kam in einem knielangen, blauen Hemd über ihre üblichen Kleider heraus und trug eine Muschelspange an der Seite. Hinnerk nahm sie bei der Hand: „Siehst gut aus..." „Echt? Du auch..." Leevke strahlte so erleichtert, dass Hinnerk das Schwitzen seiner Hand vergass. Abbo schubste sie vor, und gemeinsam begaben sie sich zurück auf den Marktplatz.

Dort liefen sie bald in Jens hinein und Leevke fragte: „Was wirst du jetzt machen, Herr Jens?" „Einfach nur Jens, Leevke. Nuuuun, ich wollte morgen meine Labskaus nehmen und nach Greetsiel zurückfahren. Dort laufen meine Geschäfte und ich muss dringend ein paar Dinge erledigen. Die Miete muss berappt werden, ob Untoteninvasion oder nicht. Außerdem macht sich Taalke sicher große Sorgen." „Taalke? Ist sie nett?" Jens lächelte: „Will ich wohl meinen. Ich denke, ihr würdet euch gut verstehen. Sie kann Tiere gut leiden." „Ich auch!" „Eben." Jens reichte Hinnerk den Metbecher, und dieser nahm einen kräftigen Schluck davon. Er sagte: „Ich und Abbo haben übrigens schon mit dem neuen Abt von Marienkamp gesprochen, Abt Salpeterus!" Jens verzog skeptisch das Gesicht und sein neuer Freund lachte: „Das hab ich auch erst gedacht. Aber er ist der erfahrenste Mönch im Kloster, und die Kutten haben die Hälfte ihrer Leute verloren. Das müssen sie erstmal verkraften. Aber dieser junge Bruder Witzelt soll ein äußerst emsiges Bienchen sein und schenkt den älteren Mönchen durch seine ungestüme Art neue Hoffnung. Der riet uns auch, Bischof Hunger Frisus in Emden aufzusuchen. Der könne uns vielleicht weiterhelfen, was Leevke anbelangt." Diese nickte entschlossen: „Ich will wissen, woher diese Kraft kommt und all so'n Zeug." Jens schmunzelte: „All so'n Zeug? Drollig. Frisus soll in der Tat vernünftig sein: Ein Logiker und Skeptiker." Hinnerk schluckte den Met hinunter: „Schmeckt ziemlich gut, das Zeug. Könnte mich dran gewöhnen." Jens stieß mit ihm an: „Prost-Freit! Heute Abend wirst du das auch wohl müssen! Wollen wir zur Tanzfläche?" Sie begaben sich zum Ausschank des Wirtes, in dessen Nähe schon eifrig getanzt wurde. Ein Puppenspieler hatte seinen Stand augestellt und stellte die Schlacht rudimentär nach. Leevke blickte sich neugierig um und war überwältigt von den vielen Menschen, die auf so engem Raum zusammen lachten, tranken und aßen. Einige Männer und Frauen hatten ihre Musikinstrumente herausgeholt: Flöten, Hummeln, Lauten und Harfen, die zusammen mit dem Gemurmel der Menschen ein geselliges und heiteres Hintergrundgeräusch bildeten.

Nach all dem Wahnsinn der letzten Tage schien diese Feier der Himmel auf Erden zu sein: Kinder huschten umher und knabberten an Brot und Fleischspießen, Attena stimmte ein stumpfsinniges Sauflied an, und Klütje huschte umher, um sich mit den

Hunden um ein paar Knochen zu balgen, welche rülpsende Männer von ihren Fleischtellern fallen ließen. Hinnerk und Leevke johlten auf, als sie Modder-Joost entdeckten, der mit seinen dreckigen, nackten Füßen aussah, als käme er gerade aus dem Watt, was wohl auch der Fall war. Er setzte sich zu ihnen und erklärte nach kurzer Begrüßung den Grund seines Kommens: „Leevke, ich soll dir von deinen Großeltern ausrichten, dass es ihnen gut geht und sie sich große Sorgen machen, aber sie verstehen, wenn du länger fortbleibst, um die Geheimnisse deiner Herkunft zu ergründen. Sie lieben dich über alles und sagten, du solltest bei Allem, was passiert, nie die Hoffnung verlieren." Leevke schluckte ob dieser Worte und lächelte gerührt: „Sag ihnen, dass ich sie lieb habe und zurückkommen werde. Sie sind nicht meine echten Großeltern, aber sie waren für mich da. Das allein zählt. Sagst du ihnen das, Joost?" Dieser nickte und lachte: „Auf jeden. Der olle Grummler hat auch nach dir gefragt: Er sagte, du solltest nie mit Fremden mitgehen oder dich in dunklen Gassen rumtreiben." Leevke zuckte mit den Schultern: „Ich kenn gar keine Gotzen..." Joost schmunzelte und wandte sich an Hinnerk: „Und dir, Kerl, soll ich sagen, dass du auf euch beide acht geben sollst. Dich eingeschlossen, heißt das." Hinnerk hob seinen Becher: „Wird gemacht! Auf dich, Modder-Joost! Proscht-Freijt! Lass disch nicht von Schlickkrebsn fressen! Haha!" Nach diesen Worten sowie einer Verneigung später ging Modder-Joost wieder von dannen. Als Hinnerk fragte, ob er nicht mitfeiern wollte, sagte er: „Ach, ich mag nur keine Massenansammlungen." „Sagt der Mann, der vor Riesenschlickkrebsen keine Angst hat!" Joost meinte: „Die kann ich immerhin gut einschätzen, Menschen weniger. Naja, passt auf euch auf! Man sieht sich sicher." Joost war ein Wattführer durch und durch und liebte die offene, leere Weite des Watts und des Meeres. Leevke nickte entschlossen und wand sich wieder Hinnerk und Jens zu. Jens sagte: „Du hast schon drei Becher intuuus, wie hast du das in der kurzen Zeit geschafft, Bruder Hinnarkus?" „Wees nich, des is gar nicht so schwiär. Hossa!" Leevke trank ebenfalls den süßlichen Honigwein und merkte nichts bis auf eine leichte Benommenheit. Ein dicklicher Mönch sprang irgendwo auf den Tisch und grölte: „Feiern bis die Schwarte kracht! Gott segne euch alle! Ein Hoch auf den Trunk!" Unter seinem Gewicht barst der schmale Tisch. Das Gelächter und Jubeln hielt noch eine halbe Stunde an. Der Bann der Trauer war damit gebrochen; die Erleichterung und das Aufatmen waren greifbar.

Dies war der Abend der Lebendigen und Leevke fasste neue Zuversicht in die Zukunft, als sie es sah. Seit Treibholz-Theos Überfall auf Kleene Wacht hatte sie sich nicht mehr so richtig sicher und geborgen gefühlt. Aber nun – hier unter all den Menschen konnte sie erstmalig wieder ruhig durchatmen. Sie war nicht allein mit ihren Sorgen und hatte Freunde gefunden, die aufrichtig und freundlich waren. Die Welt war also gar nicht so schrecklich, gar nicht so trostlos. Zusammen mit Hinnerk und Jens feierte sie bis in die frühen Morgenstunden. Sie grölten Lieder, lachten über unlustige Dinge und tanzten auf den Tischen und dem Boden, wälzten sich auf den Heuballen.

Leevke lachte an diesem Abend so viel wie nie zuvor und klatsche bei jeder sich bietenden Gelegenheit Beifall. Sie selbst blieb bemerkenswert nüchtern, als der ganze Ort im Suff und Gelächter versackte: Hinnerk eingeschlossen, der sich mindestens zweimal übergeben musste. Es war der Abend, der als großes Esener Besäufnis in die Geschichte eingehen sollte... Es schien Leevke jedoch, dass der Nebel der Welt sich verzogen hätte, um endlich dem Morgen Platz zu machen. So konnte es bleiben.

Das große Esener Besäufnis zu später Stund

Ende Akt 1
Der letzte König

VERALTETE BONÜSSE:

(aus der Erstauflage)

Im nächsten Akt von 𝔉𝔯𝔦𝔢𝔰𝔢𝔫𝔯𝔢𝔠𝔥𝔱!

AKT II – Dichter Nebel, tiefe Moore

Feuerteufel, Spione, Meuchelmörder!

Politische Intrigen und Fehden!

Upstaalsboum – Thing!

Die Likedeeler treten in Aktion!

Leevke erfährt mehr über ihre Vergangenheit!

Das Treffen mit Bischof Frisus!

Das Auftreten des Inquisitors Salvatorus!

Die alles entscheidende Schlacht um die Unabhängigkeit Frieslands!

Oldenburger Söldnerhorden!

Die Hanse interveniert!

Die Friesenrecht-Saga geht weiter…

Demnächst „in the handel"!!

Musik die zu Friesenrecht passt:
So gut wie alle Lieder der Band Schandmaul, allen voran:
„Frei" und „Trinklied"
Apokalyptische Reiter – „Friede sei mit dir"

Alteranische Sprichwörter:

„Selbst am Boden liegend, stehen wir aufrechter als alle anderen."
Altfriesisches Sprichwort

„Es gibt tausend Gründe aufzugeben, aber nur einen weiterzumachen. Und dieser zählt."

„Und am Ende kackt dir ein Pferd auf den Kopf."
Das Ende von Bruder Salpeters „Leben : eine Übersicht"

„Hoch zu Ross und tief zu Fall!"
Ein Emsländer Bauer mit Speer

„Bauen wir ein Haus, schmeißt der Herr uns raus!"
Lüneburger Reim

Trinkt mal Starkbier mit Honigwein! = Honigbier!!

Autogrammkarte

Dies Exemplar von

*Friesenrecht Akt I – **Der letzte König***

befindet sich im Besitz folgender Person

_____

Alteras Dank sei ihr Gewiss!
Möge ihr nie der Met ausgehen,
die Speisekammer stets randvoll gefüllt sein
und kein Unheil je widerfahren!

Gez. GBFakaDerAltmeister